浙江文化研究工程成果文庫

浙江文獻集成

浙江文叢

祝以豳祝淵合集

〔明〕祝以豳 祝淵 著 張金輝 點校

海寧市檔案館（史志研究室）編

浙江古籍出版社

圖書在版編目(CIP)數據

祝以豳祝淵合集 / (明) 祝以豳，(明) 祝淵著 ; 張金輝點校. —杭州 : 浙江古籍出版社，2024.4
(浙江文叢)
ISBN 978-7-5540-1989-4

Ⅰ. ①祝… Ⅱ. ①祝… ②祝… ③张… Ⅲ. ①中国文学－古典文学－作品综合集－明代 Ⅳ. ①I214.81

中國版本圖書館 CIP 數據核字(2021)第 026497 號

浙江文叢

祝以豳祝淵合集

(明) 祝以豳 (明) 祝淵 著　張金輝 點校

出版發行　浙江古籍出版社
(杭州市體育場路 347 號　郵編:310006)
網　　址　https://zjgj.zjcbcm.com
責任編輯　刘　蔚
文字編輯　周　密
封面設計　吴思璐
責任校對　吴穎胤
責任印務　樓浩凱
照　　排　浙江大千時代文化傳媒有限公司
印　　刷　浙江新華數碼印務有限公司
開　　本　710mm×1000mm　1/16
印　　張　30.25
字　　數　310 千
版　　次　2024 年 4 月第 1 版
印　　次　2024 年 4 月第 1 次印刷
書　　號　ISBN 978-7-5540-1989-4
定　　價　210.00 圓

ISBN 978-7-5540-1989-4
9 787554 019894 >

浙江省文化研究工程指導委員會

主　任　易煉紅

副主任　劉　捷　彭佳學　邱啓文　趙　承
　　　　胡　偉　任少波

成　員　高浩杰　朱衛江　梁　群　來穎杰
　　　　陳柳裕　杜旭亮　尹學群　吴偉斌
　　　　陳廣勝　王四清　郭華巍　盛世豪
　　　　鮑洪俊　高世名　蔡袁强　鄭孟狀
　　　　陳　浩　陳　偉　温　暖　朱重烈
　　　　高　屹　何中偉　李躍旗

浙江文化研究工程成果文庫總序

習近平

有人將文化比作一條來自老祖宗而又流向未來的河，這是説文化的傳統，通過縱向傳承和横向傳遞，生生不息地影響和引領着人們的生存與發展；有人説文化是人類的思想、智慧、信仰、情感和生活的載體、方式和方法，這是將文化作爲人們代代相傳的生活方式的整體。我們説，文化爲群體生活提供規範、方式與環境，文化通過傳承爲社會進步發揮基礎作用，文化會促進或制約經濟乃至整個社會的發展。文化的力量，已經深深熔鑄在民族的生命力、創造力和凝聚力之中。

在人類文化演化的進程中，各種文化都在其内部生成衆多的元素、層次與類型，由此決定了文化的多樣性與複雜性。

中國文化的博大精深，來源於其内部生成的多姿多彩；中國文化的歷久彌新，取決於其變遷過程中各種元素、層次、類型在内容和結構上通過碰撞、解構、融合而産生的革故鼎新的强大動力。

中國土地廣袤、疆域遼闊，不同區域間因自然環境、經濟環境、社會環境等諸多方面的差異，建構了不同的區域文化。區域文化如同百川歸海，共同匯聚成中國文化的大傳統，這種大傳統如同春風化雨，滲透於各種區域文化之中。在這個過程中，區域文化如同清溪山泉潺潺不息，在中國文化的共同價值取向下，以自己的獨特個性支撑着、引領着本地經濟社會的發展。

從區域文化入手，對一地文化的歷史與現狀展開全面、系統、扎實、有序的研究，一方面可以藉此梳理和弘揚當地的歷史傳統和文化資源，繁榮和豐富當代的先進文化建設活動，規劃和指導未來的文化發展藍圖，增强文化軟實力，爲全面建設小康社會、加快推進社會主義現代化提供思想保證、精神動力、智力支持和輿論力量；另一方面，這也是深入瞭解中國文化、研究中國文化、發展中國文化、創新中國文化的重要途徑之一。如今，區域文化研究日益受到各地重視，成爲我國文化研究走向深入的一個重要標誌。我們今天實施浙江文化研究工程，其目的和意義也在於此。

千百年來，浙江人民積澱和傳承了一個底蘊深厚的文化傳統。這種文化傳統的獨特性，正在於它令人驚歎的富於創造力的智慧和力量。

浙江文化中富於創造力的基因，早早地出現在其歷史的源頭。在浙江新石器時代最爲著名的跨湖橋、河姆渡、馬家浜和良渚的考古文化中，浙江先民們都以不同凡響的作爲，在中華民族的文明之源留下了創造和進步的印記。

浙江人民在與時俱進的歷史軌跡上一路走來，秉承富於創造力的文化傳統，這深深地融匯在一代代浙江人民的血液中，體現在浙江人民的行爲上，也在浙江歷史上衆多傑出人物身上得到充分展示。從大禹的因勢利導、敬業治水，到勾踐的卧薪嚐膽、勵精圖治；從錢氏的保境安民、納土歸宋，到胡則的爲官一任、造福一方；從岳飛、于謙的精忠報國，清白一生，到方孝孺、張蒼水的剛正不阿、以身殉國；從沈括的博學多識、精研深究，到竺可楨的科學救國、求是一生；無論是陳亮、葉適的經世致用，還是黄宗羲的工商皆本；無論是王充、王陽明的批判、自覺，還是龔自珍、蔡元培的開明、開放，等等，都展示了浙江深厚的文化底蘊，凝聚了浙江人民求真務實的創造精神。

代代相傳的文化創造的作爲和精神，從觀念、態度、行爲方式和價值取向上，孕育、形成和發展了淵源有自的浙江地域文化傳統和與時俱進的浙江文化精神，她滋育着浙江的生命力、催生着浙江的凝聚力、激發着浙江的創造力、培植着浙江的競争力，激勵着浙江人民永不自滿、永不停息，在各個不同的歷史時期不斷地超越自我、創業奮進。

悠久深厚、意韻豐富的浙江文化傳統，是歷史賜予我們的寶貴財富，也是我們開拓未來的豐富資源和不竭動力。黨的十六大以來推進浙江新發展的實踐，使我們越來越深刻地認識到，與國家實施改革開放大政方針相伴隨的浙江經濟社會持續快速健康發展的深層原因，就在於浙江深厚的文化底蘊和文化傳統與當今時代精神的有機結合，就在於發展先進生産力與發展先進文化的有機結合。今後一個時期浙江能否在全面建設小康社會、加快社會主義現代化建設進程中繼續走在前列，很大程度上取決於我們對文化力量的深刻認識、對發展先進文化的高度自覺和對加快建設文化大省的工作力度。我們應該看到，文化的力量最終可以轉化爲物質的力量，文化的軟實力最終可以轉化爲經濟的硬實力。文化要素是綜合競争力的核心要素，文化資源是經濟社會發展的重要資源，文化素質是領導者和勞動者的首要素質。因此，研究浙江文化的歷史與現狀，增强文化軟實力，爲浙江的現代化建設服務，是浙江人民的共同事業，也是浙江各級黨委、政府的重要使命和責任。

二〇〇五年七月召開的中共浙江省委十一届八次全會，作出《關於加快建設文化大省的決定》，提出要從增强先進文化凝聚力、解放和發展生産力、增强社會公共服務能力入手，大力實施文明素質工程、文化精品工程、文化研究工程、文化保護工程、文化産業促進工程、文化陣地工程、文化傳播工程、文化人才工程等『八項工程』，實施科教興國和人才强國戰略，加快建設教育、科技、衛生、體育等『四個强省』。作爲文化建設『八項工程』之一的文化研究工程，其任務就是系統研究浙江文化的歷史成就和當代發展，深入挖掘浙江文化底藴、研究浙江現象、總結浙江經驗、指導浙江未來的發展。

浙江文化研究工程將重點研究『今、古、人、文』四個方面，即圍繞浙江當代發展問題研究、浙江歷史文化專題研究、浙江名人研究、浙江歷史文獻整理四大板塊，開展系統研究，出版系列叢書。在研究内容上，深入挖掘浙江文化底藴，系統梳理和分析浙江歷史文化的内部結構、變化規律和地域特色，堅持和發展浙江精神；研究浙江文化與其他地域文化的異同，釐清浙江文化在中國文化中的地位和相互影響的關係；圍繞浙江生動的當代實踐，深入解讀浙江現象，總結浙江經驗，指導浙江發展。在研究力量上，通過課題組織、出版資助、重點研究基地建設、加强省内外大院名校合作、整合各地各部門力量等途徑，形成上下聯動、學界互動的整體合力。在成果運用上，注重研究成果的學術價值和應用價值，充分發揮其認識世界、傳承文明、創新理論、諮政育人、服務社會的重要作用。

我們希望通過實施浙江文化研究工程，努力用浙江歷史教育浙江人民、用浙江文化薰陶浙江人民、用浙江精神鼓舞浙江人民、用浙江經驗引領浙江人民，進一步激發浙江人民的無窮智慧和偉大創造能力，推動浙江實現又快又好發展。

今天，我們踏着來自歷史的河流，受着一方百姓的期許，理應負起使命，至誠奉獻，讓我們的文化綿延不絶，讓我們的創造生生不息。

二〇〇六年五月三十日於杭州

浙江文化研究工程成果文庫序言

易煉紅

國風浩蕩、文脈不絕，錢江潮涌、奔騰不息。浙江是中國古代文明的發祥地之一、是中國革命紅船啓航的地方。從萬年上山、五千年良渚到千年宋韻、百年紅船，歷史文化的風骨神韻、革命精神的剛健激越與現代文明的繁榮興盛，在這裏交相輝映、融爲一體，浙江成爲了揭示中華文明起源的『一把鑰匙』，展現偉大民族精神的『一方重鎮』。

習近平總書記在浙江工作期間作出『八八戰略』這一省域發展全面規劃和頂層設計，把加快建設文化大省作爲『八八戰略』的重要内容，親自推動實施文化建設『八項工程』，構築起了浙江文化建設的『四梁八柱』，推動浙江從文化大省向文化强省跨越發展，率先找到了一條放大人文優勢、推進省域現代化先行的科學路徑。習近平總書記還親自倡導設立『文化研究工程』並擔任指導委員會主任，親自定方向、出題目、提要求、作總序，彰顯了深沉的文化情懷和强烈的歷史擔當。這些年來，浙江始終牢記習近平總書記殷殷囑托，以守護『文獻大邦』、賡續文化根脈的高度自覺，持續推進浙江文化研究工程，接續描繪更加雄渾壯闊、精美絶倫的浙江文化畫卷。堅持激發精神動力，圍繞『今、古、人、文』四大板塊，系統梳理浙江歷史的傳承脈絡，挖掘浙江文化的深厚底藴，研究浙江現象、總結浙江經驗、豐富浙江精神，實施『一八八戰略」理論與實踐研究』等專題，爲浙江幹在實處、走在前列、勇立潮頭提供源源不斷的價值引導力、文化凝聚力、精神推動力。堅持打造精品力作，目前一期、二期工程已經完結，三期工程正在進行中，出版學術著作超過一千七百部，推出了『中國歷代繪畫大系』等一大批有重大影響的成果，持續擦亮陽明文化、和合文化、宋韻文化等金名片，豐富了中華文化寶庫。堅持礪煉精兵强將，鍛造了一支老中青梯次配備、傳承有序、學養深厚的哲學社會科學人才隊伍，培養了一批高水平學科帶頭人，爲擦亮新時代浙江學術品牌提供了堅實智力人才支撑。

文化是民族的靈魂，是維繫國家統一和民族團結的精神紐帶，是民族生命力、創造力和凝聚力的集中體現。在以中國式現代化全面推進强國建設、民族復興偉業的新征程上，習近平文化思想在堅持『兩個結合』中，以『體用貫通、明體達用』的鮮明特質，茹古涵今明大道、博大精深言大義、萃菁取華集大成，鮮明提出我們黨在新時代新的文化使命，推動中華文脈綿延繁盛、中華文明歷久彌新，推動全黨全國各族人民文化自信明顯增强、精神面貌更加奮發昂揚。特别是今年九月，習近平總書記親臨浙江考察，賦予我們『中國式現代化的先行者』的新定位和『奮力譜寫中國式現代化浙江新篇章』的新使命，提出『在建設中華民族現代文明上積極探索』的重要要求，進一步明確了浙江文化建設的時代方位和發展定位。

文明薪火在我們手中傳承，自信力量在我們心中升騰。縱深推進文化研究工程，持續打造一批反映時代特徵、體現浙江特色的精品佳作和扛鼎力作，是浙江學習貫徹習近平文化思想和習近平總書記考察浙江重要講話精神的題中之義，也是浙江一張藍圖繪到底、積極探索闖新路、守正創新强擔當的具體行動。我們將在加快建設高水平文化强省、奮力打造新時代文化高地中，以文化研究工程爲牽引抓手，深耕浙江文化沃土、厚植浙江創新活力，爲創造屬於我們這個時代的新文化貢獻浙江力量。要在循迹溯源中打造鑄魂工程，充分發揮習近平新時代中國特色社會主義思想重要萌發地的資源優勢，深入研究闡釋『八八戰略』的理論意義、實踐意義和時代價值，助力夯實堅定擁護『兩個確立』、堅決做到『兩個維護』的思想根基。要在賡續厚積中打造傳世工程，深入系統梳理浙江文脈的歷史淵源、發展脈絡和基本走向，扎實做好保護傳承利用工作，持續推動優秀傳統文化創造性轉化、創新性發展，讓悠久深厚的文化傳統、源頭活水暢流於當代浙江文化建設實踐。要在開放融通中打造品牌工程，進一步凝煉提升『浙學』品牌，放大杭州亞運會亞殘運會、世界互聯網大會烏鎮峰會、良渚論壇等溢出效應，以更有影響力感染力傳播力的文化標識，展示『詩畫江南、活力浙江』的獨特韻味和萬千氣象。要在引領風尚中打造育德工程，秉持浙江文化精神中藴含的澄懷觀道、現實關切的審美情操，加快培育現代文明素養，讓陽光的、美好的、高尚的思想和行爲在浙江大地化風成俗、蔚然成風。

我們堅信，文化研究工程的縱深推進，必將更好傳承悠久深厚、意藴豐富的浙江文化傳統，進一步弘揚特色鮮明、與時俱進的浙江文化精神，不斷滋育浙江的生命力、催生浙江的凝聚力、激發浙江的創造力、培植浙江的競争力，真正讓文化成爲中國式現代化浙江新篇章中最富魅力、最吸引人、最具辨識度的閃亮標識，在鑄就社會主義文化新輝煌中展現浙江擔當，爲建設中華民族現代文明作出浙江貢獻！

二〇二三年十二月

前言

祝以豳（一五五一—一六三二），字耳劉，號惺存，别號靈苑山人。浙江海寧人。父祝世廉，嘉靖三十二年（一五五三）進士，歷任河南汝陽府知府，雅好藏書。祝以豳萬曆十四年（一五八六）進士。出知湖北隨州，入爲兵部武選、車駕二司員外郎。時日本進犯朝鮮，祝以豳反對招撫，力主援朝抗日，『議是之，即奉勅宣諭，渡鴨緑而東，布朝廷威德』。陞廣東按察司僉事，奉勅整飭南韶等處兵備。後陳情養母，居鄉十六年，終服闋，復補江西按察使，罷建武橋税。天啟七年（一六二三），擢應天府尹，乞休，進南京工部侍郎致仕。崇禎五年（一六三二）卒，年八十有二，賜祭葬。事跡詳見《海寧州志稿》。著述有《詒美堂集》《粤遊草》《天人合脈》《五篇約》。

《詒美堂集》二十四卷（詩八卷，文十六卷），刊於天啟間，或許集中談及遼東兵事，指斥後金爲『酋奴』『夷』『虜』『賊』，清代修《四庫全書》時將此書禁燬，因此流傳甚稀，今國家圖書館藏有一部。此次整理，即據此本標點整理。

祝淵（一六一四—一六四五），字開美，號月隱。浙江海寧人。崇禎六年（一六三三）舉人。崇禎十五年（一六四二）冬，祝淵入都會試，適逢劉宗周削籍，上疏抗爭，忤旨停試，因得師事劉宗周。明年，祝淵被逮入鎮撫司獄，獄未竟，而遭甲申之變，自獄中出，遂南歸。南明弘光朝建立後，上疏請誅馬士英。至清兵南下，杭州失守，自縊殉節。

祝淵爲劉宗周入室弟子，『在蕺山之門最稱好學，有庶乎回也之歎』，其學『尚實踐，以知過改過爲功，兢兢無負其本心爲要』（陳確《輯祝子遺書序》）。身前未嘗經意著作，及没後，友人陳確、吴蕃昌編爲《祝子遺書》，然而未存世。此次整理，所據的是張鈞衡《適園叢書》本《祝月隱先生遺集》。

祝以豳、祝淵系出海寧祝氏，今予合編出版。整理過程中，將俗字、訛字等改爲規範字體；『毋毋』『戊戌戍』『己巳已』等字，古人刻書常常混用，根據文意徑直選用正確的字，不出校。至於原文顯著錯字，則以圓括號標示，校改之字置於其後六角括號中。

本書的整理工作，得到了海寧市檔案館（史志研究室）、浙江古籍出版社的指導和幫助，在此謹申謝忱。責任編輯周密細心審校，匡正實多，不勝感荷。整理者才疏學淺，錯誤紕漏之處，敬希讀者批評指正。

目録

詒美堂集

詒美堂集卷之三……(五〇)

詒美堂集卷之四

詒美堂集卷之五………………………（八五）

詒美堂集卷之六 ……（一〇四）

詒美堂集卷之八……（一三九）

詒美堂集卷之九 ……（一五六）

詒美堂集

詒美堂集序

《尚書》有古文、今文之別，蓋以其出猶先後耳。若夫同一時而分古今，則惟今代爲然。恒言舉業時文者，今文也；而以詩賦及他作爲古文。今文以取士，能者不乏，即科名魁天下，而古文著聲。於是以古文妨舉子業，父兄之教子弟，師之教門人，一意時文，屏他書不觀，其以古今兼長百不得一焉。今文若土龍芻狗，事已弃不省矣。京兆祝公耳劉與余季弟同成進士，以高第擢守隨州。余讀其舉子業而善之，以爲必能古文，不知公固所素長也。後宦公鄉，始從交游，見公一二古文合作，蓋四十餘年而公古文始大行。有《詒美堂集》，有韵之文若樂府、四言五言五七言律、長律、歌行，不盡韵之文若序、記、傳、志、雜著，其體裁精力、風致色澤，不雷同古人而得其神，不立異今人而超其詣。余歎賞不置，欲焚君苗筆研而竊幸鄉者之評偶中也。乃余所心服公者，更有説。嘉隆以來，海内作者文追兩京，詩擬盛唐，雅道大振，與文物葳蕤、聲明葱蒨相暎。萬曆中年，後學以其棨棁之才，涉獵之學，苟簡自恣，習爲晚唐、弱宋、胡元卑調，而舉子業則舍傳註，掇二氏餘唾，街談巷議，弔詭雜出，并其程式決裂之。余竊心憂不祥，文章關氣運，何以墮惡趣若此？國家亦寖尋多事，宫府乖隔，刑政放紛，盜寇充斥，閭閻彫攰，晚唐弱宋，與亂同道，何時而已？雖無老成人，尚有典刑，典刑舍耳劉安歸？夫文有理有法，不外經傳子史，有感有應，不外情景事物。古人今人，猶之旦暮，兩京盛唐，故無他術。今人耳目心知，寧在古人下？反正自易，胡不彼之則傚，而此之沿襲，豈不怪哉？舉斯集懸之通都，布之四方，爲操觚翰者祛惑發覆，是秇苑之功臣也。聖門之論孝曰『非法不言』『言思可道』『作事可法』。耳劉遺榮養親，以巨孝稱，成一家言，有本者如是。余第就古文論，抑末矣。

大泌山人李維楨本寧父。

詒美堂集序

昔劉卲《人物志》以平淡爲君德，撰造之家，有潛行衆妙之中，獨立萬物之表者，淡是也。世之作者極其才情之變，可以無所不能，而大雅平淡關乎神明，非名心薄而世味淺者，終莫能近焉，談何容易？《出師》二表表裏伊訓，《歸去來辭》羽翼《國風》，此皆無門無逕，質任自然，是之謂淡。乃武侯之明志，靖節之養真者何物，豈澄練之力乎？六代之衰，失其解矣。大都人巧雖饒，天真多覆，宫商雖叶，絫黍或乖，思涸故取續凫之長，膚清故假靚粧之媚。或氣盡語竭，如臨大敵，而神不完。或貪多務得，如列市肆，而韻不遠。烏覩所謂立言之君乎？京兆祝耳劉先生覃精秇苑垂四十年，方其壯歲登朝，爲時曾幾，即依親子舍，衡泌棲遲，菽水之餘，翰墨間作。神皇帝嘉其純孝，起之田間，洊歷華貫，即不必種桑八百株，辭官八十日，而身立四虚，神遊八極，東山之志始終不渝。故其撰造皆肖心而出，即規摩西京，出入三謝，兼詞人之長，猶其剩技，惟是冲夷其度，蒼勁其骨，遊於自然之塗，而化其鎔裁之迹，則文品之最尊者，先生有焉。近代名家，此祕鮮覯矣。語曰：『窮則變，變則通。』自隆萬以來，歷下、瑯琊懸衡天下，横詆前人，幾無餘地，滔滔末流，且過其曆。一二君子有意挽之，乃盤盎之水，不能起粘天之波，祇爲河伯所笑。先生之集出，而談藝者有所折衷焉，變之此爲時矣。予且奉研削以從，不自知其才之盡也。

雲間董其昌撰。

古吳後學吳士冠書。

詒美堂集序

余幼學咿唔，謬志脩詞之業，則雅聞六橋三竺間有祝耳劉先生者，心竊嚮往之。然所得誦先生著作，惟是制舉義耳。既束髮，而先生由駕部出僉臬吾粵，登龍雖切，義不敢以子衿爲陽鱎。其有十餘年，而先生起終養，尋副粵憲，余供奉輦下，僅於里人伍孝廉稿序窺先生一斑，益不禁其嚮往，毋寧當吾世而失祝先生。誠不自意乙丑承乏留雍，而先生以少京兆來也，白門握手，歡若平生，亟索先生副墨之藏，得所謂《詒美堂集》卒業焉，而先生因以敘爲請。予竊惟文章之道，利鈍命於才，富儉出於學，宏狹存於識，枯暢生于情。今日文士之集，則何青之不勝殺也。爲詩者，希聲於淒清柔曼，則家闖王孟之壇。爲文者，剿句於恢詭譎奇，則人襲左楊之幟。當其盛年，矜炫之時，猶或能勉售美櫝之珠，以炫宋人之鑒賞，而趣味更自索然，生色絶無堪把，無俟再（襄）〔衰〕三竭之時，而已爲陳人腐語，不堪問諸醬瓿矣。論者惜其後爲文通之才盡，而不知其初爲優孟之抵掌也。先生所作，大都積學以厚蓄，酌理以富才，研覽以窮照，馴致以練詞，以故玉韞山煇，珠涵川媚，漸老漸熟，轉詣轉化，初而發硎出匣，既而刓鍔藏鋒，時爲春華，時爲秋實，則造化之文章具是矣。豈少年強作爾馨語者所敢望崖畧乎哉？夫文者心之聲，而詩言志也。先生自弱冠登朝，四十年間，強半子舍，曠懷遠韻，翛然於聲塵勢利之場，三復兹編，覺筆墨蹊徑外，別有一種靈氣來往，引人著勝地，則夫第以脩詞之業求先生，猶之乎未盡先生者也。

丙寅人日南海李孫宸題於北麓艸堂。

詒美堂集敘

國朝四大儒、三大功臣，皆在浙中。近頗摧折，文苑、循吏傳稍見絀，獨耳劉祝公自通籍以來，即超超翔於世途指目之外。窋不欲蚤達，平進而已；集不欲早就，晚出而已。祝氏繆綏相望，類古之公族世家，而公復以綺歲登朝，才力壯勁，跐跋跌宕於古今墳史之間，發爲著作，皆蘊藉而有風華，肅括而有矩矱，亭匀而有健翮，似合而有奇音，即鮑、謝、陶、韋之詩，賈長沙、陸忠州之文，可馳騁相上下也。平生潛實韜光，兼懷至性，終養慈姆，幾隱半生。初爲王文肅公所舉士，當在政府，書飆削跡，即弇州咫尺龍門，未嘗竿牘自通，聳動文采以扇尺寸之譽。丙戌起家，乙丑僅轉南京兆，逡巡三四十年，垂今日始出《詒美堂集》行之人間。學士大夫迫欲窺其名山之藏而猝不可得，則往往以晚見公集爲恨，而不知公之得力政在此，其收名定價亦在此。昔者，杜、崔、張、索之書，衣袖如皂，脣齒常黑，筆成塚，研成臼，推而至於重耳之出亡十九年，勾踐之生養訓練二十年，取威定霸率以晚得之，而況筞勳於翰墨詩文之林者乎？公生長海堧，渡錢唐，汎揚子，謁孔林，登衡嶽，觀瀑布於楊瀝，酌丹泉于麻姑，督樓船於廣海，眺鳳闕於金陵，麾蓋所臨，悉見之品題撰記。而又吐納張司空之十乘，李鄴侯之萬籤，縱横八面而應之，發皇耳目，開拓心胷，沛然遊於至足之餘，砉然中乎大觚之窾。蓋學問醖釀，江山暎發，歲月磨礲，交相爲助者也。公詩文大意，在憂道閔世、立憲教家，直欲取叫號呻吟之故習，方言里語之新聲，一汛掃而空之。即往代名家哲匠，微有異同，何能蟠曲時流，剽剥時調，作轅下駒、水中鳧耶？歐陽文忠晚年編集，即篇許累日去取不能決，遂至夜分猶未睡。薛夫人謂之曰：『寧畏先生嗔耶？』公徐笑曰：『吾政畏後生嗔耳。』曾南豐謂張文叔三遇之，未嘗爲余出其文，其自進甚彊，自待亦甚重，爲可喜也。古人重視詩文，如功名人品，各期于晚節無憾，而後即安，決不肯輕錯一趾，不肯輕下一籌，審固遲回，久則終收末後之全局，非得道大有識力者不能。讀公之集，庶幾想見其爲人，可謂循吏之楷模、文苑之耆宿矣。故樂而敘之。

華亭陳繼儒頓首譔。

粤遊序

夫《詩》三百篇後，漢爲近古，沿魏逮晉，靡於六朝。唐興，近體盛行，沈宋爲之倡，而李杜繼作，旨開堂户，一時詞林翕然左袒之。宋人主理，厭薄興賦，風雲月露，一切捐棄，即唐音且湮滅矣。古調之謂何？國初李迪、孟載輩力追古作，號稱大家，然尚墮唐季衰靡之習。弘治中，北郡信宜一洗頽風，再揚絶響，可不謂中興功乎？于鱗諸子復羽翼之，詩道始彬彬振矣。愲存祝公，人倫挺邁，早登秇壇，入粤以來，覽勝蒐古，贈别感懷，動形篇章，彙而成帙，命曰《粤遊》。間出相示，余受而卒業，每三歎焉。夫詩尚峭拔，枯者失之；詩尚深沉，晦者失之；詩尚玄詣，險者失之；詩尚流暢，蕩者失之；詩尚冲澹，淺者失之。公五美兼施，膾炙人口，譬如樂奏《咸池》，八音沸騰，渢渢鏘鏘，琮琮瑟瑟，竝臻其妙，聆者誰不心曠神怡哉？余聞之，名山勝水能爲詩人之助。今公所涖治，韶石標奇，庾嶺獻秀，而曹溪武水，洸洋淜湃，在公攬拮中，宜其揚菁吐葩，鳴金戛玉，與塵壒之音迥殊也。究公所至，即凌漢唐而追騷雅無難者。顧公夙昔篇什甚夥，流播海内，兹特其全燕之一臠、大裘之一腋耳。畀劂工，以廣其傳。固知吾粤文學之士想望風采，步趨矩矱，必有以承下風者。矧陳詩設教，肅憲貞度，孰非自公振之耶？余非知詩者，謬以管窺，敢僭書其首。

飛雲洞叟嶺南王學曾敘。

南遊序

南紀湖東西爲勝觀，節使弹制相望。惺存祝公備兵湖東，自虔吉，歷建武，牙戟所指，東西之觀畢。故遊以南名，乃詩人云『百爾所思，不如我所之』，則夫寄况遣懷，籠形挫物，無如攄其所之者之爲真。夫孰知夫思之生於之，而之之生於思也？又孰知夫遊者遊於之外，而思者之於遊之内也？虔之勝在鬱孤，敦頤、子瞻兩先生一劈煙莽之邃，而白鷺青原俎豆之文，差備建武。粤有兩姑，峭石鑱霜，鳴泉漱玉，固已不煩杖履收之，而公跡所至，溢爲詠歌。螺川名德萃止，慧日長清，律韶韻雅，天籟谷響。麻源道光，真氣掺映千古，長篇叶藻，與魯公紀爭唱和。乃或發孤憤之忠寃，吐幽貞之逸思，溦先正之古德，開末學之長津。慷慨藴藉，摛爲文章，而出之慈憫，如珊瑚拾海，璣璧披雲，可謂大雅不羣者矣。大致語上驅在韋柳間，中亦不失爲西江派。《和妙喜》數章，絶得西竺之髓。文與昌黎、子安滕閣鴻筆相當，而一澤乎理奥，庶幾乎宋儒所云載道也者。既繡梨，千里緘寄，又若遊於公所之，而相從几杖之下。雖然，集何以『南遊』名也？蒙莊氏以『逍遥』名游，而托之乎南溟，遊乎方之外，不必其果南也。《鐘鼓》之詩，有曰『以雅以南』，説者曰：二南之篇，蓋本於周、召之分陜云。然召公所憩在壽安，周之所爲南，今之所爲西也。公家海寧，近會稽，禹巡南土，嵞山氏作歌曰：『候人兮猗。』實爲南音之始，或者其此是乎？未也。劉向曰：『召公述職，不欲變民事，故不入邑，舍於甘棠之下，而聽斷焉。陝間之人，皆得其所，故人歌詠之。』蓋民游召公之天，而召公不敢遊於邑，故云一遊一休。公治湖東薔灾之後，履畝伊始，而一休之恬憺，使人情自得乎湖山之外，譬魚游槃水之中，循環無紀，蠶桑得所，聽斷不繁，然後公得禕隋從容。時方旁午，獨領清機，竹所松菴，煙光泉韻，發揮於翰墨，而驅使於山水。語云：『胞有重閬，心有天游。』民若休乎遊於公之天，而公又遨乎游民之休，此亦游之至已。浸假閶闔流離，花濺泪而鳥驚心，雖日曳康樂之屐，樂乎？至於讀者若游公之游，即不穀目未及覩公，足未及覽諸勝，亦若怳乎卧游而面晤。操觚之士尚能彷彿萬一，而於公非其至者耳。每謂公廿載陳情依依孺子之慕，聖明起之子舍而以畀我，天下望其人如瑞麟威鳳，此其麟之片定鳳之一羽，而所以瑞世者，則在仁心爲質，繇庭除而推之天下，合於二南之旨。茲方陳臬東粤，游日益遠，著作日益多，乃其在湖東者，則此集與蔽芾之棠俱在，所謂美則愛，愛則傳者乎？則今湖之東，亦可以稱南者乎？

上饒鄭以偉撰。

南遊序

文章有命，固也。山水亦然。九華得李青蓮易名，以有今稱。釀泉得歐陽六一，而併僧智僊亦托以傳。至若淛東之雁蕩，則奇秀甲寓内，從古不見圖經，直至宋時伐材而始出。亦猶遷《史》易世乃播，杜詩推尊在百年後耳。遲速顯晦，命固爾耶？建武之有麻姑，賢愚皆知之，而麻姑有泉不下慧山，則實自耳劉先生始。耳劉先生宦遊十餘載，而以侍養歸，歸將二十年而後出，蓋文章之變幾窮，而山水之交亦深矣。熊軾隼旟與奚囊象管，並映發於巖棲川觀之間。自吉州而徙建武，所得詩文凡若干，言道德性命與經術政事，一切於毫素吐之。而戰茗鬪勛、品泉高韻，則又自麻姑之神功泉發其一班。夫建武以宦名者，莫過謝靈運與顏真卿，其風流標格，古今莫匹。客兒酷嗜登臨，身率徒衆，鑿山開道，乃往來天台，獨遺屐下之鴈蕩。清臣手記仙壇，而神功一泉泯泯無述，又何也？豈山水之蚤達晚達，理數實先爲之？以故耳劉先生雖與謝、顏兩公鼎足而爲循吏，乃表彰泉石，銓敘烟雲，又有兩公所不敢望。先生且入秉樞軸，其於拔幽振滯，舉佚旌潛，亦當一如此泉，寧第爲文章司命已耶？先生他集尚多，姑序其《南遊》者如此。

秀水沈德符。

書詒美堂集後

余初以祝耳劉善今文，知其必善古文已。《詒美堂集》行，則古文果合作，然未窺其全也。比讀其全集，愧知耳劉淺耳。昔劉彦和之論曰：『積學以儲寶，酌理以富才。研閱以窮照，馴致以繹詞。然後使玄解之宰，尋聲律而定墨；獨照之匠，窺意象而運行。』其論文原委最精，而耳劉寔備之。蘊思含毫，遊心内運，放言落紙，氣韻天成。其積學，則博覽六籍，包羅百氏；其酌理，則咀嚅道真，印證經傳；其研閱，則仰觀俯察，鏡往知來；其馴致，則瀟灑出塵，風流獨賞。蓋無一不中古人程度，而能自爲古，知解卓越，才具宏大，志趨堅定，取不窮而用不敝，體屢遷而貌多姿。夫能以今文爲古文，並其能以今之古文爲古之古文也。劉子玄嘗言：『天長地久，風俗無常，後之視今，亦猶今之視昔，而作者皆怯書今語，勇效昔言。』此爾時爲古文者之弊，得耳劉洗之，余因再題其集後，以補前敘之遺，而取彦和、子玄語申之，明非余私評也。

大泌山人李維楨本寧父。

余少時善病，又蚤失怙，先太淑人以獨子憐愛甚，不欲困之句讀，暇則私取先世所遺書讀之。自垂髫時，已漫學爲詩古文詞，迨長而始屈首治制舉業，遂不能专攻帖括，而旁獵諸子史百家緒語以文之。一時主司名能好古，誤爲其所賞識，每試幸輒售，而簷晷中一二論撰至懸之國門。李本寧先生所云『善今文知其必善古文』，且云『能以今文爲古文，宜其能以今之古文爲古之古文』。余與先生謬托知己，乃始既以佔俾之歲月，糜之乎旁獵已，復以旁獵之糟粕，爲經生帖括資要，以日暮途遠，倒行逆施，于今文、古文實兩無當。先生之言兩譽之，而非其質矣。夫以余之垂髫而學爲詩古文詞，今髮且種種矣，中間不幸所遘，飄零播遷，副草逸去幾十之五，僅僅《南遊》《粤遊》兩編存耳。及兒輩稍長知書，于是蒐緻簏而出之，而贈遺篇章後先得之朋舊間，都無詮次，竟以災木，譬老婦寫照，于少時娥眉都涉想像。仲醇先生展筞而嘲其晚，洵晚也已。然而少時一二制義出，而讀者且以爲今文而古文，乃今托之乎詩古文詞，而讀者倘更謂夫夫固不若少時制義近古，則老不解事，不善護短，是亦不可以已乎？一粲而書其後。

靈苑山人祝以豳識。

詒美堂集卷之一

海堧祝以豳耳劉著

詩

四言古詩

島夷東遁屬國内附

帝軌融昌，階羽七旬。伊彼鬼方，而尤倔殷。明德軼古，惟斲乃神。彤弧甫抗，暨于海垠。

其　二

彼醜跳梁，盈庭唶嘖。攢矛益糗，圻寓騷驛。拊髀東顧，一怒有赫。鏧榏勒社，永靖疆（埸）〔埸〕。

其　三

命帥徂征，陳卒被坰。三角晝閧，苦嶕没鯨。鮮之孫子，其麗孔寧。辮冕稽首，（裸）〔祼〕將於京。

其　四

露布朝揮，流言夕格。如嶽不移，恢恢廟略。虧不蔽成，弛不忘獷。如股如膂，噫嘻衛霍。

右四章，章八句。

五嶺傷粤脉竭民獠恫也

巉巉五嶺，㚟印錯止。椎跣侏𠌫，佐意而使。墝埆鮮蓺，雩祝頻時。爰估津梁，軍興是恃。

其　二

軍興歲輓，幕十其萬。宫府斯睽，吭扼幾半。信食駢去，川途孔惋。硯茲使節，鬱伊頳汗。

其　三

炎坪厲崗，叢菁阻深。夔魖闒只，斧戈曷尋。無狃芻脈，兕將攫林。脈之芻兮，謂爾儇兮。

兕之攫兮，謂爾悁兮。

右三章，二章章八句，一章十句。

五言古詩

結客少年場行

璀璀白罽袍，赭汗金羈絡。杯酒然諾傾，片語肝膽躍。鷲羽三稜鏑，屈膠貫繁弱。長驅歌出塞，劒氣虹霓斫。一戰薄祈連，再戰骨都縛。結客在狗知，封侯等輕霍。

邯鄲才人嫁爲厮養卒婦

十五邯鄲女，揚蛾入漢宮。香氣毾㲪暖，蠟影罘罳紅。漏板寒方動，徵歌曲未終。一辭玉階去，飄零類轉蓬。寄語宮中侶，腰肢好鬬工。三千誰第一，團扇易秋風。

子夜四時歌十六首

垂楊摇亂絲，烟光未堪拾。誰家春閨女，芺春如不及。

其　二

霰痕融綺閣，冰彩散瑶階。香畏風吹散，春風故入懷。

其　三

芳飈初翼憓，藻露浥行緗。寄語同遊伴，留春且薄粧。

其　四

漾漾百花中，園鳥度初曲。水邊有麗人，含情知所屬。

其　五

西園花事稀，曲池有新月。衫輕腕若露，迴持理鬢髮。

其　六

輕綃乍帖身，汗漬同心紐。含羞向歡道，請却西鄰婦。

其　七

鴎翔捩海風，鼉鳴挾江雨。儂上一層樓，郎今竟何處。

其　八

桐花宜覆鳥，蓮葉乍勝龜。試歌塘上曲，儂心不解悲。

其　九

天氣清且高，玉露似輕雨。臨牕未成繡，重帖鴛鴦譜。

其　十

誰汲銀牀井，曙色何肉遽。脈脈不得言，只持懷抱去。

其十一

繞砌吐叢菊，空庭閒暮烟。輕羅乍適體，懶去理鞦韆。

其十二

初縫金縷裙，未暇着香薰。迴日虛窻度，含嚬坐夜分。

其十三

初日澹寒景，摵摵芳蕤零。一榻對紅爐，相將傾醁醽。

其十四

繇邈寒氣升，涸陰愈充斥。雖有翡翠衾，曷以終遥夕。

其十五

月影澹深夜，積寒如不勝。雲漿貯玉壺，未飲結成冰。

其十六

日暮捲迴飇，房櫳落輕雪。得郎情似綿，輸他錦重襭。

靈濟巖乃靈濟禪師乞雨處

自余領玆山，歲忽再更籥。山靈識余晚，相見兩錯愕。未入矑已澄，覽憩神益懽。怒石排虚空，鶯枝互纏絡。森蒼來撲眉，流翠欲粘屩。獼引探層扉，混沌何年鑿。陰風萬竅呼，返照漏螢爝。躭勝擬延搜，怖奇旋中卻。至人七日定，定後竟何着。石牀屯古雲，靈液垂酥酪。蚪彼一勺多，療此千頃涸。怊悵遵歸途，鳥去烟漠漠。

送李元暉還燕

燕薊有佳人，容光姣絶代。却扇情不勝，顧影時抑晦。蘭缸春夜深，偷結芙蓉佩。豈不願呈身，一失知莫再。昭陽進臂紗，竟趣紫罽載。寵幸傾三千，咳唾成珠琲。去去且勿陳，含貞以自愛。

壽丁司理母莊太君其門人王孝廉索

京兆洵良牧，庭幃有愠喜。魯政饒令聞，閉閤規以理。平亭自厥司，二母徒弔詭。庶幾孟陽賢，慈鑒歸喆姒。補闕據末坐，綠衣況稚齒。望知骨相别，遂識天下士。明府時柄衡，門墻萃桃李。中有結轖生，居然濯瓊玼。九方觀天機，云出太君指。太君生名家，澧澤秀蘭芷。司農建節舊，尸祝新未已。兩浙歌召杜，昔父今以子。明府再更郡，剖割太阿駛。子褒三萬言，祥符八千紙。所遺抑何多，博雅蹈芳趾。天目倚崔嵬，可以介祺祉。西湖湛空青，官舍將無似。徵書旦暮至，翟佩流華蘂。佳辰及稱觴，所乏非滫瀡。揚徽紛摛藻，所乏非瑰傀。太君自爲壽，在彼不在此。將以子貴耶，亦以子聞耳。余鬢宣踰艾，而子步方跬。願言豈令淑，榮名焉足擬。百年等黄耇，千秋掞彤史。

孔林敬述

化工擗陽甸，高楣翼岱宗。蝘蜓抱滄溟，長河萬流從。渟峙幾千年，真氣塞乃鍾。累世用不殫，窮禩素王封。遥翠襲原窅，貞珉賁杉松。摩挲不能去，惝怳躡遺蹤。

其　二

夫子縱自天，堯舜賢不啻。千萃集晶英，萬古失聾瞶。靈域中龜皃，玄隧引洙泗。鬱岩十畝宫，斯文托以閟。藟棘不敢生，嗉羽亦戢避。嘘吁大聖人，儼爾昭瑞異。睠彼篋玉藏，落日荒煙施。

誕子四章

有融俶綿系，緪引幾千年。丙造之海垠，繁柯布森蘺。乂問塞蒿萊，詩書佐蟬聯。伊余高曾往，簪紱垂四傳。盛或虞繼難，造物操微權。多取良所憎，子其守吾玄。

其　二

憶親及余生，三十僅踰二。繞膝時煦摩，猶爲遲暮喟。兒生丁余年，四十已不啻。遲暮曷足云，且幸了欠事。疇謂向平達，却俟婚嫁遂。五嶽久相要，早晚一掉臂。

其　三

八月庭桂芬，正及兒新浴。持抱向中堂，共訝峙頭玉。余母前致語，老眼望孫篤。吾門無待高，我老徒恃粥。故緋藏已久，裁爲襁兒服。服之一啼嬉，聊以取娱目。

其　四

生兒詎憂晚，晚得歡益傾。但願比爺長，賢愚了不嬰。東家四男兒，日爲田室營。西鄰五丈夫，辛苦慕峥嶸。有子不解懽，所得仲孰贏。鼓柮芙雲霞，挂冠適余生。邈邈竟焉覞，茫茫任大紘。

謝許靈長見貺白石

午夢天漢遊，袖得支磯石。飛瓊顧我笑，何來此狂客。晚出金馬門，竟造雕龍奭。一榻晏坐餘，瑰詭自充斥。旋發徑寸寶，天秉擅玄白。開緘月初滿，落紙冰疑釋。焉用明珠雙，并賤珊瑚尺。君賦擲地聲，連城價騰赫。摇筆磨燕然，無取一拳劃。不如歸老夫，幽窻伴遺册。徐乞地肺身，漱齒彭蠡澤。期君三百年，爛煮采精鬼。倘能共刀圭，入口生六翮。

羅明府海塘工成因諸生之請漫采里謡爲賦

玄造鬱殆舒，坤維漭乘坼。睠此東南氓，長悲少歡懌。欃槍當晝明，芻秣旋鹽脈。蠢彼疇其咨，而乃迮川伯。溟穴翻陰風，赭礁兩搏擗。倏嗑千仞趾，遂撼百雉脊。規畚無棲糧，呼閭𠠁腴藉。郵傳將日疲，冠蓋亦屢赫。桑麻尋洼窞，脂髓塗堋湗。胼胝須循良，赤素皇穹格。湖平磧頷鎛，颶歛砂羙白。沬鬣今鬚眉，畚臿反襏襫。父老前致語，欲吐更充嗌。撫往報曷圖，虞來憂轉積。安得秘景符，永以代沈璧。明府饒遠猷，徐起爲民筴。

爲高母姚節婦題册高文端公孫中書君婦也

焯然文端公，醇直當帝眷。坐論用弗殫，拊嗣僅一線。而逮中書君，韶齒委纓弁。疇表清白遺，婦節凜霜霰。疇延絲髮緒，飴含雜熊薦。令子朝叩閽，綸章夕以絢。名德啓貞淑，家聲虎林擅。

遊支硎即事

暮春風日好，士女偕出郭。畫艇尾初啣，柔絲忽交作。柳亞青不禁，花繁明欲灼。遥漪碧于染，迫岫圍如幕。雲磴百折殊，籃筍顧仍却。紅裾蕩風起，翠鈿籠烟薄。芙蓉媚雙頤，蘿徑時隱約。禮佛上階拜，纖手芺珠索。旖旎未忍去，背人笑相謔。引迓煩僧徒，狎款喧鳥雀。良晷不可淹，歸途澹以漠。幻境將空花，心目兩無著。

談丈爲小兒醫今之盧扁也又却金名傾吴下偶傳有非常之耗走筆問之

我行避驕陽，君忽嬰沈疴。脈脈不得聞，沮此滄江波。客從東方來，音耗殊乖吪。豈其杜德機，文壤焉測摩。咸陽抎奇術，投匕神鬼訶。伯休不貳價，君竟歸無何。爲德稱善建，疇能惜其和。巾幘驟欲勝，户屨時已羅。見君應大笑，億中頗自多。期君超劫存，人間無札瘥。

清峽飛來寺

庾嶺吐神瀵，駛若怒奔驥。一瀉六百里，二禺忽中閟。旋作衣帶縈，洄旋不得騖。水東山更奇，山劃水塹恣。猿鳥披清音，巑樹流爽翠。一舸穿决霤，心目恍怖悸。朱甍出渺靄，云是飛來寺。凌空幾千仞，人力疑不至。居楔寧羽翮，三昧劇遊戲。下士聞而笑，安得理外事。諸佛大願力，尋常亦何異。一切世間物，疇不具性智。是以點頭石，却解第一義。是以㲊賓鐵，尋聲躍相企。金石精靈通，了不煩布置。丈室容恒沙，累劫屈伸臂。倘解飛來因，莫問西來意。

青峽用蘇長公韻

列嶂青如削，長江碧自灣。兩岈松雲濃，洗我塵土顔。勝區纔一登，忽忽三往還。維梢就石罅，披篠叩崇關。水自曹溪分，近挹黄禺山。造物工爲奇，盤礴百里間。小坐達摩石，安問歸猿環。啜泉芙月去，天風吹髻鬟。

曹溪禮六祖真蜕

自聞曹溪語，久識曹溪路。今兹行脚至，跡歷怳夢寤。未掬水已香，悠然領心素。萬杉繡寶林，十里罥蒼霧。旋入不二堂，默記本來句。示寂既千載，四大兀堅固。寂後尚有身，本無曷以喻。不有即不空，真空即常住。所以永劫存，菩提無樹故。捧持乾陁鉢，摩挲屈眴布。異寶紛前陳，倏忽悲喜互。自笑七尺軀，人寰五石瓠。諸緣息未能，性海若與渡。倘許排頓門，蘧然一宿悟。

玲瓏巖

宣風來始興，案牘良僕僕。輕輿行出郭，川原竟幽矚。有巘字玲瓏，溢背生遠渌。漸近驚且賞，何物鬼工斵。躡級攀巉嵒，側弁俯蹺跼。逶迤殊𥦗朗，向背互寬束。仙翁遺丹臼，丹化石髮緑。窈窕藏譎雲，霹靂漏碎旭。息疲氣蹔舒，怖傾步仍趣。賈勇窮上巖，陰森導以燭。傴僂復寅緣，鼻眼相捩觸。一竅忽通明，恍若出亭毒。拳石萬恠緼，須彌納芥粟。何當假神鞭，驅擲湞江曲。江空湛玻璃，浸此玲瓏玉。

不佞叨役湖西而代斵章貢於吉州未暖席也已又量徙湖東行矣辱諸鄉大夫祖餞白鷺書院賦此

清秋發石陽，薄暮江流駛。祖送煩羣公，征帆逗孤沚。古洲名白鷺，古樹映清泚。入門徑茀鬱，忽訝道在邇。參對饒典刑，肅穆儼遐軌。重軒既豁達，飛閣亦崇侈。天風散輕霞，萬象落憑几。宛委螺薦青，蒼茫駝拂紫。摩崖裒前馨，披襟受新旨。謬稱鷺洲長，未飲鷺洲水。臨別乍追尋，籧廬竟爾爾。徒爲父老憂，徬徨復徙倚。江風摇別緒，黯黯惜遺晷。此別何時逢，願言期不毁。歲月未詎涯，相思托江芷。

麻姑泉 有小序

麻姑雙瀑，特稱雄奇，循瀑而上，别有泉一縷出石罅，所謂神功泉也。深不盈尺，廣倍之，取之僅受一蠡，竟日取無盈涸。其味清洌而甘，可與慧山泉伯仲，以之釀酒，固當絶勝。而建武不知麯，并不知釀法，恐負此泉。試以洞山岕茶瀹之，其色如玉，其味如醍醐。第念取汲甚艱，珍惜之，自供佛外，不敢以七碗恣也。泉在斷崖荒蘚中，前此無取汲者，汲之自余始，不敢過自摽表，恐爲此泉它日累，聊以數語酬其寂寞云爾。

余家近慧山，慧泉日在口。遂令一切水，不得浣罍缶。豫章山多骨，泉出頗清瀏。麻源況勝區，靈液穿石牖。未解澎湃飛，純抱天一守。浮蘚詘若盈，縈莎住疑走。歃之極甘寒，雅與慧泉耦。試烹岕洞茶，俗殺宜城酒。甘芬溢沆瀣，寒碧漱瓊玖。秖應先大士，未許分渴友。一啜通華池，徐將玉淵扣。恬澹與醇醲，并入無何有。歸向慧泉誇，山靈或肯首。

罷榷行 有序

建武有橋税，郡佐貳代受榷，而羣小依憑爲奸，複征横索。商旅率吞聲無告去。余局外人，然而痛癢相關，時時扼腕歎也。會泰昌改元，悉罷諸關税，立石以示永永，於是商民歡聲載道，爲賦此。

桑孔握利權，四海紛蹐踖。吁嗟長民者，胡忍劚川脈。附羶盡白徒，羣作飢彪嚇。絺粟閭閻資，謬當崑崙舶。寸估復銖量，伺喘叓朝夕。安問薏苡裝，并算鬱林石。丹書自天來，歡呼動九陌。滌煩與除苛，川塗曠若闢。飄影渺去來，誰能問鞮譯。天子日月新，旄倪共加額。貞珉屹江湄，世世紀恩澤。使君偕官僚，江樓快峅幘。臣門若臣心，江光互空碧。

余得子晚今幼者亦已弱冠因授産析箸作一無事道人自幸所得于造物者侈矣偶成四章皆實際語

大宇六尺軀，頫仰愸遺緒。晚得五男兒，益以四弱女。雖悲有摧殘，存者自天敘。纍纍數椽屋，各各面圃墅。舒或歎盤旋，隘不碍飲茹。婚嫁任嬴乏，安足煩區處。

其　二

先世饘粥資，産不踰下中。割産分受之，所受焉得豐。布褐與蔬食，居然還素風。庶免益其愚，學或窮而工。却憐萬卷遺，金石函鴻濛。麓敝四壁懸，中夜噓晴虹。

其　三

諸兒寄鉛槧，亦復倦將迎。新婦名家子，頗問織與耕。場餘簸颺迹，户出機杼聲。但能事儉勤，何庸問柢京。末俗恣豪華，天道戒其盈。

其　四

吾衰滯美疢，晏起食每旰。口腹憚肥濃，何爲列滿案。恬澹惟青蔬，輭滑取白粲。烹飪不問經，庖丁聽媮玩。止餘茗甌癖，鼎熾須活炭。水蓻慧山液，夰作玉乳泮。以此累兒童，長笑幘自岸。

牛首弘覺寺有神竈穴地僅尺許從上投少薪倏自生風須臾二釜皆熟云是嬾融所遺

信步牛首山，萬奇莽回互。兹山稱仙窟，山靈日呵護。徐導入香積，拂拭咸矩度。有竈通神靈，中空僅如瓠。稍稍加束薪，罡風竅生怒。周匝靡纖隙，蓬蓬孰吹呴。雙釜擔粟炊，少選已堪哺。三昧劇遊戲，羣駭難悉諭。坎窨泥合成，靈通安所附。欲煩破竈僧，三擊破羣痼。融師當微哂，此竈力堅固。嬾融事事懶，益薪亦嬾顧。火盡薪自傳，以無生滅故。

壽破衣庵山上人六十覺海寺廣上人索也

疇昔破衲子，混世謝修薰。爲療衆生苦，碎剪玻璃雯。衆生苦無盡，肢析毛可毨。其徒山上座，頗軼庸緇羣。金鏊垂十卷，頓悟遺聲聞。錫鉢自如如，不懶亦不勤。一住六十年，而猶衲自不堪綴，海亦茫無垠。衲破海枯，千萬億劫常住世。長舌豈無舌，假余舌壽君。夕與昕。笑彼廣長舌，泡影覺海瀆。

哭許心園丈

君爲余良友，誼更比難兄。余姊秉柔嘉，事君恬布荆。中憲慘見捐，君少亦孤惸。已復罹家難，涉世多困衡。發憤攻下帷，萬卷抽其英。美疢中妬之，蘚匣弢虹晶。余才百倍下，簪紱乃濫纓。及持五嶺憲，母重簪紱輕。君聞爲色喜，鄰畔期耦耕。桑陰櫛燈火，蘭味狎酬賡。妙果縈烟屐，靈泉漱月鐺。俛仰一紀餘，時欣四難并。弓旌自天來，謂余當强行。余出君不待，乘化返太清。七十有七年，貧樂賁幽貞。歸來箕(穎)〔潁〕曲，風咽飄無聲。素心良不渝，玄言儔與傾。流水斷孤弦，老淚紛蹤横。念已超無何，安用纏有情。祗餘薇蕨供，爲叩芙蓉城。

詒美堂集卷之二

海堧祝以豳耳劉著

七言古詩

朝審一章時隸政比部大司寇舒公命作

今皇睿德與日新，憂旱仍復憂冤民。齋居露禱立澍雨，覆盆念彼多沈淪。沈冤涸牘兩繆紮，旭日清飔爲湔刷。死不復生𥿍不續，寧俾失生毋失殺。恢恢湯網瀰天開，翠羽丹書熠爍來。圜扉拲纍盡出讞，坐看悲往倏歡迴。一時歌呼殷巷陌，老稚扶攜手加額。三尺具存胡縱舍，九閽可叩靡闕隔。即今鳩署稱持平，仁君直弼交相成。立馬天街眺晴宇，和氣蔥籠遶貫城。

遊黄仙洞

驅車郢里及陽春，洪崖湏水青相紉。磅礴蝘蜓五百里，中有古洞霾天囷。乍入疑抉混沌竅，萬怪不住來慴人。生猊馴象自搏揣，凝雲澁霧交浮淪。乳澌瑩作玉尋丈，石田齒齒誰初昀。褰裳熱炬奮窮討，且走且蹶寒生皴。世間名實難具陳，崑崙玄圃徒勞神。此洞奇絶襟帶內，嘻吁千古猶荒屯。

題王勳衛畫龍卷

神物何年落綃素，令我開卷神辟易。黑風昏霧觸鬣生，紫電朱烟倂相射。豈無湫壑恣騰踔，江漢茫洋稱大澤。將軍列戟江漢湄，龍也天飛蛻其迹。憶昔草昧翼真龍，留得傳家鐵三尺。鐵作延津怒雨聲，龍噴華陰衝斗色。泥蟠匣澁用有時，八極上下煩揮斥。郢里河山自帝鄉，將軍世世護金湯。秖今瀚海鯨鯢鼓，遮莫驪珠晝吐光。

題張槎溪詩卷

右詩卷爲故少司馬范公自隨，攜去四十有四年而復還，亦奇矣。張君精靈流行于天地間四十四年，一日也。即後千百年，抑尤有不恃此卷爲存亡者。不佞批對三復，何能續餘響，聊以志仰止云。

神物無去來，去來自今古。楚弓存亡定何主，洪灝晶光流太宇。四十四年墨若新，應作君家洛誦譜。自君拂衣歸故山，山溪枕耳清潺湲。軒過刺史屣常倒，碣就中丞管是斑。世人念勿爲循吏，君有好兒孫更異。質行何關身後名，此詩此軸都堪寘。

顏汝逢年丈新納媵

春光駘蕩鶯語滑，小婦新來春十八。鬟髻一窩雲欲墮，步襪雙灣瓣初茁。使君車從北地歸，趙姬多佻燕姬肥。南國佳人古來好，莫愁何必非施威。邇聞閨闈亦服美，帳穩流蘇春漏微。益州侍櫛聊免俗，成都和墨差不辱。使君百行超古人，爲覓璠田種藺玉。明年佳氣鬱充閭，把酒重歌萬事足。

邑侯周公禱雨隨應敬賦

五月農家出僂傴，囊口蓬蓬時掃土。無乃帝遣江湖封，燉煌之人輒相侮。桔槔苦竭粟苦貴，縱插秧成已亡庾。瘥札年來骨未蘇，創深聚族相驚呼。天以仁侯胙吾邑，禱請萬計窮思虞。涒灘無奇退龍哭，昆池有梵那能祝。角巾行隨赤日征，片心直向蒼旻曝。箕占雩舞亦具文，滌燥宣煩仁滲漉。恍忽何來少女風，須臾霡霂洒空濛。怒桴驚嘩寂不起，繁聲大點傾如篰。望裏柔青潑新黛，婦女束秧男秉耒。已分牀頭甖廩空，詎圖眼底生成再。塗歌室頌歡聲流，吾民累劫誠何修。推沴爲蠡在反掌，精爽直與玄工遊。玄工精爽互爲政，恩出兩大難爲酬。野夫滄溟上游住，秫田十歲五不遇。昨夜新畦麯蘖香，壺觴預理登山具。憶從鄂渚識侯先，胸中九派湘江烟。他日蒼生遲霖雨，爲侯重賦湘江篇。

壽季父敏泉翁七十

天目攢青海披縠，於越家聲自吾祝。名士由來不出門，探易牀頭乃知叔。憶翁盛年氣薄虹，下帷盡發遺編讀。詞場所向壁無堅，不擬功名負汗竹。山濤以下魏舒上，隱德徒然賁蓬屋。四方事屬先中憲，世緣不復窮蕉鹿。醉來竟白人前眼，飽後徐捫水邊腹。諸子雅堪寄門户，趨庭教誡惟篤睦。前猷詎必争附鳳，後輩殊憐能類鶩。翁今七十聊恃粥，飄鬢渥頤兩瞳煜。稱觴幸不乏素風，麥熟荷香日初燠。余昔一麾綰楚銅，翁走新詩樂固窮。薄俸能分佐甘毳，老足不踏三湘艟。自余爲郎侍交戟，朔西雲暗扶桑虹。翁函尺一重慰勞，時危轉見臣才工。致身寧復庸内顧，堂慈幸未成衰癃。余時奉使趣歸里，排闥一疏冥高鴻。春朝侍膳了無事，與翁濁醪時一中。豪華倏忽翻手换，榮名潦倒回頭空。園籜新抽足銷夏，秫田雖瘠猶宜豐。季方更自饒氣色，握管叱叱攻雕蟲。箕裘倘堪貧亦得，烟霞長逐山之東。

歌贈吴山人江邨

余生七尺菰蒲中，享其敝帚紛推雄。風塵忽墮湘漢曲，三西邈逐湘雲空。丁年仗劒遊燕市，片刺投人非所喜。偶從款段識吴生，睥睨千秋樂忘死。敦螭彝貘互鬱蟠，純丹膩翠流毗寒。山陰無恙營丘在，齷齪近世徒銜官。生尤翩翩好結客，一諾千金輕一擲。聲名隱已動長安，吁嗟七貴筵頭饜醴腊。

仁侯異夢行有序

邑侯莆陽林公，治踰四載，化漸萬户，仁必先矜，清而畏知，古單父蓋庶幾焉，潁川、渤海而下勿論也。一夕，夢緋衣者前謁，謂宜夙興，毋旰食。侯展轉不成寐，甫辨色而出視事，及退食，而堂之前三楹傾矣。傾之時，正居恒延見吏民時也。此非侯精誠與鬼神合，而平日不忍一夫不獲之念，陰隲於鬼神，何以有此？爲歌紀之。

鈞天錫册兆大昌，祧維旛矣歲乃穰。喆人夢豈僅家室，不於其國其民償。仁侯治邑垂四稔，冰壺玉樹相輝光。清徭從此絶抵石，畫衣不犯躅桁楊。山城五月梅雨足，熏風自臬叢生篁。虚窻漏静睡初穩，緋衣忽夢來蹡蹡。似聞致語亟視事，起坐中夜心彷徨。是耶非耶語猶在，推案曉色初微茫。牘稀吏散侯退食，井梧弄影纔三商。連甍辭雕燕泥姤，古莎破緑階塵揚。巢危那得不及卵，問廐寧必人無傷。世間成毁亦恒理，此毁特異翻爲祥。士民額手衆鼓舞，活人固是鳴琴堂。野夫久醒邯鄲目，棠陰自憩華胥隩。一更看三穗叶三公，老稚年來勤夢卜。

壽許翁敬所七十余與翁作真率會令子同生嘗兩宰大邑

野人自脱頭上簪，與君燈火共青林。春風喚起真率會，騰觚捉麈襟期深。君慈余母並姑侄，厖毓鴻流多壽質。飛瓊況亦耳孫行，冰藕攜來六月實。有子巖城綬再懸，緇衣不改安吾便。秫田歲釀粗已給，且辦牀頭枕麯眠。君家難弟真强記，娓娓七十年前事。無論過眼等狂飈，即使縈心亦飄燧。凰山一拳化日長，幾看海水成枯桑。徐分法醖天厨膳，好佐年年真率觴。

壽周望濤六十

君昔與余尚齠年，意氣同令王父憐。彪湖垂柳三春賦，鶴嶼寒梅一夜編。此時跌宕二三子，肝膽盡豁形骸捐。長堤風軟促膝坐，虛閣涼生枕腹眠。俛仰於今四十載，兒童倏忽皆華顛。君今有子壯門閥，兩孫雅更工丹鉛。五十翛然謝家政，藤牀竹几逍遥篇。自吟自眺復自醉，非凡非佛仍非仙。我今幸且脱塵鞅，幼兒覓果猶便嬛。尚平婚嫁殊未了，五嶽脚底空攀緣。愧前君生三百日，君領諸福何其全。酌君太斗爲君壽，君不謂佞當欣然。譚山嶺頭有丹汁，子午何煩煉胎息。歲月還應我輩私，功名且任兒曹立。

吾族賢科繼起獨大宗闕如至寅齋姪始以明經司訓邯鄲猶未知其能詩也忽以一律并倡和諸什見遺喜而有賦

吾家世澤引霂霡，貳百年來踵纓舄。惟兹大宗久鬱屯，汝用明經力恢闢。餘勁尤工有韻言，珍重無乃豐年璧。五言懷袖忽見吐，雋遠已踰中下格。少選更展叢臺吟，一時和者盡辟易。怪汝操觚鬢欲蒼，笑我逢人眼空白。廣文齋頭苜蓿寒，跧跼將無碍詞客。新詩且爲報山翁，不辭醉折登山屐。

壽許叔文文丈七十

黄花十月偏晶英，相對傲霜髮幾莖。頎然古貌鶴骨輕，七十年作華胥氓。怪藤紛披繡簷楹，微吟淺酌忘將迎。樂忘其樂樂自盈，任幻併亦忘幻名。阿母年來九十贏，古稀更得稱館甥。手斟醽醁薦大觥，期頤宅相還須成。兒孫藹藹羅瑶瑛，世間萬事詎足嬰。温柔久遺仇三彭，卧起一榻肌神清。喆嗣無忝箕山生，余愧巢叟徒荒傖。既已藏光閟其精，安用綺語煩墨卿。鳳山之麓可耦耕，罷耕還尋真率盟，玉塵徐看揚蓬瀛。

純紫玉宋硯

羚峽江潭純紫玉，天質羞令鸜眼辱。畫惟暖炙煙氤氳，輕漚細沫碧静新。草堂研露繡墨膩，夢斷宣和殿角曛。

壽幼岩母舅七十

滄溟滙如帶，天塢峙作囷。宛然華胥域，代有羲皇人。周家原出華胥裔，長隱南陲閱人世。岩翁老矣舅稱幼，幼者今當古稀歲。舅於墳典頗漁獵，恥學書生攻鼓篋。舅于意氣干雲天，不向五陵誇任俠。秫田聊趣山泉種，濁酒且邀風月共。古澹衣冠不逐時，蕭疎棟宇猶存宋。生兒雖晚雅足娱，十齡便已能操觚。未論唾手取青紫，漸喜繞膝看孫雛。憶昔大母壽躋百，尋源世衍長生脈。但須隨分飽飯與安眠，何勞更覓青晶與瓊液。甥也歷落躍山澤，手薦瑶池桃幾核，三千年後相與再看桃花碧。

送李君實父子爲中丞邵公勒石玄嶽

十年以前頗識君，鬚髯戟張氣薄雲。今日重逢漢東道，吴鈎黯淡蓮花文。自言於世一無惜，不忿功名負竹帛。爲重中丞社稷勳，千秋托貯玄參石。即今胡馬數近邊，中丞蟠胸萬控弦。泚筆據鞍君莫讓，穹碑蚤晚勒燕然。

英石歌

昔愛英石供，今作英山主。試褰雨後帷，片片青蓮吐。玲瓏媚虛閣，窈窕宜新篺。高韻抗風塵，寒姿走炎熇。高韻寒姿劇可憐，公餘匡坐對談玄。大扣小扣戞瓊瑀，不劌不琢真天然。乳竇常含湞峽霧，峭頂亂抹芙蓉煙。根荄何年托荒涘，散入中原萬餘里，況也探搜殊未已。它山漫道瓦甓同，壘壘依然完太始。我愧初平叱不前，笑殺宋愚空寶燕。飛來峯頭萬朵玉胚與虬骨，何當一醉長抱松風眠。

行部連陽諸邑有述

日日衣冠狎火雲，夢醒烟霞在眉睫。風生水響起坐看，扁舟已度湞陽峽。仙掌霏微曉色醒，蛾眉殢我含餘情。道傍弩矢夾籃筍，薄褣緩帶塵颸輕。疎林不遮落日燠，浛洭渡口和烟宿。關吏持籌猶漢法，估豎争前絜且祝。爲言使君衆父父，片檄能令虓豪嫵。嶺海安危懵纍棋，使君組紱輕飛羽。榷使垂涎浛洸税，余以去就争之，得免。西去連雲列戟層，輿人有足争凌兢。千盤忽疑穿漏甕，百折仍詫臨危棔。五徑梯窮日當午，蠻女猺童聚如堵。炎嵩冠蓋久不經，似辨侏僪慰勞苦。從此圭峯石閣同，別有宇宙苞淳風。黔赤無懷吏椎指，使君亦與爲倥侗。推案十日公事了，文法惟當去繚繞。褰帷父老晏見餘，榕葉滿庭啾百鳥。歸途乘漲下湟川，谼虚石怒萬鼓豗。祇崖飛瀑相怖眩，空清寒碧流唇咽。憶昨山行欲穿屣，十步五步尺盈咫。此夜輕颿載月行，月墮巖頭五百里。事過千年跡未磨，橵關秦奈趙佗何。水犀間道從天下，銅柱今標馬伏波。地險由來稱用武，疇當畫疆疇拓土。堅瑕何嘗安足數，即今帝朔際窮荒，河山泱漭還千古。

登小金山寶陀院有序

萬曆己亥冬十一月朔，余登小金山寶陀禪院，偶于僧寮得故本一帙，繙之，有曾世大父虚齋翁七言古體一章，莊誦不勝愴慕。翁在武廟朝，由關中學使參藩粤東僅數月，竟拂衣歸。余今棲遲一官，忽忽改歲，讀翁詩，愧翁家法多矣。因踵韻一首，付山僧，俾刻之石，存先後故事云。

金爲靈洲玉爲沙，潮音訇激疑打衙。三生有身亦漏果，東坡有悟前身詩。百事到眼俱空花。耽遊差不愧乃祖，拙宦自是輸吾家。句中之景澹而遠，悠悠飛盡寒江鴉。秀韻遥分博羅色，妙理自發青林葩。高臺四望凌倒景，定泉一試天地茶。啜茶晏坐諸念息，堂前法鼓聞三撾。年來痛癢頗自會，麻姑有爪焉能爬。丈夫七尺還屬我，肯向世路容咨嗟。得歸便唤西湖長，飽冡兩高峯頂霞。

遊七星巖

説與山靈應大笑，兩過崧臺惜雙屩。誰借天風吹我來，殘霞倒飛衆山躍。不知何年斗樞化，紫辰瑶光互聯絡。乍窮窅冥攀巉岏，倏作空青倏丹矱。但聞礬沸復鏞訇，不辨虬蟠與猊攫。谽谺陗削風舞旃，𩆢霴晶瑩冰浸幕。興來赤脚探龍宫，神龍未眠火珠爚。碧乳亂滴陰風生，縞紵無權酒力薄。世外豈更有蓬壺，足底已似穿窮壑。兩度虚憑五字酬，一日都將萬奇掠。爲語風流李使君，石室曹溪對持鑰。嶺南着此兩奇人，千古靈區未索莫。

麻姑兩山詩有序

麻姑以泉勝，從姑以石勝，兩者日在几案間，欲一登跡，未暇也。戊午春，同羅公廓給諫、來長生隱君登麻姑。是日驟雨，雖未及探丹霞、碧澗諸勝，而泉得雨益奇，殊不負遊屐矣。明年己未秋，復得偕魏賓吾給諫、蔡虚谷祕書一踐從姑之盟，相與秉燭褰裳，穿一線天而度，於是兩山之勝，皆得染指焉。爲詩紀之。

麻姑雙流泉，從姑兩立石。泉學玉龍飛，石作金鼇躑。此泉此石天下奇，縈烟抹霧稱塤篪。㶁㴔頗似挾其長，磊砢未肯肩相隨。策杖看泉春正午，窈窕青空吐雙乳。俄然雨急天風生，玉迸珠跳萬壑怒。亦曾緣籐躡石脊，雲霞盪胸天四碧。萬仞誰令一線穿，千刼疑從五丁壁。渤澥東來日輸委，崑崙西去五萬里。兩雄各操造物勝，未聞合則成雙美。漫道匡廬瀑布泉，亦有五老石五拳。秖今寂寞蠡江上，安得隨意漱且眠。麻姑有言試舉似，滄海三變桑田矣。泉流一去不復迴，夸娥驅石石如砥。接侍空驚歲月遒，一語長含萬古愁。泉清石老，且須載酒秉燭遊。滄桑變幻君知不，噫嘻滄桑變幻君知不。

夷庚宗侯工詞賦傍及篆法繪事且高雅絶俗築室西山修其大父
貞吉先生之業而自托於來長生爲七言古體奉贈

五萼三淙互吞吐，靈氣南輸結天塢。玄鶴驚飛嶺月寒，青鸞欲下岡雲嫵。山有鶴嶺鸞岡。仙人一去不復還，十二香城寂寂閒。由來詞客原仙客，托名於仙客，字長生。不是山人却住山。自言學道有深省，會心便足超人境。白屋三間天四幕，黄花滿籬秋二頃。有胸不着世緣挂，坐臥雲根餐沆瀣。謍丘盤礴畫中詩，輞川淡沲詩中畫。余生偶有篆籀癡，垂金屈玉求遺姿。文彭邈矣何震死，直向千秋祀李斯。肘印空懸不部麴，秫田久荒茗畦熟。品泉竟奪徹侯封，麻源況是新湯沐。前見遺麴部印，後更品泉。洪都仙客謫仙才，玉洞丹爐次第開。清時漫訝藏名字，當日相如亦姓來。

夷庚宗侯手書遊麻姑七言長歌見寄依韻奉和

山色晴陰無不好，出郭逶迤曙光早。霏霏殘雨濕籬根，漠漠新烟黏樹杪。風御泠然不可留，直探層巘最上頭。呼吸已通罔罝際，身世俄成汗漫遊。滿地砂飛亂如雨，却憶當年蔡經里。碧樹丹梯縹緲間，恍疑旌珮從風起。石幽泉細景倍清，潭影山光悦性情。神仙却醉地上酒，餘杭老答方平語。詞客乃匿人間名。興來得句時自喜，且任移宮還刻羽。羽字借用故戲之。乞得香城換骨膏，來試麻源滌腸水。不諱前身詩畫禪，擬將雙美敵雙泉。詩神畫趣皆禪悦，解道無言妙不傳。

弔胡哀烈

姑山幾點青嶔巇，盱水一碧縈玻璃。豈無勛名耀竹帛，賸有靈旣歸衿禱。胡娃嫁作李家婦，阿翁治賈不治耔。詎遣彼貜踞堂室，嗔他暠暠須同緇。鞭箠叱詈不敢怨，但許孤檠片月知。婿歸遣妾妾安愬，誓死君前冀君悟。君賈徒矜誇鶴桀，妾留轉觸羣貑怒。諫苦不從言不忍，豈惜紅顔膏井鮒。斯時山川爲震驚，井甃傾摧井冰沍。彼貜躑躅謀益亟，囊沙厝火生無路。貑封貜殪國憲彰，塗咨巷泣天蒼茫。消磨八載寸珠在，澄徹千年一水香。曾讀遺編嗟異代，乃今秉節遊其鄉。爲叩麻源弔青塚，萬山落日松風颸。精鬼常新天地老，麻姑好遇譚桑滄。

即命有序

己酉中秋，家園小集，客有問省闈九十人定未，或曰墮地八支干定矣，蓋世俗所云命也。余嘗作《命説》，謂人之智愚貴賤，從父母未生前陶鑄已定，八支干豈能於墮地時更作陶鑄？蓋天地清淑之氣，最秀最貴，人得之而毓爲靈慧，發爲文章，引爲福澤，原非二物，故曰文章即命。語具余《命説》中矣。余時被酒語狂，頗駭四座，客既散去，對月無寐，漫成二十二韻。

歲在己酉中秋夕，此夕羣才當射策。山亭對客酒乍酣，甲乙誰何漫評覈。或云墮地命爾殊，奚煩今日娖瑕瑜。衆人習見但唯唯，余有一説伸其迂。萬古鴻濛漸陶墍，河洛圖書吐經緯。世間萬事盡餘滓，文章獨抱清醇氣。清醇氣稟自先天，五臓靈通五指妍。人工澄練各有候，却有遲速歸天權。射覆當機尤迅利，雹罅投鍼斤斲鼻。聞見皆成有漏因，空明獨發無師智。此智遥從太始來，三餘聊藉爲重儓。惺靈自是天所命，豈八支干之謂哉。亦有芳腴供吐漱，白首操觚觭入彀。偶然清賦挾其偏，綷羽神芝物外覯。更有奇衺腥竹帛，片語千秋作金石。清稟將無參戾異，原與昏翳不同格。得天最貴清且醇，譬珠湛水玉緼珉。賈胡鮫人瞥見得，罡風刼火終難湮。俗儒闇命工言命，坐令矇瞽辱思孟。思云人性命於天，孟云命也而有性。即語性命皆粃穢，智愚千古終糢糊。勸客無言但飲酒，混沌正苦加眉臚。

宿鷹蜂觀日出霧合而觀愈奇歌以壯之

七尺昂藏東海陲，廿年不受滄溟知。試向鷹峯一著眼，萬象顛倒無能爲。鷹峰峭且奇，星斗懸摩尼。海天兩未坼，我醉方搘頤。山僧來呼起看日，亂山叢樹猶冥汐。儵然天風生，膚腠作寒栗。獨上高峰最高處，見我未生時太乙。少間曙色東南來，上天下地疇恢開。濕雲亂繞山之限，皚皚銀汞流沿洄。沿洄一白淼無際，羣山露髻如浮杯。須臾四顧盡成海，鷹峰獨漾空中檑。乘風不惜溯蓬壺，迷途欲問知何在。旋於混灝中，漏彼二線赤。日上色界呈，翻令海水窄。山之靈，水之伯，籢羑埏紘幻蒼碧，與子一飽烟霞癖。

同吳邑侯李山人元藎弟飲北山禪房十二韻

我聞適不在境在會心，到處深林翳絶巘。又聞千里同心洽比鄰，立吐片語成繾綣。濁醪聊取澆磊磈，狂歌自足當琴阮。轟飲俄驚蜃海翻，得句須令鳳山偃。豈無峥嶸嚇腐鼠，身名易盡丸流坂。試看左馬與曹劉，唾作珠璣氣蘭畹。世人予奪不得與，七尺別貯千秋苑。八閩幟中原鞬，三吳頗亦能强挽。精爽寧教塵莽姤，聲名不傍賢豪遠。海上墮明庖人膾新鰋，嚴城鼓角何清婉。

癸巳奉使還里適中秋有戒不茹葷叔父走詩見問逞詶三章

大雲立海天蒼茫，風塵黯澹歸故鄉，疎桐高竹蔭曲房。故鄉三伏熱亦得，況也月白清颸涼。

其　二

煙水初收湘浦舡，霜颸仍拂薊門韉，清輝已見幾回圓。薊北湘南亦好月，終憐杖屨故鄉便。

其　三

脱冕纖毫無芥蔕，帙散琴横吾意快，剥啄不贋童豎憊。介茶漾碧沈烟輕，塹領維摩酒肉戒。

題操凜冰霜卷爲方氏婦厥考邵比部嘉靖間直臣也

誰謂醴泉出無源，誰謂芝艸生無根。一疏抗顏邵比部，百折凜操方貞媛。嫁夫别夫一年耳，苦爲腹遺猶忍死。衰姑弱息相繼歿，一燈四壁將何恃。冰霜歷盡不知寒，天以冰霜琢肺肝。臣常婦則踵輝暎，氣矗吴峰高鬱蟠。

詒美堂集卷之三

海塽祝以豳耳劉著

五言律詩

送王給諫册封韓藩便道省二慈親于里給諫先公曾令宜良稱循吏有子五人伯以司理考貤封矣

剩澤在宜良，官貧故不妨。龐門留石隱，竇桂吐瑶芳。紫誥雙慈壽，黄麻萬里光。憐余亦有母，送子熱中腸。

送吴給諫册封德藩便道還潤州

玉律頒初夏，金符出九天。旌旄含柳浄，袍錦奪榴妍。上客臨淄重，才名北固縣。鱠絲無久滯，諫艸待君前。

送顔汝逢民部督餉金城

今日乾坤事，那堪問險夷。脱巾芻粟後，按劍羽書馳。民力東南絀，軍聲晝夜疑。營平有方略，行看虜庭犁。

大司寇豫章舒公留心絜法

晝省足陽春，咎繇自直臣。公常爲名給諫。事寧嘗試得，法以握持伸。曠蕩新捐網，平亭老斵輪。致君無學術，何以荅鴻鈞。

喜　雨

聖主高齋肅，皇穹錫貺多。滃濛元氣合，欻忽萬靈呵。玉濺三農粒，珠渟太液波。歡呼滿中外，擬進大田歌。

送吴問源年丈請急歸吴興

薊門千里色，迢遞引征鞍。歲月浮名見，風塵世路難。峴屏供伏枕，茗玉佐承歡。聖代需才亟，因風刷羽翰。

送譚幕徒官歸里適余初蒞隨

別離何造次，把酒重登臨。席擁樓雲白，州有白雲樓。帆吹漢日陰。朋情深去住，吾道足浮沈。鴈度昆陵月，因之托素音。

飲何仲仁甘露園

案牘稀仍懶，林園暫亦便。爲尋金狄掌，得到蔚藍天。鳴鳥深嘉樹，繁花媚曲廛。未須投客轄，客自解留連。

有事小河溪柬袁孝昌年丈

化境驅車入，絃歌到處同。采風阡陌外，聽訟水雲中。立馬千家雪，憑闌一鴈風。美人不可見，裁賦若爲工。

由小河溪宿盧氏庄

歲宴風塵裏，何堪促去騶。亂煙生古戍，殘雪逗寒流。艸樹晚還合，蘼蕪黯不收。清樽對長劒，中夜幻光浮。

勸農至厲山 神農生地

自昔厲山氏，身開百穀先。胡爲所生處，半是未耕田。亂莑黄沙積，焦禾赤口懸。聖明宵旰切，無策效微涓。

送李明府之京

二月蘼蕪緑，前旌不可留。世情終按劍，君意只虚舟。治行三湘最，才名百里收。此行看遠略，和璧愼輕投。

春日同岳別駕邀萬中翰過朱氏家園

郡僻多休暇，載酒向城東。一徑窈窕入，萬竹葳蕤中。新叢著雨浄，寒翠落杯空。安得桑麻遍，與物同春工。

余行勘潞藩賜地之孝感夜宿鳳臺

不爲經阡陌，何因到鳳臺。一坵從地擁，千里忽天開。月度鄖山白，霞侵漢渚迴。陸沈原傲吏，野老莫相猜。

病中陳岳二寅丈屢枉見訊口占奉謝

世路何窮極，勞勞愧此生。病餘驕物態，愁絶見朋情。艸趣呦鳴鹿，榴藏宛轉鸎。有身還屬我，便欲謝浮名。

劉大夫問疾醫來走筆志感

藥裹無長日，緘題忽短箋。蹔忘軒冕累，兼得大夫憐。坐久桐花落，眠過竹葉圓。高齋容傲吏，轉覺主恩偏。

醫諳太素脈理不言病而言余名位所至余守隨陽萬户未蘇一官猶贅醫能如秦越人洞見垣一方必知我心

善病身猶幻，浮名幻若何。瓣香供大士，搨石肖維摩。余刻諸佛書新成。爾術饒奇中，余心久折磨。刀圭倘能借，四境轉陽和。

答李玄暉

余生負俠骨，逢君骨轉遒。乾坤輕一諾，金石重千秋。匹馬今何適，西風迴自愁。文君他日貴，莫忘鸕鷀裘。君移家在郥，有無衣之咏，故末調之。

喜蔣明府被薦

太史循良傳，看君上駟收。米鹽供調笑，翰藻見風流。名久三吳擅，才寧百里優。遙憐春霅色，長對九嵕浮。

汪永叔自郢以本寧先生書來尋當遊梁

漢東空谷裏，忽漫下雙凫。欲和陽春調，還尋照夜珠。解裝餘側理，問字總盤盂。到處知名姓，寧煩折柬呼。

中秋後一夕同陸馬汪方四司理洎興國守張公玩月院署而陸公爲酒主

一尊開署裏，深夜月逾佳。六合還今夕，千秋自我儕。巴歈容屬和，卞璧詎長懷。世事無勞數，浮生未有涯。

會仙橋

夜宿上封寺，攀緣入幽微。梁穿絶壑度，石倚懸崖飛。晴霜拂春樹，蒸霞美朝晞。真仙不可見，惆悵令人歸。

途中即事

路入衡陽盡，人披虎豹茸。千盤穿地竅，一隙漏天容。客思鷺聲老，春愁柳色濃。不堪頻北望，漢水白雲重。

暮雨宿港口驛有懷吴蒲圻陳崇陽二同年

去路渺何極，衝泥此暫停。人家寒雨白，野戍暮烟青。宇宙憑相束，風塵厭獨醒。美人凝望處，愁絶按青萍。

送危雲夢之嚴州郡丞

海内知循吏，那能久借鄖。陽春原有脚，白雪迥無羣。七澤帆邊雁，三江樹杪雲。不知今日别，何處又逢君。

觀音巖

太始闢靈竅，兹山骨太奇。泉争漱珠珞，樹乃結虬螭。躭景聊趺坐，憂時感大悲。余非軒冕客，羣象未須疑。

郢中王勳衛邀飲家園園故白雪樓址

爲憶陽春曲，來尋白雪樓。此樓不復見，此曲空悠悠。簾約花香度，杯含竹影流。將軍有椽筆，下里恐難酬。

武闈與諸僚夜集

聖主闢賢紘，誰先爲請纓。石弧飛貫札，寸穎聚談兵。吹挾秋風壯，寒從密雨生。夜深清不寐，華燭照雙旌。

登岱嶽六首

矯首天門上，人間盡莽翳。崔嵬扶大宇，紆鬱抱全齊。旭樹迴陰室，風湍引曲碕。菟裘何必問，是處可幽棲。

其　二

重巒漾碧潯，寒色湛虛襟。中天風浩蕩，下界影陰森。漢碣沈苔寂，秦封鎖霧深。欲操巖下曲，千載愧知音。

其　三

身世薄虚無，行行捫斗樞。日浮三觀動，雲倚一峰孤。艸昔傳司馬，松今辱大夫。試登阿閣望，往事總萊蕪。

其　四

日觀峯頭立，天風盪九秋。談通青帝座，神並玉仙遊。帶引河流去，杯涵海色浮。乾坤真覺小，感極倍生愁。

其　五

信步躡雲根，蒼茫宇宙渾。石留仙影幻，峰讓丈人尊。一線縈昏曉，雙丸對吐吞。安期有真訣，擬與細重論。

其　六

不盡丹梯外，雲霞逐手揮。真人授瓊簡，玉女綴明璣。海日三更躍，巖霜五月飛。清都無勝此，觸熱竟焉歸。

送王師卿出宰華亭

刀刃發硎寒，批軱自不難。三吴稱澤竭，百里見才單。簾静雲横閣，琴清鶴唳灘。臨歧無限思，相逐到江干。

大行陳太皇后輓歌二章

出震當熙祚，專坤靖丕圖。寵分浴日厚，力借補天劬。施佛觀千刼，遊仙忽九區。哀榮今日事，彤史待操觚。

其　二

母慈臨二紀，壼淑掞三朝。軒曜初沈景，商飈正淅寥。褘留藏故繒，塗閟閴餘椒。下國庸揮涕，霞輀邈絳宵。

壽顧迴瀾母八十顧博雅精字學

君識人間字，常懷式穀慈。寧惟丸膽助，兼有異書遺。天姥排青遠，雲仍兢綵遲。官貧無長物，持壽只新詩。

送郡博東兗孟公擢司延慶教

文德耀冰天，絃歌萬里偏。玉關春許度，碣石道仍懸。風氣高三觀，淵源自七篇。重湖留化澤，溶漾雨和煙。

夏日宿濡上人静室

西湖多沸渚，覺海有層冰。一榻懸相借，雙扉扃不膺。師時來作客，我自習爲僧。上人徒室相讓，故云。夜久諸喧寂，蓮花對佛燈。

送學博寅齋姪

莫道青氊冷，人人自飲和。文章存大雅，模範激頽波。硯井朝暾擁，隋隄暮靄多。商精遊列宿，濟濟看菁莪。

兵使者車公誓師海上見示新詩依韻奉和

浮航應有譯，乘障豈忘倭。譚笑歸前箸，安危仗太阿。赤嶕噉畫艦，白浪捲琱戈。緩帶行吟日，從知海不波。

其　二

旭日秦皇嶼，春風亞父營。一身真屹柱，五字亦長城。柝静宵沉擊，簾虚晝息争。試聽海浦上，機杼萬家聲。

其　三

劉謝歸風雅，蕭曹定指揮。東臨開曉節，南顧慰宵衣。組練侵雲暗，艅艎帶雨飛。鯨鯢聞徙窟，遥懾使君威。

其　四

蹙額瘡痍日，何人執厲階。益兵徒藉寇，募客更驅豺。事往嗟衂戒，時平仰弼諧。龍湫青草色，今始浄氛霾。

其　五

華夷天險共，思患在先防。歲月煩休養，閭閻及阜昌。雨茁牆陰薺，風柔陌上桑。未須論士馬，勝氣已金湯。

其　六

巡方先海徼，軫念特茅茨。有發皆憂國，凡規必救時。投鞭麾甲士，擊楫誓舟師。三尺吴鈎外，囊螢數卷詩。

司教行矣感時惜别情見乎辭

木落正蕭森，臨歧轉不禁。浮沈當過眼，去住失論心。長水帷陰合，延津劒氣深。與君它日約，晞髮峴山岑。

東皋爲查丈賦

東望林皋迴，扶藜蒼翠中。微唫逗山月，長嘯狎松風。肯搆兒孫事，逍遥造物功。聖朝修祖割，或恐及巖衹。

與伯父潯州公過西鄰賞牡丹二首

深林隱落霞，乘興到山家。坡笋茁堪供，谿魚近可叉。高歌銷濁酒，微月暈名花。不記歸時路，東風急小槎。

其　二

已惜春將去，況逢春乍晴。花依高燭媚，月傍綺筵明。耐可詩盟負，將無酒債輕。朝來足高卧，不必問餘酲。

乙酉中秋飲仲兄家憶歲壬午文戰棘闈同此良宵好月也

圓月破陰濛，開樽對面峯。岸巾餘落葉，移席度微鍾。醉眼今從白，修眉舊憶工。時名真長物，興緒坐來空。

入龍井寺刹宇一新憶昔斷澗荒烟恍涉異境果上人楚楚如昨而應酬爲劇矣

數往十年强，重來度石梁。何人新法界，老我識空王。細雨浄山氣，澄泉生茗香。僧雛煩應接，未敢借匡牀。

行睹山阿有棲禪

窈窱破層煙，諸天最上天。有扃皆納岫，無澗不鳴泉。閉目疑公案，將心可問禪。若教求秘密，密在阿誰邊。

王君静村庭梅特勝

江梅隱廛市，曲水徑通幽。主未下階語，香先隔座浮。烟空萬玉蝶，霜老孤青虬。日暮寒飄襲，窅然疑夢遊。

大庾嶺

八千雲水盡，縹緲界南垠。山向中原闢，梅先十月春。靈皋輸異糗，璇室住真人。莫道長安達，恩偏自遠臣。

發章貢辱参戎崔丈祖送江上賦别

將軍還惜别，畫艦繫江干。魚鳥三千隊，風雷十八灘。情悰帆影度，肝膽劍光寒。明主知羆虎，酬恩一寸丹。

同來長生遊麻姑山

曉色漸蒼凉，籃輿引興長。烟鬟初拂黛，風珮雜鳴璫。丹竈千年寂，禾疇到處香。蓬瀛正清淺，何用卜行藏。

其　二

賈勇躡崔巍，相期願不違。樹將雲半合，泉挾雨雙飛。踞石譚鋒起，憑欄酒力微。歸途凌倒景，虹彩照綈衣。

來長生至自龍沙扁舟吁江上久之已而別去將往信州

高人能命駕，泉好暫爲留。古堞寒烟渡，空江細雨舟。譚深茶是癖，愁絶賦扁遒。好去鵝湖道，清霜狎蒯緱。

臨汝飲同年周青來丈出示兩郎君公車業又遺我扇頭詩行次鍾陵對雪有懷

百年身健在，寧道歲虛縻。事業驕衰鬢，文章屬好兒。談深肝膽付，坐久徵宮移。對雪遥孤賞，重探白雪詩。

聞玄岳弟得雋南都喜而有賦二首

吾氏蟬聯業，寥寥一紀餘。斗輝無伏劍，紙貴有新書。氣誼看還好，科名豈合虚。爲言諸後彦，皇網未全疎。

其　二

人擬飛鳴久，一鳴人乃驚。珠懸方照乘，璧剖自連城。特達須難弟，婆娑任老兄。囊餘金鑑艸，聊或佐披傾。余近以嵩賀還里，故云。

雨澍甚宿魯諸生家諸生嗜學燒燭譚文夜分乃罷走筆致意

征途苦煩熱，暮雨忽翻盆。濺沫侵輕袂，糢糊失遠村。諸生能肅客，詩學更專門。長溜和譚劇，通宵一默存。

山行尋梅花水

溪橋行迤邐，山徑互包羅。梅趂巉痕吐，泉争石罅過。未煩傾竹葉，先與試松蘿。爲語山僧道，畸人癖較多。

詒美堂集卷之四

海堧祝以豳耳劉著

七言律詩

隸事西曹署於題名石見先君諱愴然有感余舞象時先君曾攜至

二十年前識古槐，兒童今又戴冠來。覆盆春借當時疏，先君慮囚江南一時稱最。殘碣名懸異代才。海嶽思深餘涕淚，乾坤事往幾徘徊。獨憐齋閣抽書處，不改繁陰覆緑苔。

送李太史册封趙藩

拂曙雲霞照使輪，翩翩玉節下楓宸。千年漳海迴真氣，此日平原識上賓。白雪調高梁苑色，紫泥光動漢宫春。秪今正亟宗盟議，歸有囊封次第陳。

遼東宣捷恭紀

聖主垂衣廟略崇，華夷此日象胥通。陳階舞羽徵虞化，校獵誇胡陋漢功。犀駿久傳清漠北，旌麾仍奏捷遼東。小臣秪續車攻什，會看王庭萬里空。

郡新城之南樓爲一郡勝久墮劫灰己丑冬余剏復之漢東之國隨爲大登兹樓也幾欲小荆楚矣因題其樓曰襟漢而紀以詩

傲吏風流滿漢東，山川此日爲誰雄。斜陽半入城闉紫，寒月忽將林嶂空。杯酒千年酬莽蕩，高樓一夕俯鴻濛。吾生聊玩人間世，矯首風塵思不窮。

其　二

崔嵬一上一悠哉，倚檻雲霞萬里開。地坼漢流襟外落，天浮嶽色斗邊迴。憑將白雪當樽發，剩有明珠照夜來。成毁相尋那足數，即看今古屬莓苔。

喜李山人君實過訪漢東李初自塞上還

八月秋風動早涼，偶逢君到正相望。開函總是千年色，拂劒猶餘萬里霜。何處乾坤容俠骨，此生湖海傲空囊。浮沈一夢無勞數，竟促飛觴酹熱腸。

徐侍御索壽其尊公慕蘧居士居士嘗司訓潮陽以將母解官歸莞東矣

幾載風塵涴舊裯，一揮湖海任天弢。韓山月與宦情澹，參里雲兼卧首高。伯玉行藏原自化，南州物望雅推豪。稱觴正及迎長候，珥筆新分紫禁醪。

棘署與四司理暨張伯常處兩浹旬彈碁呼盧驩甚既告成事于是

慨勝會之難逢嗟人生之易睽用志感謝

南國徵才下使騶，一時仙署共優游。夢回鍾度涼飔曉，静裏碁聲亂雨秋。宇宙百年星聚少，榮名一笑漢波流。羣公總屬明時輔，他日相思竹帛求。

鄂長顔疊陽年兄邀同羅匡湖大行黄鶴樓燕集

兄弟天涯好自憐，登樓轉覺思翛然。醉來綺語霏殘燭，賦罷清音裊素絃。不盡長江摇落照，空餘大别鎖寒烟。白雲黄鶴今千古，莫向風塵問歲年。

登衡嶽

天風滿袖思飛揚，獨立空濛瞰大荒。軫翼諸峰排作豆，沅湘千派引爲觴。夜看南極星辰近，春到朱陵洞艸長。五嶽壯遊今一慰，此生隨處卜行藏。

祝融峯是衡嶽絶頂

祝融峯高高太奇，天低晴翠來撲眉。雲霾俯我百千仞，日月出海逡巡時。誰將蒼水金書閟，欲借元君玉笛吹。怪底烟霞心獨會，千秋祖武却相期。

余滿三載考入郢途中憶郢長田或損年兄

水落天空歲欲闌，浮名重爲一彈冠。朔風萬樹争寒發，晴雪千山向晚看。永夜吹篪還郢調，詰朝手板又粗官。相看莫問三年事，一日風塵思並殘。

郢令田或損年兄招飲玄祐宫

郢中有客擅風流，惜别兼因好月留。百尺璚樓空外立，萬家晴雪鏡中浮。乾坤氣壯星辰逼，身世譚餘夜色遒。來日風塵定何處，相思無盡漢江頭。

安居即古安貴縣屬隨今城址猶存其地頗有人文田亦治

陵谷高深幾變遷，停車野老話當年。隨侯名在猶遺澤，安貴烟荒失故廛。雨過山家場黍足，月來官閣井梧圓。漢東風物真淳古，扶杖攀攜自可憐。

己丑夏六月應山邑宰何君洎學博吴君邀飲印臺山山故傅司馬別業去邑三里而近環邑山皆翼拱而雉堞參差麓林中真如錯繡遠望諸山屏立得斜陽暎射俱作紫金色罡風撼樹若數部鼓吹余宦鄖垂二載餘遊之差可紀者靈濟巖與兹山耳

瘖㾄山靈幾歲年，兹遊端足慰跫然。禮文豈爲吾曹設，二君執屬禮甚謹。疎曠惟應性與便。萬壑天風來杖底，千巖晴翠落尊前。虚亭夜色清如水，不信人間暑未蠲。

登岳陽樓

停橈一上岳陽樓，極目蕭蕭萬里秋。迢遞暮雲江漢盡，滃濛元氣古今浮。洲迴白練帆初落，嶼疊青螺鏡未收。十載風塵搔短髮，蒼蒼寒雨自生愁。

其　二

湖上秋陰劃晚開，登高端愧大夫才。月爭夢澤明珠上，濤擁岷峨積雪來。鴈影寒高玄石渚，笛聲空響紫荆臺。盪胸萬斛相吞吐，此日波臣亦快哉。

送吴明仲之令星子

挾策天泓擁敝裘，分符星渚試純鉤。三江白破簾前曉，五老青攢几上秋。今古戰塵天地滿，東南民力廟堂憂。治平他日推賢宰，爲看吴公第一籌。

送褚進士司直還朝

秇苑當年把臂遊，别來容鬢訝先秋。君今風翮終摶鶚，我自烟簑穩狎鷗。壯歲功名差有味，清時竹帛豈難酬。江雲曉逐帆檣遠，好乞恩波爲報劉。君少孤，育于大父母，今八十偕老。

武闈登明遠樓

把酒層樓引望賒，西山秋色滿京華。金銀氣擁千尋闕，罨畫煙籠十萬家。此日共推圖得駿，當年猶記筆生花。試看衝斗氤氲紫，何處沈淵有鏌釾。

送劉子玄贊畫之遼陽

蛤窟波濤動地生，看君譚笑請長纓。秋風黯入連雲坂，海色遥吞不夜城。六郡材官新赴敵，五陵豪俠舊知名。臨岐莫按驪駒調，匣裏蓮花晝自鳴。

送袁坤儀贊畫之遼陽

循良績自扶風最，經畫聲先瀚海馳。浴鐵霜寒中廐馬，控弦風浄羽林兒。匕前坐奪餘皇色，緉首長深社稷思。紀伐未煩銅作柱，千年華表兀江湄。

奉使榆關

入望關門爽氣浮，河山盤鬱控燕幽。長城半壓秦雲黑，大漠空懸漢月秋。持節可無憂辱國，弃繻寧獨爲封侯。斜陽西共長安遠，殘角嗚嗚起暮愁。

與張士隆賈無鍋二寅丈同年王所敬民部飲榆關城樓張爲地主有乞歸之疏故末致意云

碣石東趨勢莽蒼，一尊高閣俯遐荒。山原晝吐關門紫，海氣晴連塞艸黄。共道批鱗憂社稷，誰憐躍馬老封疆。吾儕幸不逢摇落，竹帛功名好頡頏。

送丁禹門丈備兵潁川

春江相逐片帆來，把酒吴門醉眼開。余與丁聯舟北上。名動雲霄推國士，院當天險借雄才。

西風晝冷觀魚磧，落日秋高集鳳臺。去去不堪頻北望，鍾離艸緑暮砧哀。

其　二

年來郡國正譚兵，此日看君擁節行。地入汝淮偏王氣，身都將相亦書生。共憂西朔塵初暗，無奈中原脈漸傾。試到春申臺上問，客今誰復是朱英。

壽徵兄邀余二三兄弟載酒行春兼訂賞花之約

濛濛細雨約輕塵，最是風光惜暮春。遥浦落紅歸蕩槳，平原柔緑借餘茵。半生久幻隍中鹿，一醉仍逢眼底人。明日庭花正穠豔，清樽潦倒莫辭頻。

送郡司理贇皇胡公内召

汗腕從教宰輔期，冰心何用畏人知。誰能循績兼文苑，好睹祥鸞集鳳池。拂案重陰回暖律，開簾羣卉鬱霜蕤。何年節鉞還重借，時倚星躔望陸離。

嘉興太守莒岍曹公爲郡僅二年郡之人德之不啻懷慈父而肅神明也今届懸弧之辰用采里謡兼抒鄙悃

清時政術若爲工，畫一俄頒滯牘空。萬井煥寒袵席上，片心玄瀋玉壺中。龔黄名盛推爲郡，申甫生原屬降嵩。公中州人。愧我受廛偏覆露，一簑煙雨泛冥鴻。

歲丙戌别戴亭融長安邸中迨戊戌重會湞江杯酒離亭感念今昔不勝愴然顧南北異適輪舠殊駕難合易離益復悽楚因賦二章且訂後晤

繫馬昌山古道邊，綈袍相向各潸然。到來瘴霧五千里，别去風塵十二年。掉臂我甘傖父後，折腰君亦貴人前。浮沈去住都疑夢，回首乾坤好自憐。

其　二

少年意氣五陵豪，此日相看問二毛。末路何人能跌宕，新詩對爾轉牢騷。帆前日落湞江遠，馬首雲開庾嶺高。臨别更期呼斗酒，璇梯絶處弄銀璈。

侍御馬公使院庭栢有甘露降適值誕辰諸大夫爲詩紀之不佞嗣焉

御史臺前列栢高，翠分羅岫響分濤。棲烏幹直原隆棟，警鶴漿寒應壽醪。五嶺清霜溥作玉，十城佳氣釀爲膏。還朝定有金莖賜，南粵謳思夙夜勞。公時報命將行。

登九成臺

大庾東蟠氣鬱葱，九成臺迥攬晴空。烟將山色來衣上，月引江光入鏡中。家遠尺書常隔歲，官閒一節坐宣風。乾坤今古同摇落，醉撫殘碑百感叢。蘇長公有銘刻石。

送陳誠甫之任常鎮大參

乍憶池亭逸思生，重臨江閣别愁縈。玄譚横挾風雷起，時大雷雨。濁酒時含肺腑傾。九曜蒼茫殘夜色，五湖浩漾擁春聲。知君盡識人間字，瘞碣靈書待品評。

送馬侍御還貴竹

風雨蕭蕭暗白楊，去帆迢遞指河梁。但令肝膽長懸日，不悔蛾眉解妬霜。大庾石寒留墮淚，五溪地迥且徉狂。人間勳業尋常事，好向千秋愛景光。

予始至崧臺于七星巖忽忽作夢遊而去今再至而方伯梅公憲長黄公大參李公憲副余公咸集于是李伯東憲副以地主固尋前盟先賦此爲山靈紹介

嶺海羣賢喜盍簪，勝區擬共一登臨。星巖固自宜星聚，粤客何曾解粤吟。倚檻蒼梧雲盡斂，嗡杯瀧水日初沈。道傍懶更逢棋看，回首人間歲月深。城南有爛柯巖，是王質觀棊處。

與大參晴原李公遊揚瀝巖觀瀑布

案牘何當困槁梧，幨帷得共攬名區。望鄉余目空千里，作賦君才擅五都。日落山皆含翡翠，風迴泉忽迸珍珠。乾坤大有棲真地，任是飄零興未孤。

李使君依韻辱和又賦二章見投會明日有謁臺之行而予病甚燒燭漫答

絶壑陰森古木蟠，飛流百尺盪冰紈。聲依午夢時時在，色借新詩字字寒。懶慢春來惟藥裹，風塵日出又衣冠。自余一潄曹溪水，并作人間電露觀。

王光禄邀飲園亭

遠樹浮青入望賒，逶迤重過輞川家。憂時半澁囊中艸，生事全餘砌上花。感舊擊壺驕麈尾，殢酣移席傍鷗沙。瑶光似叶三台朗，未許商山戀紫霞。公以靜建儲還里。

端午清峽舟中

晴江空碧漾輕橈，獨把蒲尊對寂寥。瘴厲忽先朱索浄，兵戈倘藉赤符銷。鄉心去住渾難擬，病骨風塵轉欲驕。一啜定泉諸念屏，峽有定心泉。望中雲樹莫相撩。

喜家兄壽徵之任南安司理詩以代簡

竹馬初迎章水漬，斗邊雙紫忽氤氳。乾坤宦迹憐池草，南北天涯隔嶺雲。兄自孝儀還領郡，弟慚元敬雅無文。挑燈細展親朋字，欲見無由思轉紛。

奉訊座主楊公時以修撰出參閩藩

詞筆西清幾大家，至人遊世且龍蛇。十年夢後燕山月，千里神先甬海霞。牛斗自沉天半色，騠奔虚擬渥中驊。泰階銀礫將無動，早晚明光趣召麻。

陳征蠻朝鮮凱還

誓埽攙搶萬里清，將軍奇計敵知名。颺昏潨海酋旛偃，霧歛神嵩漢幟明。百戰九重推授閫，一身兩粤借長城。庾巖亦有摩雲石，好擬銅標對勒盟。

查丈仁卿之粤西憲舟過曲江譚家鄉事有感

鈴閣憑虛倒玉巵，風塵此日慰遥思。蠡江桃李春争媚，羚峽芙蓉秋正宜。語罷壯心紛跋踸，愁來歸計轉差池。天涯無限臨歧感，雲到蒼梧欲度遲。

顧侍御按部惠陽虞人得熊以獻賦此

青削瑶梯逼漢迴，法幨晴傍麗江開。即看狐迹飛霜浄，忽有熊祥叶夢來。繡紵乍酬丸膽志，綵毫重爲獵書裁。公以奏最貤封，邇又特疏請罷諸無名之征。安危注意原非偶，今古兼須渭水才。

余將以入賀行舟次三水别李伯東憲副

紫氣西連五嶺陲，風流文采竝淋漓。珠江不作尋常色，石室争開太古奇。公闢搆諸名勝，咸有摽咏。永夜欲成千里別，陽春更許幾人知。相看不禁臨歧淚，酒醒潮生月落時。

其　二

春深羚峽水如煙，爲爾重停下瀨舡。譚裏雄風吹短劍，賦成凄雨澀朱絃。萬年天子嵩爲壽，半夜蒼生席肯前。無限乾坤未平事，感時惜別思紛然。時採榷正亟。

拜表後別藩臬諸寅丈

擁傳乘春出五羊，晝橈珠海灧晴光。一人祺壽同琛帛，百粵安危倚駿良。矯首雲霄看欲近，致身經術愧無當。曲江舊自餘金鏡，還許波臣叩總章。

余去芙蓉江十年所矣番禺唐公賞由潮陽移海昌修通家禮甚殷一再見示詩刻居然大雅愧余偃卧海上不數數晤也公今擢惠陽行且有日漫爲一詩寄意兼柬王省軒光禄

江冷芙蓉幾送秋，通家片刺故綢繆。世情覺我時時澹，詩力多君字字遒。攬勝可無探禹穴，傳經仍合長羅浮。行過竹里如相問，十二橋邊烟雨舟。

送聞徵弟之南比部兼懷無功宗丈

河橋新柳遠含烟，爾向鍾陵我向燕。人世浮沈聊自適，天涯南北倍相憐。憑將拙宦稱難弟，莫傍清曹愧吏仙。爲問吾家名給諫，憂時雙鬢可猶玄。

奉訊本寧先生

乍傳奎壁動維揚，隱約微垣掞紫芒。千古文章周大鼎，一時壇坫魯靈光。未論删述垂蘭谷，還擬賡歌重栢梁。咫尺龍門思執御，病愁無奈滯滄浪。

爲趙銓部壽母

三峯遥入紫薇邊，甆色高從太白懸。家近西池桃實薦，坐臨仙掌露華鮮。茗香夜禱還移孝，疏艸朝焚獨對天。欲識顯親歸令德，即看冰玉照衡銓。

送朱惺復出守建昌

鍾山一望楚天長，晝隼乘春入豫章。曲渚清暉留卷幔，層巖擁霻待晨裝。清暉、擁霻，皆亭沼名。蒲從卧理施無用，榻爲投交下不妨。青社向來深雨露，未煩停轍問南陽。

送同年榷關李從樸

十載甘泉侍從臣，湖山争望使車塵。水衡此日餘棠愛，將作何年罷榷緡。曉露芙蓉迎畫楫，秋風禾黍狎青蘋。聖明倘賜臨軒問，好爲東南太息陳。

送甘公紫亭以浙撫徵拜大廷尉有序

甘紫亭老師正直開朗，爲海内人倫冠冕。邇持中丞節，鎮撫兩浙，一切興除於膜隱若覿，且躬冰蘖，以風諸文武吏，一時靡然式化。而天子留心紀法之地，以大廷尉趣召，天下將無冤民矣。吾浙不並受賜乎？以幽辱在門墻，僭爲詩二章，庶幾俟他日太史之采。

咫尺雲霄眷命新，謳謡闐道謁車塵。一時肅穆櫜前曉，萬族流移疏上春。霜幕冰心同暎徹，高牙列棘並嶙峋。無冤自是邦家瑞，會看餘馨起鳳麟。公始得子。

其二

十年名姓愧登龍，懷舊論新思萬重。卿月高從三坐朗，法星光借九秋濃。傳來驟撤侯家宴，向去長銷海(繳)〔徼〕烽。但使中朝相司馬，菰蘆隨分老吴儂。

簡梁右伯

真氣東南掞尾箕，湖山總爲使君奇。栢梁詞賦誰當代，薇省風流自一時。不盡棠陰濃覆露，幾因家世愧酬知。黑頭公輔何煩祝，姓字琳瑯在玉墀。

占鼇塔有序

占鼇塔經始於前侯潯陽郭公，落成於今侯清源陳公。塔在邑治之巽隅，爲文筆，此侯名塔旨也。塔既成，侯登眺而樂之，援筆爲記，勒之石，復命不佞當爲詩紀之。不佞讀侯所爲記，其文詞雄麗甚，更安所措語？漫成二律，識盛美云。

亭亭傑搆倚崔嵬，躡級憑虛亦快哉。天柱搏青杯底出，滄溟滙白鏡中開。百年邵杜留餘澤，一代文章叶上台。員嶠方壺應咫尺，何人先掣巨鼇來。

其　二

嵼乳蟠翔到海垠，飛甍百尺拄青旻。初疑世鬼藏金粟，幾見蓬瀛起玉塵。日落寒潮雙峽壯，天低烟樹萬家春。磨崕綵筆知難和，聊嗣玄虛附不磷。

丁酉有鶴飛集武庫公署爲寅長韓伯明賦

仙署無譁晝漏清，仙禽縹緲下蓬瀛。翲應武庫藏兵爪，不向塵寰競轉萍。竹徑月來窺瘦影，松庭風度戛寒聲。使君自是緱山侶，好放冲霄羽翼成。

丙午元日

穩傍滄江狎釣竿，年年骨肉對團圞。椒觴判讓從頭醉，餳餌還承繞膝歡。未少笙歌窮曼衍，且教花竹報平安。盤辛脆滑蘭湯膩，昨夜春風已破寒。除前一日立春。

寄家弟泰徵進士

歲月從弛懶慢中，因風聊爲托微衷。鳳承初日毛争彩，驥展長衢步益工。素業但令稱是子，黑頭何必艷爲公。即看棣萼聯翩起，烟月西湖未擬空。時君壽兄、若虚弟俱就試北闈。

送若虚弟就北闈試弟業春秋而今上特命詞臣撰進春講義故末期之

柳色長堤拂曙烟，酒酣慷慨賦遊燕。黄金自貸涓人骨，白雪寧操下里絃。兩地辟雍知國士，二難經術是家傳。弟與君壽兄皆業《春秋》。即今虎觀推麟筆，好待青藜乙夜燃。

詒美堂集卷之五

海堧祝以豳耳劉著

七言律詩

與于文若别八年矣邂逅濟上感慨舊遊賦贈

長安匹馬傍風塵，回首參差歲月湮。文采濟南推地主，嶔崎嶺表倦波臣。異時說劍人俱老，此日啣杯會有神。葉落江空帆影度，相思三觀日嶙峋。

送仁山伯兄司訓皖城

圻内師儒儼國均，青箱雖舊價猶新。即論雍序偏蒼玉，自信春秋有素臣。鱘鬣晚充留客饌，龍樵秋拂着書裀。天涯兄弟看容鬢，好問江流寄慰頻。

閏八月十五前寓檇李今歸海上

一歲中秋逢兩度，桂輪前後及新晴。煙湖自挾珠光媚，滄海重將練影横。濁酒儘拚經月醉，幽期端慰隔年情。東菑況值黄雲熟，雞黍壺漿取次迎。

病後值中秋客有勉余起家者因述鄙懷

據梧偃蹇卧江城，秋思俄從遠笛生。客鬢二毛窺善病，寒光萬里媚新晴。天空雲樹河山邈，露下庭臯枕簟清。俯仰百年吾計得，肯將真賞借浮名。

其二

雨過重湖秋正中，開尊聊復對空濛。柝聲何處催黄葉，月色千門度早鴻。骯髒骨存無礙病，拍浮蹤幻秖宜窮。當時嵇阮心誰會，但道憂生感慨同。

歲己卯余讀書孤嶼之梅花屋值懸弧之辰覺海禪院廣上人輩爲余燃燈諷梵乞靈於大雄氏余時猶在諸生間而今年己酉復值兹辰則廣之嗣孫珂上人輩亦爲余燃燈諷梵儼然靈山之會未散也因念三十年來佛廬既罹刼灰上人輩亦相繼示寂所存舊識數輩僧臘亦頗深矣夫幻境不常何論幻身又何論浮名去來尤幻幻者乎惟有旃檀貝葉可了無生事耳漫成一律

猶記寒梅伴素緗，夢醒還是水雲裝。閒來轉識禪心古，事去方知佛日長。屋外好山圍舊碧，堦前流水濺新香。一龕已了無生事，何用靈飛覓禁方。

承李還樸使君手書新詩見投依韻答謝時寓小金山

天空水遠望平夷，四面江山畢獻奇。書是山陰醒後字，唫成摩詰畫中詩。安攘事業誇千載，嶺海艱危又一時。日暮蒼梧何處是，濕雲如雨雨如絲。

己酉中秋與心園許丈洎兩甥館師諸從小集

天敞虛庭洗露新，坐中俱是得閒人。月從碧砌朱欄矖，話入黃雞白酒真。萬事棘端争剩晷，百年杯底狎良辰。江籬秋色深逾嫵，漸惹先生墊角巾。

其　二

玄語霏霏雜薦涼，夜深無醉只清狂。藥爐經氈維摩室，月色溪聲華子岡。詩染秋容旋欲澹，茶烹岕乳别生香。坐來忽重鴒原痛，漫道吾衰感慨長。

烟雨樓郡守龔公新葺

澤國蒹葭水氣涼，空青一片蕩銀黄。樓臺過雨澄新沐，市堞和烟暈晚粧。檻外忽浮滄海氣，尊前遥挹少微芒。漢廷太守龔公最，不是風流詎足儻。

壽許徵君五十故雲邨給諫孫也

天只峰頭獨攬輝，箕裘何必盡金緋。閭閻自是寬真隱，歲月無勞數去非。問字當年玄是閣，卧雲終日紫成幃。邨名紫雲。不辭牽犢爲君壽，洗耳溪邊艸正肥。

懷川叔不勝悼亡之感作二詩見示因口占一律

大化茫茫未有垠，百年身世寄逡巡。儻來富貴原春夢，偶聚妻孥亦幻塵。荷鍤自隨寧諱死，挂瓢終弃始稱貧。達人去矣高風在，好爲浮生一解顰。

雨中過白蓮寺

湖波十里雨如烟，信步禪扉問白蓮。生死直從參際了，葛藤久向静中蠲。龍湫自鼓輕舠度，埭茗新傾定水煎。滙龍山下有泉水一泓。莫訝少年修苦行，蓮花出水自蔫然。

丙辰起家長安邸中寫懷

帝城秋色曉蒼蒼，客舘俄驚落葉黄。菽水廿年猶恨短，風塵一日即爲長。幾人借箸真謀國，何日吹笳奏破羌。自是安攘歸廟略，不妨清世老馮唐。

上元小集

歷落浮生夢幻空，團圞良夜晤言同。樓臺碧暈月初滿，燭焰紅高春乍融。但使清尊長對客，不妨華髮漸成翁。風光届始從今夕，芒屩花輿烟水艭。

暮雪探梅小飲偶得直指推轂之耗漫成二律解嘲

片片寒雲護晚曦，静緣端與世緣畸。清時物色空相慕，白首疎慵轉自疑。歲月不妨文酒過，乾坤真爲綵衣私。虚庭雪欲封梅遍，故向横斜漏一枝。

其　二

世事年來歎積薪，憐予且作自由人。璠璵不分尋常石，經緯都輸七尺縉。薦章有經緯璠璵語。菽水足娱貧未憊，薜蘿無恙野而真。亦知身隱文何用，莫遣空明點幻塵。

初至龍沙羅公廓給諫扁舟逆我江上憶别來三十餘年矣

春色天街並短騣，當時意氣各如虹。二千里路風塵外，三十年光夢幻中。君自皂囊先國恤，余依斑綵亦家風。却憐身在無它語，相對寒江萬緒空。

讀鄒南皋先生語義合編有感

道向分歧得本元，學從真際絶攀援。試探鳳瀑逡巡脈，并作瀧江浩瀁翻。解道危言驚電掣，還將完行結天根。自嗟十六年虚過，性命彝常總隔藩。辱先生念及陳情事志愧。

奉贈鄒南皋先生

隱約晶光傍斗牛，二儀真氣滿南州。玄言細吐匡山色，白髮長懸魏闕憂。自是行藏關一代，漫云廉立付千秋。時危旦夕還求舊，未許龍華愜冥搜。

夷庚宗侯築室西山深處學無生理書來具述看雲聽雨之適奉懷一首

天柱幽奇太古留，卜居仍愜勝全收。微雲澹抹前山曉，細雨寒生別浦秋。徙倚盡成詩裏畫，椷題時作夢中遊。浮生并向無生了，了却浮生且任浮。

立春前一日過鍾陵大雪沮行沈令君世丈餉我春酒得近體一章

春事相將未著梅，六花一夜玉峩嵬。斜封百雉寒光積，盡擁千山朔氣來。豈少洛陽存客誼，兼輸郢里屬歌才。乾坤易盡風塵興，信宿何疑訪剡回。

秋日登盱江樓

檻外江流碧蜿蜒，八牕虛敞得秋先。傳來塞徼烽猶滿，其奈閭閻賦未蠲。疎樹亂山烟靄際，人家古渡夕陽前。牘稀不厭頻登覽，賸喜重書大有年。

贈鄭愚公太守

一代風騷寄薜蘿，至今遺愛滿滹沱。功名肯傍循良起，歲月還看意氣多。莫遣寒光高北斗，恐妨塵夢醒南柯。吴儂早有投簪興，喜得新詩與細哦。公詩極里居之樂，并用南柯事。

壽益王

丹霞山色照江城，帝子英徽纘令名。繙得異書摽太乙，緼來真氣煜長庚。雄風自逐薰風敭，湛露時隨紺露盈。戀闕正須賡六月，兕觥時祝塞煙清。王誕辰六月，時捐禄助邊。

寄懷鄧壺丘憲副公以侍御出領浙之金華部

隼幰高褰坐曉春，夾江旌旆引芙蓉。指麾組練歸如意，慷慨勛名待景鍾。公簡所部卒赴遼。茨嶺着霜柑競熟，縠溪浥露酒初濃。聖明數問淮陽守，千里須君爲折衝。

辛酉登粤東五層樓憶庚子去粤二十餘年矣

夾道松風鼓吹殷，憑高萬象俯氤氲。簷虚曉浴蒼茫日，棟濕春藏窈窱雲。玄覽跡荒餘鶴唳，翠微草長走麏群。回思二十年前事，倚醉狂歌岍惠文。

其　二

當年猶記陟層樓，此日重來感舊遊。迴合三江元氣抱，參差萬井夕陽收。宦情似比龍泓澮，民計還深蚌海憂。徙倚不堪頻北望，遠山重疊暮雲浮。

送參戎潘公之松藩

榕葉含風正早秋，將軍新紵下炎州。三湘奕世推熊略，百粤諸夷識虎頭。旌色恍從青嶂出，陣雲猶傍錦江浮。綵輿到處堪娱日，好向西征説壯遊。君有太夫人在堂。

林五磊世丈招同諸寅長飲寶月臺時遼陽挫後川貴報復至

出廓春寒尚襲膚，使君珍重有行廚。喜逢勝友襟期豁，乍讀殘碑歲月殊。歷亂巖星呈遠翠，空濛寶月湛明珠。杯行黯澹不成醉，四海何當罷鼓桴。

壬戌三月督汛廣海即事二首

春時號令布先庚，到日登壇執耳盟。海氣浮空迴大壑，山形挾暝壯孤城。久煩拊髀思英俊，未少蟠胸有甲兵。自是聖明宵旰切，會看波静塞烟清。

其　二

海大無際浄朝氛，指點樓舡下瀨勳。浪閃旌旗鵝鸛隊，戍喧鼙鼓鶻鵰群。波臣無力寬南顧，廟議誰當領北軍。萬里羽書音問絶，悲歌倚劍坐宵分。時東陲屢衄，望陲信不至。

同卿諸老酹方正學先生墓

學士玄扃近帝衢，歲時父老薦江蘺。舊君故國何煩檄，殄族劖骸自若飴。渺矣江山千古淚，焯哉明聖異時思。斜陽忽送鍾陵色，萬樹松楸咽暮颸。

壬戌粵東籌海署中得南光禄之報

庭栢風清晝漏閒，何來剥（喙）〔啄〕語烏蠻。似傳海徼銅符使，入奉陪京玉笏班。五技漸窮堪再試，孤飛欲倦好知還。明朝便趂潮東去，秪惜羅浮碧數鬟。

其　二

曾記含香奉紫宸，滄江甘自老沉淪。行看劍舄猶前度，前後粵臬。博得金緋總後塵。浪捲鯨戈紅髪遁，時紅夷入犯，殲其魁，遁去。雲開鸞詔紫泥新。年來吐握清朝事，萬里恩覃瘴海臣。

其　三

贏得清朝歲月多，君親兩大奈恩何。笥中舊綵猶餘戀，劍首新霜宛自摩。纔見羽書徵浪欒，何時組甲下蓬婆。廟廊濟濟調羹日，狥職還思薦鼎鹺。

其　四

歷落風塵鬢欲秋，那堪重作鳳凰遊。久抛六代繁華夢，試問三江煙水愁。過嶺石英沾雨潤，到家櫨橘帶霜稠。癡兒莫向君平問，出處於今好自由。

將之留都任

片帆纔下九廻灘，又復因風刷羽翰。世事總輸牛馬應，物情聊作鷃鵬看。主恩未擬寬高枕，臣力那能學攎鞍。次第弓旌煩啓事，玉班行覲集琅玕。

其　二

聞道鍾陵是鎬京，兹行差足慰平生。鳳臺牛渚應如昨，二水三山好結盟。干主向來慚負鼎，著書仍喜傍煨鐺。從他不減侯家宴，轉愛清時傲吏名。

春日林翀漢寮長邀遊靈谷寺

春霽長干暖漸舒，相期出郭信輕輿。松杉夾道蒼烟裹，宫闕浮空麗旭初。六代事過真主出，一龕靈借法王居。歸途不惜穿梅塢，酒氣花香滿素裾。

同林翀漢登燕子磯

虚亭四面敞天風，今古雄圖指點中。石壁峪岈春蘚合，江流吞吐夕陽空。譚深乍醒繁華夢，酒淺難澆磊塊胸。不爲浮雲空極目，儵然身世寄鴻濛。

遊嘉善寺一線天步翀漢韻

爲探幽奇拂曙來，風塵雙眼瞥然開。初疑鬼斧劚方就，忽訝神鰲駕乍迴。一線是天窺混沌，千年成劫蕩飛灰。滿前景物難爲應，冉冉東風莫漫催。

與翀漢遊牛首山攜次郎君方弱冠有文章

梅花滿樹艸芊綿，牛首行行破曉烟。窣堵何年留幻影，法堂隨處擁青蓮。洞幽恍見辟支佛，巖迴疑穿兜率天。辟支、兜率，巘洞名。皆有郄林真玉樹，不將文酒礙譚禪。

贈别翀漢

知己天涯意氣偏，長干名勝恣遊轔。佳兒少更饒文采，傲吏貧猶給酒錢。賸有篇章飛白雪，不因衰颯廢朱弦。清時好步夔龍武，莫爲蓮峰久滯牽。

送魏道冲以南少宰召入東閣

極北雲光五色開，相麻初下鳳凰臺。春堤緑浄沙新築，曉陛聲遲履乍回。囊草十思酬主聖，家傳三立命時才。都人到處迎車轍，蹋臂傳歌司馬來。

其　二

清時寤寐卜師臣，風度如公自偉人。公於講筵受知。舜日兩階看羽舞，周楨千載叶臣鄰。時内閣正滿十人。大伾不改縹緗舊，天塹長留砥柱新。此去細旃頻顧問，東南民庶待陽春。

送區羅陽廷尉北上

柳色隋堤緑正匀，徵書南下墨光新。千年嶺海迴真氣，一日廷平簡直臣。門自干公高赤棘，佩從治氏吐青鱗。聖明宵旰還求舊，國事須君太息陳。

讀故京兆尹近川查公紀夢詩公之孫受之丈索和原韻

聖主裳衣拱紫宸，長安車騎滿黄塵。何當執國紛行意，未少臨危解致身。萬里瘴烟生死幻，廿年清夢去來真。春回嬴得春常在，簪紱于今識世臣。

壽許起雲丈六十

榆社年來慰索居，更多風誼表鄉閭。山藏柱史當年草，水護先生舊日廬。赤紱自應看步武，青氊寧必問居諸。庭階羣阮前爲壽，桂影醅香樂有餘。

瀛洲金公翩翩雅士今年届七十自號賁白先生許甥穉喈索詩爲壽

返賁還真自道沖，拈來賁白總參同。塵緣生計浮雲外，茗椀詩篇落照中。瀛水向東清復淺，張星任世老猶童。君出張系。多君已自忘機久，猶未忘言問海翁。

壽查繼泉丈八十

燈火蕭森接素廛，多君風尚古人前。青囊委篋稱真隱，白首閒居是地仙。一局楸枰桑海幻，幾人堂搆子孫賢。身逢六代雍熙日，收却竿絲渭水邊。

喜姪士奕以大官丞覃恩二尊人

高枕滄江白露零，喜傳丹綍下空冥。百年舊業仍緗素，一命宣勞足汗青。爾向困衡饒遠騁，帝從恭孝鑒餘馨。衰遲亦濫官厨俸，端愧涓埃報禮輕。

賦得海色晴看雨二首

海門高障百川東，吞吐東南萬古雄。漾碧粘天初瀲灧，空青挾雨忽冥濛。襟期似逐鯨波壯，塵翳還隨蜃影空。莫把陰晴論海色，試登天柱看長虹。

其　二

天吳萬里擘雲開，動地潮聲吼怒雷。應是麻姑桑欲變，也知玄草賦難裁。霞光忽擁蓬壺出，霧色遥吞瀣渤迴。斥鹵漸荒徵漸急，越裳何日貢琛來。

紫雲洞

病餘筇杖轉支離，爲愛名山一探奇。窅窈幾盤穿絶壑，嶔崎百尺挺寒姿。亦知鬼斧難爲琢，剩有禪燈乍可窺。日暮雲深山並紫，歸途剛趂夕陽熹。

乙亥秋日與許心園諸公遊鷹窠山雲岫庵次項上林韻諸生時作

絶頂禪林此托棲，鷹聲啼破萬山凄。地從紅日落時小，天到滄溟盡處低。醉後僧雛頻瀹茗，林端客子遠扶藜。余來已覺嗔癡盡，不學涓涓照水雞。

其　二

信宿叢林怖鴿棲，境當幽處自清凄。山形故挾濤聲壯，暝色遥將鴈影低。出岫無心雲逗閣，尋僧有約手扶藜。塵緣未斷空歸去，萬井炊烟唱暮雞。

穀雨同陳周二子入龍井山寺寄謝真果上人

履屐扶攜入亂山，烟霞撩我愜躋攀。片雲石迸雲猶護，萬蕊池空蕊自班。賴有聖泉烹碧乳，更無靈藥駐紅顔。爲煩山色泉聲處，許築逃禪屋一間。

王司理吴邑侯二座師邀余及家弟元藎于通玄觀校閲兩浙諸生文

吴嶼嵳峩倚太清，束書載酒坐虚明。長江遠度千帆影，高竹寒流萬壑聲。漫向衆中看牝牡，直從韞裹識琮璜。吴山第一峰頭立，軫翼熹徵紫氣横。

立夏日與元藎聞徵二仲孝廉飲潯州伯失二丈壽徵兄在席

春光换夏纔今日，芍藥藏紅一試妍。坐裹有甥能酷似，朱于伯爲甥舅。尊前諸既雅同憐。

雄心不禁呼盧外，醉眼俄空落照邊。賴得清時供我輩，可將詩酒負靈泉。

北山寺與邑侯吴師李山人家弟元蓋小集得星字

喜見池塘夢艸青，況逢詞客滯滄溟。偶來問字玄爲閣，欲與談禪水在瓶。塢外杯浮三月雨，坐中人自少微星。卻憐骯髒原同調，莫放春時一日醒。

飲北山寺得歌字

雨後春光半已過，清尊還勝入煙蘿。論心跋䟞千秋語，倚醉支離一曲歌。月落海門潮水上，露溥花徑夜寒多。乾坤高會還誰擅，紫氣東南屬太阿。

送邑貳尹梁公還歸化

於越江頭秋正清，扁舟高舉向南征。昂駒未展村元足，棲鳳徒遺仇覽名。月映西臺心已白，波興東海恨難平。翩龍謝却塵棼累，翠竹清泉自在行。

再遊雲岫庵次前韻四首

管領諸峰海屋棲，丹楓碧草釀清淒。廿年眼界從今遠，萬里天容到處低。自趁漁樵來野徑，盡收湖海入笻藜。也知涉世渾無味，不是羊溝沐首雞。

其　二

乘風還覓最幽棲，風攬寒岩萬木凄。塵思對僧渾（滲）〔慘〕淡，月輪隨磴互高低。清宵有夢依鐘磬，野衲無禪愧藋藜。獨起振衣成一笑，太空何物不醯雞。

其　三

天柱遥分突兀棲，羊腸一轉一清凄。目窮湖海萬象屏，指點吴越羣山低。宿靄漸嘘封鳥道，罡風忽起舞虬藜。衹今解却西來意，只是晨鍾與暮雞。

其　四

此夜禪扃一冥棲，餤心無相復何凄。月呈片片青蓮出，烟織山山翠幕低。静裏自鳴雙澗水，夢回寒挂半牀藜。霞旌欲擁朱光吐，隱約桃都樹下雞。

鶯脰湖送别朱考功座師時余下第初自燕京歸。

一抹胥山千頃湖，浄筵籠月月糢糊。夜光炯傍尊前發，暑氣寒從劍首徂。誰復青雲論意氣，愁將白雪抵榮枯。持衡此去燕臺上，爲問千金骨有餘。

乙酉九月雨經宿不止獨坐無聊因念失意二三兄弟何能堪矣

積雨淫洿黯不收，空齋仍釀古今愁。黄飛亂葉河流暝，白擁千山海氣浮。末夜悲歌頻倚劍，感時容鬢畏登樓。吾儕秖爲榮名妬，消渴相如故勸游。

陳邑侯修勸駕之禮且出示近體一章聊此志謝侯楚人孝廉時作

涼雨初收秋正勻，海濤浮白壯層闉。共推冰蘖聲中宰，卻是陽春調裏人。三載沉淪虚自詫，千秋意氣莽難馴。酒酣上馬出門去，試睨吴鈎欲蜕鱗。

詒美堂集卷之六

海堧祝以豳耳劉著

五言排律

喜朔方捷至二十四韻

西北欃槍起，琱戈向日橫。朝廷頻發粟，郡國大徵兵。不窋陰霾黑，中原殺氣腥。將軍新授鉞，逆豎久嬰城。謾衆妖成讖，勾戎譎締盟。跋胡纔伏穴，狂噉已踰甿。水捩乘風立，沙寒挾吹鳴。人心争厭亂，天意欲摧盈。平虜推猿臂，遼陽亦虎鬖。有身嗟後死，與賊恨俱生。插羽先鳴鏑，登陴鼓踐更。月昏褫突騎，霜赭受降旃。片檄馳千壁，如綸霈六卿。豕封徒躑躅，鮒涸涴飥烹。不遑心羣折，諸邊氣已傾。履霜由浸漬，揭日陪峥嶸。戢舌虚相仗，焦眉乃獨勍。燐青餘赤藉，骨白半蒼生。爾解苴窒泐，誰爲執釁萌。往猷隳末路，今略慎先庚。蜃窟旋渦沸，龍堆宿艸菁。策勛期盡敵，謀國忌雄成。撻伐旂常事，艱危戡戾情。鐃歌成未獻，佇擬瑞華平。

喜雨詩二十韻爲郡侯曹公賦

民方離陽九，痛定加痛時。五月愆其濛，三農聚而咨。市粟既日踴，野棹徒夜疲。坼龜焉可溽，妖狢竟疇麾。澤國今靡改，嘉禾昔豈欺。郡侯饒異政，雩禱絶前規。或恐吾仁涸，將無庶職紕。塞陽空爾試，舞覡亦何爲。步逐雲霾赤，行看面目黧。屏齋宵漏過，撤訟晝簾垂。符卜終佹測，身祈應輒隨。帝鞭驕日走，鬼御蟄龍馳。霶霈初懸練，依微漸裊絲。萬家清若浣，四壤潤於飴。菽種紛趨隴，擔虆更補陂。饔餐卒歲計，陶播寸心知。起穰還明主，頒繇付有司。頌歙均吏士，鼓舞盡冲耆。侯曰非臣伐，余能噤我私。商霖看異日，遺愛在今兹。

家園牡丹盛吐與諸公小飲

家釀今朝熟，名花昨夜開。雨餘山圃静，睡起客軒來。促席林光合，憑闌野色迴。晚添花氣艷，狂露洒斜才。狎興先杯發，歡端逐漏裁。楸枰失豪舉，壺矢挾渠魁。傲骨生難穩，雄心俗自猜。生憎天地束，醒醉各悠哉。

陳學使誠甫公署故尉佗舊邸九曜石立水中甚奇學使扁舟載酒劇談竟日賦得十三韻

金鎖青連海，羅浮紫亘天。登堂傾別思，檢篋誦新篇。旋命移尊酒，兼呼理釣舡。地開庋策府，人在媚珠淵。徑曲縈殘照，亭虚敞暮烟。澄泓波乍熨，磊砢石争妍。似立還軒翥，逃玄或蜕禪。石有肖浮圖形及老子青牛者。鉅纖紛態出，亢抑各神全。宛若凌波去，依然捲霧還。狂將礪其齒，倦欲枕而眠。跡向炎荒古，苔緣篆刻鮮。促觴余竟醉，迂棹爾忘旋。太史遥占象，蒼茫九曜邊。

楞伽峽石觀音

複嶂跛嶮巇，楞伽峽更奇。松風調唄梵，水月盪玻璃。矗矗緣虚壁，巍巍現古雁。莊嚴趺大士，辟易走羣魑。聽法猿窺竇，安禪鴿乳枝。目舒清浄寶，臂展陀羅尼。乍得迷津渡，遥看覺水瀰。菁峒開勝路，蒸霧濯靈鉦。解道冠而虎，寧知石也慈。願須堅固力，楞伽，華言堅固。到處起瘡痍。

七言排律

朝鮮請援劉將軍綎率二子及所畜健兒赴敵余偕司馬署諸僚閱武郊外賦此

開漢城東海氣頳，榆關烽火徹宵明。朝廷新賜尚方劍，郡國還徵北府兵。將軍原是牢之後，旌旆初屯驃騎營。陣法河圖占向背，星文金匱側虧成。揮戈赤日銜珠動，躍馬黄塵浴鐵輕。更有俊兒纔結髮，云是從兄願請纓。猿肱燕頷膚雪似，犀渠玉勒跨風生。雙舞刀花寒不落，孤彎弓月曉逾盈。曾教石虎銜飛鏑，兼取金人釁絡鉦。嶕伏已寒關白膽，塞空先掣谷蠡旌。士女傾都同鼓舞，羽林擐甲倍峥嶸。此去功成報天子，久虚麟閣貯勛名。

豫章夷庚宗侯示余麴部尚書古印而不知余之不勝杯勺也因改署茶禪見餉欣然領佩詩以謝之

生平不受麯生憐，安用尚書琬琰鐫。妙理非空即非是，新題逃俗亦逃玄。剩有遠携顧渚荈，更喜新汲麻姑泉。帝子未嘗三昧味，桐君那曉六時煎。碧縷不嘘金槽怒，赤獸自迸冰珠濺。經函時熏石髮氣，佛座静裊杉脂烟。任它居士攢眉去，笑殺仙人卷舌還。聞聲便覺孤悶散，入嚥盡遺嗔癡躅。署來兩字大奇幻，摹成片石尤蒼妍。彷彿斜封三道印，扣門驚起北牕眠。

五言絶句

夏日采芳洲晚集

窈窱采芳洲，銷夏尤宜晚。雨收風細生，天水相與遠。

其　二

虛閣聚遥青，孤城散餘照。菱歌唱欲停，主人發郢調。

由萬家店至泉水寺山徑窅窱松風泉聲相應寺創於成化乙未有泉自地出寺所繇名也時久旱泉霂霢不絶味極甘寒僧云前此歲旱斢水作供輒應余因默禱于神五日雨當易寺名靈水云

問農來古寺，酌水空人心。何當爲説瀌，飛去作甘霖。

五大夫松

矯矯凌霜姿，秦封竟何有。毋謂爵可縻，不及陶家柳。

壽吴節母四首

鬱鬱靈山芽，托根峻而潔。壽母垂令君，芬芳吐瓊屑。

其　二

皎皎白泉水，質色明如練。壽母徑寸心，澄泓永無澱。

其　三

寧忍存姑淚，還全鞠子身。延陵百年祀，是母大十春。

其　四

次君尤翩翩，結客燕趙滿。綺席舞班衣，名言賁彤管。

芙蓉山玉井泉有序

嶺南水多瘴毒，井尤陰濁茹茗。曲江芙蓉山特秀媚，玉井泉出焉，味頗甘芬，以荒僻故，僅供野衲樵青瓢飲盥漱之用，可惜也。予因芟蔓甃石，榜之曰『嶺南第一泉』，而系以詩。

湞江瘴頗少，玉井泉更佳。斢泉選石坐，民我同無懷。

其　二

脈脈荒烟涘，涓涓沁寒髓。一歃空人心，不似石門水。石門有貪泉。

其　三

午夢入慧山，汲泉且盈瓮。醒啜玉液寒，啜罷還疑夢。

其　四

芙蓉泉味好，芙蓉露不如。澆此磊磈胸，悠然澹而虚。

大庾嶺有六祖放鉢石卓錫泉各賦一首

庾嶺矗天南，雲封寺名窅無迹。師去不傳衣，余來空問石。

右放鉢石。

泠玉寒生砌，居然一錫穿。可憐明上座，聊與歃枯咽。

右卓錫泉。

節婦張氏反風滅火既紀其事復成韻語六首

聞古有至人，蹈火自不炙。誰謂崑岡焚，無與辨玉石。

其　二

反風豈偶然，奇事難揣擬。劉昆長者言，節婦亦云爾。節婦歸德令君，故云。

其　三

趺坐無昏曉，長齋有藿藜。此身原夢幻，何惜便荼毘。

其　四

彼嫠處窮巷，生死等浮薤。吁嗟捄焚者，千古徵民彝。

其　五

寒食藏新火，還傷介子推。南豐歲除夜，險熄燎盆枝。

其　六

與作溝中斷，寧爲爨下琴。他年見夫主，留得未灰心。

籌海署中有鹿甚馴於和衷堂前乞得一牝匹之志喜

風雨送春韶，虚閣坐無聊。雙鹿啣花至，猶疑是夢蕉。

其　二

耦行依曲徑，竝飲立清渠。不獨憐求友，還應慰索居。

其　三

宛轉愜新歡，低徊迷舊渚。倘得千歲苓，去來同逆旅。

其　四

莫學五色羊，須臾便成石。遲爾獻符年，雙雙化玄白。

八功德水在靈谷寺，今涸。

但聞八功名，不見八功水。石澗餘嶙峋，聊堪礪吾齒。

琵琶街在靈谷寺，履之作絲竹聲。

吁嗟響屧廊，豪奢不堅固。何如琵琶街，長作楚音布。

紫雲泉

誰道紫雲泉，一泓自純白。倘得玉盌盛，應不羡琥珀。

其　二

出從白石罅，時有紫雲封。烹來未敢啜，先作佛前供。

其　三

南山有虎跑，北山稱此絶。誰能坐蒼煙，細與品優劣。

一枝庵上人號棲一

禪房號一枝，禪棲聊復一。不二自瀼門，何處尋秘密。

其　二

居鄰萬家市，門泊萬里舡。拈一不碍萬，師亦意云然。

吾兄弟輩惟芹陽齒長余二年介峰少余一年而飲啖步履皆如少壯余三人時時聚首甚適也漫拈四絶

矍爍兩耆英，一弟一稱兄。剩有家醪醉，都無世慮嬰。

其　二

里俗原惇朴，人情積漸工。容余三白首，留得素家風。

其　三

榮枯兼去住，俯仰百年中。獨是情難遣，啣杯感慨同。

其　四

真率年來會，依稀擬竹林。眼前三叟在，風月任招尋。

村居即事

土溽蠶葉稀，雨久蠶葉濕。葉價同黄金，蠶婦倚筐泣。

其　二

二月賣新絲，負他剜肉債。四月蠶不登，併絲無得賣。

其　三

連宵風雨多，麥萎旋生蛾。有麥飡不得，米珠將奈何。

其　四

蠶時豆初熟，兒女共嘗新。籬疎炊豆香，不惜餉比鄰。

供　佛

貧不問田舍，懶因疎簡編。一燈供佛座，聊學小乘禪。

種　竹

冷局公事稀，善病請休沐。病餘轉無事，栽得數竿竹。

其　二

拳石繡苔古，疎篁抱筍緑。對此有深情，寧但取醫俗。

移植牡丹

百朵辭舊欄，數苞吐新砌。妃子醉初醒，倚風劇争媚。

山茶

山茶蔓棘縈，根株久蹺蹻。殿春吐微紅，着雨敷羣緑。

赴南光禄出門作

通藉四十年，依然老銀艾。生無干時策，所得亦已汰。

其二

家食幾廿年，菽水有天樂。出既同小艸，處更慚幽壑。

其三

五踏薊門霜，兩披嶺海瘴。南北皆主恩，淡泊自官況。

其四

白下稱佳麗，鍾山王氣浮。波臣髮種種，還作鳳凰遊。

六言絶句

定心泉偈

戊午夏余以豫章臬人賀萬壽計期尚遠避暑虎丘之東塔院因得與悟宗禪師盤桓師出示講臺六偈讀之暑氣盡滌漫拈呈政

跛多心定得泉，阿誰飲泉心定。倏爾泉心雙遣，嗒然動定無證。

其　二

瓦礫皆具佛性，凡聖何曾揀擇。只因强呈伎倆，惹得人呼作石。

其　三

聽法無耳有耳，説法是言非言。此際若煩擬議，石頭驀地稱寃。

問石既解點頭，何不開口便説。一自生公去後，付與溪聲長舌。

其　四

生公尚覺多言，悟老只須一看。若教直下承當，除却石人鐵漢。

其　五

晴空日日火雲，不爲深松少貰。虎丘倘比曹溪，點頭還須汗下。

其　六

末法譚經纚纚，天花亂墮層臺。千載風清月白，生公何日重來。

詒美堂集卷之七

海塽祝以豳耳劉著

七言絶句

秦相斯變籀爲篆千餘年而有陽冰又千年而有元暉皆李姓皆精入篆室而元暉能走鐵穎縱横金石上又二子所未逮也余夙有金石癖相見恨晚即今虜大躪内地至廑明光動色元暉饒遠略熟虜情酒酣慷慨有投筆請纓之志賦此壯之若詩文繪事種種名家則吴先生明卿具述之矣

襟漢樓成喜客過，酒酣慷慨復悲歌。何當一掃燕然石，遲爾如椽筆與摩。

其　二

由來七尺酬知己，軹深里人安足齒。生縳名王不願封，但令一雪毛錐恥。

雨後放舟

漢東一雨水潺湲，萬樹烟銷兩岍山。半載風塵輿馬客，似將舴艋下楓灣。

經鬭牛石

月明漢渚弄扁舟，三老驚呼指鬪牛。縱遣大安調不伏，任它終古鬧寒流。

丁亥泛舟入鄖經鬭牛石戲爲一絶越三載爲庚寅復取故道有老衲來叩蓬窻乞食因擧余前詩曰石牛無鬪人目自鬭耳不知刺史作麽生調余復爲一轉語

輕舟午枕夢逍遥，觸石俄驚起怒濤。解道風幡原不動，潙山空費十年調。

飛來舡在衡嶽絶頂。

有舡凌空出絶壁，石耶幻耶非乎真。怪底飛來不飛去，風波是處有迷津。

季父緘詩漢東有蒼苔自分窮之句依韻奉慰

憐余拙宦渾無味，愛叔新詩自分窮。説與時人應不解，由來清白是家風。

其　二

有子知書足娛老，有姪微官好固窮。月俸微分堪佐秫，不妨高卧聽松風。

鄴侯書院

紆細絶磴下青冥，院古苔荒澗水泠。解道藏書三萬軸，不將一字施山靈。

過長沙

黄陵渡口泛輕艖，智度風頭數落霞。萬頃湖波千里月，賈生何事薄長沙。

過佛兒嶺

山色空濛染暮煙，石根露濕風泠然。手捫削壁杳無際，樹杪月明知是天。

戊子五月登白兆山山爲李太白讀書處余賈勇扳蘿捫壁直抵桃花洞别有天地非人間固非虚語因次韻

天風吹掖上仙山，流水桃花盡日閒。空卻雲霞人我相，不妨軒冕玩人間。

夏仲隨陽午發之興都用太白韻

紅塵脱却入青山，馬首雲霞片片閒。解道吾儕能玩世，且教歷落傍人間。

蒲梢道中遇雪回望隨陽有述

混茫天地劇生輝，寒氣蕭蕭傍客衣。立馬衝泥重回首，大洪天半色霏微。

由畇川店至舜井井在城西南山谷中相傳舜父母所使浚井也余涖隨既一載餘今始得以勸農至井不甚深而頗廣壘陶作浮圖覆其上形製渾朴奇偉非近代工力所辦城東隅亦有舜井相距五里而遥而土人名爲入井出井可笑已漢東苦旱安得令吾民耕食鑿飲歌帝力哉

斜陽匹馬渡城闉，弔古依然迹未（東）〔陳〕。觀井知無謨蓋事，問農猶有讓耕人。

戊子有事楚闈

記得深閨擁翠幃，而今又作嫁姑衣。拈針欲下無情思，角裏涼生月影微。

郡署無梅余歲折野梅供膽瓶之玩庚寅臘盡梅蕚未舒因移植一株小庭春來花發如霞也聞童子讀纔有梅花便不同之句漫成三絶刻之石

纔有梅花便不同，衆芳摇落見春工。一枝照水亭亭立，明月從今媚漢東。

其　二

纔有梅花便不同，對花羣緒嗒然空。隨珠郢雪相要久，不似羅浮夢裏逢。

其　三

纔有梅花便不同，碧紗如霧隔玲瓏。爲君一洗風塵貌，相對繁霜曉月中。

戲擬作試題自笑

艸就玄經半秃毫，那堪伎癢費爬搔。赫蹏豈少供瓿覆，猶自辛勤賦廣騷。

其　二

嘈雜其如下里豪，故將此曲向君操。當時秖是人稀和，未必陽春調果高。

許甥穉喈久留郡齋有雨中歸思甚濃之語口占慰之

底事鄉心對雨濃，丈夫生是五湖踪。漢東雨色吞雲夢，盪爾從前芥蒂胸。

送何仁仲典客之京

翩翩裘馬帝京遊，把袂中原氣色浮。郢里陽春知和寡，新詩莫易向人投。

其　二

地擁樓臺百尺新，清樽花下幾逡巡。煙霞不逐奚囊去，還許騷人來問津。君有名園，余數過。

其　三

聖代人文集鳳池，君行親見漢官儀。凌雲彩筆知無敵，賦就三都好寄遺。

無字碑在泰山絶頂。

最是李斯工篆籀，豐碑緣底只空埋。名山縱不須秦字，恐爲焚書作厲階。

其　二

豈少摩崖筆似椽，都來剥蝕付丹鉛。卻憐此石頑無字，雨洗煙籠閲歲年。

吴觀峰

獨立峯頭望海垠，依微練影白紛紛。鄉關欲問竟何處，不見吴閶空暮雲。

己丑夏四月勘潞藩賜地疲於阡陌旬餘晚宿招提頗饒幽致諸生羣而肄業其中有感慢〔一〕成二絶

雨過平原緑漸濃，隔林何處有疎鍾。驅車遥入招提去，獨立斜陽看晚峰。

其　二

竹色分青與硯池，幽牕散帙覆烏皮。自從濩落風塵裏，那學書生百不羈。

校勘記

〔一〕「慢」當作「漫」。

送吕玉繩吏部還越

雨過長安一葉秋，美人天際問歸舟。兔銷薊北黄雲積，目斷江南紫氣浮。

其　二

劍舄乘風到海垠，河流千里荻花新。路傍若有柴車吏，總是山濤鑑裏人。

其　三

君去西湖秋正妍，芙蓉花底水如烟。山靈若問儂消息，莫道微官未可捐。

其　四

久知北斗懸清望，縱到東山亦寓君。匣裏龍泉可長卧，陸離隨處動星文。

雨後署中晚歸時試政西曹

夾道槐陰鳥亂鳴，潑眉濃緑雨初晴。分明九里西湖色，却訝身從夢裏行。

武闈方甲乙諸士而朔方捷至喜而有賦

奎壁堂開日已曛，紅塵一騎鼓聲礮。妖氛汛掃天西朗，絶勝當年五色雲。

送徐無染主政贊畫之朝鮮

淏薩江邊燐火飛，魯丸山下驣驄肥。狂奴一夜吹螺去，殘壘風凋玉帳旗。

其　二

璽書昨夜出明光，氣結長虹燭大荒。試拂豫章城下銕，已含刁蹕渡頭霜。

其　三

聞道元戎出馬訾，拊髀猶詑捷書遲。君行結客多豪俠，生縛平酋報主知。

其　四

借箸鬚髯忽怒張，欲驅組練赭扶桑。男兒生有封侯骨，肯老風塵執戟郎。

其　五

萬里玄雲凍不流，朔風吹雪上貂裘。匣中欲吐蓮花影，似爲臨岐黯復收。

其　六

十萬餘艎盪海雲，洗刀血摑五花紋。請纓自是書生事，好策麒麟第一勳。

花蕊夫人有寵蜀主後入藝祖宫中嘗有詩云十四萬人齊解甲更無一個是男兒戲和韻一首爲十四萬人解嘲

錦江城外列旌旗，國事寧教粉黛知。此日新恩逾舊愛，夫人原不是男兒。

乙未春雪夜飲舉党家語爲謔或曰使君乃負此腹矣意謂余不善飲也余歷落浮蹤聞此㤥然不覺至醉因成三章存佳話云

褭褭春寒着素裳，雪姿和月湛瑶芳。停巵促席銷清話，輸與將軍酒肉腸。

其　二

金穗熒熒漏欲分，鱠絲新進酒微醺。疎狂不解人間事，此腹還應負使君。

其　三

雪乳冰芽兩鬬奇，醉餘渾訝啜瓊飴。陶家癡婢真癡絶，却憶銷金帳底時。

性上人工畫葉行父工詩相期過訪奉酬短章

摩詰前身是畫師，永嘉點綴盡成詩。無聲句與聲中景，并作山堂一段奇。

尋舷上人不遇走筆

十年不踏蠡湖隈，海月依然鏡裏開。遠師欲問不知處，惟有碧雲封紫苔。

其　二

窈窱尋幽到上方，古潭秋浄蔔林香。雖然未得逢清話，也送浮生半日忙。

葉行甫數枉篇章率爾奉詶

每因善病還辭客，兼爲多慵亦廢吟。風雅秪今零落盡，對君幽思重蕭森。

其　二

怪底陽春調屢移，阿誰能習阿誰知。聞君賦艸堆充棟，從此逢人説項斯。

過分水祠

司空治水雅稱神，手劈鴻濛劃自分。今日疏排仍舊蹟，阿誰真不愧波臣。

其　二

千尺長堤柳四圍，荒祠寂寞澹斜暉。空餘社稷勛名在，延世何人問式微。

其　三

分水祠前樹鬱森，風塵老我幾經臨。却憐事逞名湮日，華表還酬地下心。

分水祠前見篙師争道

一水中流兩獻奇，去來帆影互參差。相逢莫更論先後，共是乘流得意時。

風度樓以張曲江名。

江口寒烟乍鬱紆，樓頭落日重躊躇。自緣風度如公少，不獨千秋金鑑書。

其　二

當時空恨霓裳曲，此日猶餘風度樓。風度秖今誰彷彿，芙蓉兀硉倚清秋。芙蓉山在江湄。

七星巖澍雨不果遊戲惱山靈兼簡地主

奇絶星巖冠五州，要將名字抗羅浮。炎荒贊有知稀恨，底遺陰霾妬勝遊。

其　二

信宿兹山紹介通，暮雲將雨打孤蓬。江天萬頃空濛合，恍似乘流溯閬風。山有閬風巖。

其　三

雙屐寧緣濟勝私，衆山端許卧遊知。杯前雨色瞑堪醉，望裏嵐光遠更奇。

其　四

曲江使者倦躋攀，日日芙蓉對坐閒。賴得胸中貯丘壑，不妨重過未登山。李伯東遺詩見嘲，有『兩度空過作夢遊』句。

舟次湞峽侯將軍以憨頭陀所編曹溪志十品來拈得二偈奉復并柬頭陀

扁舟江上夕陽迷，十品何來刮目鎞。解道正因無一字，底將綺語施曹溪。

其　二

絶學誰超最上乘，壇經了却十年燈。姓名不向能師道，自許曹溪行脚僧。

小金山穌蘇長公絶句

前身坡老原無住，今世雲公亦不來。萬刧剎那何足問，夕陽依舊妙高臺。

翁源人文故小遜余行部邑見所謂臘嶺者儼然建大將旗則今陳吴二將軍舊里咸在焉感而賦此

臘嶺雲開萬仞青，似搴旗隼入高冥。路人争說登壇貴，不必毛錐叶地靈。

其　二

四海于今滿戰塵，漢家開閣策麒麟。山川靈氣鍾非偶，寄語將軍好致身。

自嶺南歸尋當入薊門別二三親知

萬里歸來跡尚浮，離懷宛轉獨驚秋。却憐身似商人婦，潮落潮生不自由。

其　二

風物家園事事宜，天涯盡日憶歸期。那堪又向長安道，孤負黄雞紫蟹時。

樂昌夜發讀昌黎瀧寺壁詩用韻

玉節巡行路二千，錦帆秋色度樓舡。憑闌欲覔瀧江句，月冷潮生空碧天。

吴將軍奉命提兵討播余祖之境上俄帳外驩呼則有彈落雙鵰獻者因口占二詩即席書扇贈之釃三巨觥而别

牙幢今喜屬嫖姚，僰道諸夷莫浪驕。欲識軍中騰躍氣，健兒一彈落雙鵰。

其　二

君家兵法過司馬，盪寇功名簡册懸。余向九成臺上望，紅塵一騎捷書傳。

憨頭陀扁舟送余江上時方辨色忽中流有溺者號呼聲四顧人舟絶迹頭陀舍余鼓枻破巨浪往拯之復就余舟神色閒定余與頭陀談次順流已及靈鼉因作一偈爲别

當年舡子是前身，自度還教度别人。人我死生俱不涉，知師已了水中因。

其　二

曉光一葉點玻瓈，相送曹溪是虎溪。解却楞伽三萬字，幻身何處覓睽攜。師疏註《楞伽經》甫成。

歲庚子余以粤臬入賀隨因母老乞身距今戊午以豫章參藩入賀忽十九年往矣聖壽無疆臣犬馬筋力猶堪拜舞賦得四首

曾摹金鑑奏重玄，回首相將十九年。純孝普天稱聖主，小臣何幸拜恩偏。

其　二

玉帛雍容集圬螭，餘生重覩漢官儀。珮聲乍響疑朝夢，賜醋傳呼記峕時。

其　三

憶從通籍聚翹材，長奉天顔晬穆來。此日觚稜凝望處，瑞烟縹緲護平臺。

其　四

選將徵兵廟略崇，天山早晚挂琱戈。拜稽不盡華封祝，擬上平胡表未工。

送聞徵弟述職後之任二首

幾載山堂静撫琴，聲華先後響球琳。也知速化非無術，要遣祁陽惠澤深。

其　二

何日徵書下帝京，年來衰祚藉峥嶸。老兄穩向東山卧，酒政茶經遞品評。

送許心園遊盱江

年來燈火共林疇，忽漫逍遥事遠遊。紫氣中宵侵北斗，星光千里識南州。

其　二

寒郫人日人行少，蕭瑟疎籬凍雨斜。春欲來時君却去，一尊何處問桃花。

其　三

陡削芙蓉五老青，蠡江東抱萬流渟。憑將眼界容寥廓，定有篇裁入窈冥。

其　四

屈宋龔黄道並尊，相將綵筆耀朱旛。異時北海承清問，可道王生長者言。郡太守朱公與俱。

其　五

高挾彤幨破曉寒，洞天深處卜驂鸞。野人老去無它嗜，爲覓麻姑九轉丹。

長安某中貴家有宋時海棠駕部馬效乾世丈邀飲花下時余奉命將行矣

二月春光膩九逵，海棠的的綴珊瑚。莫跨雨露前朝樹，竟醉葡萄上苑酤。

其　二

天涯兄弟叶塤篪，握手相將賦別離。南北雲山無限意，年年相憶海棠時。

詒美堂集卷之八

海堧祝以豳耳劉著

七言絶句

營菟裘有序

母太恭人躋九袠，戊申六月爲設帨之辰，念舊廬湫隘，不足辱長者車轍，將稍拓之，而歲月日時皆會丁未，則形家好奇，以爲百年之所俛得，遂經始焉。迄戊申四月，而堂廡粗具。夫以余之癖，惰于世味，一切放置。是役也，獨不惜賈其餘勇，則自惟有五益，而支干之説不與焉。爲太恭人上萬年觴，子姓羣集，無虞於勃谿，一也。制不厭閎愷，亦以抒壯志，二也。度材量，宜增其慧智，三也。借以破闃寂，振媮惰，四也。然未幾而垂橐倒廩，至撤先世所藏鎗罍之屬，盡入子錢家，若戛釜跋燭，人皆知之。夫古有清而畏人不知者，今知之，亦足稱益，五矣。曰『菟裘』，聊以見志耳，賦得六首。

阿母堂前九袠開，綵衣羣擁薦春醅。門高不是于公意，倘有瑶池鶴馭來。

其　二

平泉緑野亦蘧廬，壯氣凌雲借一抒。若使蓬蒿三徑足，丈夫端合老樵漁。

其　三

郢斤扁斲玅無論，尋引繩鉤若有神。心計任粗粗亦得，問他堂上讀書人。

其　四

静學休糧與坐禪，誰知錯解養生詮。今於動處重參取，蔬滑粳香簟枕便。

其　五

四朝清白舊柴荆，營得菟裘槖已傾。强欲諱貧貧轉見，父清終似勝臣清。

其　六

元辰丁未共支干，何事形家説四難。輪奐豈關興替事，娱人庭際有芝蘭。

觀察車公閱兵秦駐山十絶句依韻奉和

溟海洄瀾矗拄撑，玻璃浴日萬流平。祖龍駐蹕成何事，留待非熊此備兵。

其　二

魚麗排雲正復奇，掮麾樓櫓應朱旗。犍兒個箇能超距，遮莫酋帆欲動時。

其　三

天水無垠晻靄間，島迴風定瀉潺湲。徐生一去無消息，那得安期大藥還。

其　四

渤澥高源出絳河，靈槎湛影不生波。鞮鞻萬里梯杭至，底事冥頑獨在倭。

其　五

戎事於今盡瑟更，況持玉節傍春行。勒勛自有旂常在，何必兹山紀姓名。

其　六

望到陽烏出没邊，御風身世覺泠然。憑虚若水虹梁近，不用尋仙骨已先。

其　七

欲把兹山比峴山，勛名今古在區寰。野夫身際羊公日，咫尺高風未敢攀。

其　八

桑麻覆隴翠烟浮，澤國民今不帶牛。但使内寧無外愳，不須重抱杞人憂。

其　九

百仞峯頭更上躋，波濤瀲灧日沉西。杯前綺樹千家出，帳外金鐃萬馬齊。

其　十

練影横拖劃絳霄，路人齊指晚來潮。憑誰寄語諸酋道，天限華夷萬里遥。

哭遠徵兄十二首

投紱歸來事事便，溪山隨處可留連。那堪忽作人間別，況復同稱未老年。

其　二

森森伯季總琅玕，無祭秋風玉並殘。剩有庭芝芬乍吐，秖從長夜望回鸞。兄有子頗穎。

其　三

憶昔兒童各負奇，佔呻共惜寸陰移。若爲空抱遺經老，得老經笥亦不悲。

其　四

玉爲風骨水爲神，片語能生四座春。寂寂空齋抛卷後，不禁惆悵意中人。

其　五

當時挾策叩金閨，鞭弭周旋不蹔暌。三十年來追夢境，曉牕殘月戍關雞。

其　六

世人避事嫌才少，爾爲才多卒歲忙。試問勞勞忙底事，爲他人作嫁衣裳。

其　七

第五何慚驃騎名，更於阿母最鍾情。堂前斑綵稱觴日，九地應知恨未平。

其　八

楚粵俱成汗漫遊，壯心原不爲身謀。黄金結客揮教盡，金盡何堪聚室愁。

其　九

病骨凌兢對泬寥，慠言亹亹意猶超。誰知轉眼成千古，遺恨錢塘八月潮。兄八月卒，而余在武林。

其　十

從來心計妙輸般，堂搆依稀指掌間。此日雕楹籠碧砌，無由相向説寬閒。

其十一

季父詞塲雅自豪，句成時許阿咸褒。泉臺倘及箕裘事，爲語翩翩長鳳毛。

其十二

歷落迂疎與世畸，劑偏抑亢是吾師。而今踽立憐孤影，未感人琴淚綆縻。

登贛州鬱孤臺和蘇長公韻四首

秋光四敞鬱孤臺，表裏河山入望開。五路旌旗歸幕府，九重宫闕倚蓬萊。

其　二

千峰晴翠簇層臺，暇日清尊次第開。爲向虛亭問琴鶴，冰壺蹤跡久蒿萊。臺是趙清獻築。

其　三

古堞參差傍古臺，遥山木落曉烟開。勛名過眼成千古，贏得殘碑施艸萊。

其　四

昔人鼇背起高臺，倦客登臨眼乍開。無限孤雲悲落日，却從何處望蓬萊。孤雲倦客，坡公語。

演偈十首

己未夏，苦熱甚，忽一日秋風生涼，偶讀僧紗喜偈云：『萬般施設只如常，又不驚人又久長。如常却似秋風至，風不涼人人自涼。』語質而當，因上二句演之，得十首，皆平常語也。

萬般施設只如常，惟有如常得久長。縱好珍饈違嗜性，鮭蔬隨分却甘香。

其　二

萬般施設只如常，爲不驚人自久長。裘葛軟温惟適體，肯將新麗衒時妝。

其　三

萬般施設只如常，最不驚人最久長。敬長事親何易簡，此中分聖即分狂。

其　四

萬般施設只如常，豈有驚人得久長。儘汝攝心還鍊性，要如喫飯着衣裳。

其　五

萬般施設只如常，自不驚人自久長。木訥慜言餘味在，譎諧毋乃近優倡。

其　六

萬般施設只如常，不在驚人在久長。平得自家崎嶮盡，世途何處不康莊。

其　七

萬般施設只如常，無意驚人卻久長。文到至真還至妙，可煩剽剥恣汪洋。

其　八

萬般施設只如常，暫可驚人不久長。政在宜民民自愛，至今循吏説桐鄉。

其　九

萬般施設只如常，古澮民風耐久長。能却奇衺兼靡曼，閭閻風俗自羲皇。

其　十

萬般施設只如常，造物如常便久長。甘露卿雲希世瑞，何如時雨復時暘。

偕同鄉諸老酹方正學墓因與石帆丈過高座寺二首

寂寞忠魂酹薦餘，松風颯颯引籃輿。何年說法傳高座，剩有天花散步虛。

其　二

把臂徒令感慨增，氷心轉覺坐來澄。却憐胡餅生蔬供，並是衰遲尚食丞。

爲兒輩改二女果題時秇戲書其後

昭儀飛燕鬬身輕，秦虢連鑣入華清。試看英皇承寵日，不因姊妹却傾城。

其　二

當年二女下蒼梧，竹影江聲入有無。爲果已教匡帝德，生兒何事肖丹朱。

房郵遇歙江近斗邀飲園亭奉贈二首癸未正月八日

匹馬霜風自壯遊，寒郵雨歇放晴眸。誰家池館黄河曲，星月遥洪萬里流。

其　二

黄河原自斗邊來，柴門相對黄河開。主人留客不問姓，童子一歌酒一杯。

龍井果上人八十孝廉時作

滿目湖山好杜頤，爲言八十刹那時。閒身流水斜陽外，一卷殘經一局棋。

其　二

四十年前識遠公，風塵夢醒已成翁。也知壽相原無相，一炷旃檀話若空。

從弟玄岳不得于外家挾策遊錢塘矢無以諸生返也而乙酉竟落第余嘉其志而重悲其遇賦以慰之

二八宫娃不解悲，自停銀燭畫娥眉。芙蓉霜曉無宣唤，始信承恩不在姿。

其　二

車騎如雲擁舄飛，衆中蒲伏問牛衣。男兒自信謀生拙，不恨當年竊笑非。

其　三

七尺吾生豈合虛，儻來榮瘁亦蘧廬。老兄落魄于君甚，見説窮愁好著書。

郡試示弟輩

二八叢中擅好姿，嫁來雙鬢漸葳蕤。入時别有新裝裹，莫向儂前學畫眉。

乙酉諸藩悉用京朝官典試事先是吾鄉得儁者多望族而是科乃大類元和丙申事亦創見也

聖代徵賢闢網初，邇來闤闠足詩書。孫陽賞後皆成駿，虞坂虚勞問伏車。

心園許丈以山蘭并新詩見貺依韻答謝以下諸生時作

分得仙畦異種蘭，不辭衝曉倚風看。怪來詩思清如水，一挹幽香肺腑寒。

在嘉隆間伯槐門先生與先君子前後佩二千石印俱有才名今上壬午不佞以豳舉浙闈而伯子壽徵兄乙酉南畿得儁喜而有賦

文成繾理乍霏微，吴治當年各奮輝。誰識延津千載後，雙龍仍挾怒濤飛。

我祝氏兄弟四人同上丙戌公車也昔歲癸未先大父輩偕計者四人亦兄弟今再矣

文物東南古自饒，封胡竭末謝庭摽。秖今盛事還殊絶，鈞駟重看奉兩朝。謝玄四仲俱顯，時號封、胡、竭、末，皆小字云。

濱陽吴老師繇漳浦之京取道錢塘聞之驚喜問俄傳已解維下欃李矣扁舟追送之蓬牕燒燭賦得八首爲贈辭不能工直以意氣激昂耳乙酉九月十八日

秋風劒浦片帆來，極北浮雲莽自開。望裹長安天際出，未煩愁賦鳳凰臺。

其　二

烟織湖波波拍天，離亭風物故娟娟。扣舷一嘯秋風起，到處乾坤認謫仙。

其　三

執耳詞壇振羽儀，一時八駿兢黄驪。即今汗血天閑者，盡是孫陽賞後奇。

其　四

野老臨行作禮恭，傳來神宰下吴淞。踐更未得隨君去，好記容顔説向儂。

其　五

别思綸紛可重陳，剛餘徑寸炯如新。吴鈎昨夜蕭蕭響，應爲當年辨氣人。

其　六

把酒相看俠思生，胥江千樹擁濤聲。蒼茫天地那堪語，惜别啣恩意未平。

其　七

才名原自滿燕京，漢主何曾薄賈生。此去迴翔千仞下，莫教人易識連城。

其　八

褰帷萬里濁河流，余亦相將賦遠遊。赤匕貰來燕市酒，朱絲彈作薊門秋。

余偕大京兆談公禱雪隨應喜而賦此得十二絶句

帝遣青娥散六花，禎符應自鎬京奢。寒光曉映千尋闕，淑氣晴連十萬家。

其　二

齋沐晨興肅禱雩，蒼黔歌舞隸人愉。時清自兆豐年瑞，敢道微誠捷感孚。

其　三

聖主宵衣問草萊，湛恩霂霡遍埏垓。雪飛正值頒綸候，嘉瑞原從天際回。

其　四

滃濛灝色滿長干，便欲乘風振羽翰。孤塔高撐銀鷟翥，萬松深護玉龍蟠。

其　五

晴雪霏霏破曉煙，坐看百卉盡連拳。數竿新種階前色，嫩緑生姿轉自妍。

其　六

瑞雪原歸造物私，軍興猶自念其咨。疆埸倘奏淮西捷，正是擒胡夜半時。

其　七

輕雪回風正復斜，庭梅宛爾綴冰花。却憐擁鼻微吟者，朱雀桁頭無酒賒。

其　八

門前深雪榻空懸，忽有高人命駕偏。倩爾銀鈎呵凍寫，摘余芥乳趁冰煎。

其　九

蒼茫寒色漾同雲，糝徑霏微静不聞。何處袁安正高卧，按行還有洛陽君。

其　十

冷入幽窗唤曉眠，小鐺煨火煑潺湲。枯腸不慣羊羔飲，何用牀頭問俸錢。

其十一

簾外寒風莫漫吹，吹來雙鬢易成絲。夜深四壁瓊瑶積，疑是山陰返棹時。

其十二

七貴筵頭雪易消，氍毹煖炙玉笙驕。笑他搦管寒生粟，詩思猶然在灞橋。

詒美堂集卷之九

海塽祝以豳耳劉著

序

送省軒王公由德安司理擢南比部序

當上覽侍御《不貴異物疏》，忤旨，然心壯之，特薄其譴，移興國州倅。侍御爲興國者二年所，而擢理德安郡云。方侍御疏上被左，非常舉動，天下争豔言之，而學士大夫憂國而珍才，則往往不瑞麟而瑞侍御。當是時，侍御直聲滿天下，疇不謂惠文風稜落落凌人難近，乃侍御爲倅也，爲理理也。蓋今年七月，而侍御蒞德安，乍接之寬然長者，無城府界畦。而至於偵利病，求民疾苦，若六屬錢穀刑獄多寡，牘煩省，胥史、士風、人情淳漓變遷，遺簡剩蹟罷置沿革，無所不究悉。而又以修謁往來之暇，弔奇尋幽，發之詩歌，春容雅奥，一洗雕文之習焉。蓋侍御之司理郡者堇三越月，而不佞與二三僚友若習也，六屬長吏若習也，四境士民亦若習也。則侍御之春陽條風，若薰若拔，投焉而入，入焉而化，而忘乎其接侍御驟也。乃侍御之去，吾二三僚友，若六屬長吏、士民，抑又何驟已乎！于是相與彷徨惋愕，又相與屬不佞謀爲一言以緩其行。不佞謂侍御之去吾儕誠驟，然而内遷于侍御則猶晚。不佞二三僚友習侍御，然而上之嘉直臣而寤寐注情於侍御則尤習也。侍御精心絜法，既一小試之理官，而兹復以爽鳩召，夫非以刑獄所關于邦典至鉅重哉？昔咎繇爲士，期乎致理，毓泰和于虞之廷，而咎繇非所稱直臣耶？上固謂邦刑宜直臣，而精心絜法尤宜直臣如侍御者。留都故根本地，貴臣世室不無因緣撓漢家法，侍御不難上抗，天子安問其他？即今江以南，横罹水災，至愍然煩廟議，彼蠢無知而扞罔梏拲，圜土中知天子簡直臣，咸舉首願就平反。而侍御以其明練寬大者處之，民不冤矣，抑何讓咎繇、虞廷哉？余則嘗有味乎侍御疏語，大指蓋欲上推廣其所欲見麟之心于所未聞未見。夫上既聞東南百姓冤苦狀而簡侍御，又聞侍御之明練寬大，能修其職業，設不次以待矣，然第耳而未之見也，所見疏艸耳，未見侍御言論風采也。上春秋日富，好賢若渴，有如一日虚中臺而召見侍御。余與二三僚友更得爲天下賀，毋徒惋于今之失侍御驟矣。

賀矩菴危公擢新都郡大夫序

夫爲純吏與巧吏，孰難？純吏，悃愊敦素，家亟事，子亟民，置得失毁譽勿問，一意拊循元元而已。而巧吏者，既伺上，復乘下，既暴長，復匿瑕，既朘脂，復塗耳，既巽事，復掩伐，機智竭於揣摩，精神耗於纖趨。兩者之爲難易甚辨，而世之爲其難者什七，爲其易者百不一二。何也？難于爲而易于獵華，易于爲而難于收名。爲獵華計而寧爲難，爲收名計而毋寧爲易，吏道斯敝極已。幸危公出，爲吏治一洒之。公兩爲雲夢，滿六載考，而余不佞與公相周旋三載。問公何以治雲夢，余不知，知公奏最之日，雲夢士若民數百千人謁御史臺泣請，願借危侯須臾毋去也，聲殷于御史之庭，御史異之，爲慰勞再三。蓋戊庚之際，赤地千成，赭衣半道，郢鄖之間無穰封，元元之亟賢令若慈母。而余以間道雲夢，所睹見畛不加蕪而加沃，闤不加瘁而加比，士絃誦中金石不加釼而加奮也。以問士若民亦不知，知侯晝坐堂皇，晡就臥耳。公性簡澹，經歲一敝衣，革履冠上塵恒滿，出入兩騎自隨，望之一倅尉耳。而表裏洞達靡纖介，生平唯諾不欺人，人亦不忍欺之，至於臨利害，當紏劇，犀利蔡晰，恢恢矣。余不佞所知公此耳。夫身約嗇，而窮靡伺上不爲；亡伺上，而朘下養交不爲；亡欺人，而匿瑕塗耳不爲；恢恢於利害紏劇之際，而巽事掩伐不爲。公不當純吏而誰當者？乃公之爲雲夢既三載，而不奉御史臺露章一字也，修郄者更齮齕之。蓋公滿考，奏記則毛舉一二苛禮責公備，又以他事嘗公，不應也。于是領公次骨，居無何，修郄者解官去，而公聲實融㓕走郢鄖而南北。中丞姚江邵公以精鑒裁一世士，亟推轂之，曰：『心無城府，事有擔當。』知言哉，若朝夕耳目于公者。今年八月，公滿六載考，方奏記而新都之命下矣。念爲純吏，拊循燠咻，務行吾意，而世網繚繞，動觸忌諱，純吏安可爲也？念爲巧吏，精神機智，强非其性，時露時發，愈辟愈值，巧吏安可爲也？而公卒用悃愊敦素，發聲長價，上精知之而下戀慕之，鴻號顯陟，援契而應，純吏何不可爲哉？顧謂公六載績勩，奈何不得京朝官？第令公遂得京朝官，筴蹇懷刺，蹩躠長安道中，猶夫夫耳。公之爲雲夢，雖輒試輒效乎，猶然七澤之蹄涔，見以爲設施，有所未竟。卓褒德三爲郡邑，史稱其視人如子，人不忍欺。凡厥治狀，何以異公？而人主一旦嘉重召對，恐後秩太傅，列通侯，光照簡册，斯褒德質自有之，要其所以歷試者，審也。新都稱東南隩區，其錢穀刑獄，山川土風，瑰偉環異甲天下。公行而無改於悃愊敦素，一意拊循元元，以治新都猶雲夢，輒試輒效，焯然有以自信且信于人。異日者，新都之政成，而輒召禁近佐宣天子寧一之化，以礪世摩俗，純吏之收名遠矣。

賀郡伯槐里王公膺薦序代作

王公守德安之明年，而御史露章稱最，公之屬守令長造不佞，請曰：『漢河南守治平第一，而寥寥莫能名也。潁川守治平亦第一，而其事臚列燦如，則班氏以耳。子豈有意哉？』不佞謝不敏，然以爲習公則不敢辭。公始以尚書郎高第，當擢守，會有詔廉舉卓異，吏竭蹶以當上指，而要不能無沾沾爲名高。顧惟仁心爲質，潤飾以經術，卒無以踰公者。公至郡，與寮若屬約曰：『夫其以我與二三子拊循此民也，毋急名而後民，毋朘民而博名，歸於奉法循理而已。』會有鑠陽高陵墨而恣睢，公不憚藥石語，冀與改玉，終不悛。公蹙然：『吾不能以元元狥也。』民有麗於肺石者，所坐亡命沈累，公廉得疑狀，謂若曹誠負竿以逞，猶可鉤鉏，使矧疑惟輕乎？有異同必力爲請命而後已。兩造之質，務麗于情事，郡故無豪大猾若刁覸者流。公精心爲理，而不爲成心，靡不得當也。以間遴髦士之雋者而校之，公故用文章名藉甚藉圃，士冀一當鑒識爲快。而公能以一時之甲乙，盡士之神理，士亦心服靡後言。以間問郡乘，曰：『文獻不足徵，余安所傳其責？』業既有成，言班如矣。蓋跡公大端，其温良明察似潁川，其力行教化而後誅罰似潁川，而廣厲學官，振起文雅，則次公不能辨也。當次公時，方尚綜覈，使與趙京兆二三君子較武徤掾切，則數不勝，而璽書褒嘉以潁川終長者，何也？二三君子急於名，而潁川急于民也。上神靈威武，過漢帝遠甚。異日者，上更舉故事坐而賜宴，亦安能不裒然首公哉？于是安陸應山進曰：『子稱引漢事甚悉，漢宣拜刺史、守、相，輒親見問，考察所繇。曰吾兩人寔徼公之寵式，靈之公之餘也，非臣能爲力也。有如上舉以詰公，公安所置對矣？』隨孝昌進曰：『兩君所謂名實應者也，亡慮也，惟是吾屬事公淺。漢二千石治理有效，輒徵入爲公卿。公一日召拜，吾屬不得長奉公，謂何？』雲夢應城進曰：『亡慮也。吾屬事公尤淺，即無論久近，而公所爲，貽我民百世澤也，頃子擬公于潁。以吾窺公，設令公拜丞相，總綱紀，其號令風采，豈次公所敢望哉？』余曰：『諸君子之言善，即上召問公，而公拜爲公卿，功名盛於治郡時。不佞請更爲諸君子載筆。』

賀郡大夫斗山馮公御史臺榮薦序

我國家設官置吏，法至森備。其在郡邑，長吏而下，職專親民。凡所以親民若民之親之長吏誠有意于親民，民親之，上未有不精知而亟揚之者。雍熙隆平之化，將自吾邵而概之全楚其人，而精知郡國長吏，又盡如直指使者其人，俾天下知得一賢長吏，歲雖侵，不爲害。又知賢不盡大夫，然而知大夫深矣。疏朝夕上，而璽書、黄金亦朝夕且下。假令天下郡國盡如馮大夫夫不佞始竊恠直指使者所不盡得郡國長吏賢不肖狀者，乃今精知而亟揚之。如疏語所稱，雖不敏，于是疏大夫薦之朝。而六屬長吏，自隨守而下爲地方，德大夫甚，相與徵不佞言爲贈。噤，三日而尫羸蘇。惟時，直指使者道蒲梢，問大夫豈有神匕，令尫羸立蘇如此。大夫逡巡謝事，大夫視郡廩粟枵如也。於是爲曲筭周思，括得他饟可千餘斛，單騎出，分賑之，一日而嗷嗷紛紜，乃紛紜又隨手解矣。即郡屬大侵，民鮮半菽，尫者、羸者、老稚無知者塞衢巷已，且枳廳山邑符，而邑痌瘝起矣；既攝德安郡符，郡僚一時咸乏，而大夫總攝之。蓋痌瘝也，而重之以專赤籍勾稽之事，于事號簡，而當路才大夫則往往令輟所事，而一切以煩劇周試之。當其攝應諸賢不肖狀，若身之乎豐篰蔀屋之間也者？乃今於馮大夫所得露章語，始矍然異之。大夫職行郡國，日不遑暇，程書委積，文罔繚繞，即懸鑒歷歷不爽，然第一耳目耳，安得郡國長吏而下夕。由斯以觀，郡邑長吏能親民如襁懷，而天子能親長吏亦若指掌矣。茲獨恠夫直指使者周之天子，故雖越在數千萬里外，朝發夕報可，夕發朝報可，而凡陟明黜幽之典下郡國，亦不啻朝之，耳目習而呼吸通。而又命直指使者，持繡斧，而巡行郡國，得甄别羣長吏而下淑慝，疏名上狀，在豐篰蔀屋之間，故郡邑吏號最親民，而實最遠于上。於是設藩、臬長各一，分部其地與及天下也。不佞不爲馮大夫賀得御史露章，實爲御史露章賀得賀馮大夫哉！

賀大參劬見江公擢閩憲長序

上冲聖御極，屬疆場多故，至竭四海之力，以奉一隅。惟粤與閩介在南服，號最遐僻，其民素狃於恬熙相靡，而爲羯狫呰窳之習。乃今徵兵益餉，計臣之布令，密於秋荼，有司者竭蹶奉指，亦既不遺餘力。上明見萬里外，南顧而愍然，念羯狫呰窳之民見德易，不難睨上而嚻，思得貞心博大之臣往撫綏之。而主爵謂無踰公者，且以粤就閩於勢便，於是啓事朝上夕報可。而粤之薦紳士若民，聚而私相詫，縣官業軫念：『南服萬里外之民，在閩猶在粤，乃必敓公于粤以予閩，豈遂遺我五嶺三江之頒赤，爲不足辱公經理耶？』余曰否否。公之辱涖吾粤兩年於此矣。粤之俗機，其輸公家什一賦，不盡出於力嗇，而貿販、漁鹽、翡瑠、鏐漆之類與菽粟並長，賦吏勾稽稍不密，而胥史得影借匿伏，爲奸欺公。故饒心計於猺賦，輕重緩急，一按牘而悉，其凡從前積蠹，梳剔之殆盡。然大指欲留有餘于民，而上無虧軍國之經費，如是而已。公之於粤，惠日洽，望日起，位宜日益崇。粤之薦紳士若民即甚愛公，而不忍一日釋，其又安能長有公？且既以公移粤就閩，又安知不遂以中丞節移閩就粤，而何患乎粤之不得長有公哉？屬者公入奉萬年之觴，上爲舉之，且宴勞之，所爲貞心博大業已得於交戟之所覩記，故亟以南服萬里外之民授公而無疑。其政亦惟是，斤斤錢穀之問，而特崇之惠文之長，以資彈壓，蓋異數也。公故博洽有文章，奕然摽詞壇赤幟，猶以爲雕蟲之技而小之，而精求之身心性命之微，然不厭薄一切高，至于通無象，究無始，而約其實於倫常。政術無大小，無不肯綮，若熟嘗焉者，斯又何也？或謂公嘗由望郎守成都，所謂沃野千里者，舉六州二十五邑之錢穀、刑獄、戎務、水衡、鹽筴諸課，移牒萬計，遊刃應之，事集而民安，卒稱成都治平第一。夫公不難成都，其又安足難公者？而況今之錢穀第一政耳。監司秩尊而事簡，叱嗟治辦，厥亦有所繇習。余又曰否否，以公能于守固知守，以公之能繇守習，非知公者。公於身心性命，其所得力，余無以窺之，然大要得之主敬。敬以行簡，不習自無不利。徐而察之，若含光承影之爲用，其芒彩盡歛，而幾希乎不可覩矣。邇者，有詔出甘泉，若軫吾民之困什一，不忍以一隅塵四海之物力，切誡長民吏務加意噢咻。公方視藩篆，奉詔踴躍，待旦而起，亟宣布之曰：令反側之民夆得加額聖天子德意于萬里之外。余聞而竊歎，此上臣憂國之誼。所以亟使公而無疑者，知公必不負矣。公今所涖閩，其開鎮曰興泉，壤固錯於潮、惠間，鯨波鼂舶，靡不與粤共。民于公之去來，相率而争，爲襦袴之謡，瞖噓相應也。即同事二三大夫，一時望若晨星，意不能不重惜公去。然或控惠潮，或耑籌海，不但壤相錯，且事相習，而聲相聞，猶日與公相周旋於橐鈐樽俎之間也者。乃猶亟走使東海上，徵言于不佞，既辭不獲，聊述二三大夫之意，書之以爲公賀，且緩其行。

賀匡左陳公鎮撫兩粵功成拜少司馬還朝序代作

國家北迫胡，東南絓島夷。其在邊胡諸大鎮，既特簡節鉞重臣，棊布九塞，威望敻絕他鎮。而東南惟兩粵建節，稱大鎮，埒九塞云。粵之南，盡于海，東介八閩，西聯筑竿、牂牁，黏天無垠之浸，與扶桑、析木諸蠻夷共，而海外吞浪之鯨、遏雲之帆、齒霜雪奪日月之戈矛，淼靄倏忽，莫可控揣。且黎岐猺蛋與齊民錯處，而遐商貪賈餌於琨瑤、篠簜、璣貝、齒羽之利，日夜輻輳其中，於是羣不逞至，探丸殺人無虛月，自文武大吏而下，往往綢繆苴補。且四扞不逮，較西北諸邊壹意控虜，其艱且繁實倍。公之撫西粵凡二載，上嘉□□□，遂舉兩粵全授公，僅三月而晉少司空，又一月而更拜少司馬。上念公拮据粵事，勞苦功高，意似欲休公於司空，爲咨岳宅揆地。會建酋匪如三韓，烽火幾望於甘泉，一時海内名碩，咸次第入佐樞筦。而公精白沈毅，卓然有古大臣風，已爲上心之所注向，是安得令方叔、召虎不用之鷹揚，而優游于將作之署耶？不佞蠖伏嶺海外，不能悉三韓緩急窾會何若，及所以張撻伐而宣皇威者何若，第習公之所爲鎮撫兩粵者。黎岐戢翼，珠海安瀾，袁醜匿踪于漳潮，而龍城象賓厥有寧宇，濠鏡青洲潛杜釁萌，所在化戈爲鎡，解劍成犢，伊誰之賜哉？　邇者，聞公簡粵卒數千，裹糧治艦，疾趨登萊，遏酋東逸之路，蓋身在粵而憂深社稷如此。公今入參帷幄，馳上方略，神授兵符，即古方叔、召虎何讓焉，而何兩粵之能私公爲？　夫能戈舡下瀨，必能鐵騎犂庭，摽銅柱，勒燕然，即南北異用乎？

於折衝、敉寧，功豈有二？ 公行矣，不腆之詞，未足繪公勛德萬一。 侯公撻伐功成，銘勳太常，即因輿頌矢爲鐃歌，請受簡以竢。

送南安郡侯浴宇曾公入覲序

往不佞由彭蠡，浮章貢而上，蓋千里溯流，至南安而下，瞰如建瓴矣。 南安據豫章脊膂，于五嶺三湘八桂，無所不絹絡，沮山深菁。 其民冥悍易摇，而奸黠不逞，又多窟宅。 其間自王文成建節鉞，首嚴十家甲法，以高皇帝訓勑其父老子弟，卒用威德，後先擒詹師富、大鬢、盧珂等，盡得其要害地，而家湖洌頭之間，鑾煙悉空，創邑崇義。 不佞以間攬其山川土風，而嘆昔人經畫拮据之勞，爲停策踟躕久之。 今去文成時堇八十餘載，而其黠悍餘習，至輕抵三尺以爲常持之急，即跳匿三垂五父而莫可迹。 此其難，視昔尤倍。 曾公由南司農高第，推擇來典郡符，甫下車，即申嚴十家甲法，訓勑其父老子弟，與文成合。 於是民之耳目，朗焉一新。 顧其大指，乃在輯和元元。 汰郵傳之濫供，令郵吏得拱手奉約束，而道旅亦無苦梗。 下邑錢穀，第總其凡，以時徵發，於耗羨惟恐或浼。 庾有坐争税而訟者且數年，公廉得膏土若干里，頗任賦，則減甌脱之税，予之瘠，幸寬而腴，不稱虐，衆驩呼稱神君，訟立解。 他若游手而六博倡飲者必法，飾物價以愚鄉人者必法，侮文而囂甘憲如飴者必法，一時黠悍搏志，胥舌涸，而吏指椎矣。 又時時延見諸博士弟子，講説經術藝文，衿裾雍雍埒望國。 公爲郡堇朞月所，上在宥之二十九年，當大計天下吏，公先期戒行。而是時，余伯氏壽徵，以司理得佐公下風，辱公握手推腹之誼，而德公深也，則述公所以治郡若得民狀，纚纚甚具。且曰：『子及公同譜，視公伯；余及公同寅，亦視公伯。夫同官異能，同治異功，即公涬溟弟我，而我則何啻伯視公。古稱伯氏吹壎，仲氏吹篪，載公卓異者，非子而誰也？』余唯唯，因次第公所以治郡若得民狀書之，與公行李俱去。公行，入見天子，有如問南安菁尚較曩孰靖，痌瘝較曩孰蘇，土風民情較曩孰雅化，具以對。即假公文成節鉞填嶺以北，此郡父老子弟旦夕額手而跂者，功名盛于爲郡時，當遂勒旂常、銘景鍾。不佞兄弟即欲復儌私誼，而有所陳説，猶一吷矣。

賀别駕德所岳公膺奬序

傳稱孝以事君，慈以使衆，而要歸于心誠。求世儒童習白紛，抵掌而譚斯理，豈不甚辨，而默察其躬行，大都齟齬不相應。豈聖賢於君親上下之間，强其情事之枘鑿，而牽合附會之哉？余涉世淺，所睹見薦紳先生不數，未敢謂躬行與習兩不相應，然而如西粤岳君者，足爲世儒一洒之矣。余爲牧，則岳君爲别駕，方君需次都門，屬有滇缺宜補，君入白太宰曰：『人臣狥職，寧渠遠近之較？第念孤有母年七十，少茹苦節，以有今日，滇越在萬里，母老不能偕，孤則又焉能獨之官，萬里膝下。倘得滇，孤直敝屣一官，請得從吾母桑梓老矣。』太宰爲感動，奏特予隨，隨于滇，猶稱地近乎。然頻年苦熯旱，民鮮蓋藏，逋賦歲積，而君又職專賦，至則與百姓約以賦緩急爲期先後輸，如期者勞來之，即不如期而君不以蒲鞭試也，愀然謂：『若豈不欲盡入租公家，旦夕歸就枕乎？奈室且懸磬，衣百結，食半菽，指産以授豪右，而豪右不應也，計畫無所復之，即蒲鞭試，徒瘢若膚耳。』于是百姓人人感泣，其富者且代爲貧者輸恐後。而又謝絶苞苴，手書『天理』二大字榜于庭，即有以苞苴來者，見君篤行純誼，不忍獻而去。郡故好嚚訟，訟輒經歲不解，又多飭浮語，以溷聽斷。余性不耐瑣屑，遇若曹輒爲一二語衷折之，取其尤傅爰書，日嘗竟數十牘，于情曖不無有所闊略。間以牘移君，君不然，曰：『吾得其情之直者，亦寧忍使曲者猶有未竟之情。』至曲直互匿，聽之往往不憚更日，且爲焚香卜諸天，務厭其意而後已。而事關風化大誼，必喻以情理倫法之極，至兩造各掩泣，君亦泣，罷訟矣。比歲大祲，不佞與君手調糜，分曹計口而飼，而又周行阡陌。時諸耄者、幼者、遠不及者、尫羸籧篨僵欲絶者所至，持金錢推予之，全活蓋亡慮數千萬命。君恒嗛嗛，不居功，而遜功不佞，竊心愧之。君既迎養太夫人，每飯未嘗不念當年苦節，謂孤不易有今日，太夫人未飯即不飯，未寢即不寢，兩年如一日也。蓋君慈孝天植，無所不感格，太宰至貴倨，乃曲聽而恤君之私，而百姓輸賦恐後，罷訟相泣，此豈可以聲音笑貌爲哉？心誠求之，不中不遠。君本孝行慈，而因慈成孝，君親上下之間，應若影響，貫若節脉，世儒所稱，固非虛語。今年春，楚撫邵公嘉命勞君，其辭曰無染，曰勤愓，無非常炫俗之績，而所期居官三事兩言已具得之，可謂知君矣。且世亦詎尠精幹局、攻窺看、愚民獵聲而陰中其私者之赫然才吏稱乎？然而于民艱國恤奚賴焉？君仕隨堇兩載，所暨立已章章如是，他日政成課最，無論陟華躋膴，即令幹局之吏，不得以其一時釣詭獵華，而與君兢霢霂真懇之澤。君又毋徒嗛不自居也。諸寮屬唯唯，遂序而張之。

詒美堂集卷之十

海堧祝以豳耳劉著

序

賀郡太守鳳林孫公以前司農攷績貤恩序

郡侯東冶孫公以司農高第，爲主爵者所簡，推公爲郡，僅踰朞月所，而政平訟理，獲上信下治，行於浙東西無兩。郡之士若民含戴仁澤，思有以致其謳謠祝頌，而未有間也。會公以前司農滿考奏最，貤典及其兩尊人如綸之言，褒予備至，一切象服翟佩之飾，咸出自尚方，焜耀隆赫，遠邇傾動。於是郡之士若民無不争先走逆，比墅道上，凡居恒所欲致其謳謠祝頌而不可得者，欣欣相告曰：「今有間矣。」而吾邑之諸生朱福長輩，以文秇受知於公，謀所以攄其國士之知遇于萬一者，不佞以豳謂諸生毋刺促，有王言在，惟贈公曰：『撫字心勞，循良政最，寧緩徵而保障，甘下考以陸沉。』惟太安人曰：『性寶儉慈，儀閑觽燧，惟筥有齊，斷機課學。』大哉王言，贈公當年經世之略未究于用，太安人淑懿之範不出於閾，而人主皆精知之。即有能言之士，奚所用其藻繪？而諸生輩竊復有效其謳吟祝頌之私者，則謂吾杭爲東南一大都會，雖延袤不能數百里，而賦役將作金錢，幾當天下半，百伎淫巧之所輳集，駔儈譸張之所倚窟，而臺使監司輶軒乘傳之所絡繹，遉伺日不皇給，以間治事，句校庾藏，兩造盈庭，以次就讞，務得其情，而事與晷俱盡矣，又何暇從容於秇文？ 而公則時時進諸生之儁者，與之譚説經術，評隲殿最，即案牘旁午，無倦色躁容。而前後所識拔士，咸超驪黄而相天機，隔垣一方而洞肺腑，沈淵伏匣而辨干莫知懸。黎士無不擺指捫心，各厭其意，而間有以他端進者，憚公威嚴，逡巡不敢出。然公所爲恤煢理，抑不啻肫肫子弟畜之矣。此諸生之所爲德公，而願攄其國士之知遇于萬一者也。上冲聖御極，方開講席，議大婚禮，崇上徽號，懿典次第舉行，不惜殊恩異數，推及臣寮。而公以雄藩首郡，又治行爲天下冠，毋論增秩賜金，行且入而黼黻廟堂，抗議禮樂，超拜三公九卿，如漢已事。兩尊人者，湛恩亦且狎至。斯諸生之所爲感知遇，而沾沾竊願於公者乎？ 抑漢吴公治平天下第一，史謂其能知賈生。諸生誠淬礪自樹，他日有薄賈生不爲者，庶幾足酬知遇爲不負公。若公之超拜三公九卿，推恩之典，進而盭緑珮玉、六珈瑱揥以榮其兩尊人，又安用諸生沾沾爲也？

送隨學博蕭君擢令泗水序

余不佞守隨，則沔陽蕭君實司諸生教云。君博雅有特操，余過沔，從沔賢士大夫雅悉君，人人口不置也，謂君當世才，一第不足取，而堇堇起家博士。天固困君，君汨如也，曰：『隨于古稱漢東大國，士惇茂，有先民之遺風，余藉一日長身臨校之，幸甚。』則數數爲諸生譚説經義時務，奬異而風，諸凡多相率顧化，蓋七年如一日也。臺使者既爲之疏薦之，賢聲翔起，於是以泗水簡授君。泗在古爲魯下邑，盤琅控鉅，聖人之教化漸焉，即後世所雅稱洙泗云者。泗源本于竈尾，北與洙合，而我仲尼實夾二水而家。儒生居恒誦法仲尼，讀其遺言，輒惝怳若與之睹見。而君今履其境，且得爲其境邑長，自昔命世之賢所盱衡，冀幸於聖人之居之近者，當吾世而遘之，可不爲誦法仲尼者一時異數哉！君爲人魁岸俶儻，顧余時揖君，堂皇步武，不失尺寸，語不及之似不能，語及之單詞中窾，咸内失也。擢之日，我二三大夫若諸生交相色慶，已而交惋，豈不以君之居隨久重去君哉！陽道州爲司業七年，遷刺史，諸生詣闕而請留者數百人，今即不能，而二三大夫謂余當有言以緩君行色。夫君七年于隨，所爲隨人士譚説經義時務，抑久而習，豈惟隨之重去君，即君固不能不重去隨矣。即以余之迂疎，事君方四越月耳，一日傾蓋，何遜七年！微余言，又曷以緩君，然而毋以緩君爲也。西北頻年屬大侵，當事者借前箸，請盡發内幣賑之不繼，至嗷嗷轉溝壑。齊魯即素號殷阜，而于隣之震行及之，君何以惠此元元，以無負天子簡畀意哉！陽道州日熟二斛糜與飢民共，不勤催科，然乳吏耳。君行而以經術飾吏治，有進此者，余與二三大夫及諸生跂予望之矣。

送幕僚譚公遷襄府典儀序

譚君之在隨既三年，而余始被命爲其守。余守隨僅四越月，而君遷襄府秩去。始余未之隨，則君能聲已自藉甚，及接之，而裒衣雅步，恂恂也，譚言微中，大類儒者，則大駭。已而得君染翰，已而又得君篇什，則愈益大駭。余嘗過君私署，水沈一縷，自帷中發，（淪）〔瀹〕苦茗劇譚，晷輒移矣。君於職專遉詗筴珥之政，於其人雅不相當。而隨故以簡僻稱，今與昔大盭矣，蹄輪半道，羽檄交發，夜分奉片紙，即匒爽問涂，車及于門，馬及於閾，手板及于萑棘之次。而余生兩腋下有惰骨，驟加之良不堪。而君又以其職專故，于常往來，時時先余出而後余歸，每相見惻勞苦，余嘿察君顏面，蓋黯然有風塵之色焉。君恒謂：『余起家三尺，儌榮一命，且十有餘年，吏無卑也，凡可因分自致，效卑成尊，令親故一旦謂我計畫，無所復之，我即何以自解，而竊引避爲名高。曩者，屬歲大祲，半粟不具，於礦之役横發于不虞，材官首鼠無計，余則身率良家技擊之士堇百人，與賊會，先聲皷之，至輒解散，乃今蹄輪羽檄，烽火示捷數數。從中筆使，諸走身先爲之，若應指臂，所謂因分自致，無縻升斗，業可以自謝于親故。即余家負廓二頃，庶足朝夕，奈何刺促自苦爲也？』蓋君解官之心，忡忡動矣，而夏四月乃有今遷，君奉檄俶裝，而喜可知也。謂：『吾向者無爲而棄官，人必從而極之曰，是計畫無所復之，而竊引避爲名高。乃吾今則可以去也。』余曰：『唯唯否否。君向者欲去而不得去，今又得去而不宜去也。襄與隨爲接壤，朝秣馬而夕至。襄王孫以好客聞，博雅恢奇之士輻輳幕下。君詞翰之妙，屬蹄輪羽檄之交，無所用之。君行，而王誠好客如所聞，且必虛左車，據上座，揮麈而傾其四筵，正君行其意之日也。不得去而不去，不宜去而去，君何所取衷焉？枚叔曳裾王門，與鄒忌諸君子游，文章之造日益，以至以君之才得從諸王孫若博雅恢奇之士，日劘而角其勝，而日益其造，君寧無意乎！』君聞而憮然曰：『大夫陳義甚高，吾無所容辭。然吾之去其鄉且久，數椽之茅，三徑之石，吾聊歸而寓目焉，吾且行矣。』余則又前謂：『君今弃我隨陽以去，我誠不得而長有君。異日者，襄王孫前席問奇稱旨，珍綺之外，諸法醖禁臠，以非時賜，當急足致我，侑以新篇。余將開白雲樓而北眺，且吸且歌，何以異瀹苦茗劇譚時矣。』

賀崇德縣靳侯三載考績序

今年春，余從諸先生長者後，講學檇李之人文書院，因得與崇德靳侯傾蓋相周旋，乍接之，貌温而禮恭，言動簡重，望而知爲有道君子也。今年侯滿三載，考當奏最，邑諸生楊某等列侯治行走海上，乞不佞言爲贈。余既心向往侯，微諸生言，固願一言之效也。崇於檇李，號巖邑，無論賦役訟牒之繁埒他封，而檣轍符繻，晝夜絡繹，視他封爲獨劇。蓋自徙皂林驛于邑郭之南，而皇華使節以不時至，周應不給。侯念民不支矣，其要莫若清蠹，於是一剔刷而攬冒之窟穴遂空，不益饟而供億若宿備焉。侯曰：『今乃可以專精于民事矣。』民最患苦者惟糧解，其輕與重，猾胥得神鬼其間。侯始以采聽，繼以綜覈，劑其殷縮，而輕重受焉，咸謂侯若日周行于篰蔀之下者。又念糧解之最重者，無如北白邑，凡八艘，舊有羨金艘若干入于官，侯麾去之若浼。又令中産家協佐之，中産之家無役累，願佐恐後，于是白糧解蘇矣。邑有鬻女弟于他所，而誣其翁以故殺，事久不白。侯密令人于鬻所得女，還之夫，而坐兄罪。諸凡獄且竟，不難拂上官意，反案雪之，民以不冤，囹圄空虛。惡少年倡亂石門，白晝殺人攫金去。侯不動聲色，授旨卒伍生縛其魁，寘之法，餘解散去。於是侯之循聲且奕奕走旁郡邑矣。政暇，又延邑諸生講藝文，課優劣。若楊生輩者感侯知遇，而亟欲光大之，其頌述侯經術治行非一，即班、范諸君而在，將不勝書，而況不佞幸接侯而竊響往侯者，其能無一言之效乎哉？崇西鄰雪，西北控具區，南介錢塘，其地當四衝，而亡命作奸往往爲逋藪，即所稱符繻絡繹，不與嘉若秀共乎？然彼有郡大夫提衡其上，且兩大邑分其勞，而崇以蕞爾獨支也，則崇之難可知也。侯在事三年，繩解刃遊若甚易，而不知其畢精竭神，難更倍屣。有如主爵者，按侯治績，而悉其所以難與其所以易，璽書旦夕至矣。

送司教鄭先生之惠州推官序諸生時作

始先生用朱氏《易》舉閩明經第一人，而今上丁丑用選人高等來司吾寧教。故事：得稱署司教，以秋比八月聘典省試，于是歲己卯秋，先生去典試事東粵。事竣，且得偕新舊解士，射筴南宮，而過吾寧，則諸生輩獲望見先生尉勞苦，已出所藉奏賢書示諸生，且曰：『東粵士洵文且都，第手空編，揣銖黍，猶然空券質貝耳。』庚辰冬十月，先生擢惠州司理，士惘惘不自得，則爭勾篇什奓豔之。又相與趣小子以幽，當有所稱説。余小子，何敢阿所私。先生才敏，復嗜學，日下帷哦先秦兩京語不輟。時集諸生，揚扢今昔，欲風吐雅，人人極意而歸。月有試，試必甓含置几，鐍院糊名，至手自行粃脯，而士爭勵可知也。士以修雉，見凡窶者與能攻苦者，輒爲具飲飯，已，斥去，曰：『庶推市毛穎赫蹏不可乎？』即不幸有疾病，親老弗任，謂不腆之奉，猶足緩亟，竟不讐責亡問也。自士習于澆，當事者目編萠攝之，先生獨扶大體，獎飾善類，惟恐不及，有不善娊諷之，甚或訓諸庭，以必亡折士節，爲宮牆累。諸生即不能詣闕廷而請借，奈何令嚴師慈父旦夕釋我去哉？且縣官則誠念惠矣。惠，故漢尉佗境也。尉佗王東粵七十年，民不復知有漢，元鼎間至廔樓舡十萬，師發夜郎，兵下牂柯，乃始版圖其地。今雖以累朝帝德照臨，而山魑菁猺與浮船亡命相緣爲奸，至剽人于途，而有司不敢問，先生雅願一日身師帥之。今縣官以惠士民授矣，惠迫海尤稱羯狫，鐘鼓衣冠多不傅禮。蘇文忠久于惠，其咏惠州諸什，蓋亦感憤牢慅之意多。在昔蠻夷猾夏，俾咎繇作士，明五刑，更寬然舞干羽兩階，而格苗賓夷，輒景響效先生。陶禮以馴亂，明刑以佐禮，要以易闇曶而光明，亦何遜干羽虞庭哉？先生駕矣。史蓋稱申大中弟子，咸用經術顯，其服官著廉節，爲大夫、郎中、掌故以百數，而申賢愈益彰。異日者，先生坐合江樓東北而眺并州之故宮，而後先桃李，或更有瞠申公而下之者。乃爾又有以諗吴生、黄生，兩生於己卯秋皆裒然舉首，而黄寔惠産也。先生暇當進兩生，與語其所爲報先生國士知者，不知於以豳之説何如。

賀督撫江西中丞太蒙王公擢總河少司空序代虔撫作

先是，治河大臣推擇當代者，啓事數易，越歲格不下，計臣鰓鰓然慮漕道，而謂治河之人不可一日緩。已而以今督撫江西中丞王公名上，輒報可。一時深識遠計之臣，咸舉手爲漕賀，又爲漕之得公賀。而抑知上之用公，與公之所以簡注於上者乎？蓋公之宦豫章，前後二十餘載，其督撫且六載，推少司空亦三載。上念公久于豫章，勛勞茂著，一將作貳，奚足煩公，而必岩公之任於河，以故持之數年，用之一旦。而豫章之百職事及士若民惜公之去，喜公之且大用，無不人人鼓舞艷言之，而況不佞謬以節鉞承公下風，辱公之知最深，而受公司南繩尺尤最真且篤者。當公之以中丞滿六載奏績，上拊牘而俞敕尚方爲製盭玉犀題，將大有所褒予。不佞則嘗修不腆之詞，函書戒馬待發，而治河之新命下矣。憶歲丙辰，自虔以北，大浸稽天，漂廬没稼，民嗷嗷不能以旦夕。公與直指陳公合疏請蠲賑，而不佞驅車後至，亦踵公意。疏入，咸報可。於是豫章之民得稍延旦夕之命，而虔之四履，實錯他藩，而處其民，素號獷夷易動，乃今皆熙然，含戴恩德，寢儲胥而晏如。則公聲靈所讋，其波及不佞者甚大。而不佞之所爲惜公之去，而喜公之旦夕且大用，不尤出諸大夫國人先耶？自公之撫豫章，諸拮据輯綏，固已無不竭之心力，然南盡庾關，北不越溢浦而止耳。乃漕河，綰天下命脉，縣官則已挈全宇授公。不佞竊嘗聞之道路，今之河非昔之河矣，徐沛吕梁之間，所稱飛沫千尺，今褰裳可揭。漕舍故道，它徙徐南淮北，非湍駛齒石，即百夫牽輓而不得前近。又決狼矢溝，瀰漫四溢，并輓卒無所問道。夫先事而議，大司農靳金錢弗予，予而未及用，而覈者隨之用之。濬與捍，其利害常相準，而河之濟漕，與漕之利河與否，又常相參。其必起神禹於今日而後可？是不然。公清貞練達，明習天下國家事，拜命之日，固已吞九河四瀆於胸中，曾不蔕芥，意必有搏捖盈虚之用，出於撬權畚臿之外，而不徒區區苴補目前而已者。公行矣，精誠所注，金石可貫，玄靈可驅，他日平成之績奏天子，無事沈璧馬，剗淇園，而河流安瀾，熒光且四塞。夫咨岳宅揆，非即胝手胝足之司空耶？不佞則奚俟夫錫玄圭、宅百揆之日，而後知上之簡注公者深也。

送武選郎中瑞芝胡公擢參議山東序

今寓内所資以理，洎百執事所日夜厘求以狗職媚上，則錢穀、刑獄、甲兵具已。比年以來，北搆胡，南復絓越，當事者擥持若林，舌數若戟，唯是錢穀甲兵呫呫，而虞乏人任也。朔西之變，變倉卒起，非恒所睹，遠邇波沸，大司馬辨色入中樞，集謨議，晡猶候旨甘泉宫，休沐靡間。當是時，即人思一請長纓，剪滅此而後朝食。而迄不得其要領，乃深計之臣，見以爲朔西之變，遠邇波沸，睥睨觀望，人有蓬心，憂詎寧獨西哉！河山四塞，通都隩區，不亟舉誠醇宏練者其人往拊循之，以逆折邪萌，令縣官得以全力顓事西不可。于是公繇武選郎高第，持參知節，往部青、登、萊三郡邑矣。始公釋褐爲理錢塘，屬不佞以豳在諸生間習公，無以發摘見名，而獄非服念不具也。錢塘之民尸祝之至今，而及公郎武選，又辱同舍相朝夕，即不佞甫受事，且不獲久事公，間嘗操牘從公退，而心爲之折也。彼選人者，其先世固嘗以所樹尺寸，遺所不知何人挾所券，梯羲航濤而至，予之疑濫，而持之又虞苛。且也權貴與宿猾相表裏，陽撼陰嚙，予不見德而持之，適以賈怨。公獨曙大體，以令甲從事，事一稟于令甲。而毛舉濕束，引繩批根以自才，而坐令漫纓垂槖，立槁庭下，公不爲也。蓋衡夫濫與苛之間而衷裁焉，大指如所以理錢塘云。夫公不難理錢塘，衡選人法矣，其又何難。齊，琅琊之墟，距神京堇千里，累洽以來，户何止七萬而倍，薪蒸鹽蜃，轂擊肩摩，夫非四塞之國，而東土之隩區，與太公報政澗達平易，國以富彊。公至柔，礉湔煩，因俗簡禮，令諸郡邑長益廑勸課，百姓遜于徭役，户登而畝辟，産息而賦平，四境相聞，嗚加應，吠加殷也。即有羣不逞覬望其間，人情顧安肯易其所甚便，亦安所藉口而恣睢睥睨，輕犴文罔乎哉？朔西之變，厥亦有以致之。何可云秦人輕生好亂，其天性也。公蓋以時時咋指計之矣。異日者，入而揉鈞參筦，無小大，無不猶運諸掌者。公行矣，亦有謂縣官方國家事不翅習矣。公繇筮仕，迄今凡三歷官，而刑獄、錢穀、甲兵三者，遞有專職，斯于亟西事，奈何東我公，幾于逸公于事，而緩公于用者哉！衆見已形，不見未形，則深計之臣，所謂憂寧獨西也？

詒美堂集卷之十一

海堧祝以豳耳劉著

序

賀觀察大夫訥菴蘇公壽序

上嗣萬年之曆，首策士于南宮，則我觀察大夫蘇公以經術爲舉首。公繇繕部郎高第，楝憲使節鉞臨制楚，而楚之郢若郧，則自世皇龍驤，我國家萬年根本重地在焉。乃郢以南多萑澤，郧以北多山峒，則有椎埋、鼓鑄、瓦合、杆焚，嚚劇於女閭七百之間者；則有大艑峩岢，攫士女而驅之乎湘川卭筰靡莫之地者；則有馮城依社、委逋弗輸、甘憝如飴而頑不省悛者；則有貂鐺緹綺、怒馬鮮衣、暴橫恣睢以嘗有司，有司且相與瞘焉，至擇法而後施，擇民而後治者。夫以湯沐雄都，枌榆舊里，聖主熙時之元氣實縕毓焉。藉第令所稱舉，有一于是，其爲斲蝕元氣非細故矣。上爲其鄉郡國，固念之，若曰非大夫往不可。至則持廉矢公，灑然與吏民約，手取大憝一二置之重，餘各不煩批擣而解，其鍰書取二三語而竟其獄情，取一再讞而决。而其大旨，恒主于不擾，務休吾民而息之，而於國家根本重地，欲使純茂之氣，常混浩流注而無壅無閼，是公所爲康民生、壽國脉者，具得其大矣。今年夏五月，爲公嶽降之辰，郡長貳而下圖所以壽公，而謁不佞言。不佞不文，顧安能出公所爲康民生、壽國脉者别有所效。憶昨歲兹辰，當公函表而入賀萬壽之節，余從豹尾班中與公竊窺，見聖躬强固，聖容睟穆，宵旰不勌勤，踴躍蹈舞而出，而公賜大官宴，所被寵賚備至。蓋上實念其鄉郡國以根本重地重畀公，而公所爲治郢與邵狀，上則已心簡注之矣。余今乃又得從諸父老後，目擊公所爲治郢與邵狀，而諸父老竊從田間舉手祝公多壽，亦無不踴躍蹈舞，驩聲殷于野。是公之所以壽上者，即所以壽郢若邵，而其壽郢若邵者，即所以自壽。乃因郡長貳之請，而輒效一言以介于公之庭。公聞而听然，曰：『美哉，使君言善則歸君也。上春秋鼎茂，中外臣鞅掌竭蹶，思不稱任，使臣無似得專精神以庶幾其夙夜則幸矣，詎敢言壽？第所爲康民生、壽國脉，即不能如使君言，而余與二三大夫飲上恩澤，得相與恬安于熙時純茂之中，皆上壽我也。』于是北面稽首，舉萬壽之觴，而後與郡長貳成禮。

又代作

蓋德安去大夫開府署十舍許而遥，自隨守而下，非公事不敢以燕見，即見而必爲諸君譚説理道，亹亹其言之也。間者，諸君過不佞而述大夫言，惟守之言曰：『余滌隨篆而謁大夫，則謂隨守，爾釋槧而當案牘，得無且吾哉？』守曰：『唯。』大夫曰：『否。余束髮事主上，蓋十有餘年，出入承明之廬，客亦有以不習吏事目攝余者。余問所謂習，豈事習心，將心習事也。蓋余承乏行使周遊四方，所過都會郡邑，所接循良幹局大吏，所舉錢穀刑獄若土風人情，隨叩隨識，灑然有當于心，即歷歷若在事境。不然，而與接爲搆，懵無心解，雖朝握符，夕執槧，奈何言習。余今受事一方，實始辭承明而出也，而事固不能且吾，我則心習于事素也。』于是守聞大夫言，而灑然有當于心也。余聞守言，而灑然有當于大夫也。今年春，余得從吏民後奉大夫約束而挹大夫眉宇，既又得批秇文若臨池揮灑之興，而余又悏然自失矣。大夫之治楚，職刑獄盜賊兵革之事，而惟郢與邔最稱煩劇，沈犢錮案，依社馮城，伏莽嘯落，萬有千態。而大夫之視若虛而應若割，此所爲心習非耶？心習事而事辦，事役心而心勞，而大夫又以其心之餘神而發之詩文，寄之舯聖與肖之景物，而無所不極于妙。余蓋測大夫之所爲心習者，不用而用，用而不用，而深得于養生家之奥者。余不習事而習養生，竊聞之，人心息則我之氣爲天地所攝，人心不息則天地之氣乃爲我所攝。大夫一心耳用之于平亭，用之于安集，又用之于秇文，無已，而又用之于卜築開濬。即今汪濊瀠注、嘔歙芬郁于郢、邔間，士民所共稱如蘇河，所共覩如《郢中詩》《邔城吟》諸篇，此可以觀大夫不息之心，爲能攝天地之真氣而歸諸我。而養生家所謂吸引補導之説，彼逃于虛，是謂涬溟，此達于用，是謂攖寧。且也天地之真氣，寄于洪崖漢水者，無足以當大夫，而大夫所篤生，則天地山川風氣之上游也。蓋自積石西傾而來，東至于巴，其下爲岷江，而劒閣夔峽，天險殊絶，盤旋夾束，風脉之固，天下莫比。故其清淑凝厚之氣，産爲璆銕銀鏤，千尋之名章。而大夫以其徑寸不息者，攝而萃之，攝天地之真氣而歸諸我，而我不爲天地所攝，此至人之妙理，養生之玄詮，而黄髮上壽，可以契取，則不佞所自附于習養生，而竊因諸君以印証于大夫者。抑大夫先世昆吾，樊其季籛，仕殷以久特聞，則蘇氏業以壽世，其家奚俟不佞言矣。

賀郡侯槐里王公壽序

蓋德安界楚，北爲隩區，其山川形勢相囊綰，鴻龐鬱茂之氣蓄而不洩，而四方雕文之習亦若遠而弗及漸，其土風猶然椎樸近古，闤闠無譁，紈綺尠御，品羞不備，遊冶不馳，衺趨不競，瑟履不飾。故其民志扃神畜，而隨南之山，且以壽名，所從來遠矣。槐里王公，以望郎來守吾郡。公吴人，吴文物蔚藻甲天下，然而乍接之，冲夷敦靖，以爲非吴人也者。即莅政堇期月所，而培樸棫，撫流移，搜城社，清驛騷，去敲朴，諸孅猶善政非一而足。而郡六屬之吏若民日游泳儲胥之下，山川鴻龐鬱茂之氣不費而恒實，藉第令山川真氣誠囊括不外洩，而上或毛舉濕束，不然而磐繡其質，令太和中耗，山川民物固有隨指顧而易嚮者，以是知公有造於郡六屬之山川民物者、深而錫之仁壽者，抑隱而厚而扶輿磅礴之氣，孕毓於紫金白兆、涓漳楏瀙之嵬且深者，悉萃而歸之公。公之壽，夫寧渠黄髮鮐背，如世所豔稱，而得之若私者哉？抑聞之，公始爲名邑宰，被内召，坐簡澹失當事者意，官西曹。西曹署即無不人人内遜公者。篇什超灑，在陶謝之間，而臨池升太令之堂，蓋政事文章種種精詣，而又善藏不露。斯於郡土風畜而不洩，公天性雅自近之。其用徵於民物厝注之大，而其旨契于玄牝養生之深，兩相合而交相壽。此其際公不自知，而操觚能言之士亦未易以摹測其竟者。今年四月，届公懸弧之辰，於是郡六屬長吏各采其山川民物所得於公仁壽之錫者，而屬不佞次第其語以獻。

賀郡太守忠嶼史公壽序

曩不佞請急還，屬郡侯史公蒞郡方新，郡事望之若領挈，而士若民望之若貢熙獻和以自媚于公者，余與二三鄉父老竊心異之。比不佞方束裝之京，而里人數數來言曰，冬積雪千里，民願少須臾以徵歲瑞，則又曰春麥秀兩歧，民更生矣，則又曰膏雨澍，條風鬯，青黄錯隴畝矣。余與二三朝大夫益竊心異之，以爲吾郡數十年所未有之嘉祉，乃儷集駢會，豈至人作用，固能摶埴陰陽，醖釀化工，而吾郡之山川人民辱有厚幸哉？方謀介使以質于公，安得推沴召和其速如此？而公誕辰届五月，郡六屬長吏自隨守而下，走使二千里，徵不佞言爲祝。僉謂公治郡狀非一，其大者，如發倉儲數千百斛爲平糶，令廛市猾豪不得操盈縮以漁獵吾民。又汰平糶之餘及括羨金若干金，檄六屬長吏分賑有差，戒毋塗耳目而恡胼胝，毋饜狐鼠而滋蠹蝨，于是六屬惴惴奉約束，即無不如其身歷之者。而又日調糜，時諸耄者、幼者、籧篨骨立者計口而飼，而六屬惴惴奉約束，即無不如其身哺之者。至于露宿步禱，減膳撤騶，施匕乞釐，諸可爲吾民計者靡不周悉，所全活蓋何止數十萬命。而又其大者，郡之獄情恒傅影響，借口緩死，往往沈錮其牘，即御史有所平反，有司業以其影響，沈錮不敢詰，至東閣而益重其錮焉。公獨目披手裁，不數月而郡大獄無不影響若曙，沈錮若新，監司使者坐境上，按牘而詫矣。此豈徒精瀓敏幹足多哉！凡以民命至重，所爲通幽滯，邕泰和，非可以鹵莽辦也。此六屬長吏日事公，而習知公，而不佞所欲介使往質于公，則不盡如諸君指。蓋公之初蒞郡，其民物之脉理，與公之精神，嘿相呼應。養生家所稱衆人之息以喉，至人之息以踵。公所爲壽鄖之民物者，陶無形，醞無味，式儀注厝之先，固自有踵息哉！惟公于式儀注厝之先以精神運，而鄖山川民物于索莫痌瘝之後以上壽徵。是公以上壽壽鄖，而鄖不知。鄖亦欲以上壽壽公，而公不有。不佞則何説以獻？竊謂不佞，鄖人耳，見鄖之民物，蔚有壽瑞，而亟欲采而壽公，隘矣。六屬長吏，鄖吏耳，知鄖之民物，式躋壽域，而又亟欲采而壽公，迹矣。公今春秋鼎盛，他日政成而召拜三公九卿，握大匕以斟酌元化，壽我國家億萬載無疆之筭，斯至人之用，固自有在。不佞則姑以鄖人爲鄖屬吏壽公，公亦姑取鄖人言而舉鄖屬吏之觴，大幸。

奉從母邵太孺人八袠壽序

當余母太恭人躋九袠，從母邵太孺人率子婦而躬爲壽，兩鶴髮鬖鬖，與翟緑鞶緑交映於一堂，閭左爭艷言之。而今年邵太孺人躋八袠，太恭人亦率子婦而躬爲壽，顧余當有一言之祝。余退而逡巡，謂太孺人懿懿焯然，布在耳目，請俟當世鉅公先生之閈于文辭者。已而族長老以稱觴期迫固屬，余自惟不腆之辭，安足任太孺人彤管？第念我祝氏詩書冠帶之澤，實發祥于參知公，再傳至司馬公，而業稍替也。贈比部公爲司馬少子，日奉遺編而佔伸，不復辨治生。太孺人自爲新婦時，即以身當祝氏家督，量出納，謹筦鑰，目析指計，不責息而收其嬴，拮据荼辛者，若而年盡，拓先業，比于素封。自太孺人之業拓，而宗黨戚屬奚啻潤九里，調糜分纊，振顛字孱，指廩以償諸伏糧者，治櫘封土於無爲後者，人人誦義無窮焉。而又好修浄土，緣緇素之乞靈無虚日，精廬蘭若，檀施殆遍，四十年一日也。贈比部公晚乃益不復問治生，佔伸與黐蘗並進，其勵比部君學，爲擇師儒，課膏晷，皆太孺人代之。業成而舉進士，爲邑令曹郎有聲，太孺人稍亦倦家政。而次君與諸孫輩琅玕森森，皆未離諸生間，太孺人爲擇師儒，課膏晷。所以策次君者，猶之策比部君也。即所以策諸孫輩者，猶之策次君也。太孺人之拮据荼辛爲家督於祝者前後且四世，而福履壽考、食報于祝者，今亦且四世。微太孺人，而參知而下詩書冠帶之澤，胡以振振繩繩，俑替而復隆？微太孺人，而比部而下詩書冠帶之澤，又胡以振振繩繩，有隆而勿替？繇斯以譚太孺人福履壽攷，寧渠四世食報于祝，即繼此雲仍，世世皆太孺人之澤，則皆太孺人之壽。而一時融熾期順之事，曾足爲太孺人頌哉？族長老咸曰善，於是次君輩盛冠服，致水陸合樂堂，上下前爲太孺人壽，而余曰未也。母太恭人，瑱纚既三錫，余且爲縣官乞疆埸之身，奉膝下歡，幸不乏媮臛，乃一澣衣，一簋食，蚤起晚息以爲常。次君亦謂太孺人居恒鮮重珥兼味，操作痦興，必身先，後其臧獲。凡此咸自天性無矯，而養生家所稱爲專嗇，爲攖寧，猶龍氏之所挾以爲寶者，若夙契而精得之。以是八十若九十而健履却杖，神明之用不衰。次君輩旦夕且上公車，得時而駕，即余之越在田野，亦願與次君輩交勉之，稟二母之身教，以無失先世素絲五紽之風，推而壽國、壽天下，所爲壽母者大矣。族長老咸曰善。

賀外父正吾毛翁六袠壽序

嘉禾當東南綰轂之會，風氣流而不緼，而又其俗化雕文，日隃月甚，諸名祏抗宗一時，威猷翔起，焜奕甚都，乃未幾而就湮，至有比於匹夫編户，驟而不能舉其名者。蓋不佞自垂齠而爲寓人其地者十年所，而所爲日隃月甚，陵谷高深，相爲變遷，何可勝道。顧猷百頃湖波，朝夕獻狀于盛衰興廢之前，而堤柳岍蓉，含烟沐雨，今古供人唫眺而已。魏城爲嘉禾巖邑，而又最隣于吴，其俗雕文亦最甚。翁介弟主爵公，威猷翔起，焜奕甚都，顧其人寬然長者，好急人，而諸戚里藉寵靈，尋聲勢，亦翔起焜奕，獨翁布素自若也。翁寬然長者如主爵，與主爵仲季間，雅號莫逆，即封主爵公，亦最鍾愛翁。乃翁之于父子兄弟，相兢爲孝友，逡巡退讓，絶不萌失得較計之念。而封主爵公雖甚鍾愛翁，然以翁逡巡退讓，所有主爵公甘毳之餘，不忍以私屬翁。即不忍私屬翁以甘毳之餘于所鍾愛莫逆，安望翁之藉寵靈，尋聲勢，被斷褶以文繡而稱夫爲主爵仲哉？逡巡退讓，性自有之矣。即鄉之人靡不推服翁質行君子者，何必稱第五倫？而翁今年壽六袠，神明不衰，諸翔起焜奕者，既先主爵而盡，而翁所爲布素自若者，猷後主爵而存帶溪之廬、環廬之塍，猶不失先人之遺焉。且也子若孫力學能文，咸足自致通顯，一二曾玄含飴羅膝，無不可娛。而翁又善飲，飲不至沈湎，淺酌雅語，丰態頹唐，一座神醳，斯不佞所稱性自有之矣。閱世而不染于世，是上壽之真詮也。不佞既受事一方，念不得從鞠䠊奉觴之末，而翁慨然溯長江，涉雲夢，過我漢東署中。抵署之越月，而屆翁懸弧之旦，不佞錦服代斑，內子被繡瑱而流珠，鴈行而進，而翁喜可知也，則以一巵代翁之爲子者祝曰：『孝弟力田，無忝所生，是謂能子，以爲家壽。』則以一巵代翁之爲孫若曾者祝曰：『强學力行，以永令名，祖武是繩，以爲翁壽。』則又以一巵偕內子長跽祝曰：『宅相壼儀，匪翁疇祇，以毗君國，而贊夫子，以爲翁壽。』翁曰善，乃起自爲一巵酹不佞，曰：『子所爲壽余者，余即不謂如子言，而子所稱毗君國、贊夫子，惟子與余子交勉之，以益成我宅相，而衍爾世澤，余庶幾得拍浮酒舡，從百頃湖波中老矣。』

賀許心園丈七十壽序

許丈心園先生今年壽七十，冬十月六日爲懸弧之辰，其族長老謂不佞忝肺腑，以祝詞請。蓋許氏族指殷繁，先生實稱宗耆云。至期，少長咸集，祝史請致觴則先少者，于是從子之奮賢書者同生含若及諸衿髦傴而前曰：『我仲父穎敏天授，沈酣名理，自其爲諸生，所當郡邑長吏若監司督學使，先後有國士知，而中間跲于美疢騤蹶，飈起俛遇而卒畸，然而閭黨之稱博雅習掌故者，必推仲父。所爲古文詞，典奧有西漢風，詩翩翩闖長慶之室。且以吾儕之芥拾青紫，而仲父乃獨抱其經術以老，令後進學慚郛而進慚躐也。青紫，長物耳，即奕世詩書之澤，不儳然有典刑哉？』先生謝不任，衆曰唯唯，則舉諸從子之觴。其稱弟而從者，莘郊、啓雲而下，前曰：『吾兄少失怙恃，一弟寄息外氏家，而重繇役與黠僕遘，先業悉挫。兄以一弱稚，閑家斡蠱，卓自樹立，徐復故址而廬焉，榱桷堅好，榆柳環鬱，甽洫易治。而又以其間下帷發憤，迄用博雅，著聲詞場。夫當兄之藐焉，不啻引千鈞乎一髮，而今七十矣，兩子，伯稱艾，仲亦望四，子之子森然琅玕，而兄之天定矣。兄居恒念二親不逮養，慕若將終身，而弟之在外家者業中廢，更南徙諸所，爲經營而袵席之甚備。蓋生平卜口而言，選武而踏，後榘前䂓，雍容禮法。既授産，伯仲翛然一室，而晝無狎友，夕無傍媵，素屏紙帷，棐几竹榻，一小奚奴侍而匡坐，間呼所善手譚竟日，于户外一切，穆如澹如也。先侍御每謂兄質行君子哉，可以砭儇薄風末俗矣。』先生謝不任，衆曰唯唯，則舉諸弟之觴。其稱兄而從者，敬所復前曰：『余與弟，七十幸齊齒。余生夏六月，而弟惠之言其叙述余少壯拂鬱轉徙，以有今日，頗類弟獨以一兒子貴，似沾沾侈我者。夫以余子遠宦千里外，余偕之則虞于家，不偕之則虞于宦，即所爲禄養與力田，而養者又均不能無虞于志。吾弟兩子咸俶儻有文，邇且拓舊業而新之，東西搆丙舍各一，以伺弟杖屨之所便。弟東顧而滫瀡進，西顧而几榻陳，咸冀一當顏色以自愉快。夫此樂，三公其孰與易。』先生益逡巡謝不任，衆曰唯唯，則舉兄之觴。不佞聞之曰：『許氏諸君子之言美矣，無所復益矣，更何藉于不佞。然竊嘗習知先生生平好覽莊周、列禦寇言，其于丹鉛之際，往往挹其精而咀其實。固宜先生之穆如澹如于一切也。先生嘗署其軒曰「貧樂」，而揭諸棟者有「泠覷乾坤還是幻」之語。今軒且凝塵，所署語久亦脱去，豈其并幻與樂而忘之無有何之鄉也耶？夫諸子之言，其既往者似幻，其方來者似樂，然而忘幻而後爲至幻，忘樂而後爲真樂，有至幻真樂而後，大宅之腴滿，大年之算齊。』先生听然而笑曰：『忘則余安能？余獨恠余先世箕山之叟，即却堯之天下，有一瓢而不能忘，以爲煩而去之。余幸生際堯代，與耕鑿之民相忘于帝力，而遊之乎化日舒長之中，庶幾與吾子若吾族屬共之哉。』乃反觶不佞，與君子皆盡觴極驩。録事謂祝史書之。

賀禮部冠帶儒士振齋弟六十誕子序

吾宗自虚齋先生以行誼經術著聲朝宁，表正鄉閭，子姓繩繩世其家。而振齋弟，其曾孫也。先生仕至行省參知，貴矣，然僅以清白遺子孫。而仲子次山翁，性拓落，好施予，兩傳而至弟，而家益中廢。弟夷然不爲意也，能讀先世所遺書，爲詩倣白香山，而格調遒上。每酒酣耳熱，奮臂謂：『丈夫當跨馬提三尺劍，生縛五單于，立功萬里之外，不則有青山白雲可供吟眺，安能促促效侏儒輩咿唔章句，跼蹐轅下老也？』遂棄去舉子業，一肆意於詩酒，及放浪佳山水，以自適其興之所至。然天性孝友，鄉人有搆，得弟片言立爲解，以是宗黨人人愛慕之。今年届六十，前既以例授禮部儒士，至是冠服稱觴，而弟素艱於子，又適誕子當彌月之期，於是族子姓醵而爲岡陵鱗趾之頌。夫人生六十未足稱老，而次山翁而下，弟之季父行咸相繼謝世，弟已巋然稱魯靈光，且丁年艱於子，六十而佹得之，二者人謂是先世畜德所留，而弟食其餘。斯其爲吉祥善事，較他所遘遇寔不啻倍屣。凡吾族屬子姓得不爲弟，及爲弟之大父以下，吉祥善事繩繩未艾慶也。吾族數百指，恒聚族而居，而弟之徙居硤石也，蓋樂其山水佳勝，且其山名紫薇，以唐紫薇舍人白居易名。舍人始亦艱于子，晚乃得子，而曠達無累，放情詩酒，自號醉吟先生。弟不但詩似香山，而曠達無累，放情詩酒，晚而得子，足以自娱，於香山無所不相似。其樂紫薇山而卜居，蓋亦深有所以契之者。又聞白舍人年既踰八望九，其子龜年嘗遇異人，授以素書一軸，曰：『汝父已名挂仙籍矣。』今弟之得仙與否未可知，然從此而躋八十若九十，俟襁中呱呱彌月者長而問之。

詒美堂集卷之十二

海堧祝以豳耳劉著

序

劉隨州詩序

蓋余束髮即知好劉文房詩，其清醇簡遠，爲中唐第一。歲丙戌，謁選得隨州，二三兄弟數稱劉隨州也。謂文房以彼其才，不得据清華禁近，品藻鴻業，徒令其詩以隨名，而隨亦若藉文房爲重者。既之隨，以間求文房詩，則編摩舛盭，字畫剥落，幾不可讀。余嘗記其『山含秋色近』之句，今集遺之，而他詩復多逸去，因檢所攜諸家詩集，又從何仁仲典客得其故司寇藏本，乃始參伍裒綴，稍稍可觀。且文房之以隨州稱，稱詩而已耶。隨不稱政而稱詩，文房不隨之政稱而詩稱，惡在其刺史隨也。即先乎文房，若後乎文房者，豈無幹史良牧，乃身名與歲月俱盡者何限。而文房以其歌詠留連之技，擅此聲至於今，令學士大夫雅言之。學士大夫無不雅言文房之詩，即猶之無不雅言隋侯之珠者。數千百年，隋侯、文房爲政于隨，施及于民物山川所不能闕，而史乘所不及紀者，獨此詩與此珠竝燿漢東，爲世慕豔。吁嗟乎，文辭其可少哉！至謂文士濶疏，不適于用，而詩與政幾不相通而相厲。夫《詩》三百篇尚矣，其究物情，晳民隱，陳彝常，章風教，太和隆厖之氣，組緯醖釀，而政術具焉。後之爲詩去三百篇寖遠，總之根于情而達于境，倘我之神識情解不極，則不能與境會，而山川土風、昆蟲艸木、服御用止、食力助弱不極，則亦不能罄吾之情。是故以詩厲政，淺乎爲詩，而深于詩，未有不深于政者。漢東風氣椎樸近古，男力穡，婦力紅，樵青圉牧，若訥若拙，可弦可歌，一切武健刻削名法家無所用之，庶幾哉陶以詩人温柔敦厚之旨，靡然顧化已。余不識文房治隨何狀，然而因詩可以知政必非武健刻削名法家者。如必武健刻削名法家稱能刓史隨也，余將托是詩于參崖漢水藏之。

雲夢縣志序

大澤鄒先生既撰次《雲夢邑志》成，邑長危公謂不佞寔習先生，當有言，且述先生雅欲得不佞言，一再（彊）〔彊〕屬。于是不佞受而卒業焉，而慄然自失也。夫志不惟其夸，惟其核子虚之譚說，雲夢其夸極矣。先生爲之志，而過自抑，曰：『此雲夢十書耳。則而該文而不夸，令長卿見之不猶自失乎？』先生才名滿天下，沈毅高潔，方其領天官請，急卧里中，扃户謝客，凝神漠思，非若長卿倦游靡漫，故其辭奥雅足術，至如扼擥于山川，而究其所不盡也者。及稱引簿書，當斯民命脈，思深哉！其言之使人讀之而泚汗，則豈其討故實，切情事，以當於所爲志而已哉！志因以風，而風繇先生身自樹之也，宜其核也。

粵東兵制序 代直指作

余奉命按粵東攬轡，寔先岐博，乃其山川蟠亘綿虧，故爲盜俠資。今芟夷幾三十餘年，而桀黠窳曼之風猶相靡而軋。已而由禺溯湞，則庾湟天險亡論，二三瓦合不逞，即尉佗用以樕强秦而樓舡十萬師取建瓴下者，已又出羚峽，薄三山。厥惟羅旁蹂躪之舊區，與西粵嵩獠更唇齒相錯，又南而爲合浦珠宫，蠻蛋眈眈，其欲儈耳黎岐，晝海沮菁，時攫時伏。邇始一大創之，猶且莫必善其後。繇斯以觀粵，無地無壘萌，無時無呌囂，而勞臣智士，蒿目扼擥，諸所爲布營壘、控險要、頓兵庀芻者，其綢繆之思抑何深。而典故具在，按圖索之，若臚列，若掌眎，將軍之爲力抑又何勤也。將軍久于粵，熟粵事者無如將軍。司馬戴公言：『安得移日將軍帷幕巾，以前筯竟粵事。』其見推若此。今且弛負而去，而猶拳拳于嶺海儲胥之思。甚矣，將軍之愛國重于愛身也。余間謂將軍：『縣官一旦以緩急借南埽邛笮，北赭瀚海，猶能據鞍矍鑠，如伏波將軍事乎？』將軍笑不答，然第令粵東之海波永且不揚，桴鼓永且不驚，俾執綏被練者奉兹編而顜如將軍，雖角巾玄鬢，老蓴鱸之鄉，固且甘之矣。

燕游序

于文若著述甚閎，今弟紀燕游耳。余惟鄒生自齊游燕，談天之舌，至嘘篇叶而寒谷温，文若嗛不受也。今寓宇統一，國鼎在燕，二百餘年來，争名者走如鶩，而重以具文，縻于徽纆酬往，窘於責負，風雅之業，多闕不譚，非直有所諱而已。文若之游於燕，先後幾四載，而所職又岥鈴羽繻之事，日不暇給，即臚名不抉其思，藻構不搰其神，安得篇章超詣乃爾！今讀文若詩，鬱宕沈深，望若幽燕老將，山川實致其造焉。夫此一燕也，風雅之業，若曶若朗，而文若翩翩於臚名藻構外，振起正始之音。彼夫淫思十年而後成，而堇以靡曼之辭貴洛陽紙，以是夸文若，猶不受也。

憨山重刻壇經序

自達摩以心印傳二祖，并《楞伽》四卷授之，曰：『此如來心地要門。』至五祖，易以《金剛》。六祖遂從《金剛》悟入，既悟，寔衣鉢不傳，于是《楞伽》《金剛》皆爲絶學，而《壇經》出矣。《壇經》者，《楞伽》《金剛》之註疏，而闡圓頓秘密不絶之學，如摩尼珠，如吹毛劍，苟非鈍根下器，讀之鮮不決目洞胸、涕汗交下者。直指人心，見性成佛，所謂教外别傳非與。顧舊本漫滅，余將謀重鋟之梓，而憨頭陀業先之矣。梓未竟，余以入賀萬壽行，頭陀扁舟破浪，追及靈鼉，謂曹溪行脚僧可無爲《壇經》作一法施。余時未及擬議，曰即法施無踰頭陀，第爲讚歎如此。

國朝制義極則序

漢東河山沮深，士耳目亦若有所閼而不能遊乎閎鉅，所爲文大氐猶襲嘉隆之舊，即有雋穎，而億説亡當，事倍功半，余甚惜焉。公暇，士之以文來者不勝應，發笥中所攜名公制義，若濟之、應德而下，復采隆萬以來，及近科二三譽髦之作，合得如干首，刻之學宫。刻成，余撫卷嘆曰：國朝制義始不過一博士之疏義，至濟之、應德諸公而風骨始高，而劌刻性靈，湔抉神髓，至欲規西京而鎔大曆，則自隆萬以至今日而極矣。於是題曰《制義極則》。夫極安可復加？漢東士無更求工于則之外，令後世謂雕漢東士樸者，自余始哉？

自敘十三試首卷

余所爲諸生試，試輒首也，蓋亦有天幸。與余衿韎而從學使者三、郡縣長學博士七，而所爲試十有三，彼其人設一衡量而覆而射之，縣合奇中，才不至此矣。即兩浙諸生中，不有赫然名高，才出余上遠甚。彼夫時起時蹶何限，至委百勁於一比，日暮途遠，蹶不復起又何限。顧猷其才臯哉？所爲天幸不余迨，而余所爲十三試，試輒首，而幾得於天幸之屢，尤不余迨。此余沾沾天幸自喜，文何爲肄業習之耳。而且也廾而博勝，鄉塾羣孺諸亡賴語並綴而存之，此何異舞陽穎陰爲人稱其微時屠狗販繒，以爲佳事也則可，不然而將毋令海内窺見余。此余沾沾天幸亦以自解。

泰徵弟制義序

當世廟朝，伯父潯州公與先君子並以明經術有聲諸生間，所爲博士家言一出，而人争購傳之，紙爲貴，至今鄉先輩猶誦説津津也。然公晚達，位不究用，其謝潯州歸而泰徵生，始及期，兩瞳湛若秋水，與公奇肖。公時時擁泰徵膝上，謂有若何官之不可罷也。即泰徵嚴事兄司理君如事公，而兄則又厚自遜，至引醍乳以爲佳語。蓋父子兄弟間，更相矜許如此。公歿之十有七年，今上癸卯，泰徵弱冠而魁兩浙，所爲博士家言人争購傳之，如曩購傳公言者，而泰徵乃亟欲不佞序之以行。夫不佞於博士家言𣷹所解，今髮且種種矣，惡能序而重泰徵？獨以泰徵才鋒飈鑠，足睥睨一世，而冲夷醇粹，胸中靡接搆滓翳，志一而神凝，故其操觚靈異，非區區佔俾可望。不佞讀其言，大較以風神見摽，以陶鍊見致，以奥雅綿麗見裁，即時代流轉所不公合者，色澤耳。至其幾理湊而天真紆，則亦奇肖公。蓋公之挂冠，杜門謝賓客，穆然若無與於世者垂十年所，而泰徵自舞象時所沈涵已深，圓源方折，肖在神理。淺之乎輪扁之對也，寧詎必顏嚴耳屬之爲授受哉？不佞既多泰徵之善肖，且以告族之箕裘菑播，後泰徵而起者。夫泰徵旦夕奉公車，承大對，且所不足者非年，其壹稟於冲夷醇粹，以肩重樹瑰，將所稱名德世載奚讓焉？不佞又安用區區雕蟲之技夸泰徵爲？

游榆艸序

燕趙多悲歌，而秦聲噍殺，風氣靡盪，豪傑不免焉。乃余友燕山邢君士登，温恭長者，而又博雅攻詩。當其奉使之榆林，軼軾所憑，耳目所竟，輒爲詩，而詩輒冲夷醰粹。廣哉，渢渢乎大雅之遺音也。士登燕產，而榆林實秦境，彼其山川土風，凌厲峭削，不足以撼而奪其噭，而冲夷醰粹之音，即山川土風，且若夷其凌厲峭削之氣，而澤於雅者。夫秦之聲噍殺，而人虓鷙，比遂至敢於冒上亡等。榆林之役，帑三萬，勞其師，一倅尉任之，奚必士登。要以宣究德意，聲之詩歌，令一言雋于投醪，一言温於挾纊，若刻中《招亡》四章篤惋可泣神鬼，而況榆林跿跔探趹之衆，皆其父兄子弟，即無不感泣間語，安得捷書歲入，以報使君？夫士登不呫呫悲歌自喜，而大雅之音至能宣究德意，易虓而馴，役竣來歸，以報天子。斯使不辱命，詩不辱使矣。

古今菁華内外編序

余當山居多暇，屬兒曹課佔俾，而羣從輩亦時時以其業來。因閒閲近時制義，幾於囊括百家，含漱二氏，盛矣。顧闤闠充棟之册既不得十一，而兒曹巾笥所庀涉略，亦僅得十五，且迂癖之嗜，無當於世鑒，偶寓目賞心，輒録而庋之案頭，與詩古文詞並。斯於制義，亦稱不辱矣。人謂國朝以經義取士，猶漢之賢良策、唐之詩賦。然漢之取士非一途，其錚錚者多以射策顯，唐則特重詩賦，國朝亦特重經義，是以一代英杰靡不劌心濡首爲之，愈爲愈工，不極於工不已。故文必稱漢，詩必稱唐，若經義槩無當於詩古文詞，而成弘以來名能工制義者，亦第帖括之工云耳。即一時命世鉅碩，始固不能不斤斤守其尺幅，既售而後，乃始習爲詩古文詞。何至未離經生，輒舍帖括，而談名理，矜辯博，欲以區區制義肖詩古文詞而出如今日乎？夫一制義耳，淺言之，不過經生帖括語，深言之，其氣脉之貫注，風神之融鬯，與詩古文詞亦烏得言異？蓋自有文詞以來，此氣脉與天地之元氣同呼吸流行。在漢，龍門氏綜二千餘年之故實，驅騁上下，一受簡，動盈數千萬言，而其纂組刻畫之工，密若繭抽，勇若猊搏，驅役萬象，涕淚千秋，所以爲古今絶技。後之庶幾焉者，眉山氏耳。詩自漢魏以降，至唐而律詩始盛。律詩至七言而風神始鬯，要以高華閎麗、沈深雄渾爲宗，求之盛唐，唯少陵一人而已。世之著述家咸謂國朝文矩西京，詩稱大曆，其振始由北地、信陽，至濟南、江左，而極深盡變。余竊以是程量今昔，合前數君子之詩古文詞，而才人之致亦畧備矣，漫摘其意象之最近而可讀者，與制義合得若干卷，列爲内外編，總名曰《古今菁華》，藏之家塾，令經生佔俾之暇，時一游泳，於所謂氣脉風神稍有會心，何患制義之不妙天下？或曰：今之經生於制義，止剽句調即可以鬬捷而取世資，間有高譚神理，亦陽浮慕説云耳，而何有於詩古文詞乎哉？則何異沆瀣濟飢，狐白當暑中，士不免大笑。余曰不然，今之制義雖名爲文，而八比相屬，亦猶詩之八句，有起有束，有頸有腹，於詩無不宛肖，蓋體詩而用文者也。況邇來作者日新月異，一篇之中雕繢層出，一比之中宫徵迭換。必得詩之風神，乃能發異采，而擅高華。必得古文詞之氣脉，斯可以出奇無窮，而無沾灃萎弱之病。此詩古文詞於制義默相助發，自有超於字比句櫛之外者。且更不聞張長史聽鼓吹而得筆法，觀舞劍而書入神；成連先生處伯牙海山之間，見海水澒洞，山林杳冥，鳥獸悲號，於是援琴而歌，遂爲天下絶。何者？宇宙能事皆生於情而入於悟，苟情真而悟徹，則耳可爲目，目可爲指，詎可以知鈞，鈞可以知射，射可以知斲輪。夫讀詩古文詞，而於制義不瞿然躍窅然，神醳而意消也者，其亟寘之，無爲吾《古今菁華》辱焉。

題冰壺瀯沆滓翳二編

盈震旦中千萬億劫，煩熱銷盡而冰壺現。冰壺者，清涼圓湛之極也。清涼圓湛，太虛之本來，曷不遂稱太虛？太虛，水也。壺，冰也。中太虛而處，守冰壺者，爲美睡生。問生曷不遂稱冰壺？冰壺有待也，生無待也。壺先太虛而有，後太虛而現；生先冰壺而有，與冰壺而俱，而彼塊盈丈者，仰而素，頫而赭者，周睬而鬱艴者，起而馮，勦而偃息者，皆非冰壺也。庶幾哉，生之所自籟，而詩若文，其冰壺之沆瀯乎？非生之所自籟，而詩若文，其冰壺之滓翳乎？冰壺而有沆瀯非矣，有滓翳益非矣。然而冰壺自若太虛，自若生，請一付之美睡。

廣東武舉録序

歲辛酉，聖天子御極紀元，薪槱肇始，詔廣文武士解額。粤武士額僅當文士半，而今所廣額較文士特加贏。於是諸緌纓組練之士，延頸跂足，思一得當以報。其意氣激奮，視曩且什伯。維時少司馬候代陳公風猷愬洽，大中丞胡公號令先馳，中丞唐公聲靈曁被，十郡之材官健兒業雲集響應，而侍御王公式臨簡之。先是，提調則方伯吳君中偉以覲行，以豳越俎而代受事，乃偕學憲蔡君侃、都閫潘君隆及百執事夙夜毖慎。侍御公冀得真才爲縣官用，羅士彌廣而布約綦精，於是合弧矢鉛槧三試之，得四十四人。録成，以豳例得有言醮士。竊惟古取士之法，盡於澤宫之試，文武無分曹，故周之元戎，即周之卿士，而太尉可相，九卿可將也。即祖制，股肱之佐，五府先於六卿，厥有深意，何至分曹畸局，偏輕重如今日乎？邇者三韓烽火，幾徹於甘泉，爵賞懸而卒未有帥。然策桐鼓而應者，宇宙大矣，豈無奇杰？亦惟是平日所爲蒐羅簡訓有未至，而駕馭之道失也。神宗鑒此，曰：『遼東之事皆由文武不和。』皇上諭輔臣欲案行先朝文武互相彈壓之法，懿焯聖謨，固已默挽二百餘年文武偏畸極不可返之勢。而緌纓組練之士，其延頸跂足，思一得當以報，又寧第一解額之贏爲足感奮於風雲而已者。粤介在南服，然文士佔僤藻繢之業與吳楚埒，麗之南卷。今諸士關弓抽鏃，貫百步之的無留行，退而述金匱六弢之言，又霏亹乎文也。豈遂不得與秦晉燕趙之士顔行而驅中原？記稱粤幅幀形，勢控閩越，引甌駱，山盡於海，若萬騎雲立，而飲於天池，固宜有奇杰出而應之。姑無論戈舡、下瀨、雲麾三將軍者，著戡定功，至廑人主嘉嘆；即邇者，翁源陳將軍起徒步而登壇，提數萬之衆西盪播，東靖鴨緑，功成身退，穆無矜容，有古名將風，諸士不嘗耳而目之耶？ 兹當疆場蹂躪，主上拊髀勤求之會，文武交重，千載一時，銘竹圖麟，豈異人任？ 且有軼前數將軍而上者，斯無負侍御公簡兔罝而卜鷹揚之意，則豈惟爾粵之光，抑亦執事者之光。

題伍國開制義

制義於傳記詞賦之屬無當，直剩伎耳。 至謂能發宇宙名理，傳聖賢心印，更欲逆駕於記傳詞賦之上，似已獨無。 奈膚立稿中者以口耳帖括，謬托於名理心印，而世儒憒憒，以其嘔呥囁嚅者，目之爲元局。 夫誰得而奪之？ 以今讀伍國開文，始悚然知元局自有真，可以懸國門，樹摽幟於天下矣。 國開恂恂猶處子，然於書鮮所不讀，而筆扛鼎，足以發之。 夫宇宙名理，聖賢心印，默則思惟盡絶，何論語言？ 言則要使天花亂墜，石人頭點，豈嘔呥囁嚅，不痛不癢可了？ 而國開以胸中萬卷、筆底千鈞了之，呫呫剩伎，胡至并河洛、洙泗、鷲嶺、漆園，盡籠之於尺副。 大哉渢渢乎，以是駕于記傳詞賦之上，詎曰不可？ 國開蒯緱旦發，而夕以弁語見屬。 行矣，鄉國洵殊，國開豈甘第二？ 余更得而賀曰：元局自有真，以是懸書樹幟，引海内千百英雄東走，國開之力也夫！

畫禪齋詩藁序

當隆萬之際，豫章蓋有貞吉宗侯云，其風流文采，潤暎寰宇。一時作者如濟南、江左，無不雕龍繡虎，推之與定交。而今夷庚先生後先繼起，實稱聞孫。夷庚齒方茂，貌若不勝衣，而氣凌千古，能下帷盡讀其先世之遺書，所爲詩奥雅有遠致，又復賈其餘勇，工篆籀八法，旁及繪事，皆駸駸欲闖古人堂室。其以畫禪名齋，更以名其詩，夫亦謂夷庚句中有畫，且妙得禪理，以是稱貞吉聞孫則可。不然，而吴興王孫，世謂上下數百年，縱横一萬里，舉無其匹，而僅以書法若繪事當之，豈無篇章，率以伎掩？自畫禪齋之詩行，而夷庚書法、繪事，即與鍾、王、閻、顧埒，吾且無虞於掩矣。

詒美堂集卷之十三

海堧祝以豳耳劉著

序

二十一史摘奇序

古今奇事備於史，尤備於二十一史，顧簡帙浩繁，奇事間出，自非嗜學强記，亦安能竟之？夫泛溟渤而采珊瑚，其得灕漇鐵網者蓋鮮已。姑孰李闇生大行以詿誤左遷，客建武，諸傾闇生才名者，載酒問奇無虚日，已而得其所裒《二十一史摘奇》，上自玄黄，下及流峙，中而世代社屋、禨祥淑慝之徵，以至人物倫類、羽鬣蛸翹、倏忽幻怪之迹，靡所不釐摭。讀之如入武庫，如探波斯舶，如進偃師而觀場，如燃犀於牛渚之上，如蓬萊清淺，俯鼉市而指蜃樓，所見無非奇也者。夫合數千百年之宇宙，時時供造物者之簸弄，而合數千百年宇宙之奇，又時時簸弄于闇生之筆端，要以宇宙無奇，即大塊幾不靈，史乘無奇，即簡册皆腐本，而人之耳目無奇聞見，即有奇聞見而不及，上下於數千百年之間，抑亦與無聞無見等。此《摘奇》之所爲作也。或曰宇宙信多奇，彼《齊諧》《夷堅》，汪洋俶詭，業既充棟，而兹又何以摘爲？夫《齊諧》志怪，《夷堅》燭幽，率多稗官氏之寓言，乃若郡國所貢，輶軒所采，左右史之所記，金匱石室之所藏，奇而核，箴黼具焉，故足術也。閹生既奉檄將歸，云當從白下，竟殺青而付梓，而以序屬不佞。會春流驟漲，一舴艋繫盱江，信宿不發，因爲艸數語持去。且問夜來風雨淫涔，（蓬）〔篷〕底簡帙亡恙乎？蓋閹生始來建武，兩蒼頭所持敝簏耳，而二十一全史橐焉。夫以一遷客蹩躠往來三千餘里，汗駝壓載皆是物，閹生其亦宇宙之奇人哉！

輯胡哀烈遺録序

余少常覽鄉先達鄭端簡公《吾學編》，所紀胡哀烈事甚奇，而文更贍核，讀之至今凜凜有生氣。乃今濫竽兹土，而哀烈之從孫諸生來貢，出所輯《哀烈録》，則諸名公之篇什爛然具在，尚有續輯一卷，余亟命併付之梓，爲三復掩卷而歎曰：嗟乎，婦之事舅姑，猶子之事父母，固也。彼父頑母嚚，惟號泣於旻天，而《凱風》之詩亦怨而不怒，古仁人孝子不幸而處人倫之變，斯爲得天理人情之至。然頑嚚不安其室，在人子之於父母，猶得以天合至性委曲感動，若哀烈所處，則婦之於姑，至貞淫共帷，親仇共室，悽風烈日共晷，怖悱懰慄共念，百折萬荼以冀感動，而卒不自明以死。異哉！一農家女、賈人婦耳，而能爲古仁人孝子仁至義盡之事而無愧色，其照宇宙，芬竹帛，祠祀不絶，有以也。夐彼仙媛，是凋三光。不有貞烈，孰肩三綱。後五十餘年而有澳源宋孝烈之事，别有紀。

天人合脉編序

今世之徼福澤爲子孫謀者，不勘諸心術行誼之淑慝順逆，而其最沈惑者，毋如地理，次則好言命與相與卜。謂命與相分定不可移易，既足以銷人繕躬營職之思，而卜則妄探于未至之吉凶，而不審諸人事之得失。至于地理之説，且謂足以斡旋造物，而滋其惑，於是庸叟黠豎得操其冥不可知者，以蠱弄一世。余於相卜，猶謂古人亦或不廢。獨地理、星命二端，直斥其妄，及觀空青先生所著《陽宅三十六祥》與胡處厚《心相三十六善》咸有味其言之，而命與卜則未及也。余竊倣古人之意，述《造命三十六瑞》《卜筮三十六吉》以補其闕，皆顯然按諸人事，而不在區區支干繹兆之間。蓋天人原同一氣，其淑慝順逆與機祥凶咎，氣相感，類相從，毫髮不爽。若舍心術行誼，而別求冥不可知之禍福，雖宅兆命相足以發祥，而方寸中無一片朗徹平直可以受福之地，即受之，必溢且傾而不可久矣。在昔名公碩彦，其閲世深而見理透，格言莊論，昭灼簡册，余取其旨最醇而事最核者條列之，而益之以迂愚一得，題曰《天人合脉編》，以就正於有道君子。

武塘康侯新政録序

青原於海内稱忠信禮義之鄉，福其屬邑也，土風尤稱醇茂，名賢輩出。若今武塘侯康公，余得傾蓋青原，知其爲天下士，如令東甌，當事者謂不足究公才，而武塘爲浙西巖邑，得借公幸甚。已而有攜公《新政録》至白下者，余得而讀之，良摹嬍猷，不一而足。而其大者，甫下車即却官衙供具約二百金，斥買負廓地，掩諸暴骼，遠邇蒼生，聞者無不轉相艷述焉。他如嚚訟有禁，竊盜侮文有禁，憨猾遊冶奇衺之民有禁，而疏甽渠，均什一，示節儉，孜孜與民俔便利，暇則延禮逢掖，追琢其業，而董正其步趨，士靡然顧化，邑以大治。夫公之治邑，士民有鐘鼓，史乘有丹青，安用余沾沾輿人後爲緒説？惟是公生忠信禮義之鄉，廉仁正直，不獨其天性，蓋亦居平討論熏漸，厥有本原。方其下帷誦讀時，已卓然負公輔望，而余之知公而嚮公已在武塘士民之先，樂爲之書。

大生方論序

夫生人生物者，天地也，故曰：『天地之大德曰生。』天地之生惟大德，而後知鼓潤熯散，原隰肥磽，德也。非所以德，惟人亦然。竊嘗閲世而知凡人之有生德者，即與天地合，其人必多男子，蓋化醇化生，自有嘿相搏挠之理，而血氣筋骸之盈虧强弱不與焉。故古稱舜德好生，其以大德獲福，究至于子孫保之，而經傳所紀，惟舜以九男二女特聞，理有固然，亦何足異？今岐黄家謂人之生本於精血，而精血統於腎與命門，此其説固無以易。余則謂人與天地合，其生德者，非腎與命門，乃心也，即岐黄家亦豈不以心爲五臟六腑之君乎？復見天地之心，正見生生之心，天地生生之心正爲大生之德。而先儒言心如穀種，言生生也；釋氏亦謂萬法生於心；道家謂衆妙之門在谷神不死。由斯以觀，此心之中冲然湛然，純是生機生理，而一毫陰刻噍殺之象不得而融之，心生則百脉皆生，精與血無不隨之而生者，所謂與天地合其德，先天而天弗違者也。即陰德之説，吾猶以爲是後天之補助，不免落第二義，而况藥物乎哉？且不獨男子也，婦之婉嫕淑順，以婦德稱者，率云宜子，彼亦具有天地之心德與男子合，亦屬先天。至於醫方之有百子九子、六神二仙，用以補助精血，詎不奇中，然皆後天而奉天時者也。余持此説以閲世徵應，百不失一，今讀大生子所著撰，余未能一一悉其義，然有味乎大生而爲言也。自《大生方論》行，而以後天補先天，以先天券後天，當萬不失一。

時秇秋健序

余嘗聞大宛所産，在貳師城，所謂白犧蜚黄之屬，其平時或奔踶泛駕，及秋風颯然，生蹄鬣中，耳堅吻赤，鈴目自紫，蘭筋欲蹷，然後狀若待馭，而姿若矜鞏，一日千里。又《元命苞》曰：瑶光散爲隼鶚，立秋始擊。彼所爲鉤琢荆爪，大文細纈，聲叶鍾石，一舉而絶青冥，亦非乘秋不能。何者？物得天地清肅之氣以生，必以秋健，而况文章尤得天地至清至肅之氣者乎？今之談文家，動稱骨力而粉澤左次。夫文至八代而衰，正以粉澤之徒工而骨力猥弱不振，即抽黄對白，燦若錯綺，而識者直命之曰衰。近日之文，豈遂如八代之靡然，而粉澤亦似太工。粉澤工而骨力不覺其潛遁，則亦不能不勤識者之憂矣。余戚友纂諸家之文而梓行之，而題曰『秋健』。昔黄帝迎秋西郊，奏黄鍾，舞雲翹，以秋與灝氣應，而秋之神曰蓐收，其景爲澄、爲朗、爲澹、爲露、爲珠，其月爲璧，其風爲金、爲素、爲激、爲凄、爲高，而其節爲玄，皆文象也，皆健象也。以此思健，健旨深矣。若犧黄、隼鶚之乘秋而健，雖其健能駕千里、絶青冥，猶之語秋健之淺者也。

題重光録

主上賜誥褒予，榮及先臣洎母，若臣不勝感激。竊惟先臣事先皇帝爲良二千石，身不及玫，而母猶安人稱也。臣誠不自意釋槧綰符，無以究宣德澤萬分一，而猥荷主上特俞臣疏下考功議。先臣得階進四品階，而母得從先人爵，殊恩狎至，臣不勝感激，敬奉綸言而録之曰『重光』，拜手梓之用垂世。

題章氏宗約

古之氏族多世臣，故宗法得與治法相提衡而不替。章氏之冠紳爲奕江以南，而其在吾寧者，惟孝弟力田，守詩書之澤，而不甚顯。顧其人恒卓犖自樹，若茂才君問奇父子者，能修先世之業，著《宗約》以明遡本修睦之道。率是約也，萬指若合一體，罔閡三代之遺，庶幾復睹於今日矣。自惟余祝氏支庶最號殷繁，詩書之澤不替，而未有如茂才其人者，攢承先世之緒，搦管泚穎。

自敘制義

余少時爲制義，不能守其師説，往往有所軼于尺幅，一二三友生見輒駴去，以是當操觚時，不得不抑氣以就格，前摹後規，鬱不自暘，幾至罷草，即幸而見收，政亦所謂大慙大好者。今去昔且若干年，文體幾經番覆，而邇來未、戌兩制科，一時海内雋穎至盡舍帖括，特標名理，直將以三寸之管，吞吐百氏，恢奇閎恣，莫可端倪。蓋其勝氣之所飛揚，而才情注之，有父兄師友之所不能束而繩者。然則今日士之爲文，第所患才耳，無所復虞於尺幅，譬躡景駿褭，脱驂逸駕，驕嘶縱騁于九緯之涂，安所不極其造？斯亦昭代右文，士逢世而得畢其奇之日也。余山居無事，每展册伎癢，時一爲之游戲，而齒增才絀，不能如五陵豪舉時，詎可令少年見，見之不駴我、更笑我矣。夫一制義耳，工拙固無論，即工矣，曾何當於不朽，而輕以蒲團日影，用之于無所用，豈亦爲多生以來，業習所轉耶？又不能不自笑也。

梅雪上人詩艸序

余里有龍山，蝘蜓欲飛，國初望氣者建雄刹其首，丹甍縹渺，出萬松間，僧徒百餘輩。而梅雪者好稱詩，又好遊，足跡幾遍吴會，其於西方教皈雲棲，於參禪談經皈四明、苕霅，而其所取自喜獨詩，既成帙將付梓矣，而謁余問序。久之，余未有以應也。余惟古之詩僧，其最著者僅辯才、皎然、靈一、貫休、法照數人，要以慧性既異，復得裴、陸、孟、顧諸君子爲之訓往劘切，固宜其詩之傳今。上人慧性即不遜古人，詩亦駸駸欲登古人之堂，而余爲上人里人，不能爲之訓往劘切，何以序而傳之？且上人足跡遍吴會，不以謁吴會之賢豪，而必得余序，何也？昔有入五臺禮文殊者，或謂文殊不在五臺，在汝眼中，試以汝手遮眼，在十指掌中，佛固有失之大千而得之咫尺者。上人之必索余序，亦見佛于十指掌中意耶？夫見佛于十指掌中，將行脚之與面壁，念佛之與參禪，稱詩之與繙貝，大千之與咫尺，是一是二，總不可思議。上人方從當世之名宿遊，其以余言質之。

綱鑑集要序

儒生學問，其大端有二，曰史學，曰理學。自後儒以理學鳴，史學左次，乃至今日而絀于制科之經義，余甚惑焉。在昔良史自左、馬、班、范諸君子而下，獨司馬氏之《資治通鑑》、朱氏之《綱目》，上遡鴻濛，下迨叔季，靡所不囊括。後之學士大夫將攷鏡徃跡，舍是無繇。而成弘以還，名德鉅儒號能工制科之業者，率用是以爲公車嚆矢。顧邇年來，士鬬捷於文義，《通鑑》《綱目》概寘不問，偶探篋得之，輒大駴，以爲安用此烏喙，藥籠中自誤誤人。而其最雋穎者，第摭拾諸子二氏之膚唾，以供飣餖。於是五尺童子甫脱句讀，即取所爲摭拾飣餖語，字襲而句摹之，謂可旦夕獵青紫足矣。夫青紫即遂爲其所獵取，異日者當大事大疑，有所引質論次，欲横襟竪毫，援證今昔，其可得乎？然而世有雋穎之士，豈其不欲以辨博見長？而簡帙浩繁，不無虞於日暮途遠，此理齋先生《鑑要》之所爲集也。先生以博雅著稱，胡舍《綱目》諸史，而亟亟焉俔其要哉？亦以士誠熟此，於古今、興亡、淑慝之大較，已如指掌，且不過費寒燠三餘力可辨，於文義政不相妨。寧獨不相妨而已，古今可喜可愕之事，境觸神躍，拈題命筆，上下千載，一抒其跌宕淋漓之槩，將識力頓進，於文義亦大有裨補，何至一二經義成，即伎殫能索，無復餘致。至於棘闈射覆，十不得一，其不能横襟竪毫，又寧俟異日而後見其困也？檇李孫君茂敘蚤承家學，所著述甚夥，兹手《鑑要》過不佞商訂，而復從不佞問序。不佞則謂孫君：『將無以烏喙駴士乎哉？』孫君曰：『不然，士自諱其疾，即對症之藥，吐而不嘗。今子業用上池水，洞垣一方矣。兹集也，以爲烏喙惟士，以爲醍醐、爲青精飯亦惟士。』

題舊邑侯偶愚陳公甘棠重蔭詩册序

公之去吾寧垂四十載，而甘棠遺澤，民到於今稱之。自公之謝司馬郎家食者若干年，今上御極，大蒐巖穴遺逸之臣，公始起田間，僅補南版曹，而余乃得與公相周旋。睞公于簄已鬖鬖白，而兩輔猶丹，步履神明自如。會吾寧諸踐更以歲賦至，公一見忻忻，猶慈母之抱子。諸踐更亦猶赤子，旦免于慈母之懷，而夕就之也。於是相與謀繪圖聲詩，以識不忘。蓋吾民之得事公於今，少者壯，壯者已老，而父兄子弟居平轉相頌述，猶若耳而目之。公才甚敏，又仁心爲質，其治邑大要在祛積蠹，令胥隸不得爲奸欺，而省刑緩征，範士訓俗，務與民休息。門以内日如衰，門以外日如盾，而簡髮數米，鉤瓝柝亂，民以驛騷，公不爲也。夫前公而令若後公而令者幾人，其殘膏剩馥能與山川社木俱存者幾人，公何以使吾民愛慕咏歌之於四十年之後也？夫能使吾民愛慕咏歌之于四十年之後，即百世可知已。公治行卓犖，業大書特書，載之貞珉，不具論。

曹谿實録序

曩余奉命備兵粵之南韶，睹曹谿末法陵夷，而佛土之幾爲闤闠也，悉逐諸屠酤，及所畜雞豚鴈鶩之屬，三日而盡，戒僧徒永斷酒肉。即客至，啜茗或具蔬食，乃稱清浄道場，庶幾無爲肉身菩薩溷，造累劫阿鼻惡業。諸僧徒始而稟稟，既乃讚歎踴躍，若出湯火而沃以清涼，語具余《粵遊草》中。是時憨山大師方演法五羊，遠近緇素仰若龍象，會余以入賀將行，慮業習之難湔，末法且終不振，爲敦請大師來主是山。余既從五羊面叩之，謂：寶林一片地，千古一大事，因緣非師其孰與仔肩？師唯唯，送余及靈洲而别。迄今辛酉，余復持籌海使節過寶林，荏苒且二十餘年，而師之去寶林亦久矣。睹所更建，所條布，犂然整肅，而僧徒皆披緇諷唄，視昔犢鼻荷鉏、目不識之無字，恍若奪胎蜕骨在三生前。其跂慕師而冀師之旦夕復來，不啻赤子之慕慈母，因索余數行，走匡廬，强要師。無何，而余誤蒙恩以勳卿召還陪都，歸舟薄清溪，未及曹谿者三舍，而寺僧以師尺一并所纂《曹谿實録》來，發函而首以夢幻泡影語相質，蓋深有感于浮生去來離合之無常也。及繙閲《實録》，則經營計量皆有爲法。夫即云入妄想中，種種皆幻，則寶林、曹谿亦幻，即梵宇、遺蜕、衣鉢等當無不幻，焉用此科條森肅、米鹽纖細以煩僧徒？且《實録》中不以常住法爲僧徒律令乎？一切有爲皆常住法，而所云夢幻泡影則不住法也。有常住，而後可以不住，有不住而後可以常住。常不住有常住，常不住而後可以無住、無不住。惟常住，而一切夢幻，空不礙有。惟常不住，而一切事爲，有不礙空。大師既以諸有訓戒僧徒，莊嚴佛地，而特從數千里外諄諄以夢幻語相質，豈以軒冕風塵，余猶二十年前行脚面目耶？書畢汗下。

詒美堂集卷之十四

海塽祝以豳耳劉著

跋

書劉文房詩集後

余既梓劉文房詩，庋之郡齋，而篋其副至燕，諸君子踵相問，不給也。程孟孺慫慂更梓之，而且出舊本相正，於是損半歲俸，托之剞劂。夫以余之不文，而藉文房以張隨，一之已甚，奈何作重儓也？梓成一粲。

書安福劉師母彭孺人手蹟後

壬戌，余以南勳卿過吉安，入謁師母劉夫人于家。時方有家難，見余淚哽塞不竟語。已而出所手書一册示余，中間歷敘其砥節持家及勤苦操作，字字酸鼻，讀之不但知師母之賢且才，而劉氏家範之肅、世澤之長具見之矣。我華嶽老師守官清約，位不配德，傷哉其無六尺之孤也！今繼嗣已定，蒸嘗有托，凜然有國法，有清議，其誰能蒙而蝕之？惟是承嗣者無隳堂搆，克紹箕裘，以慰我老師於九原，以善事師母于百歲。此日夜祈於福善之天，亦祈於當事者不畏强禦，持風化而恤孤煢。書畢，淚瀾（汎）〔汍〕紙上。

書棠陰遥祝卷後

張君之去全既十八年，全之人猶思之，爲《棠陰遥祝卷》贈君，而四明范司馬當守隨時與君善，及填虔南，君歿且三十年矣。其子湏，一掾史耳。司馬爲表其墓，且手書授湏以歸，而一時虔南藩臬大吏而下，靡不心異，湏何以得此于司馬？嗟嗟，此兩端者，自全人及司馬高誼乎？乃張君之所以爲德於全，與所以爲德于鄉者，斯可槩見矣。後司馬表墓時又四十年，而余得披是卷，會蒲騷陳先生編郡志役且竣，余問語張君於先生，乃亟爲傳補之，稱述其生平行誼甚具，意若幾失張君也者。因爲題卷後，授湏與湏之爲子若孫者藏之。

書守愚公手跡後

右曾伯世父守愚翁手蹟，中所紀卜葬龍山始末，其情事懇析，覽之不勝感慨追慕之思焉。奈何一再傳而其冢孫大隤其家，并松楸楹杝蕩然無存，而獨此手跡更百有餘年，猶完好無失，將祖宗有靈，實呵護之。而冢孫婦陳苦節，有才智，三世撫孤成立，兹編亦其所謹藏，以至於今者也。夫守愚拮据，遷其祖父遺蜕去隰就阜，且慨然與同堂諸兄弟共，又不難割山之右方，與再從兄虛齋守默，俾得奉静安府君而下咸從吉壤。此其誼至高，雖求之古人中，未易多得。若末季瞶瞶，一惑志於堪輿，即同室爲秦越，聞此不少愧乎！既得受讀，敬題其後，付節婦之孫宗文輩藏之。

又書

螻菴四子，長守愚，於祝氏稱小宗。守愚長孫世京既廢業，餘亦淪徙相半。獨以豳高大父省齋翁，爲螻菴仲子，而曾大父東田府君又省齋仲子，始用經術顯，至以豳，凡四世，咸叨纓紱，兹山實發祥云。竊念諸高曾窀穸，鱗次相距僅尺咫，其吉凶得失何甚相懸？而守翁仁心爲質，其子若孫衰落乃若，是天之報施善人其何如也？雖然，以豳四世幸叨纓紱，而静安而下，其孫曾之貴顯亦比比。歲時伏臘，子姓羣集，輒誦翁高誼，不待讀翁之手跡，而族長老之所傳信，猶恍如昨日事。則翁之懿行令名，當與龍陽孔洞、嶙峋葱鬱之觀，共存於無窮。且翁克讓高誼，既視族屬猶一身，又何榮瘁彼此異視哉？假令翁當日專一壑而私之，至一再傳，而後之人凌夷不振，即不轉而他屬，亦必且鞠爲茂艸，安得歲時伏臘，衣冠俎豆於兹山如今日哉？則善永令名，與善存丘隴者，固莫翁若矣。自辛丑迄今庚戌凡十年，節婦及宗文輩俱没，藐孤煢煢，慮兹編之或就散逸也，屬以豳録其副而藏之，復識其後如此。

書天人合脈編後

余既敘述《天人合脈編》，攜之豫章。或曰：『入國問禁，豫章於地理星命酷嗜深信，而地理尤甚，在搢紳學士家則尤甚，子安能以單詞入其所深信而敚之好？』余笑置之。已而搢紳學士頗有見而悦之者，而鄒南皋先生則深有味乎其言，爲艸一序行之。其言曰『余間溺而竊疑』，則先生猶不免於惑溺，而況其他乎？初止地理命相三則，今益之以卜筮。夫卜以稽疑，然必事理之是非灼然，在聖賢不廢，因以卜其後日之成敗利鈍。如反是，而先自有一覬覦倖僥之心，雖抱蓍問蔡，豈能有如響之應哉？故復敘述《卜筮三十六吉》，補前三説之所未備。

書飛燕外傳雜事秘辛後

《趙后外傳》與《漢雜事秘辛》，文章之妙，可爲並絶。其敘飛燕姊弟始進御時情態，及如瑩面發頳，抵攔以後，足令僧繇、虎頭閣筆。蓋古今文士道女婦閨闥事甚多，未有極真極奇、愈褻愈雅如此者。子干氏或借以抒其不平，而梁冀當時跋扈狀亦略可見。余獨怪樊嫕吴姁，皆椒房中隨賈，奈何人主之志不蠱也。

題楊妃禁牙圖

唐人好言阿環事，即回眸一笑語，自是句中畫，而此圖則寫其病齲時態，含顰掩黛，低佪不勝，轉復生妍，與夷光捧心可爲千古同病相憐矣。賞鑒家定爲王朏之筆，朏師事周昉，能去其板細，於風神流動處得力。若此圖摹寫意象，真入神矣。若運筆瀟洒、設色古淡、位置停匀，抑其餘耳。每一展玩，殊自不禁，當時李三郎據几分痛，其情態固自宜爾。

書天人合脈編後又

余所述《造命三十六瑞》，止爲經生學士言，不能如古人語語身心之要，然于舉業家伎倆已似盡傾秘密藏矣。今經生學士反躬内照，其不涊然汗浹者幾希，恐未可盡委諸命也。至于命說，直遡生人靈慧，稟於先天之清淑。曰清曰淑，靈慧出焉，而福澤亦胚焉。天地之氣未有清而不淑者，則人之靈慧與福澤本同一源，而文章與名位亦非兩轍。故文章即命一語，雖爲經生學士而發，而凡厥生民亦莫不然。如耕者糞多力勤則稱上農，操奇贏善居積則稱良賈，其它曲藝苟擅伎巧亦稱工師。世有以力穡敗農，善息廢賈，伎巧而不見售者乎？若鹵莽而天雨粟，拙計而拾遺金者，所見有幾乎？倘人事得失外，別有冥漠顛倒，與人事絶不相應之禍福，則吾儒所謂百六陽九，二氏所謂業障，而豈可執以爲常哉？或曰誠如子言，富貴福澤皆由人之才謂經畫而得，而天爲無權矣。是不然，後天之靈慧皆出於先天之清淑，猶種之於苗，蘖之于酒也，同源合流，一而不二，而安可以有權無權論耶？惟是行險僥倖，求之不以其道，則所謂才謂經畫，以陰賊猥巧用，是末流習染之私智，非先天稟受之靈慧，雖得必失，可倖而不可常。何者？其陰賊猥巧與殃咎亦同一源流也。此《天人合脈》之旨也。

贊

自在觀世音贊 有序

虎林善知識周姓者，謂余閩海之南有塑工，以莊嚴大士妙天下，余托致之。辛亥三月發，秋八月爲期，余逡巡至孟冬廿有七日戒使往迎，則大士不先不後，適以是日至自閩。大士趺坐盤陀石，左手據石，右手安右趺，所謂自在觀音相也。端嚴妙麗，目所未睹，奉載而出，士民瞻禮，闐塞途巷。於仲冬三日奉供於旃檀館中，而爲之贊曰：

我聞觀世音，亦稱觀自在。性體本如如，一切無罣礙。無罣礙故，圓通湛澈。超四諦，入三昧。若慈而肅，安而恭，申申而顒顒。大衆所共仰瞻，僅得其自在之容。空之則水月玻璃，而有之則千手臂目。觀自在於是相，非相不有不空。

女兄許母像贊

莊淑閒静者度，而慈孝仁敬者乃其素。豐頤丹輔者容，而警旦惕夕者乃其中。若子之思貌之，更三年而未已。所托以盤礴經營者且三易，綃而猶鬱伊于髣髴之似。夫以貌須之而不能，將無以言貌之，而庶幾得之於若弟。坐如凝視如止而語如屯，斯不已遠於澤而近於神。又何必展轉于貌之似與真，蓋莫真于仁人孝子之心。

望山查翁像贊

頎而豐頤，渥而便腹。知白守玄，知蜚守伏。識貌之，非山澤之癯。而中測之，悠然爲天下谷。當其手炙轑熏，汨然若與衆左。及夫霜落水涸，恬然乃見真我。雖有九阡，不易三徑。月灌烟鉏，金苞紫孕。聊以送日，聊以寄興。抑聞酈谷之民多上壽，飲菊液而餐菊英。翁今八十，得無兄柴桑居士而彌希夷先生也耶？

詒美堂集卷之十五

海堧祝以豳耳劉著

記

涬江塘記

浙以西，凡水皆出天目，而滙於具區。其洪流既由苕霅北走，而其支東北走欈李，又其支東走海寧，則涬江全受之。蓋海寧南控大海，海上諸山自天目飛舞而來，森峙海磧。獨涬江逶迤，環邑之北，負陰抱陽，而山海蟠鬱浩漾之勢，咸藉此一衣帶水，東而扃之。而且也，邑之漕粟數萬石、歲輸官庾所必由道，而士民工賈，上溯錢塘，沿洄下吴淞欈李，舳艫舴艋絡繹奔會，風檣雨篙，咿啞欸乃之聲，與岸芷汀蘋相暎發，而無間宵旦。顧水之嚙堤膠舟，與舟行之淹速勞逸，皆係於塘。衆人狃故常，謂塘之治與不治，於河流固無恙，不知舟之所藉以牽挽者，止此一綫之途耳。牽挽之途梗，將千斛之裝、千指之載，皆僅僅取進止於嗚榔柔櫓之力。而當其水暴激，或挾以石尤，長年三老即竭蹶其手足而無所用。此塘之所關於江者大也。成化間，當事者常僝工甃石，一大飭治，而歲久潰泐，數治亦數圮。此非獨水勢蝕也，亦由瀕塘居民護其籬落若膚髮，虞塘且闢，將不利我垂蔭之樫榆，遂寘公家利害秦越耳。迺里民蔣坡等勇於義，既橋梁堤岍之日就傾圮，徧白臺使者若監司郡長，願一切以身任。而邑侯郭公更勸勞，而子來之不費官帑一鐶，而塘以闢治。其故所建置三十六橋，如虹如蜒，綿亘起伏，而滓江之流若增而長，若濬而深矣。是役也，赴之自民，營之亦自民，業不自愛其籬落樫榆以急公家，而成之易且速如此，抑可以卜異日者。民之愛其塘，若自愛其籬落樫榆，而不復爲沮洳蓁莽，審矣。迺鄉三老更相率而造不佞，謂前此塘之數圮而數治也而無以記之，則何以勸後而永垂也？倘徼惠一言，載之貞珉，庶幾哉塘永永且藉以無泐乎。不佞則謂若輩勇於義，能闢百餘年未竟之緒，又不自愛其籬落樫榆，以公諸四方往來所不知之人，此解㟷決籓之風。吾觀於鄉而知王道之易易也，又何患兹塘之不與天壤俱敝哉？不腆之辭，且藉兹塘而無泐矣。

周將軍死難記

當世廟甲寅、乙卯間，倭奴犯閩浙，乘汛直躪内地。會承平久，民不習兵，所在無不望風奔竄，而倭奴恃其長伎，舞刀跳躍，如懸猱，如飛鳥。即倉皇新集土兵，素不閑紀律，遇賊輒抱頭反潰，至蒲伏乞憐，長跽受刃。於是奴益猖獗甚，所過焚劫廬舍，摽掠子女金帛，備極荼慘。而吾園花里最近海，與澉浦、石墩諸寨堡相錯，爲賊所必經道。周將軍者，奉督撫中丞李公檄，與參將盧鏜各統兵駐園花之崇教寺。將軍善騎射，與士卒同甘苦，帳下健兒無不人人可一當十者。時倭奴據石墩，懾將軍威名，剽掠至凰山，止不進。而凰山以北之居民，猶恃將軍，而不輟耕、不罷市也。居無何，而流言洶洶，謂山以南民，且無噍類，勢必傍及，一凰嶺安能障之？將軍嗡指奮臂曰：『山以南，獨非赤子耶？而擁衆坐視，何以報中丞？』鏜次且不敢應，謂日時不利，須後期。將軍恚曰：『我不利出師，彼何以利入寇？』策馬彎弓，而前帳下諸健兒從之，而士民千餘人願隨行助聲勢，於是悉黝其鼻以相別識。行至河橋，有二鴉飛鳴馬首，將軍仰天射一鴉墮地，衆心竊疑之。將軍不顧，鼓行而進，遇賊數百步外，與健兒引弓射，無不應弦而殪者，斬數十級，賊潰，復追逐之。至放鷹山，篠菁蒙翳，賊伏露圍敗垣中，馬經行垣側，賊抱石擊將軍，中額，身被數創，馬咆哮負歸崇教寺，越宿而絶，馬亦不食三日死。先是，將軍與鏜約：『吾先驅，君後至，爲犄角，日晡當會菩提寺之陽。』鏜負約不至，矢盡以報，鏜復不應，雖賊之狙擊出不意乎，實以卒寡無援兵。將軍倘不死，必有所以酬賀蘭之矢者，而竟死。悲夫！是役也，戰卒不滿數百人，以當賊新勁，能大挫其鋒，而凰山南北，時時挾風雨，爲金鐵戰鬭聲，賊相戒不敢近。將軍固曰：『吾死當爲厲鬼以驅賊。』亦賊素懾將軍之威，草木皆兵矣。自是當宁不勝南顧之憂，而一時制閫大帥調募川、粤、筇、貴諸番漢兵以數十萬計，糜國家金錢以百萬計，而所募卒皆不習倭，又川麓逶迤不成列，而亂相枕藉膏原野，欲如將軍之斬級追亡、挫奪賊氣者不一二見，而當事者没其功不録。迄今六十餘年，父老時時能道之，而恤典尚虚，祠祀乏絶，將軍忠寃無所憑依，至熯溢夭扎，村社巫覡禱祝祈請，必曰：『是周將軍之怒。』比者，督撫中丞劉公，因諸生胡某言，下郡邑議祠祀，而余里許比部同生慨然身肩其事，庶幾足慰將軍之靈于九原矣。夫以賊之剽掠屠戮，前後幾七八年，迄未聞有對壘交綏者，何問搴旗斬馘功？卒用細人計，以金珠名倡誘致其渠魁掩殺之，以大捷聞，何以爲東南宇宙灑創殘腥穢之恥，且鼓將來忠勇之氣？若將軍者，雖飲恨以歿，至今令忠臣義士譚之凜凜有生氣。吁，士安可以成敗論哉！將軍名應禎，中都留守衛人，時爲浙都使司僉書，故稱周都司云。

遊雲岫庵記諸生時作

歲乙亥秋九月，余與四明林鳳臺及許心園丈登鷹窠頂山。山東瞰澉墅湖綰，西南爲海。登絶頂而望阡陌，地東北，堇殷掌大，而餘峰遠近礧伏，瞪瞇慄眩已。由東南攀緣而上可里許，而奇石横道周，爲馴獂，爲怒猊，爲踆且搏者，争共其態。而稍益迫，海濤聲與松聲叶爲律，盡耳目胸臆靡非山水矣。又稍折而東可二里許，爲雲岫庵，隱踞山隈，刹貌即陋而頗嚴整，篠檜閴密，幾不似人間世。第問所爲荒碣，隻言了亡可讀，而天禾池亦且爲庯湽所陸沈，堇一露井不受劫，而泉甘冽沁齒。已，得項少嶽先生手書扇頭詩。先生孤節自好，築室鴛湖南涘，顯者欲一見而未可得。先生不以余年少而易之，時扁舟竟造，必瀹佳茗，竟日談不勌。今先生奄化去矣，幻宇幻軀有盡，而唯詩若泉當分領兹山千古之勝，令人噫嘅深。又四年，而爲己卯，決筴一賸未盡之興，而四明趙君龍陽爲詩撩余，遂於十七日，同叔父若季晡刻楊柑，至譚家堰弃舟，奚奴肩具以從，抵談山嶺，迫下舂矣。鼓勇躡磴而上，西望海山潑黛，半銜落日，已冉冉餘赤光一抹，疾如電逝，暝烟四合，曶不辨墿道景物，怳殊昔時，獨松濤怪石較昔尤奇。昏黄抵庵所，蓮燈已燎，仰天時見一兩星。少選，月從東白，而巖脊右障，得月頗遲，久之倏吐一痕，俄而玉盤霏亹，松頂露葉晶瑩，若萬點玻璃睛，久亡寸翳，長空若浣。始計繇澉湖放舟酹月而後即庵，虞晷嗇于道，與計左，於是因嘑所攜榼，選磐石趺坐，憶唐人『山空月色深』自是佳語，爲浮白無筭。僧出蔬品佐酒，庭月正中，啜三爵茗就枕，清輝徹户，廢寐起，松風颼飂襲肌髮，甫擁衣襌榻，而雞既鳴矣。亟捫蘿，凌絶巘，曉色已動，顧猶不得日，四顧白霧數十縷，發如炊烟，已如木棉花，一白亡際，羣峰僅露其髻。少選，羣峰盡没，而所謂股掌大地皆成海矣。頃之，赬霞一點忽破天水混茫，而旐者、禭者遞起，晄熳刺目。又頃之，日輪鎔漾而上，徑可三尺許，海中萬金虬蟠委蜚動，第與所謂未明先見日特異，令人煞起日觀峰之想。至所覩白霧奇甚，僧亦不能應。飯畢，道九曲嶺，問澉湖，夜來寥寞，僧故惜别，且必欲下至獅子峰前而後返。峰當九曲之半，嵌空巖嵲，與飛來伯仲。繇獅峯折數十百武，見葛母、葫蘆、揭荆諸山迎背入翠，因指顧惝怳忘别，笑謂僧獅峰得無爲虎谿耶？窮嶺而北，岍芷猶溼，問知爲晨霧所湑，念向覩白霧蓋霧也，而鷹山蓋迴出霧靄之上矣。又北可數十百武爲湖，多涤，而蘇湖之概敞于海，羣山四臚，意得月而後能勝，諸公拗留色，當締後盟耳。尾湖堤又折而北，搔首來時，九曲宛若羊腸，諸峯半落天外，爲之悏然，遂緣譚山嶺左麓而返。至譚仙廟，譚仙者，蓋譚景升煉藥得道飛昇處也，藥爐丹竈猶存，相與藉艸小憩。西眺朱甍隱約烟樹間者，非靈泉寺邪？吾鄉山水僅三十里，中而靈泉、紫微、鷹窠勝略相當，即鄉之人多未及跡，乃唐白香山、宋張無垢，明孫太白、少嶽諸君子至築室，經歲留連而不忍去。而山以紫薇臺、以讀書名，此古今人子不相及，而山川有幸不幸也。十月廿日記。

疏

瀝血陳情乞准先臣原職進階以廣孝治疏

臣由萬曆十四年進士，除授今職，三年考滿給由赴部，蒙吏部考覈稱職，題奉欽依復任，請給應得誥命。臣自惟蓬纍豎儒，遭際明聖，纔離削槧，即綰守符，三年在事，内揣無涓埃萬一之報，而猥荷皇上褒予，錫之恩綸，并及臣母、臣妻，榮寵已極踰分，蒙戴已自不勝，安得復有希覬？顧臣父世廉，由嘉靖三十二年進士，歷任河南汝寧府知府，服官堇踰二載，刻薦已經四次，於嘉靖四十一年朝覲，該省撫按會舉先臣卓異，有五花攷語，在吏部可查。止因到京感冒寒疾，致悮過堂，遂以不及擬調，尋即卒於京邸。臣伏睹吏部執掌内開一款，父職高于子者，于原職上進散官一階。今臣父職高于臣，例得進階，但經考察擬調執掌，未經詳載，臣一念報本私情，迫切茫昧，不知所據。及查先年原任剡州知州文羽麟被劾降調閒散，伊子文德以歷城縣知縣三年考滿，請復父原職致仕。今臣父止因臨期患病，官守原屬無疵，非被劾降調之比，即不及調簡，猶爲知府，無庸請復原職，似得幾幸新階。伏懇皇上推廣孝治，憫臣私衷，勅下吏部准于原職進階，庶先臣生前因病罣誤，齎志九原，今得霑被恩數，枯骨再肉，而臣身沐褒寵，亦得侈耀感慰于松楸寂寞之原，存殁有餘榮矣。

奉差事竣思親成疾懇容在籍調理以延殘息疏

臣於萬曆二十一年四月銜命遼陽，諭賚東征將士，隨往山東、浙、直等處催趲徵調官兵，而臣母周家居書來，念臣呼臣，情極殷切。臣當食廢箸，因成怔忡、咳逆等症。蓋臣賦性本弱，當夏秋暑濕，兼程五千餘里，釀病已深，一旦觸發，日增月劇，委頓難支，或累日匙不入脣，或通夕枕不交睫，因扶病便道回籍調理，冀痊可復任。臣母既喜臣歸，且慮臣病。臣既恐憂親，且虞曠職，紬思往復，猶未敢遽行陳請。兹亶迴日久，病勢日加，延醫生胡應元等診視，咸謂思慮鬱于臟腑，焦勞鑠其元氣，非假歲月，曷救膏肓？臣伏笫窮思，即欲忍死馳驅，而四肢百骸不能綰攝，必致顛仆，有負生成。且也臣父早亡，臣母垂髫，無兄無弟，惟母惟臣。今母憂亦病，臣病愈憂，憂病相纏，母子并命，于情事真極危極苦，萬萬不容己披瀝血衷于君父之前。伏望聖慈憐察，勅下該部查例題覆，容臣在籍調理。臣子母相依之命，更生庶幾有期，而臣犬馬矢報之誠，餘生猶或可冀。臣不勝惶懼哀祈之至。

驟膺新命轉憶哀親懇恩俯容致任以免瘝曠疏

臣往濫竽兵部武選司員外郎，因母老身病，請急里居三年，限滿赴京。本年七月内，蒙恩以原職補授兵部車駕司，時羽書晝夜，警署空無人，臣一身兼領皇城巡視，及會同科道、太僕寺官印烙京營馬匹，又奉旨簡閲東征將士，皆係禁闥疆場重務，披霰躡冰，自辰終酉，精力耗竭，頭目眩瞀。臣母家居書來，念臣慰臣，而意實憂臣望臣。臣不勝五内灼沸，入白堂官，懇爲代奏移疾歸養。而李侍郎不聽，謂國家多事，人臣安得言私，復諄諄勉臣及時修職，以圖報塞。臣素辱李侍郎道義相許，方趦趄嚅忍間，而吏部以臣陪推廣東按察司僉事，荷蒙皇上特達點用，恩數殊常。況僉事觀察一方，職頗貴倨，即臣至駑下，自當矢糜膚髮，仰答生成。而伏念臣母年已八旬，粤東距浙四千餘里，母既不能從臣之京，又豈能從臣之粤？且也薊北猶多驛騎，嶺表更苦鴈稀，他日母子兩地悲思，必有甚於今日者。則臣狗馬圖報之志，牽於烏鳥纏結之私，而驅策不復可前矣。顧臣拜命方新，遽有陳請，似涉矯激，將俟便道還家省母，而後具奏，則遷延月日，彼中缺官廢事，臣罪滋多。將比例請乞終養，則京察在邇，似假托沽名，陰避指謫。抑竊自惟樗抱無庸，蒲姿易謝，百年强半，母子相依之日更有幾何？仰匄聖慈憐臣情次肌骨，言出肺腸，准令致仕，或竟削籍爲編氓，得長奉哀慈菽水田野間，凡夷猶廣莫之年，皆鼓吹隆寵之日矣。

懇恩補給誥命疏

萬曆十八年，臣以初任知州三年考滿，吏部攷覈稱職，而臣父原任河南汝寧府知府祝世廉、母封安人周氏例得覬望恩典，於本年具奏該吏部，覆奉聖旨：祝世廉准照例進階，欽此。又該吏部題覆：看得知州祝以豳奏稱乞要復父原職進階一節，既經奉有前項，欽依相應題請，合候命下行文翰林院撰文，中書舍人關軸書寫，計撰述誥命一軸：正四品湖廣德安府隨州知州祝以豳父祝世廉，原任河南汝寧府知府，該贈中憲大夫，奉聖旨是欽此。臣不勝感激候領間，隨蒙陞授兵部武選司員外郎到京，即銜命遼陽諭賚東征將士，事竣中途患病，回籍調理。至萬曆二十五年，復補兵部車駕司員外郎，隨蒙陞授今職，凡領誥命在三九月中，比因文憑限迫，倉皇赴任，未經給領。今臣恭賀萬壽聖誕至京，思得臣父進階既經吏部題覆，至再奉有俞旨，而臣母周氏因父誥未領，止封太宜人誥命一道。今查例臣母應從父爵進封，并撰一軸，庶于典制歸一，恩渥均霑。此人子一念迫切未竟之情，輒復敢傾吐于皇上之前，倘蒙勑下吏部查照原題頒給，則臣父臣母存歿銜載，而臣世受光昭滲漉之恩，益願捐棄頂踵，以圖報萬一于將來矣。

母老無依乞恩終養以全子道疏

臣于去年恭賀萬壽事竣，便道省母于家。臣母子兩年睽析，萬里來歸，瞥見相持且泣且慰。比時因大計在邇，不敢以私請。兹者，仰荷聖喆優容，不加顯黜，而吏部復循資屢推臣山東、福建、湖廣等處布政司參議。臣豈不欲少須時日，徼覬新榮。但臣有迫苦至情，萬萬不可自解者，于君父之前，敢不披控。臣母年踰八十，丁年止生臣一子。臣弱齡失怙，母子形影相依，以有今日。自臣之通籍十有六年，惟是吏楚五年，移疾三年，得盤桓膝下。及爲武選，爲車駕，即越南燕北，邈隔雲天。然是時，母猶甘食美寢，而臣心稍稍慰也。且臣尚亦有外王母在，年已望百，母猶歡然相倚爲孺慕，而臣心益稍稍慰也。及臣拜粵之命抵家，則母匕筋漸汰，羸憊日增，若嶺海萬里之行，臣不惟口不忍發，亦心所不敢圖，計惟有請乞終養一着。而臣母知之，謂無以是詛我，更以善飯慰臣，以國恩未報責臣，且期限浸迫，畏干吏議，不得已以臣妻及子留家侍母，孑身入粵。臣母書來，既以官舍落莫，欲臣自寬，且以嶺海瘴癘，勉臣自愛。臣於是百痛攢心，觸籓無計。今臣若縻嗜禄位，靳不知止，無論膪卮導輿，闕焉朝夕，而重以遠遊鍾母之念，疾病遺母之憂，誰無肝腸，堪此酸結。以是臣妻子可屏，臣母必不忍離。臣冠服可褫，臣裾必不忍絶。有此纏綿苦衷，不覺絮語，冒干天聽。伏望皇上俯鑒臣悃，容臣在籍依母侍養，以終餘年，是亦熙朝勸孝作忠之一事，非特遂臣之私而已。臣無任哀籲悚息待命之至。

遵旨自陳疏

臣由萬曆十四年進士，歷官兵部武選、車駕三司員外郎，陞廣東按察司僉事，因母老無依，乞恩終養家居。（千）〔十〕有六年，復補江西按察司僉事，歷本省參議、廣東副使，陞南京光禄寺少卿，叨轉今職。自惟臣一介草茅，荷蒙聖朝錫類之恩，未效涓埃萬一之報，即今疆埸多事，正臣子請纓盡瘁之日，矧聖政惟新，尤臣子彈冠奮庸之時，豈不願激昂自靖，務捐糜膚髮，勉効馳驅，以少答聖朝豢養之恩？然臣内揣材質庸下，韄線無長，且齒已向衰，時有怔忡、痰火之病，於此猶然强顔就列，則縻禄曠官，臣罪滋大。邇者，皇上念京堂壅滯，許令目陳，則素餐如臣，自應引分以避賢者路。伏惟聖明垂察，容臣解官還里，以安愚分，則自今以往，視息餘生，皆祝頌聖壽咏歌太平之日矣。

詒美堂集卷之十六

海塽祝以豳耳劉著

行狀

明故處士我泉周翁泉配朱孺人行狀

翁名誨，字時忠，號我泉鄉人，人稱我泉翁。宋季有萬户提令者，由汴扈蹕之海昌廟灣里家焉。萬户生慶四，四生寶三，俱爲鹽筴祭酒，領西路場事。七傳而爲東岩公輩，倜儻饒智略，家愈益起，廬故宋時肯搆，公陋小之，即其傍建層堂，可坐百客，曰：『吾家世有隱德，百年將興，奈何齷齪效田舍翁苴茅綴椳，而口示儉爲也！』著訓約七十餘條藏於家。子節齋公禾，娶於賈，生子二，翁其長子也。翁生而昂整，異凡兒，比長授書，過目輒不忘。以《大戴禮》補邑諸生，顧薄諸生佔俾，好旁獵子史、稗官、外家言，爲古文詞峻爽有法，數千言下筆立就。嘗胠篋東遊會稽，謁王文成，西遊括蒼，謁章文懿。二公一見，俱大器之，與上下其議，翁益發抒自負。時督學使者劉公羣兩浙士講學西湖之萬松書院，翁與焉。劉公發難諸生，翁不爲難也，至衷析疑義，貫穿名理。劉公時岜擊節，歎啓予者周生矣。屢試不售，援例爲太學生。少司成胡公得翁文而奇之，徧贊于都人士，期翁必且驟顯，而數輒奇，胡公爲扼𢯱，留都第朝夕與講秇，而翁以父母老，請於胡公曰：『某與其列鼎而薦，孰若飯蔬啜水之逮事吾親也。』遂趣歸，歸而事二親，備極孝養。邑苦煩役，翁有弟尚少，一切以身任，不及弟。歲屬太祲，道殣相藉，出粟户賑之，全活無（美）〔筭〕。翁既家督自任，遂弃去舉子業，不復應有司辟，依曲沼搆樓三楹，延譽髦士與伯仲二子，日切劘其中。翁雅負用世才，先中憲以間謂翁：『仕無崇卑，要之適用。仇季智百里祥鸞，夫非以貲入者耶？』翁頷之。于是謁選，得邑簿領。會翁哭其仲子，遂無意人間世。仲（疆）〔彊〕志力學，爲諸生有儁聲，翁實期之一日千里也。先中憲官汝南，使使固迎翁，翁固不就，俄而蹇驢奚囊，從兩蒼頭𨇤𨇤來者，翁也。先中憲大喜過望，爲置酒高會。時郡丞蒲梢李公、司理西蜀孫公皆由侍從出，氣凌人難近，一日於座上望見翁角巾方袍，奮膺高視，酒酌而後談鋒横出，兩公爲心折，驩然恨相見晚，載酒選勝，刻燭賦詩，殆無虚日。翁曰：『昔枚叔遊粱，得友公孫乘、鄒陽、司馬長卿諸君子而詞賦進，吾兹行庶幾近之，第以野人久溷郡太守之謂何。』竟拂袖歸，而所過下邑，飭厨傳，張供具，冀一當翁，翁不屑也。晚復爲季及孤孫繕兩室，與故居鼎峙而三。嘗曰：『吾於生平事，幸少息肩，所慮者煢然兩孤耳。』是時先中憲已謝世而不穀，余與仲之子皆髫年，翁時討余兩人而訓之，服食燕息，靡不引於正經。余不幸爲豪家所中，翁故識豪家，爲書力詆之。書二百餘言，里之好事者争傳誦之。翁生平不畏强禦，恥脂韋以狗人，至譚古今節俠，及事當成敗，河縣響應，旁若無人。與人語一不當，輒唾其面，以故得鄉閭簡倨聲。然人有緩急，輒卵翼之，無弋名、無避怨處。子姓不嚴而慄，御臧獲固嗃嗃然能恤其私，人樂爲用。壯時喜豪飲，晚乃自節，酒取微酡。詩亦取寄興，嘗自稱『三半老人』，人問之，曰：『五合供朝夕，斤庖洽主賓。一壺兩番醉，三半老閒人。』其知命樂天，超物忘遇，概可見矣。配朱孺人，學博秋崖公女。朱故邑名族，夙閑壼儀，及歸翁，端靜婉孌，保姆厮役罕覿喜愠。事舅姑意指所向，靡不先承。姑有疾，孺人屏諸婢而身奉湯藥、調糜粥者二浹旬不倦。翁性放達，不拘小謹，孺人斤斤佐之，白首相莊，稱孺人益友。母恭人鍾孺人愛，兩家亟問，媪使錯於途。余既釋褐綰綬，將奉母恭人之官。孺人心實難割，更遣媪致詞母恭人：『爾前以夫貴，今以子貴，老人幸善飯，獲睹爾翟佩乘青雀行，甚樂也。』母恭人色喜，促治裝矣。孺人性纖約，戚屬餽遺絮縷羞灖不自御，必庋而待推予，出納燕饗，務劑於當，無匱財。性不媚佛，諸優婆夷以福田果報之説來者，孺人謝不與語。壽既踰耄，步履神明不衰，事無巨細能記憶，無敢以面曼。歲丙申，孺人年九十九，母恭人時亦望八，率余奉觴上壽，而季若曾玄十餘輩羅于前，孺人爲一一慰勞。母恭人謂孺人：『母春秋且滿百，吾兒恐遂迫功令去，敢以一巵鞠賸。』孺人復爲慰勞久之。問余若今何官，何以久家食，余具以對。曰：『爾父施未究，爾好爲之，無以母戀戀。爾母寬慈，壽當及我。』余敬諾。無何，孺人忽無疾卒。孺人比年多美睡，睡輒數日夕，悉却匕筯，間呼寒泉盡一盞。聞者異之，曰：『孺人藐姑射也，而希夷寢與？』翁生正德庚申，卒隆慶辛未，享年七十有二。儒人生正德戊午，後翁卒二十有八年，未及百歲者一齡耳。子四，伯道鳴，仲道某，叔道某，皆邑諸生。伯廩於學宮，仲、叔皆先卒。季道傳，女一，即母恭人。孫男五，國光、餘某，邑諸生，餘某、餘某、餘某。孫女若干。曾孫男若干。玄孫男若干。翁方易簀，於家政一無問，獨顧余謂：『異日當以文章顯，老人所托不朽者，爾其圖之。』余泣受命。歲丁酉，將與孺人合葬某山之陽，而舅氏舉翁成言屬爲狀。夫余即不敢以不文辭，而會島夷東訌，羽書晝夜警，余方奉主上命，從大司馬盡蒐六郡良家伎擊之士，往赴鬬於叢戟交搆中，尋繹往事，臨裁輒已，即舉一二遺行之大略，愳閼抑盛媺，無以報翁地下。唯是徼惠鉅賢大夫有文辭者，采而誌銘之，曷勝大幸！

明中憲大夫潯州府知府槐門祝公臬配安人黄氏行狀

余不佞釋褐，試政西曹署。署蓋有白雲樓，貯書千餘卷，余與二三兄弟間發而讀之。時掌記者前謂不佞，是故祝大夫遺也。余因問，知是千餘卷者悉出工料奇羨，以無藉故稍稍有攜去者，而胥役因緣爲奸，大夫始爲藉藉之加購者録。余歸，間以語大夫，而喜相勞也，且謂若試政西曹，西曹稱冷署，若先大夫及余咸由此起家，出入惟法之信。昔于公治獄無冤，民謂子孫必有興者。余兩人兢兢奉尺一，即不敢謂民不冤，而恥爲深文以伺人意旨，所留有餘不盡者不少。若曹豈謂徒讀父書可卒卒後先取青紫，若承蜩掇之乎？余時與二三伯仲咸起受教而別，別五月，而伯氏壽徵使使裹糧二千里緘書入楚，則大夫以冬十二月卒矣。因手述大夫生平懿行，謂不佞知大夫深，庶幾藉不朽。不佞僚倒案牘，何能爲役？于是即伯氏所手述稍詮次之，令乞銘于當世秉筆君子。大夫姓祝氏，諱世喬，字子遷，號槐門。按譜，祝，軒轅之後，周武王封彭祖孫光爲祝侯，因以國爲姓。其後晉散騎常侍巡居信安，五季時郡判官寔遷括蒼。寔之孫三五承祀，始遷海昌袁花里，簪纓繼起，爲寧右族。十傳而至曾祖涇，號默齋，以詩名。祖昌祚，號守默，博文修行，有古人風。父繼弘，號同溪，邑庠生，績學悉世，以大夫貴，贈刑部主事。母沈氏，封太安人。大夫生而穎敏魁奇，有大志，甫受書塾師，即問曰：『凡人讀書，將見諸行，抑徒誦其詞也？』守默公異之。稍長，授《易》，日誦數千言，爲文下筆立就。時余曾大父東田公，訓先大夫洎中表朱龍皋公，每較藝必令大夫與偕，文成輒稱賞。年十六，督學使白泉汪公得大夫卷，奇之，遂遊邑庠。亡何，同溪君卒，大夫哀毁骨立，幾弗克盡大故。奉太安人，撫弟若妹，煢煢苫塊間，猶讀書至丙夜不休。後每試，與先大夫更相甲乙。歲丁酉，廩於官。癸卯，督學使文谷孔公稱爲王佐才，以文牓壁間爲士子式，謂國朝時秋獨瞿師道稱醇和，而大夫庶幾焉。生徒數十百人，如胡君友信、郭君子直、曹君煒、周君啓祥相繼取科第，咸貴顯去，而公凡十試乃舉於鄉。隆慶戊辰，成進士，授莆田令。莆當島夷破殘之後，瘡痍未起，征需倍急，大夫身爲調劑，民不病催科而國計不虧。學校頹廢，爲之葺學育才。邑中縉紳多以忤時未究於用者，爲上其名，直指起廢者若干人，皆爲名卿。民張姓者，故望族，父殁而貧，外家誣以隱疾，欲弗與婚。大夫與之婚，且斷厚貲給之，張爲感泣。會戍卒請餉，兵使者給稍緩，羣譁於門，當事者莫可誰何。大夫挺身出諭曰：『吾已爲若輩請發倉矣。』譁遂止，果請檄發倉，戍卒安堵。已又檄大夫督造戰艦，大夫擇良工、購巨木爲之，工未就，撫臺恐後期，震怒，大夫從容具道其故，不色變，卒之艦堅利涉，獻以功受上賞。及徵爲刑部主事，故事笞杖以下發保候，其淩轢罪囚甚於獄吏，大司寇欲於獄中別置輕囚室，大夫曰：『部無官糧，若一羈候，則貧者立死耳。』力爭止之，第令保候之家月具供狀而已。甲戌歲，奉命論囚江南，聞太安人病篤，馳歸，而太安人卒，大夫哭踊如孺子。丁丑，復補刑部。中貴人王姓者，推刃同氣，當事者受權閹私囑欲庇之，大夫堅執必正其辜。時柄相政尚嚴苛，蘇松守臣請逋賦數百兩以上，如逋邊粮議大辟，詔著爲令。有二三人逋賦在令前，且罄貲償，未取盈者僅十之一二，例亦當死。臨刑，會朝審，大夫力辨其可矜，冢宰王公迎合柄相意，難之，大夫反覆抗論不已，同官咸咋舌，以是爲所忤，出守潯州。會京考竟罣藉，公論惜之。大夫故善酒，至是益托而逃，賓朋好會，每至夜分，一不問家人生産。乙酉，伯氏得雋南畿，而大夫喜可知也。家居非公事不入城府，有司雅重之。歲賓於鄉，性至孝友，侍太安人夜讌，必親爲行酒，迄宦成弗改。處仲父無間爾我，喪葬一以身任。仲母起居飲食，必令與太安人俱，竟成其節。居恒宴集必盡懽，於子姪也諄諄以學行相勸勉，雜以雅謔，聽者忘倦。馭家衆嚴而有恩，不爲嗃嗃。丙戌秋，感疾，飲食漸減，迎醫輒却曰：『我年逾古稀，履順歸耳。』姻族問疾，應對未嘗失禮，亦竟無一語及後事。配贈安人黄氏，海寧西鹽倉望族，父思隱公，母何氏，安人其長女也。幼端雅婉孌，稍長閑姆訓，工女紅，異凡女。思隱公奇之，曰：『是兒必光我門，宜慎所許。』奇大夫，遂許字焉。笄而嬪，克共婦職，居平未嘗有惰容，閫外亦不聞咳語聲。大夫讀書外舍，間休沐入内，安人禮之如賓，且曰：『舅氏早逝，妾當勉力以事吾姑。諸米鹽瑣屑，願君勿以分志。』以故大夫得壹意修業。事沈太安人尤謹，食飲服御，務中其懽，跬步必與俱。自奉不饜糟糠，而延賓供祀必極洗腆雅，當大夫心。安人素艱于子，欲大夫儲媵，不許，乃請於太安人，躬禱許真君。而伯氏生，安人愛之甚，自鞠育之，弗以委乳母。未幾，大夫罹危疾，安人進則扶侍，退則籲天欷歔，夙夜靡懈，遂以積勞成羸疾，醫藥罔効。疾既篤，猶手持仲姊及伯氏，屬曾庶祖母萬，泣且拜曰：『以二豎相托。』萬亦感其意，保護甚至。與大夫訣絶，而復蘇者三。大夫以今安人繼，亦逝者意也。

河東運司馬兄南阜行狀

兄之以乙酉冬偕計吏而北也，則不佞若司理、比部之爲兄弟者四人。迨司理、比部相繼物，兄與不佞皆以微名，驅逐風塵世路，僅幸得從庾嶺南北一聲相聞。迨不佞請急里居，兄以行役假休沐還里，臨風對酒，興慨於升沈去住之無常，爲搔短髮相慰。兄今亦竟奄忽逝矣。追念曩昔聯鞴驛路，汀霜壚月時，境界宛宛如昨，而顧影穨然，衰至無期，更復何情詮理往事。而二從子以狀泣請，蓋不佞一再濡筆，而不覺其涕之無從矣。兄名以岡，字壽徵，南阜其號。父潯州府知府槐門先生，母贈太恭人黄，夢若許旌陽真君者抱一兒手授之，遂生兄。生而肌白哲，眉目韶秀，六歲出就外傅，十歲能屬文，十六補邑弟子員。潯州公方以經明行修，帷下多四方知名士，兄與之切劘下上，學日益進。潯州公成隆慶戊辰進士，出宰莆田，兄雖秉家政，而益發憤嚮於學。羣邑之譽髦若干人，結社龍山之陽，社中多負奇翩翩自喜，至醇粹爾雅，即靡不心推兄。乙酉，得雋南畿，潯州公已謝政歸矣。明年，潯州公病，兄躬調湯藥，衣不解帶。既卒，哭擗，幾至滅性，一切喪葬如禮。弟進士以岱生，甫七齡，潯州公當易簀時，屬兄子視之。兄撫摩誨督，以及授室推産，皆用其情之所必至。延師儒于家塾，日夜扃户課之學，而弟及二從子咸攻苦自力，文藻相砥礪，俱有聲諸生間。二從子齒少長于弟，以季父禮進，而中怡怡若同胞。當太恭人謝世，兄時尚襁褓，思隱公更以太恭人女弟事潯州公。兄恒念鞠我恩實倍生我，於其卒也，哀毁無異喪潯州公。而兄所以拊弟若庶母杜者，視母在有加矣。兄既痛親不逮養，又屢絀于春官，己亥遂謁選得南安郡司理。他司理多甲榜少年，而南安又孔道，其民嚚訟難治，兄兢兢冰蘗自凛，爰書皆手自裁削，法律疑似，剖判若神，胥吏旁睨之色奪，檄委幾遍諸郡邑。大要在傳情于法，無苛責以博强幹聲。諸郡邑無論筐篚餽遺，却之惟恐或浼，即郵傳供具饔飧外，一蔬餌無溢也。其署下邑篆，不爲具文塞責，所至振隳廢，奬善良，厲學宮，繕城堡，清逋賦，罷冗役，咸次第舉，聲稱奕然，爲大江以西第一。直指義興吴公、桐城方公薦剡交最，遂用三載攷進潯州公階中憲大夫。母黄、繼母黄贈皆太恭人，元配張封孺人。尋陞南陽郡丞，士民攀號至數十里外不忍釋，爲祠祀尸祝之矣。弟岱既以弱冠取高第，其制舉之文奇麗甚，咸詫謂：『寧馨子何所得庭訓？』而兄亦自詫，喜謂：『弟不負吾，令吾不負弟。吾老矣，纘箕裘而大之，是在吾弟。』無何而張孺人卒，無意之南陽，弟從燕邸書來，慫恿甚力，乃就道。其治南陽無異南安，而歲大侵，屬當署郡篆多方喚庥之，不憚拮据夙夜。會治河之役興，而南陽距朱旺口千里而遥，因移駐裕州，與役夫分甘苦，餼以時給，咸踴躍趨事，績用告成，當事者上功次，洊被褒賚。丙午，校録郡士，識今太史新野馬公昆季於諸生中，取冠其儕，稱藻鑒云。尋以假守上計，惟兩竹筒圖書數卷而已，中丞吴江沈公薦剡所稱清白傳家，公明署篆，蓋實録也。兄之黽勉上計，亦以念弟，故卜握手之驩，而弟竟以病卒於燕。聞訃，晝夜疾馳，猶得經紀其喪，而簡書期迫，趨南陽任，則預飭從子輩爲卜築堂寢一區，以歸旅（禭）〔櫬〕，且令嫠孤聿有寧止。爲南陽凡六載，陞河東運丞，兄謂：『河東鹽池，非昔有虞氏歌《南風》以阜民財者耶？而今盡以佐公家需矣。顧藪利也，亦復藪奸，蓋撈掣弊在上，攙僱弊在下，侵佔影没弊在猾豪。』兄以一潔己鎮之，宿蠹滌，而其綜核纖柝，視兩郡時益毖，曰：『縣官以冗煩數嘗試我，我躁屑越不將，謂計無復之耶？』明年，以齎鹺符便道還里，爲張孺人營兆域，更痛弟坳無五尺孤，又未沾一命，爲之樹馬鬣封題，曰『明進士某』，庶令後世知吾弟耳，徘徊里中者久之。再抵河東，滿三載考不調，再以鹺符役還里，抵錫山而一疾竟不起矣。嗚呼傷哉！兄有經濟才，無小大，無不洞其肯綮，絜端竟委，左規右繩，事事吾師也。而孝友尤出自天性，當潯州公之令莆田，沈太安人家居髦矣，兄事之極志物之備。世母金嫠而貧，無以養，迎致之，與沈太安人共服食起居，終其身。公是以得安於宦，而無内顧。公之喪，沈太安人年已望六，而豐軀便腹，戚不任易，諸含斂窀穸先事而周，靡不曲如公指。公每拊膺歎曰：『吾子也，而又代爲子，吾愧爲人子矣。』弟之初舉省闈，修撰餘姚史君公同藉友也，以通家子修謁，史從容問伯仲行序，曰：『岱不幸孱然孤孽，非伯兄何以有今日？』語且咽不竟對，座客爲之動容。史君嘗以語不佞：『若伯氏友于何狀，令仲見德乃爾。』嗚呼，此不可以知兄哉！孝友篤摯，自天性矣。兄生嘉靖癸卯八月初八日，卒萬曆甲寅五月初九日，享年七十有二。配即張孺人。子守鵬、守驥，俱國學生。女一，適張某。孫男若干，某某某出。孫女若干，某某出。守鵬等卜某年月日葬兄某阡，而籍手不佞狀，將走謁誌銘表碣之屬，以托不朽。夫不佞於辭不嫺，然亦安用浮綺覆實，謹摭家庭所聞見列之，俟鉅公賢大夫擇焉。

詒美堂集卷之十七

海墺祝以豳耳劉著

行狀

太母賈太安人行狀

不肖孤之狀太安人，含毫而不能下也，而涕隨之矣。太安人卒且葬，而先大夫不可作。太安人之棄不肖孤且四載，而孤不蚤奮以庶幾承一日驩，負二痛於太安人，而勉攄遺行，以報地下，孤即奚辭？太安人姓賈氏，世居邑之凰岡里。高大父璧，徙家長浜，號長浜賈云。璧生宗緒，宗緒生宸，宸生鐩，號臨河，配朱氏，太安人考妣也。臨河與高大父東田公咸有聲諸生間，意氣相許，遂締婚焉。而臨河夫婦相繼坳，太安人時未及笄，有弟三，皆幼。太安人泣曰：『微女疇爲二大人子？微女又疇爲三弱弟兄？』而家日益旁落。東田公遺議姻事，則謝曰：『二大人未葬，孤女力弗克葬，庶幾竢諸弟長，而後可以弛負也。』身絣緋洸，佐朝夕者七越寒暑，始歸我太父染溪公。而會東田公令崇仁，染溪公又嗜學，不問家人生産。太安人群室中數十指，揀耜力紅，井然各受署，無逸晷。歲時讌饗，及所問遺出納，衷枿中窾，染溪公得壹意修業。壬太安人，曰：『老婦恃粥耳，何所須二千石。顧親民惟守與令，先弋陽所不究施者，於吾子觀其夫成進士高第，累官比部郎，得貤恩，有今封，已充江南治獄使者，報最，出守汝寧，發一介迎養謂先大夫：『爾父不究施，以有爾在。』所以訓筴先大夫若諸父者，無異染溪公。而癸丑，先大染溪公苦不任繁氄，有拂衣志，太安人更從臾之，遂毅然解印綬，日事酒弈數年謝世，太安人泣獎，有一塵不染、百廢皆興之語，則染溪公所獲於太安人勸助者多矣。癸卯，先大夫舉于鄉，而間。太安人從容進曰：『朝廷處君以瘠土劇邑，爲君別器，抑以養廉，第安之。』未幾而當道檄詘春官，謁選得弋陽令，以太安人往。弋陽爲冠蓋孔道，令什九在外，什一在內，至休沐不得世，人且謂太安人或有所修郄，而處二媵顧愈益厚，蓋庶幾敬所愛，終身弗忘也者。染溪公久安人雖屢有逆受，無幾微不平。東田公後乃憬然曰：『吾固知孝女能爲孝婦哉！』東田公既即坳，而東田公置媵二，甞太安人以姑禮，一不當輒相與孽搆於東田公，而妯娌又乘間爲齮齕，太得也。孺人不幸遘痰疾，且革，太安人日夜號泣籲天，願以身代，孺人病良已，以爲孝感。孺人取咄嗟辦。太安人妯娌子弟布綈荆笄，以偶於鮮衣繡鬗間，淺觀者不無揶揄，而太安人怡然自公既解組歸，閑家故嚴礉，尠所當意，而孺人徐尤卞亟，非人情一切饋具漿，客至不問所從來，力而悦。又爲三弟咸授室，割産三十畝分予之，俾食力焉，而宗人嘖嘖太安人賢且才云。東田而今第恐一旦溘先朝露，以爲終天恨，於是推其紝織之羨，爲臨河夫婦營葬事，脅窀穸志，物逾午舉於鄉，而太安人念二大人猶袝淺土，私衷之痛不能忘，向吾謀爲婦愳弗稱暇，復謀爲子者，成。』遂之汝寧。而先大夫故善病，甫入覲，積疴驟發，不任治矣，於呼痛哉！始先大夫爲汝寧，首罷横征，屏私謁。太安人時七袠，届誕辰，鄉縉紳先生若民士閒致紈飾上太安人，而太安人亟謂先大夫：『以老婦破若格，毋寧食若清。若能以清白吏，毋壽我則可，不即窮數道力，攷鍾鼓，行玉曳紫爲壽，老婦不舉若之觴。』於是鄉縉紳先生若民士咸詘，而郡人相與謂先大夫賢守，謂太安人稱爲賢守母也。太安人性伉慨，不爲纖嗇，歲臘婚嫁必及禮。村婺煢媪無故前遺善飯及美寢狀，必推少穀粟與之，曰：『彼偶旅來何爲者？』然不爲姑恤愛，獨於諸孫中愛不肖孤、若伯兄萬年。卒之日，家政壹無問，獨屬伯兄、不肖孤兩人『吾目有所待』而瞑也。於乎痛哉！不肖孤不蚤奮，以庶幾承一日驩，今無及矣。太安人生弘治庚戌，卒萬曆丁丑，享年八十有八。子三，長世康，邑諸生；次即先大夫；次世慶，邑諸生。女一，適海鹽朱藉。孫男十，萬年、萬鍾、萬鈞，康出，俱邑諸生；以鳳、以鵬、以鶴、以鸞、以鳴、以鷺，慶出，鳳、鸞邑諸生。先大夫生一子，爲不肖孤，生纔十三而先大夫遽見背。不肖孤幼孱弱，年十六始就外傅，太安人憂不肖孤嚮學晚，時時舉先大夫生平力學砥行事，若古傳記所載、先大夫嘗稱説太安人前者，亹亹其言之，所以蘄不肖孤甚厚。迺不肖孤不蚤奮，以庶幾承一日驩，而今始謬從有司薦，又迫偕計吏往，即勉攄遺行，戞戞不具。唯是徼惠當世秉筆君子，垂一言之錫，報太安人地下，以無謄先大夫心。不肖孤感且不朽。

先太恭人行狀

嗚呼，太恭人舉不孝孤晚，女兄四咸先太恭人殁，孤孑然形影從，惝惘摧廢中，於太恭人生平事行既靡繇質所遺，而重以才猥薾，懼不能昭揭令懿之什一，以爲畢世痛，敬抆淚攄述如左。蓋吾邑多故族，則周望廟灣，自宋迄今，代有隱德，擅素封。至我泉先生，以博雅伉直，爲閭左所推重。配朱孺人，亦望族，是爲太恭人父母。太恭人生而閑静娟慧，無論繡紋組紃，敏妙無比，至傳記所載古人瑰行格言，一涉耳目，終身不忘。先生故好白香山詩與程朱理學，詩酒酣以往歌聲，烏烏中金石，太恭人幼侍側，聞之輒成誦，至百餘首。先生素負人倫鑒，奇先中憲，髫丱時許字焉。太恭人始稱婦，而王考贈比部公宦豫章。先中憲力學，不問家人産，太恭人遂受家秉躬，拮据操作，以先羣指，事從姑及諸姒過自抑，終始語無間。先中憲既舉于鄉，當王考喪葬，病不支，太恭人佐之傳於禮，而餘哀成瘠，病乃益進，太恭人晝夜不解髢，調湯藥，祈以身代。當病憒時，取彈指流盼以示意，左右莫知所出，太恭人影響應之不爽。病二載餘，稍間，輒手不釋卷，太恭人止之不得，則致一老儒生取齊諧、虞初家言，隔帷誦之，先中憲擴梧傾聽，時時解頤。所爲揣摩曲事類若此。先中憲以進士高第拜比部郎，太恭人從之燕。比部冷曹，而先中憲又性簡傥，二三里戚咸据要津，勢烜赫，或風先中憲：『不有它曹可徙乎？』太恭人聞之謂：『君日跨款段，入受事畢，歸而晏坐一室，展卷伊吾以爲常。即要人過從，竊窺君惰氣凌人。夫纖趨阿匼，睨權貴顔色，非君事也。』先中憲頷之，二三要津所使蒼頭女媪來，甌茗外不爲具，多觖望去。尋用比部滿考，封安人，而先中憲守尚書郎五載不調，奉簡命慮囚江以南。太恭人預飭門牡顧舍兒，江南距吾鄉一衣帶水，猾豪易夤緣爲奸利，爾輩慎之，犯不爾貸也。於是諸郡邑胥史以對簿，至信宿無敢與私語者，卒用平反，著聲江南，太恭人有力焉。既報命擢守汝寧，而太恭人家居歸，三女兄咸手裝齎之，遂奉姑賈太安人之汝寧。崇藩故稱賢王，以伊庶人之獄，先中憲頗持三尺，王不能無纖芥，而一時兩郡僚從中秘，及夕垣出，高自負。太恭人從臾好遇之。蓋一載所，而先中憲病矣。公移私牘就榻裁應，太恭人謹司筦鑰，一赫蹏無闌，出入猶之，日朱旛而朝，吏民内外冰凜，諸修郄者日夜詗伺，卒不得間。會入覲，先中憲力疾行，竟於燕邸即世，太恭人聞訃，慟絶不欲生。賈太安人拊曰：『寧不爲煢然藐然者慮耶？』太恭人掩涕促裝，諸郡邑所致賻悉却不受，曰：『太守困疢疾，何德於元元，無更重之地下嗛。』時中丞吴興蔡公直指南海龐公傷先中憲，而又高太恭人誼，特授符繻，遣材官邏卒，戒有司飭廚傳呵護之出境，蓋非例所恒得云。太恭人既扶侍賈太安人，攜兩幼孤，踰河溯淮，間關二千餘里，與先中憲旅（襯）〔櫬〕偕返，咸謂非太恭人誠信明智不及此。抑不知茹怛荼，阽危戹。傷哉，不易有今日矣。孤幼不足當大事，太恭人蒿目經營，奉先中憲祔王考域營之，鬣封贔屭，次第就緒。顧舊廬數椽不能禦風雨，因卜欒李居焉。一日，有頎而衿韠入拜堂下，徘徊不能去者，自稱孝廉徐生，昔在燕邸尚寶卿徐公履祥以諸子師事先中憲，今太僕卿泰時公少子也，纔弱冠。太恭人私聽其言論，謂先中憲：『此雞群鶴，異日得君衣鉢者，此子也。』徐君聞之益自喜，奮於學，竟用三禮魁南畿，蓋甫罷鹿鳴而來也。刺入，而太恭人始恍然憶耳。寓檇李者垂十年，復闞故址而廬之以居，蓋太恭人手所搆締，自染渚、龍陽，至是三矣。賈太安人以天年終，太恭人痛先中憲之不逮含斂葬送，視先考有加矣。而族不逞，屢發難，布爪吻相窘。孤方挾策西湖兩山中，嬈者麕至，太恭人曰：『彼曹子何能爲？第妒若居諸業耳。若胸中一罣塵市豎，將數年來湖山靈氣盡矣。勉之，無快讐腹。』孤長跽受教，已幸竊一第，官漢東，奉太恭人就漢東養。歲大侵，道殣相屬，赤白丸四出而剽，官廚索稻米不時得，滌釜待炊，太恭人曰：『四履將絶炊煙，長民者待炊猶素食也。』孤敝衣冠戴日步禱，太恭人亦禱于庭。每出賑歸，問所全活幾何，爲喜色。遇祁寒暑雨，推布帛漿餌狴犴中，曰：『豈無困迫驅誤抵文罔者？』比解任，叩閽扉而號泣者若干人，曰：『太君去矣，疇復能緩我須臾無死者？』當是時，太恭人躋七十，以漢東滿考，封太宜人，而朱孺人尚在，年九十餘。太恭人孺慕甚，燕邸之行固不得請，則移疾謝武選事，歸侍太恭人田間者三載。而朱孺人開百歲，得從太恭人後綵服稱觴，而喜可知也。時島夷躪朝鮮，大司馬坐封事失，下詔獄，太恭人聞之謂：『若官司馬，疆場之事其得諉諸？即偃蹇里門，以我老爲解，將謂人臣之義何？』遂勉起之官，而一時署空無人，白羽若月，休沐靡寧晷，安得言其私。已而大酋闞白遁，經略臣以露布聞，方擬乞身，而有粵東之命。太恭人亦得因先中憲階進今封，遂奉檄趨里，則太恭人八十誕辰與期會，手織文之誥與六珈填珮上太恭人，而又以同藉友袁太史伯修、劉給諫濟滄輩所爲壽言誦之太恭人前。太恭人欣然爲舉孤之觴，而更以觴觴孤，曰：『一嫠婦，三廑天子之譽命，若何以圖報萬一？』則又曰：『若友袁太史固言之，無以他端詛我。』孤唯唯，而叱嶺表之馭。明年以嵩祝過里，太恭人迎謂：『若萬里來歸，老人齒髮無恙，食若所致荔子而甘，萬里膝前矣。』既竣役，旋具疏乞終養，幸得請，太恭人始知之，正色曰：『若不忍於裾之絶耶？我老健飯，即萬里何難偕若行，而遽出此。雖然，勇退亦仕宦佳事。』蓋孤之葛巾羽氅，而奉菽水歡，於人間世一切榮名得喪，與太恭人交相忘于融怡澹漠之鄉者十三年猶一瞬。而太恭人遽弃不孝孤耶！嗚呼痛哉！自太恭人之稱未亡人，中間所遘播徙鞅掌、甘荼愉佛者五十餘年，而僅此十三年桑榆之隙，竟不爲孤少留耶！即五十餘年中所遘播徙鞅掌、甘荼愉佛，惟母惟子，惟子惟母，乃今竟棄不孝孤去，即擗九地，籲九天，其何從耶！嗚呼痛哉！痛哉！太恭人性慈和，遇事明決，家庭間無所不燠咻，而内外臧獲愓息，無敢惰婾。哀煢困，不啻切膚，以緩急告，應若響。里嫗數過數授餐或粔籹，内之裹，不且念之竟日矣。於近屬周親，嘉異其賢者，而汲其憊不振者。即燕見，必以力學治生爲誡，質直無謾詞，又不解腹藏，過乍或不堪，久之益感愧，曰：『太恭人教我而望我殷也。』以是卒之日，諸宗姓若中表内外戚、若他男女僕百餘曹，就帷中外位相弔哭，各失聲曰：『吾儕不獲奉太恭人温色粹容矣。』曰：『吾儕不獲聆太恭人底言莊語矣。』曰：『吾儕不獲蒙太恭人察疾苦、時乏絶、拯患難矣。』太恭人即少長豐腴乎身，儉素無重采兼味，衣三浣，潔整若初服，時時指示兒女輩：『此余結褵時衣也。』兒女輩至不敢以鮮穀見。間覯近時弁服靡曼，曰此不祥，人以無家令故，毋效之。至於膢臘必時，醴酏葅毳必適，祭祀讌饗必虔，而於賓塾師儒敬禮尤篤。無論歲幣月修，即匕豆纖瑣，不目及者不出，迨老勌家政，晷稍移輒曰：『賓塾飯得無旰乎？』守一以長孫鍾太恭人愛，甫事佔僤，呼謂：『刺繡者，五采適而目宜。烹飪者，五味調而口旨。人無異口目所貴，適與調耳。』雖未嘗多讀書，於文義縣解若此。即喆傳所提撕，曷過哉！四女兄歿，而諸外孫男女數十百指視太恭人王母而母，而太恭人亦若身代爲之母者，割腴分纊，人人煦濡之矣。從大父郡幕公諸子咸他徙，委一丘宿莽中，歲時必籩殽鹵酒酹其墓，或謂：『是不嘗爪吻加耶？』太恭人曰：『密孺人遇我厚，我不忍其鬼之若敖，他復奚知。』密孺人者，郡幕公配，昔所嘗從姑事者也。當太恭人九十稱觴，遠近羔鴈畢至，內外子姓咸繽紛佐斑舞，爲益搆堂三楹。孤濶疎，以付家幹不復問，太恭人曰：『此何以示子孫儉？』亟爲撤役之。三竹頭木屑咸勾稽之。每風日柔嘉，挾一女豎周行壠畖，問稼穡桑麻，較量菑穫，望見之者以爲神仙。蓋孤家食十三年，采風使者蒐巖穴遺佚之士推薦于朝，而孤姓名往往點露章，實太恭人以也。且以孤之骯髒，不能事諸邑大夫，而前後數辱華衮語，至手書纚纚楣棟間，亦以太恭人，真足表人瑞閭里耳。晚乃專佞佛，一室供觀音大士，蚤起焚香膜拜，誦《般若心經》，寒暑不輟。顧不喜緇黄及福田因果之説，曰：『吾第求浄現在心，寧爲來生地耶？』生平霜露少所攖，獨聰德久杜，與人言誠無囁嚅，或曖語，輒從俯仰得之，無敢謾。元日起步中庭，左股微楚，已脘鬲間楚，顧不耐苦口藥，藥盡一刀圭，再即却矣。然晨起未嘗廢盥櫛，時呼浴，且啜水盡一蠡，神鬉以王。孤等私竊幸天年未艾也，忽一夕趣孤等至，曰：『我何修，造物胙我厚矣。爲大夫婦，又爲大夫母，然兩敝簏無他長物，無以分貺。』謂孤止若父一象笏，手澤瑩如遺若耳，神氣炯炯而若訣者。孤等哽塞不能語。太恭人徐曰：『泣何爲？我灑然無所繫，亦無所苦。』數問今日何甲子，須大筏至當行，若有待者，已寂然而瞑，及歛，猶含笑，顔色如生。蓋壬子七月十八日也，距其生正德己卯六月初二日，享年九十有四。子一，爲孤以豳，娶毛氏，封宜人。女四，一適許敦偁，一適朱履份，皆邑文學，一適濮鈜，一適郭應煃，皆國學生。孫男五，守一、守元、守參、守熙、守泰。卜甲寅年某月某日奉太恭人合先中憲葬於大碑港三里村。忍死勉述遺行爲狀，徼惠名世作者賜之金石彝鼎之言，存歿世世感且不朽。

詒美堂集卷之十八

海堧祝以豳耳劉著

傳

贈兵部尚書監軍遼陽監察御史見平張公傳

侍御沁水張公以先皇帝特簡，徃監遼陽諸軍事。奴酋陷遼陽，公仗節死，海内忠義之士無問識不識，咸扼腕酸鼻，歎息而豔言之。當公之按豫章，余承乏豫章臬，得與公日相周旋，辱公氣誼之投，而國士遇我甚厚，至特具疏薦，其詞美而溢，非譾鮮之所敢當。及余量移，休沐里居，而公之訃忽至，於是爲位而哭，泫然不自知其涕之無從也。公爲人端毅開朗，吏事精敏絶人，讞獄平反往往出人意表。一切沉枉淹牘，片語剖晰，洞中情窾，老吏不得以深文周内，以是揭覆盆於天日者纍纍。即余之領湖東三郡，所平反大獄以十數，而不揣亦謬以一得佐公下風。其釋拲梏掉臂竟去，而呼天呼父母者聲殷於庭。又最留意於地方之名賢碩德，及采摭忠義節俠事，務闡其幽光。理學如金谿陸象山先生，其後裔陵夷，祠祀幾至乏絶，節烈如建武宋氏、張氏婦及七世同居之吴茂才，諸奇節瑰行，淪没於窮閻荒谷之中，咸爲表其閭若墓，捐帑賑恤之，又疏請次第予旌典。而湖東之士若民，翕然嚮風，謂二百餘年來惟公焯然稱采風使者。凡所興除，洒然與民更始，鉥謩石畫，未易殫述。案牘休暇，取《左》《穀》二傳，手自箋註，而巡歷所至，遇境輒詠大章短篇，皆雄渾可諷。人謂公負經濟才且大用，遼陽之役，蓋一時在事諸臣有味乎公之論遼事三疏，料敵若神，以爲虜已入公掌中。廷臣推擇如出一口，人咸爲公危，公憂喜不形，處之若固然，既得旨，單車就道。愛公者欲公且駐内地，決進止。公怫然謂：『身不履戎，行進止何可喻度？』於是疾馳至遼陽。當是時，遼陽事去矣，公雖嚙指恨，然已莫可誰何，姑陽拊諸降夷，而陰將攜貳其黨。及虜騎躝開原，勢如風雨驟至，公與經略中丞袁公登樓櫓而望，虜長驅將薄城下，飛塵蔽天。袁公謂公奉使命監諸軍，非有封疆畫守之責，且駢死何益，不如亟趨山海，督發援兵，庶幾萬一有濟。公不聽，而降夷開門納虜，賊臣李永芳先入，見公長軀偉貌，虬髯怒張，目烱烱如電，輒長跽請曰：『芳故嘗効力疆場，不幸有功不見録，以至於此。公能爲芳白寃狀，開更生路乎？』公笑曰：『朝廷何負若，遽甘心臣事大羊，若能諭彼酋悉返中國地，解辮請命，惑者其萬死幸一生耳。』因叱之去。時亂卒猶倉皇擁公登輿入署，諸生及老父數十輩泣而從公，冠服西向拜，南向拜，曰：『臣子七尺，生無以報君父，已矣。』從容引佩刀自決。時道路梗塞，京師戒嚴，羽書不以時至，公死再踰月，而督撫王公始具狀以聞。上爲嘉悼，下所司議恤典，立祠祀，額曰旌忠，晉秩太僕少卿，已更晉兵部尚書。蔭一子錦衣衛指揮使，世襲。父五典，時爲山東右布政使，召入爲太僕卿。諸所以爲公者亦云至矣。余感公知遇，恨不獲糧，走塞垣下，收公遺骼於青燐白艸中，以畢區區俯仰存没之誼。因述王中丞疏中語，及語人之所傳誦，聊紀其大略如此。若生平世系出處，其詳載之國史家乘，不具述。公諱銓，號見平，山西沁水縣人，甲辰進士。外史氏曰：『公殁而奴酋慕公忠義，於遼陽特爲祠祀公。』此得之公卿人言，當不誣。公噓虹揭日之氣，晶光激射，其足震讋彼酋，固宜。然公不獨以吞胡之氣勝也，居平熟察邊障夷險，及虜虚實情形，若指諸掌，所謂料敵若神，殆非虚語。假令公不遽死，或廷議蚤推擇，公於犁庭埽穴何難哉！奈何席未及暖，不得抒其前箸之百一，徒令一腔(熟)〔熱〕血洒之以殉國，公死無憾矣！謂國事何？此忠臣義士所以扼擥歎息而不能已也。

侍御星石許公傳

當公司理河間，而余以丙戌道滹沱，是時故邑令吴公爲景學博，相與投轄，爲信宿留。迨癸巳，余奉命轉餉，薄聊城，則公復爲其司理矣。郡齋蕭然，視河間甚，不欲久溷之，取間道趨闕里，登日觀周齊魯之墟。所至公循聲奕奕，因寓書問公司理作何狀，何以得此聲齊魯間。公謝不敏，居三載所，而公以侍御起家，余亦强出，待罪司馬，署長安，款段相過，靡間朝夕矣。夫余寧獨里姻櫛比，爲知公，遂不辭而爲公傳。公諱聞造，字長孺，號星石。其先自宋提督，五傳而爲明海州守懋，以誼槩著稱。又五傳，而爲封給事中滋，滋生相卿，爲禮科給事中，博雅介特，世所稱雲邨先生者，公父也。公生而給諫業六十餘，或謂是兒第足娱老耳，焉望其讀父書？乃公丱而私發給諫所藏莊、列、左、《國》、司馬氏言，讀之輒成誦，遂爲邑諸生，廪于學宫。十六而執給諫喪，毁擗如禮。伯兄既蚤世，里中豪眈眈公，謂許六乃不學，其從子娭。蓋兄子敦儉性長厚，不辨户外事，而久之，公益用然諾意氣傾其豪矣。敦儉齒長于公二紀，然嚴事公，燕居對妻子必曰：『季父成我。』公才足剸劇，諸不難以身任，于戚黨間頗著俠迹，然屈首不廢學，爲經生業甚奇，又治詩古文辭。其遊成均，所當皆天下知名士。若胡參知宗洵、李臨淮兄弟輩争折節下公，與杯酒唱和。丙子，周文恪公主留都試，得公文而異之，裒然推舉。凡四上公車不售，仰天歎曰：『河清難俟，奈何以雕蟲之伎困壯夫？』遂謁吏部選，得河間府推官。河間，畿内巖郡，又臺使者所寄耳目，而胥黠遑往得陰喝張威稜，間毛舉一二嘗公。公立杖遣之，務以寬大朗洞，與吏士更始，吏士即無不輸赤就公者。郡多勳戚貴家，狃而婾恣，吏不能長持三尺，公發其甚者寘之法，于是人人惴，相戒無觸强項理云。潞籓之國，所過疲于供，守以下咸錯愕。公曰：『王賢王，且三輔地，彼近習，寧不爲只尺威却顧耶？』弟飭廚傳，謹郵舍，旦暮發而道路闐如。衛坐軍乏，興卒羣而噪，守孱，乃閉閤，諉其事幕府。公亟走直指言狀，發它廪給之，遂定。攝郡符，獄蔪無寃，税蔪蔽額，於贖鍰羡金，惟恐或浼，藏吏從旁曰：『素也。』公笑：『亦自吾素。』公爲郡，前後剡以十餘薦，而會奉太孺人喪，歸。服除，補東昌郡，踞孔道，多四方姦宄蜉蝣其間。公嚴明，得吏畏，一時風裁鬱跂起。榷使者墨而殘郡諸生，以束薪扞網，公謂：『薪不責，税必責，税令侏儒不火食耶？』事聞當路，咸直公，而榷使者内自慚，以蜚語中公，如弗聞也者。公既兩更大郡報最，貤恩贈母陶太孺人，尋召拜貴州道御史。公故慷慨，喜言天下事，及爲御史，白簡無虚日，其諫止東封，條議兵餉，糾大司馬誤國與史官不稱職狀，皆言人所不敢言。而疏詞復雅馴，舉朝咸推服公。亡何，引疾歸，再出按甘肅。甘肅地苦寒，迫虜前，直指以疾去。張掖、酒泉之間，繡斧不經者兩年所矣。公謂玉關去神京萬里，九重聽睹不時入，藉令人擇便利，將民隱疇達，而國家亦安用耳目之臣爲？遂單車就道，遍歷諸陒塞，激揚吏士，宣布德意。至勘松山功罪，則人人謂天子明見萬里之外矣。時宵人煽虐焰，礦税日深，公拊膺太息，曰：『亂形成矣，釋此而東虞倭，西虞播，末也。』前後疏上，大略言：『臣巡按甘肅，由徐至淮千里，神河全身他徙。自梁入秦四千餘里，亢暘不雨。夫河之去來，時之旱潦，皆爲水患，而《洪範》五行，土爲金之母，金蒙土養，方能生雲霧而施雨澤。金爲土之子，金從水溢，方能出山下而成江河。陛下不郊不祀，不禘不嘗，雖不採金于山、採珠于淵，臣猶恐上下神祇弗歆弗顧，況乎傷殘土脈，淘汰金行，收雲雨之根氣而錮之深宫，汩江河之元精而歸之内庫哉？』又言：『臺省撫按諸臣之言，百言而百不聽，宦竪之言，百言而百不疑。是四海之威權歸之陛下，而陛下之威權又盡挈而歸之二三宦竪也。』其言甚峭厲，上心不能無動，命再疏，有所指摘，而汰級之命下矣。公爲諸生時，固已任俠，赴人之急甚于己。而自御史再出再歸，其自喜爲俠益甚，監司守令嚴重，君所覸弗當意，或面譙責。又時時爲親故白冤，抑寬徭役，其德者常八九，而旁睨竊覬有所謁，而公不能盡應者，不無少望，公殊弗屑也。邑醝獨劇西路，公采父老議，白之當事，以所得免庸調供，如齊民準課額之半，于是貧户蘇而富者亦免逋責累。顧生、徐生者，皆工八法，公與之遊，顧以他事繫蕭山獄，力出之。而徐生少年落魄，爲擇配生子。公氣豪不帖帖瑣細，而内行純備，于倫常尤篤。族煢窶，歲率干粟三鍾，擬倣希文氏娊義田而未就。母族居霅，多式微，生爲之贍，而死經紀其喪葬，不以太孺人存殁異也。公有五丈夫子，敦僖余倩，其它子姓婚字具狀中。

祝生曰：雲邨先生抗不仕之節，卧海上者垂四十年，迹先生生平似貞似介，而迹公生平似俠似通。然先生雍穆之化被閭黨，而公嚼然矜取予，疾惡如風，介與通兩者均未可以迹倪也。余觀公在公車，即有志天下，居謂異日者得爲縣官，用致俗文景奚難？及酒酣耳熱，把劒畫地，謂丈夫生不東赭瀚海，即北勒燕然山石耳。其不屑刺促雕蟲伎，誠自信有所用于世，非苟而已。乃隨遇隨躓，僅躋中壽，令公薄收敢言之名，而國家不獲覩開濟之實效，天乎人耶？

廣西按察司副使惺復朱公傳

余外王母朱於公爲姑姪。而公母贈太恭人祝，則余世父中憲公槐門女兄，於余亦爲姑姪。余既舅事公，而公乃過自挹，以中表弟余，余不受也。蓋公温然長者，白皙豐頤，詳視安步，不苟言笑。其爲諸生時，人目之曰：『此殆貴人耶？』公既捷南宫，余時待罪司馬署中，公入而隸事，出敝衣履，從兩蒼頭，蕭然環堵之室，人目之猶儒生。而及其述建昌職，便道歸里，敝衣履，從兩蒼頭，操一舴艋，人目之猶儒生耳。謁選爲令，得江陰，蓋江以南巖邑也。而一二貴勢占籍江陰者有所挾而虓。公至，以潔己拊民爲事，一切饔飧米鹽取自給，藏吏受代，致治儲額費，大恚，面赤訶去之。已度無所寘，則以散諸闤闠，需異日供，而其直一聽之闤闠矣。其勵冰蘖，孳孳亟民瘼，僅半載所，而江陰之民戴之若赤子之就哺。然以不能善事一二貴勢，用蜚語聞當路，竟罹御史白簡。然亦僅能拾公寬大之迹文致之，以爲疏濶，而終不能以苞苴一字點公。銓曹業知公而難御史，遂改令長葛。長葛雖號易治，然隸大梁都會，而公更不以遷人悒悒，其潔己拊民猶江陰而尤加毖兢，如酌徵納，平交兑，廣賑恤，撫流亡，弭盜賊，無不犁然具舉。而又間行阡陌，見道多曠土，民有遺力，則屬鄉三老教以三吴桑麻灌溉之法，甌脱乃盡爲腴壤矣。

長葛治行遂爲中土循良冠。前後治河大臣、中丞、臺直指使薦剡凡十餘上，擢南京刑部主事，尋陞郎中。公念留都重地，四方氓賈所輻輳，往往囂而輕犯法，且重以胥人牢騷之，未可盡繩之以尺一。凡所平反大獄，務衷於情法，諸宦留都者即無不稱公識大體云。公爲郎凡四載，會建昌守缺，難其人，以公名上，報可。公甫涖建昌，遉得郡巨猾黄惟昱、湯于光等若干人婪暴恣睢諸不法狀，咸寘諸理，闔郡稱快。改郡藏以便洞察，固牝鑰，時出納，吏胥不得因緣爲奸。益藩自諸王孫而下，未藉廩者多冒濫，而胥徒餼給亦影射百出，至合屬歲輸，郡金錢守藏吏留難，横索無已，公一切剔刷之殆盡。學宫傾圮，飭而新之，而繕城隍，葺獄舍，皆括鍰金，不足，推俸以佐。而又集郡髫髦士月再試之，品第甲乙，以示嚮方，士習翕然丕變。公爲郡大要依于仁恕，間有發摘，未常不神明稱，當事者列公治狀，有云：『寬于容衆而不寬于御衆，嚴于持法而不嚴于行法。』兩言足爲公生平當官實録矣。先是，公以長葛最，贈父一卿，母祝矣，至是乃晉公中憲大夫，母太恭人、配董氏封恭人云。既入覲，抵郡，越月而陞廣西按察司副使，抵家旬日病卒矣。

外史氏曰：余觀于公，而知人間機智之無所用也。公爲諸生，未嘗挾册而私于有司，然卒用經術，鄉會聯得雋。去宦途落落于要津，無寒暄尺一之問，然卒用治術，典雄郡以至憲臬。余謂公既貴，猶儒生，非有所矯也。公自率其真坦夷亮之性，非有所矯而爲之，即欲矯而不爲之不可得也。公生平無他好，顧獨好奕，然公生平石交，亦獨許心園，兩人遇輒奕，奕輒竟日夜不休。余嘗聞同年王次公云，一日入見方伯某公，迎謂曰：『昨聞朱惺復訃，而不覺慟也，世無若人矣。』夫以公生平鮮懒暱之交，没而令人追悼，以爲不可復得，可以觀公矣。

詒美堂集卷之十九

海堧祝以豳耳劉著

傳

虎丘悟宗禪師傳

悟宗禪師名慧惺，悟宗其號也，俗姓畢氏。齠年出家于虎丘山寺，會晒《大藏》諸經，得《寶積經》，讀之盡百卷，慨然發憤，以佛果爲必可証。其師澄公，洎二三僧徒，日爲治生計，而蘇俗緇流市酤以爲常，師不得已偕衆之海虞，市不二價，遠近歸之，息頗贏。一日辰起，坐肆中，有行脚老衲乞錢十二文作齋供，師予其半，及午無予者，師如數足之。已而老衲至肆，見罍雜(沓)〔沓〕，麯櫱熏灼，大呼阿彌陀佛，至涕泗交下，且泣且呼，如是者數十聲，逡巡而去。師是時不覺悔悟，錯愕失聲，叫絶仆地。師有兄在肆，遽掖之起。師亟趨於慧日寺前追及之，師稽首搶地，涕泣號呼曰：『大師何以度我？』衲曰：『爾辦此，一片勇進心亦大難得。』師復稽首：『願得少住，容某略一經紀肆中事，毋以逋責爲儕輩累，即隨行脚去矣。』衲曰：『我一生行脚無伴侣，汝只自脩自省，自參自証，我行矣，無多言。』師再拜，問姓名及挂搭處，以俟異日參尋。曰：『我雲水乞食，有何姓名、挂搭處可言。汝只自修自省，自參自証可也。』師知不可留，即從所識稱貸金錢若干爲壽，衲固辭，師固進，於是取金之最小者一錢十餘竟去。師歸，悉弃舊業，苦行熏修，南走天目、天台，西走九華、匡廬，一時名宿，如無礙、無際、雪浪諸人無不爲師印可。而師機鋒迅捷，言下承當，諸名宿亦無不驚嘆，以爲法器今世無兩。然師之岐嶇跋踄，意實主於前之老衲，以爲庶幾旦暮遇之，果邂逅於匡廬五老峰頭，相見悲喜交集，始知爲西竺國善多那。師覺其日用四威儀頗有神異，徐叩之，曰：『此準提呪力也。』師曰：『世人亦多持此呪，何得力者少？』曰：『第爲世人太聰明。』師曰：『聰明何反不得？』曰：『世人一味機智，有甚聰明，爾但洗心齋戒，持呪百萬，不獲靈通如來，神呪即爲妄語。且爾今發願持呪，已見灾迍潛釋，至於得力，爾豈自知？』師稽首，遂以神呪授師，與《大藏經》中小異，更直捷易持，今呪略已刻行世矣。師從遊八十餘日，最後得指示密諦而歸，於是掩關不出，閱二《藏經》至萬餘卷，手寫《華嚴》及《行願》諸品各若干卷，晝夜精勤，不出關者凡十有八年，遂圓貫通徹，摽示一看以爲宗旨，謂當體全空，觸事而真，無邊妙義，一時融盡。所著有《一看關集》三十餘種，刊布者僅《心經測引》《蒲團感念》數則，餘庋之龕中。戊申夏，雷雨大作，崖石裂墮，師時默坐龕中，併龕徙去數丈，沙石擁師，四大無恙也。嗣是出關，以户庭爲限，近復以二山門爲限，僧臘已望六，而步履便捷如少壯一布衲，無以異于諸儕輩。無論豎騃庸緇，無不稱悟祖師，亦無不煦然接之，一切都忘爾我崕岸。薦紳先生若髦士時時就師，有所叩，師一二語破的中窾，輒極意去。戊午夏，余以行役避暑虎丘，得與師周旋者旬日餘，每下舂，便岍幘羽扇，納涼萬松下，與師各踞一石坐。余於禪悦鮮所解，偶一問難，師觸之如瀉懸河，余時時惝怳自失也。既得師所撰《點頭石》六偈和之，師曰：『若所謂口頭禪，於實體真悟尚隔。』而余以行役期迫，傯遽言別，因據師所自述生平本末，及余一時周旋所得於覿見者，識之如此。兹行當遂乞身長弃軒冕，求所爲實體真悟者，不然點頭石行且笑我。

祝子曰：近世緇宿如達觀、密藏輩，豈不稱聰穎辯博，然不勝人我揀擇之相，至於吐弃名教、抹摋今古者，又幾於無忌憚矣。彼徒見世之庸緇瞶瞶，以爲世人盡不如我，而學士大夫借以爲名高者，復不憚俯首下之。不知宇宙甚大，聰明穎捷者甚多，未可以能繙三乘六宗語，便謂世人憒憒，而真以爲學士大夫亦盡不如我，而恣其貢高無忌憚之心也。達摩面壁九年，惠能不識一字，奈何以辯博驕人？辯博驕人，在學士大夫不可，而况披忍辱鎧者乎？修出世闍業闇然日章，惟吾雲棲蓮老，然亦無奈學士大夫之借以爲名高，過爲尊禮，於是緇素輩奉之，遂如釋迦住世，而一片真實平等心，卒無奈蓮老之蕩無町畦何也。今悟宗禪師，其博綜穎敏不遜達觀諸人，而真實平等心又絶似蓮老。然蓮老僧臘既高，參閲復廣，晚年見解彌精，而收視返聽，退藏于密。若悟師者，假我數年，不知於蓮老何如也。近世如憨山者，是一無髪宰官、經世比丘，自當別論。

馬節婦生傳

余不佞雅好譚説古今節烈事，比宦豫章，豫章故節義之鄉，風尚所激，閭巷女媪多以節自砥。不佞爲采其跡最幽、行最瑰奇者表著之，業次第受旌，又爲之紀其事以傳。而況近在里閈周親，内行純備，如比部許君同生其女兄馬節婦者，是安可無紀？許爲邑望族，節婦王母即不佞從姑，而侍御愚齋董公，其外王父也。節婦雖家世華胄乎，然自其王父以來，耑業儒，不辨治生，又困什一。節婦以世胄女，習蔬布，恬如也，而性聰慧，幼讀《内則》《女訓》諸書，過目輒不忘，人謂邑復有朱静庵。至女紅敏紗，鬭薛夜來伯仲矣，以是父母昆季而下，無不人人憐愛之。年十九，歸諸生馬鍾英。歸五年，而諸生夭，一子生纔二十日，節婦矢志茹荼苦百端，以迄於今，蓋三十三年往矣。節婦忍一死存孤，痛不得從地下，則奉夫君遺容，朝夕焚香供之，新必薦，事必告。又輯其生平手澤一函，時繙閲如面對，復題其楮，有『淚徹九泉』等語。比部私識之，即孤不以輕示也。翁令綦江數千里，姑從之，節婦孑然里中，目幾斷。會播酋掠綦江，城陷，節婦聞而悲惋欲絶，計無復之，惟拜禱武安王像，願以身代。已而，翁姑瀕九死鋒鏑中，得生入里門，人謂是節孝所格。節婦既與叔氏勉當翁姑大事，而孤壯有室，能孝事節婦，病輒嘗藥以進，輒却匕曰：『未亡人何生之戀，而以煩若？』於是母子姑婦相持而泣，且相慰勞，聞者感動，斥機杼之羨，搆一亭名『十香』，供觀音大士，日持準提咒及誦《金剛經》，并奉夫君遺容，事死如生，蓋三十三年一日云。比部君敘次節婦於二親昆季，備極孝友，疾痛喘息皆與通，何論筐篋長物，其感慨於今昔存没之間，一字一酸楚。夫矢節存孤，大誼炳炳，婦順章矣，不具述。

外史氏曰：余讀節婦《十香誦》《思親記》而悲之。其於生成源本，一切願力所托，可爲婉切沈痛矣。是秉懿至性所鬱勃，文生於情，不獨徵敏慧也，紀之以芬耀彤管，奚愧焉？

詒美堂集卷之二十

海堧祝以豳耳劉著

祭　文

祭參知王新盤同年文

於虖，屈指同藉，惟江左右相，頡頏而後先，吴稱竹箭。如豳者，樸不足數，而論材豫章，實惟翁爲梓杞與楩柟。蓋翁出臨武之門，實爲喆匠之所驚顧而冥探，韻方颷而並謖，度比隸以齊醃，絢熳者斯德囿，浩漾者其文瀾，程品爲一時之琬琰，建樹尤騄駬之空凡。當含香於粉署，洵水部之清妍。彼四民之與地利，若周官之所素諳。秉人倫之衡鑒，别緼露於琨珹。俾西士之燁燁，奚啻起蠶叢魚鳧八代之衰殘。點蒼抱珥，遐麼禹服，自參知之來斯，而惠愛至今左袵推結以俱嚮。此皆海内知翁之大都，而猶未竟其中之所湛涵。欒白雲而入帝鄉，何天意之孔傀，嗟幻世之浮沈。三十餘年來，按譜牒而躅踟，强半已化爲異物而不可攀。在天涯且爲憑弔，況忝屬橐兹土而能已於涕之潸潸。覩鳳毛之五采，實王氏觸目之琅玕，食有餘未盡之報，恢乎疏流而大其源，以此問翁于幽扃，雖羞溪毛于澗芷，其亦來格之姍姍也夫。於虖尚饗。

祭孝廉印洲沈丈文

於乎，世固有泡影難堅之形，不至如公之死。世固有恠駭非常之值，不至如公之所以處死。世固有趄趥未定之天，不至如公之不可死而死。聞訃之日，徬徨歎駭，而公竟死矣。余少之時，與公昆季，異姓同氣，並驅詞埸，漭執牛耳，後先成名，鳳毛麟趾。咸謂公食給諫之餘未艾，給諫猶不坳也。季坳而公在，季猶不坳也，而公竟死矣。於乎，季之藐孤，實爲余倩。今年春，以公尺素來，娓娓百餘言，力詆世眼之久塗，詫梧臺之逆售，意氣憑凌，欲無千古，乃今之死，胡爲哉！給諫之澤屯鬱待疏，而長公抱璞未偶，季公俛吐輒收，惟沈千鈞。惟公七尺即修文需次，迫欲得公。奈何以人間未了之身，遽厭人間世哉！公天性孝友，今所輾轉于庭幃骨肉之間，其沈荼摯痛，余不能悉，不忍言，特以三世交情、百年姻誼而私爲悲公，且質公于九原其何說，而處此爲三生去來，猶屈伸臂，即泡影非疾歟？至人度世，簸弄玄冥，即幻恠亦常歟？著作登壇，聲華照乘，大年不朽，孰在孰亡，即天亦未始不定歟？無繇以質公，聊哭公而慰公于九原如此。於乎尚饗。

祭石菴郭親翁文

余丱而獲締姻好於公，公時爲典客長安，貴矣，而性温易，無町岸，淵然名家碩德，一時薦紳先生靡不樂附公。余才弱冠，而公謝典客歸，辱不余少，而時進余于顔行，杯酒雅語，丙夜不勌也。余既浮沈中外垂十年所，余老且勌遊矣，而公髮加白，而貌加腴，骨加臞，而神加王。余疑公殆古伯陽、偓佺者流，當祛三彭，行地不死。年來，一輕舠，茶鐺藥裹，出没鴛湖杳靄中以爲常。比歿，若舁，左右鬟竪不知何疾何苦。余又疑公殆古稚川、次仲者流，乘化委蜕，而未嘗死耶。以公之醇德壽考，而子若孫翩翩翔樹，世其家，造物所以爲公足矣，可無悲矣。然余謬托肺腑，寔知公微。公子若孫即翩翩，而逝者不逮公，來者公又不逮，公或者有齎衷焉。而余姊氏不幸不獲椎布操作，長事君子，鼇承兩尊章大事，余蓋猶有隱痛焉。斯不自知其涕之無從，而辭之不能竟也。至於壽考福澤，造物所以爲公足矣，可無悲矣。尚饗。

祭羅匡湖給諫文

於乎，余與公別三十年而復合，合僅一年所而公遽厭世，遂成千古長別也。傷哉傷哉。當公拜禮垣未暖席，以建儲議忤權貴，奪職歸，卧吉水者三十年。天下高公之誼，望若威鳳祥麟，旦夕冀其復出，乃啓事輒上輒報聞，而公竟老且死矣。余之入豫章以丙辰冬，公扁舟逆余龍沙江上，執手相訝，頭顱幸各且亡恙。公雖髮毿毿變而朱顔若童，把酒慰勞，道三十年前事，真如夢寐。自是余日困簿書，公日以營梵刹，作辛苦頭陀行，然言論時接，頗不落寞。丁巳秋，余嘗一登公堂，齋廚蕭然，猶命酒擊鮮，潔滫髓相餉，余甚愧公意，爲信宿留。是時，公神明甚王，談笑竟日不倦。明年，余徙建武，辱公惠然枉駕，相與載酒入麻姑山，公躡石磴若飛鳥，余不能從，私謂所攜客，公百歲當未艾。又明年，余以行役再之官，遣訊相聞，知公方卧病，更得所以病狀，心怦怦竊憂之。居無何，而公訃至矣。於乎，公於用世有大志，於擔任世道吾道有大力，豁達伉慨，意不可一世，而用不志酬，功不力副，天其可問乎哉！公嘗謂余，忠義之士，其骨入地當千年不朽。今公嘘虹之氣，與埋香之骨，即鳳巖争高，文水争長，更千百禩不朽也。公其猶有所慊而未釋者耶？抑乘化委運，一無芥蔕於死生之際耶？公邇年心力强半役之玄潭，九原有知，夗夗當依於此，庶幾得從太史問道、真人受訣。於區區塵世泡影，亦何所不釋？獨愧余三十餘年離合鄭重若此，而忽焉等之值萍，委之流電，歲暮凄其，瀟江茫茫，余負知己矣，余負知己矣。

祭修撰楊楚亭座主文

嗚呼，赤堇蟠雲，滄溟浴日。宇宙摶靈，東南立壁。是生偉人，爲國柱石。惟師之生，實出華胄。耆卿碩彦，蟬聯羽簉。俾盛而傳，師難乎後。早歲奮迹，掞藻青藜。雄章大篇，爾雅恢奇。走大曆轍，奪西京麾。坦衷洞腹，濶步高視。酒酣慷慨，多所臧否。彼絳灌儔，寧屑與齒。忌者側目，讒夫反脣。遽厭承明，弭節八閩。師若固有，等之一嚬。粤嶠秦隴，再命秉鐸。師念母老，旋起旋却。母既考終，夷猶淡漠。嗚呼，人之知師，跌宕杯酒。而不知師，圓左方右。

人之知師，剛腸果毅。而不知師，憂國忿世。人之知師，脱屣榮秩。而不知師，庭闈愛日。合劒一編，璧聯珠瀉。入咽流芬，在笥光夜。庶幾賜環，講帷重借。胡劒未合，忽焉劒化。嗚呼，劒即云化，晶光燭天。化爲長虹，合爲大年。彼金馬門，詎乏華顛。九列百歲，何殊電烟。師當首肯，爲我听然。於乎尚饗。

祭君壽伯兄學博文

自同祖而下，兄弟凡十人，而兄最長。兄生而蚤穎，甫弱冠而應有司試，其文詞春容而駘蕩。歲戊午，先君子奉使歸，而兄以秋試入武林，爲譚説經術，曰：『惟吾衣鉢，爾其嗣響。』易三《禮》而《麟經》，兄以其無師之智而闢草莽，一再試而廪於官。閭左之彦争執贄而遊於函丈。乃十四試而數奇，嗟，竟漏于彌天之網。嗚呼，兄早穎而不自恃宜售，績學而攻苦不休宜售，醇謹恬穆、無疾語躁容宜售，一廣文豈足以酬兄？而竟止此也。且遇不償畜宜壽，享不配德宜壽，事不人先、用不天殄宜壽，而竟止此也。余弱冠而從兄于諸生間，才不逮兄遠甚，竟先兄而鳴。及余請急謝事歸，兄以明經而褰帷于皖城，所得周旋者僅諸生之十禩，而天涯相望者寒暑且二十餘更。百年幾何？往往顧齒髮而相驚，染水足老，余意欲泥兄之行而重發言。兄察余意，謂一命而上，君寵是沾，治裝决去。長江挂帆，鱘鬣侑苜，夫豈素飡。今年季夏，忽走健屩，函封乍啟，光彩的爍，徵文壽余。太史公作余書報兄，敬爲兄釂，兄期百年，共此林壑，胡余方剖鯉于三江，而兄已騎鯨于六幕耶？嗚呼傷哉。師儒不爲不貴，七十不爲不壽，先伯父洎先君子所倚望而亟賞者不爲不驗。第世失醇儒，鄉失表正，家失督老，後生失模楷，而舉族失典刑，則余之所爲顧影孑孑，而不自知其涕之無從者也。嗚呼尚饗。

祭比部心齋弟文

於乎痛哉。弟有不宜死者三，有不可死者三，而竟死也。弟自虛齋翁以來，所濬溉深不宜死，寬和有純行不宜死，澹汩善攝生不宜死，而竟死也。弟有老親不可死，有幼子不可死，位未滿德、施不究用不可死，而竟死也。於乎痛哉。憶余與弟，歲在癸未。各矜國工，同偕計吏。金臺蹇蹇，收骨遺驥。旅屋篝燈，搔背相慰。亡何後先，並掇一第。巧謝炙輠，迹匪善麗。惟茲拙宦，實難兄弟。庶幾清白，無忝先世。庶幾衰宗，左衿右袖。而今已矣，於乎痛哉。余領粵節，若亦晝錦。天涯同歸，良亦厚幸。昆季醵驩，逐至夜丙。及余薄遊嶺表者垂二載，而以捧賀之役取道白下。貰酒秦淮，離悰待寫。弟用考績，先期秣馬。甫及燕京，弟竟余捨。於乎痛哉。弟少余一歲，余從萬里瘴鄉，幸而生還。顧余頭顱，二毛已斑。孑影凄其，誰與留連？風塵世路，擬竟抽簪。啜菽飲水，可以承歡。弟有子弟，扶待太君，恬愉百年，將所謂不宜死與不可死者，一切等之爝火電煙，於乎！

謝雨文

惟神式靈，洪崖漢渚。片詞甫申，三日而雨。守則何修，惟神之庥。民亦何德，惟神之錫。士女解頤，蒼黔鼓腹。鼓腹云何？謂天雨粟。雨之方來，其潤如酥。禾黍芃芃，立起厥枯。雨之繼至，其沛若瀉。禾黍蓁蓁，青易其赭。繇今以往，六七八月。及時爲霖，塊膏渠潏。大慰有秋，粒米狼戾。守與士民，共拜神勷。簡在帝心，神益焜赫。守與士民，世奉亡斁。

道署新刱土神祠告文

惟神職司后土，克配穹旻。厥司孔嘉，秩祀久湮。湮不可恒，有其舉之。闢疆妥靈，爰度爰咨。神所托止，巽巳生氣。歲月伊何，今上己未。官常國憲，吏治民風。神咸相之，以永郅隆。

祭孝廉環洲沈丈文

嗚呼君死，妄耶信耶？今年春，君當偕計吏，待對公車，余爲地方緩急，留不獲修覲事，則走一介燕京，爲書致君，大略謂君茲行，名不擅天下，紙不貴洛陽，不但君意氣不能平，余亦爲君弗許。蓋君妙才篤養，余實從諸生中素辟易云。乃發書之十日，而蒼頭至自家，知君以前月日坳矣。嗚呼傷哉。君家故給諫與先中憲聯藉兄弟，稱莫逆。先中憲靡留之夕，以六尺孤屬給諫也，迄今二十有八年。給諫坳，而余於君家二三兄弟更稱莫逆也。丙戌之秋，余被命歸里，君不鄙夷，申先世之誼，約以兒女子爲兄弟，昔管鮑交契而不必姻聯，朱陳締好而無關友誼。若君與余，兩世金蘭，而百年肺腑，于人世有幾哉？奈何不聞訃傷蠹泫然雪涕之無從也。且給諫位不滿望，年不配德，庶幾哉取償於君。而君總角知名，英年穎發，宜其憑淩恃氣，乃温然過自抑損，識者即靡不望而器之。玆兩者皆非所以死君，而竟止此。嗚呼傷哉。君死，信耶妄耶？憶先中憲屬給諫時，煢煢藐諸孤越在數千里外，惟給諫之受托也，指其心。今君及君之胤子亦越在數千里外，惟余之所可對君兩世純誼者，亦指其心。君其鑒之歆之，嗚呼傷哉。尚饗。

祭慕蘧封君文

於乎，璇房縹渺，七十二隩。金嶼濚洄，亘三十六。宇宙吐吞，今古渟毓。琄璣翡翠，竭當清淑。是生喆人，杜德韞璞。腹笥羣籍，口鐸諸髦。化雨灘渺，慚於玉窖。將母來歸，遺榮寄傲。適覯侍御，霧騰文豹。侍御持斧，再按楚閫。氷留吏膽，春返民顰。譬彼浦劒，翁淬厥鐔。譬彼江流，在翁惟岷。憶歲癸巳，侍御晝繡。聊綴韻語，以爲翁壽。壽翁慕蘧，於蘧無疚。拜引南州，翁豈其後！去巳而亥，余乃客粵。案牘錮形，闈問猶門。云胡萬古，竟成奄忽。黄髮長辭，玄冥疇詰？於乎，億劫夢幻，大塊逆旅。不去者存，不晦者斐。侍御勛名，方來未已。麟玉虬錦，泉扃侍韡。彼五嶺三州、阿耨夜樂之間，翁之神無所不翩翩而栩栩。倘斯言之得當，必且馮虛御風，而歆余一匕。於乎尚饗。

祭姚封君文

嗚呼，翁於余爲肺腑姻，然眉宇未及接而謦欬未及承也。兒元每一謁翁，歸即津津翁純懿不倦。蓋翁之抱真而處，若太璞重呂，而即之則秋水澹而晴雲流。翁之比義而行，若岳峙壁立，而久之則條風盉而春陽抽。翁之借奬後進，陶育子弟，煦濡猶不及，而中有耿焉，若浼之介。翁之繩架六戚，刀尺四封，疑淅栗而難犯，而實則溟涵谷納，夷然而與造物者遊。當令子銀臺公珥筆承明，言動著蔡，天下望之以爲九苞八璉。自非嶽宗千仞，河源萬里，其孰爲毓而興之？上既再以子之貴貴翁，朱紱緑鬣，與朝貴等，而田父樵叟之徃還，不以倨見也。五湖以南，三泖以北，山可登，水可釣，名園别墅，無不遊汗漫也。身不煩奸黯蹩躃而鳴瑟跕屣，侏儒俳優之奉未嘗遠也。耳不聞理亂黜陟，而煩絃急管，遏行雲而動粱塵者，不輟聽也。手不持籌筭，口不問生產，而鄆官譚倩魚龍曼衍之技，未嘗不遞薦也。而翁之叔子業成進士，餘皆翩翩鳳毛，蔚政未艾。天之與善不於其身，於其子孫。然子未必賢，賢未必貴，賢未必名世，貴未必領黄扉、紆墨綬者繩繩。又或晚達不蚤貴，不及親之存。而翁年既望八，步履益健，精神彌王，稚齒修娥，充盈後庭，曰：『吾當老是鄉。』夫以人世諸福備所難致，是鄉信足老矣。當翁之疾也，銀臺公方在燕邸，王事靡盬，不皇將父，一日忽心動，請急歸，得侍湯藥且旬餘，得用其致愛致恪之心，以無憾于大事。咸謂翁厚德格天，無所不食報。余從白下得翁訃，爰采江蘺，侑以淮醑，而以翁所爲得全全昌者，以諗翁而慰翁。夫極生之樂者，忘死之哀，翁得無有栩栩長遊，衎衎來萞者乎。尚饗。

祭念劬陶親家文

嗚呼，憶曩太親家瀛門公在燕邸，余得交傾蓋而接杯酒也，蕭丈徵君實介紹焉。後若干年，而蕭丈更以翁命請締姻，余追瀛門公夙昔之誼，遂相忘于齊大之非偶。乃今兩姓子女甫及結褵，而翁胡以托之無何有耶？瀛門公俶儻，饒經濟才，雖仕不甚達，歸而爲政於家，而族屬姻黨間咸推鄉祭酒。翁獨以坦厚醇謹承之，人有緩急，不難指廩應也。周親煢獨，不悋分甘予也。遇機械覺之，而不忍以億逆也。當橫逆茹之，而不欲以智力角人我勝也。於歲入不必取盈，而於公家役則必任所繁重也。於是閭右翕然得長厚名，而長厚之澤亦徧於閭右。即先世業幾挫其半，而翁之精力亦以拮据而耗。病在心腹，而翁猶拮据自如。夫德與福俱，仁與壽偶。以翁沈靜寡嗜欲宜壽，寬大無纖介宜壽，仁心爲質、推予不勌宜壽，而竟止是耶？物理悠悠，造化茫茫，無忱于於彼蒼矣。翁有賢嗣三，余婿最少，今且弱冠。先世業雖日挫，而翁之畜德行仁，所培養滋多。先世澤且日引而日長，後必有振瀛門公之業而大之者，翁可以僊僊乎遊夜臺而徜徉矣。汎洒崇殽侑詞慰翁，庶幾其或來而蹌蹌矣乎。嗚呼尚饗。

祭譚凡同文

嗚呼，公於余締交以來，中問唁公之太公若太君，已復遘淑媛之戚，乃今而復以哭公也。嗚呼，公孝友敦至、正直忠信宜壽，仁心爲質、條風煦人宜壽，豐頤便腹、詳視安步宜壽，而胡遽止是耶？自公以文章爲浙士冠，才名噪宇内，兩宰大邑，所在去思，秉鐸八閩，實惟才藪。公冰鑑無私，所得皆一時知名士，至今清議猶謂安得明且公如譚使君之督閩學政者，令天下共衿式之，一時見推若鼎彝瓊玖，其重如此。登萊之役，實以才望簡公，念畿輔吭背重區，兵食駢寄，於是精白乃心，手畫腹計，當事者無不首推轂公，而公心血肉耗矣，猶經理綜核不少勌，會以事入臺謁，竟卒于濟南公署。嗚呼，公所謂王臣蹇蹇、鞠躬盡瘁者，非耶？令稍緩公以歲月，建東諸侯之節鉞，綢繆彈壓，大可以繫奴酋之頸項，亦可以聲榆關之觭角，壯神京之儲胥，而今竟已矣。寧第爲戚黨痛摧典刑，真足爲社稷疆場悲失股肱干城也已。余猶憶曩者，起家北上，辱公走扁舟，杉青道，蓬窻數語，語皆肝膈，迄今思之，恍如昨日。而孰意此數語者，竟成千古永訣乎哉？公蘭玉充庭，二難已奏賢書行，且儲當代黼黻珪璋之用，將箕裘百世之澤、疆場百世之勛，皆公之壽，又何必修短之數，有遺憾于造物。嗚呼，公家世有隱德，而公獨以文章顯，公稱文章之士，而又獨以疆埸幹濟之用顯，豪杰信不可測，而又何必以脩短之數，强測之於造物。岱雲嵯峩，登海瀰茫，公神可馮遊乎故鄉。不腆卮言以告公，其亦爲之來格，而洋洋矣乎。尚饗。

祭貢士陳涵初文

於乎，惟公博雅蘊藉，含經咀史，發爲雄文，河奔霞綺，囊括宇宙，而意不可一世士。歲在丁丑，就試有司。側弁豎毫，咄咄恢奇。遂冠青衿，咸推白眉。余時挾策，亦濫稱首。傾蓋語合，肝膽各剖。并晷共膏，探珠握玖。余愧先鳴，公安故步。伏櫪長號，擊壺自怒。晚乃見收，美疢忽妬。及余辭紱，時登公堂。嗟吭澁而趾蹇，猶視高而氣颺。余笑謂公，髮短心長。縣官憐才，薦以冠服。俛而不屑，向余嚬蹙。曰豈内慚，將爲子恧。余前㦤公，無或輕視。無論輸粟，及鑽故紙。齷齪趦趄，未易博此。公爲首肯，亦復色喜。曾未浹辰，遽報靡留。珠淵采沉，劍匣芒收。河清難俟，造物焉讐。於乎，公年望七，無惋駛矣。樂泌衡門，冠服被矣。庭蘭一枝，非乏嗣矣。負郭歲入，無憂匱矣。惟是博識雄文，一世無足入其眥，胡當右文之世而坐自棄，令後死者曷軌而曷跂。余所爲悲，悲公之志。

祭方邑侯太公文

嗚呼，崐崿洋渟，奇含秀抶。誕毓我翁，地靈人傑。以篤厥祥，佑啓君侯。究翁之施，爲民之庥。翁才紫鍔，宜蚤騫騰。有其需之，聲光益肱。翁德素琚，冲夷豈弟。有其布之，厥德乃曁。翁挾修鱗，侯振飛翰。噓雲承日，溟徙風摶。帝念海壖，下民其咨。侯氏樂胥，翁寔詒之。訓敏教惠，周浹旁皇。侯善其貸，翁取其償。嗟魃太甚，侯躬露禱。一雨三日，立蘇萎槁。禦人于途，探赤白丸。殲厥渠魁，夜户乃恬。鹵畦善潰，疏渠引浥。侯澤與深，翁波之及。釁官飭新，以進多士。文治彬彬，家學有自。惟邑四履，壽域春臺。天貺我翁，齒鯢背鮐。民何無辰，翁不憖留。吾民嗷嗷，彼蒼悠悠。翁來就養，歡呼枳道。如捋翁鬚，如熟翁貌。翁今何去，蹙頞相告。敚我典型，疇怙疇冒。海署秋空，江城晝翳。扶搴黄白，涂悲巷悽。某等編户稱氓，倚翁大父。辱交偃室，望翁儀羽。居平爲頌，頌翁百年。百年旦暮，期翁慶綿。循猷尚鬱，貤典未揚。庶幾異日，丹璽黄腸。薄言慰薦，崇殺湛酯。片月吴天，儵然遐舉。尚饗。

詒美堂集卷之二十一

海堧祝以豳耳劉著

祭文

祭陸象山先生文

嗚呼先生，天挺人豪。當其舞象，神識冥超。窮天地際，解今古弢。默則成象，語乃成爻。先立其大，盡刊枝葉。此心此理，靡全靡缺。六經註我，我復奚説。訓詁詞章，紅爐點雪。自南自北，自西自東。有聖人生，曰無不同。先覺覺後，雲附響從。如風鼓橐，以莛叩鍾。五議之陳，一時訏謨。出知荆門，德化覃敷。胥史兢義，民酣太和。施不究用，景鍾是摩。先生之學，特嚴義利。砭膏刺(肓)〔肓〕，聞者汗涕。紫陽首肯，上下其議。昭哉白鹿，貞珉永誌。先生之學，平易切實。終日終夜，不寢不食。沈涵熟復，惟精惟一。禪那苦空，爝火擬日。先生之學，直接孟氏。廣居正位，大道斯履。非由外鑠，充之即是。千五百年，靈鈺正璽。有山東峙，𩇯如象形。伊誰居之，象山先生。蕙林冰簾，攬勝自名。峻絶光瑩，莫之與京。遊先生鄉，均切仰止。既新棹楔，亦備黍秬。直指經營，中丞藻黼。凡百職事，相與鼓舞。箕裘生潤，靈爽若臨。汎酒崇肴，以薦明禋。未墜者文，不晦者心。九淙五嶨，增高與深。

祭吴母一品夫人文

於惟太夫人，毓精竇婺，攬采瓊嬋。德侔徽在，智晰未紘。儲貞淑于向孟，備婉嫕於后宣。惟伉儷雍穆，默彰大順。夫斯珪璋奇挺，佑啓乎季延。蘭茁叢生者五秀，采苞吐奮於英年。然八珍五鼎，紫泥緑螯，鶴禁鼇圃，修篁皓鵠，均未足侈太夫人之懿爍。獨其論思東觀，典禮南宫，木天壓視，丱之班行，棘地攬空，羣之蹀跌，而且也十年一衮，躬秉素約，讓賢推能，奬善隱惡，而後知太夫人仁孝慈儉之所熏洽。彼時事相將而揆地，伸惟寅之節，天子鑒不二之心，中外且謂廟儀之有歸，而國成之有托。迨乞身之疏屢上，而忠臣孝子自求兩端之不怍。無何太夫人之訃聞，而宸眷難留，綏紳助悼，金鏞玉鑑之色，乃愈彂而愈爍。非太夫人式穀芳規，母儀天下，而何以禄位名壽，與天壤而相薄也。嗚呼，華蓋摧峯，竇唐咽流。太夫人方偕九華、雙成、玄妃、麻姑而遊天下，悲母儀之胡不百歲，而相業之將大而收。豳承乏兹土，且辱世誼，不腆生芻，爲炙與絮。玉京閬風之間，鸞軿其爲之少駐也耶？嗚呼。

祭陳太夫人文

嗚呼，夫人以慈孝温恭著於里閈，爲里閈之婦若母則，即里閈之人無不能言之者。惟是我師之念韓太夫人春秋高，掛惠文冠，疏請歸養也，夫人實慫慂焉。我師既歸養太夫人，家食者垂十五載，凡所爲承太夫人斑綵驩者，極志體之娱，而夫人實左右焉。太夫人年且望百，嚬笑謦欬，師先太夫人之意而承，而夫人又先師之意而承，若晨問寢，春問食，疴疢啓處問拊摩，師後太夫人而息，而夫人又後師而息，蓋十五年一日也。師壯始有嗣，夫人推小星之誼，躬襁褓而督教之。師既起家視漕河，已晉冏卿，夫人獨留家，課嗣君讀，謹司筦鑰，飭臧獲，勾盈縮，以母勤師於内。顧師負公輔望，朝野仰若琳球，旦夕不中，執法必秉銓樞，駸駸當大用。而嗣君亦以業成，而受知於有司，褎然爲青衿冠，而夫人喜可知也。五珈翟茀，寵命狎至，而胡不百年優游，以食其報耶？夫人故善病，然尋病尋已，於壼内外無隳政，以是師得脱然而安於宦，而今胡以遽舍師及嗣君去耶？宗黨哭於堂，家指哭於庭，鄰里哭於巷，男罷業，女輟紅，慈孝徵矣。且韓太夫人之歿，距於今僅三載所，夫人當與之驂鸞駕虹，並遊玉京。即所稱温恭慈孝，流芬於郡國，騰芕於縉紳，追思攀慕于戚黨里巷者，極人世之哀榮，而於夫人固無加也。嗚呼尚響。

祭王太夫人文

太夫人爲德安郡侯王公母。侯方領六屬吏事入，而上計天子，而太夫人病甚思歸。侯之欲投簪奉太夫人偕歸者數矣，會當道繩以大義，辭弗獲，於是勉强北嚮。既（俠）〔浹〕旬，乃太夫人訃至自九江，侯匍匐跣奔及之。而某與侯得侍同寅，且辱締世講，於太夫人猶母也，誼不容無，一日與侯俱去。竊謂太夫人教子克家，伯仲後先用經術取高第，爲時聞臣，而婿若孫又各以家學顯，融應宅相，年踰古稀，翟珮承恩，履順終始，長返真閾，人生亦復何憾。第某儕之于侯，奉令承教有年，而侯亦不鄙而下交之，絶城去府，驩若平生，必曰太恭人之從臾。行酏庀脯，款密留連，必曰太恭人之調劑。伏臘交際，隆加薄責，必曰太夫人之好施。某之於侯也，是季是舅，而于太夫人也，猶母猶子。胡天不憖遺我太夫人，而奪我侯以去也。蓋其誼關于今昔存殁之間，而其悲結于神情黯穆之際，斯固不覺其涕之無從已。千里緘辭，一介導衷。太夫人之靈，爲雲爲霓，靡所不在。則楚水吴山，遠可以幾，而江蘭沅芷，薄可以薦。嗚呼尚饗。

祭劉母曾太夫人文

太師母劉太夫人卒，玄宇藏輝，養堂回眺，吉路式遵，明燎弗照。門下士海昌祝某聞訃之三宿，爲五月戊午朔。越九日，寓棖饌帛，長跽告曰：鬱伊太母，戴宿德齊。作笵幨帷，縣程嬙姬。令子鉅碩，實維我師。神樞性扃，瀹聞淪見。橐籥六經，郛郭萬卷。錦敚金閨，膴仕湖甸。無左餐右粥，剗薄還淳。再典棘闈，譽髦盍簪。獨觀天機，曰九方歅。師亦有言，五載於此。無愧厥官，恢恢桃李。簡在帝心，宣麻尺咫。咫尺宣麻，共愉且慭。民惟我師，永藉衽席。士惟我師，步趨爲則。胡内召之期未及，太母之訃突聞，令士若民所欲緩師之去而無策，而徒相與拊臆而搏心。我師勛庸，次第鼎鉉。伯薦南都，聲華焜豔。母道雖徂，母澤彌長。古稱有子，太母實當。但海内嶄我師下慰以蒼生，而上以當宁副，則猶有待於異日，而不能不痛悼于太母今日之遽逝。矧如某者，堇讀遺書，謬當甄鑒。且也伯仲，鴈行交薦，才匪二蕤，歐乃驚嘆，豈其啣恩爲知己先。吾道休戚，太母存亡。白雲曳曳，紫婺煌煌。貝闕雕旗，徃來尚年。視余猶孫，馮而舉觴。嗚呼尚饗。

祭陳太夫人文

嗚呼，人間世將獨有得天之全者耶？太夫人少儲淑質，幽閒懿娟，長稱名媛，端一静專，爰相夫子，以經術世其家。風之積也，是以負大翼而翩翩，孰搏扶摇。其所篤生，森森大賢，秋苑豹蔚，制科蟬聯，蓋海内之望二陳先生，若景星威鳳，争覩之先，而太夫人之成之者遠焉。巖廊之上，步武比肩。山甫補衮，上用罔愆。皋陶明刑，民以無冤。嗚呼，在昔貞元會合，厥有賢母，竇乳多賢，若古元凱人龍者，太夫人不其然乎哉？嘉乃丕績，有命自天，累牒連章，赤赤熚熚，嗚呼，若太夫人之壽，豈曰不年？戚里哀悼，孺婦涕漣，抑其有不可諼者邪？余生也晚，自爲諸生，則長公業屈年德，而善余有交誼，逮釋褐，試事比部，而次公爲比部郎，又善余有寮誼。且嘗從長氏締二姓好，即不終有姻誼，余方以大母嚴，太夫人而胡遽逝而仙耶？萬里湘沅，而縶一官。情悰苞塞，有喙胡宣。我役孔嚴，我歸式遄。即不踰時，用西矚而跰蹮。有帛戔戔，爰附束芻，寘太夫人之前。太夫人有靈，庶其鑒余之捐悁者乎？嗚呼尚饗。

祭查母姚太夫人文

於乎，爰組鞶絲，蓋亦稱女。惟太夫人，父冠惠文，爲名御史，盥饋乃將，蓋亦稱媍。惟太夫人，兩嫜並貴，盭緑爲壽，彼饁而耕，蓋亦稱儷。惟太夫人，配參雄藩，金緋焯懿，厥有服劬，蓋亦稱母。惟太夫人，式穀憲副，綵筆繡斧，以齊壼政，蓋稱嚴君。惟太夫人，千指逮逮，無替慈勤，既備四德，以歛諸機，是宜百年，長瞻母儀。云胡一朝，倏掩春暉。令姿委霜，玉鬼長夜。閶闔阰側，宗姻咨詫。於乎哀哉。某於憲副，實忝驥附。五嶺東西，執臬齊步。謂太夫人，慰勞敦愫。我老善匕，無煩内顧。憲副叱御，遂輕萬里。瘴色曉開，羯習時敉。太夫人言，予其有子。往報九原，庶幾色喜。一命再命，方來未艾。翟茀鼎釜，殊恩狎霈。六十四年，其識有涯。百千萬年，曰榮曰哀。於乎尚饗。

祭陳母韓太夫人

於乎，太夫人備完懿，得全昌，而躋上壽，乘化去來，天倪人轂，則姻黨能言之，通國皆知之矣。惟是我先大夫之辱交於中丞公也，而知太夫人之婦德。中丞洊歷藩臬，尋驅熊軾，太夫人佐之，嚴牝贊績，媲美從貴，魚軒翟茀。自某之辱知於侍御公也，而悉太夫人之母儀。侍御驤駕玄圃，簪筆赤墀，丸熊加匕，則太夫人式穀之貽。既而侍御風行霜肅，淮甸豫章，太夫人業已捐。侍御爲縣官用，而侍御不以三公易一日奉太夫人，而夷猶晝繡之堂。某數過侍御，貌澤而語雍，而知太夫人寢食恬也。庭蘭一枝，娟娟嶷嶷，而知太夫人含飴擁膝娛也。又間追隨侍御於西湖六橋、鶯花唫眺間，而知太夫人板輿適風日宜也。徃者秋仲，見侍御容若愀然而語惄然者，問知太夫人啓處，或拂其常，然猶意卜且未艾。以侍御之能精太夫人養，而太夫人之完懿而全昌也，乃令季夏之月，太夫人之訃來矣。於乎，太夫人婦德母儀，備懿得全，即五珈飾而五釜供，百歲引而萬翣旋，在他人得之以爲汰，而太夫人得之以爲慳。昔叩軒闥，必聞動葸。今拜帷堂，慈徽永閟。不腆者詞，無從者涕。毖芬爰臚，鬱金且絜。淑蒐雖僊，然而西乎。其亦爲之，少次也耶。於乎尚饗。

祭譚太夫人文

於乎，太夫人躬四德，具八慈，以集諸福，自閭黨懿親所遘覿無兩矣。方令子司馬公以經術冠兩浙，太夫人年未及艾。今者譽命洊至，年尚未及耆，而孫英羅膝服衿者三，結褵者一，擁祼而稱孫曾者亦三，完福隆享，履順去來，即太夫人所爲四德八慈，聲稱固不踰閾。然司馬公身瑰瑋，緼經濟，爲時山斗，則咸謂太夫人式穀之造。踰弱冠，奮巍科，爲時鳳麟，則咸謂太夫人丸熊之助。三更巘邑，晉佐留鑰，奕然爲樞筦重，則咸謂太夫人儆溢訓荆之誼。然自太夫人之爲新婦，時與先太恭人居同里巷，數數聞太夫人賢矣，而太夫人亦數數知我先太恭人也。守一無似，得委禽高門，太夫人實尋舊好，力贊决焉。傷哉，俶媛竟先太夫人不禄也。守一方仰恃太夫人，猶孫之視卵翼，胡亦竟後淑媛之殁僅三載所，遽厭人間世乎？抑聞淑媛當病憊時有異夢，若雙成、萼绿華者，羽衣來迎，意冰心蕙質，應召仙去。稽諸往籍，事固有之。今當函蕊珠，驂鸞鶴，侍太夫人蓬閬間融融甚適。異日者，司馬公勛猷名位日益崇，諸孫步武鵲起，鳌绿珮玉，駢繁麻顯，太夫人即僅躋中壽乎，而無疆榮哀，是爲太夫人無疆之壽。以此慰太夫人，并慰淑媛，即瓣香蠡水，其或一余歆也夫。於乎尚饗。

祭吴母太夫人文

嗚呼！禹祈瑞毓，笠澤氣滙。磅礴鬱積，含晶流䨀。不獨軒冕，亦鍾珥笄。江右名胄，壼内𡙇瑰。翳惟賢母，夙媢令嫕。雞鳴相夫，熊丸課嗣。啓我神君，金瑩玉粹。政術文章，當代罕儷。蕞(示)〔尔〕鹽官，大都支壤。蒼黔待哺，案牘鞅掌。下車未幾，幽谷頓朗。拊之摩之，咸在慈襁。薦紳父老，以及子衿。望若披曜，就若飲醇。錢塘妬之，借我神君。二百餘里，彼洽此淪。吁嗟太君，胡不百歲。錢塘苦逖，而況疆異。母儀如臨，仁澤永暨。赭石滄溟，流芬載懿。某忝部畯，覆露最畯。俯尋世誼，神交最真。浮沈世路，有懷徒屯。不腆之詞，以侑蒿君。蒼生望重，衮職待補。爲民怙恃，爲國粉黼。湛恩狎至，泉扃光吐。太君領之，歆此簋簠。

嗚呼尚饗。

祭夏母太夫人文

圖紀海陽，嶺南鄒魯。惟山鳳騫，有水凰舞。鍾英吐奇，寧僅圭組。其在壼閾，焯然儀羽。太母令德，慈氤義氳。雞鳴夙警，以相國珍。式用熊丸，佑啓仁君。仁君爲政，先勞以身。哺含襁覆，曲宣慈芬。蕞爾鹽官，近羅凋頳。貧乃好奢，愚且予智。下車更始，仁心爲質。期戒勿亟，而鮮逋税。民咸畏法，乃不畏吏。大母日昃，聞政輒喜。覩此庭閒，庶寬閭倚。民有餘粟，爲進甘旨。大母有言，彤史堪紀。惟民有母，惟吾有子。愧余謭尠，濫嶺海節。方幸式閭，用表慈喆。云胡一旦，蘭湮璧觖。惟我仁君，命代稱杰。蒼黔待拊，玄化待變。煌煌九原，珈珮待綴。大母頷之，殽崇醑洌。於乎尚饗。

祭張夫人文

於惟夫人，系出華楣，身萃完懿。克相大夫，曰無攸遂。大夫倡道，門多謁贄。壼則是閑，夙興夜寐。及乎計偕，固請寘貳。慈惠所格，是誕國器。大夫綰綬，稱五湖長。中廚晝閴，西山朝爽。鹿門歸隱，脱屣塵鞅。不聞嘖室，椎布俛仰。夫人示疾，令子籲天。刲股以進，疾乃霍然。浩劫誰窮，石火電烟。倐焉乘化，超彼大千。大夫履道，用之以冲。子也恂恂，氣噓長虹。寵錫方來，賁厥幽宫。酹之椒漿，令儀是風。

祭錢夫人文

嗚呼夫人，父參知翁孝廉，而伉則今中翰公。即無論名位所至，然皆鄉邦所稱爲篤行君子者。而四大夫子，美秀而文，森森乎琅玕觸目也。其懿造完錫，令儀純祜，固已足樹壼儀，艷彤竹矣。而不佞所耳習於夫人者，則惟才與賢。當中翰之掞藻明廷，選侍秘近，王事靡盬，留滯燕京者越數年，夫人獨秉家政，内外一切辦治蓋秩然，臧毖而獲虔。曩余辱孝廉公忘年交，交且莫逆。孝廉墓木拱矣，愧余劒猶蒯緱而未懸。夫人以中翰公命來，且以孝廉夙昔交誼請。時中翰公尚在燕京，夫人以中翰公命請益力，曰：斷金之誼，庶幾其附蔦以蟬聯。然夫人所締姻，皆鼎貴望族，即中翰公以孝廉夙誼，故不余鄙夷，然而夫人之賢彰矣。迨中翰公倦宦歸里，夫人亦倦家政，不復問壼以外事，第謹中饋，飭門牡，一稟中翰公旨以周旋。夫人既擁三新婦而處，獨季尚少，鍾夫人愛。夫人何以能舍煢然少子，遽厭人間世耶？又何不能强匕加餌，食報百年？而余弱息，亦竟不得荆笄椎布，一事夫人，負夫人矣。然夫人方驂鸞鶴，躡雲霓，即它日六珈五花，光簡册而榮泉扉者未艾。余又安用以區區兒女之私，向夫人絮舉累欷爲也。嗚呼尚饗。

祭宋孝烈婦文

吁嗟乎，汝宋氏之耿然烈也，其遘遇亦重可悲矣。汝夫貧，不能給朝夕恒耳，至頑不能安室家，荆笄無托，金夫見凌。斯時也，烈婦計惟有一死。死爲一身完清白，死爲萬古留綱常。悠悠盱江，繆繆澳源，安得有烈婦之死？又安可無烈婦之死？然烈婦不徒死也，嫠姑耄矣，方倚烈婦爲命。烈婦日出樵采，夜機杼霜月下。而饔餐時或不贍，私噉野蔬，不令姑乏饘粥。冬寒一敝枲覆姑，獨展轉牛衣中達旦耳。始烈婦引刀自決，鄰里爭捄藥之。烈婦矢必死，不受藥，姑拊烈婦而號，謂婦死媪不獨生，烈婦乃忍死。及姑坳，而夫啗彼豪餌，知必不免，於是烈婦恨一死晚矣。紅顔悮儂，黄金悮夫。白刃自鳴，碧血不散。猶得以舊日荆笄見姑泉下。吁嗟乎，天日且爲慘黯，山川亦宜震動。彼頑與豪，何獨非人哉！幽谷霾香，流光暗馳，而正氣燭天，爲虹爲霓，不可泯也。後四十餘年，余忝觀察兹土，爲立石表汝墓曰孝烈，絮酒炙牲酹而告汝。即今繡斧巡行之使，尤加恩於揚芳振幽，觀察不敏，爲上其事，行且聞之九重，徼如綸之褒，以光揚汝。不腆之詞，汝其知之。

祭之日，村谷老幼觀者數百人，方讀祝詞，忽大雨，頃刻開霽。成禮而畢，人人嘆異，以爲節婦有靈，天且爲之隕泣云。

祭封大學士張翁文諸生時代作

萬曆十一年某月日，誥封大學士蒲州張翁卒，其門下士巡按御史孫某，時察鹾政，觀風浙直，睹夫氓弔於野，士愸于黌，旅愕于塗，而吏咨於舍，曰：我張相公行且釋端揆去矣。當其時，某即不及躬見聖天子之軫悼、賢公卿之哀輓，迺浙直去京師數千里之外之民風有可采之，以啱我翁者。於是寓掇饌帛，往告靈曰：嗚呼翁哉，疇不爲德，德啓元輔。疇不爲享，享分珍黼。疇不爲爵，爵宫保封。疇不爲子，子師相公。在隆萬間，治尚綜核。師相握鈞，斵雕爲樸。解網赦開，自上下下。翁安師相于位也，以噓枯而縞赭。今翁已矣，氓弔于野。爰闢賢路，茅彙斯亨。翁安師相于位也，以簡駿而庇楨。今翁已矣，士愸於黌。堧溢紓沮，實藉傳廚。翁安師相于位也，將胡貉而儲胥。今翁已矣，旅愕於塗。名爲精明，徒詽創罷。翁安師相于位也，則醇還而觚化。今翁已矣，吏咨于舍，乃若萬里徵逐臣而不顯人主宣恩之跡。片紙斥巨璫，而不測人主用威之端。則一時元老所爲潛移默運，而它日寅亮，當與伊周比肩。此識者所共舉首師相，而願翁長有于人間者。今翁已矣，某猶出吏士氓庶之外，而于社稷，重有私悁。於乎，翁生也榮，鰲緑珮玉。翁死也哀，唇碑汗竹。嫣汭爲川，姑射爲山。持此完福，還彼山川。有頌宜述，無歩足悲。一語得當，萬古可揮。尚饗。

壬午鄉薦祭大宗祠文

惟我祖宗，畜善培德，既厚既深。斯我後人，纘緒發祥，奕奕而振振。以某水木仰承，已衍於十四世，而科名繼起，忝爲第十二人。遡慶源，雖若遠而若近；論世澤，固彌導而彌新。乃者歲當壬午，應昌期于祖考。且也厠名第九，踵芳躅于嚴君。是皆我祖德宗功，式相顯隲而陰佑。故考時計數，每若符合而蜩承。攀松楸以瞻掃，恍感慕其曷勝。謹以剛鬣柔毛，粢感醴齊，祇因歲事以薦。尚饗。

戊申修葺大宗祠拜置祭田告文

嗚呼，氣序更新，時維元旦。廟貌既飭，祭田有需。伏臘烝嘗，犧牲粢盛。庶幾皆有所責成，以備以潔，式擴光大，猶于將來有望，惟我祖宗寔陰相之祐之。尚饗。

建棹楔邑城祭告山川城隍文

某自高曾以來，叨承累朝錫命，世受國恩，兼荷三臺寵光。並推公帑，建坊摽額。當蠶官治之前隅，仍舊貫也，聚材鳩工。實賴邑父母之餘庇，日時叶吉，豎柱安楔。恭祈山川效靈，神明鑒祐，自宰牧而下，名德穹崇，若士民人羣，閭閻熙泰。某繩先素業，若與坊以更新而報國，甘心矢偕石而俱永矣。謹告。

詒美堂集卷之二十二

海堧祝以豳耳劉著

紀

朔方紀事

寧夏之役，廟儀紛如，余時待罪司馬署，據所日得飛騎傳報，彙而輯之，庶幾備它日功罪實録云。西迫賀蘭山，北鄰沙漠，東南控黄河而蔽全陝，屹然稱雄鎮。商賈士女，布粟錢貨，輻輳其中，而諸衞所棊置遠近，國初特設巡撫、都御史建節彈壓之。嘉靖間，哮拜以降虜冒漢爵，蟠據鎮城。拜故黄毛種，因獲辠於其酋長，父兄皆見殺，而拜伏水艸中得免，因歸命備戎行，積級至都指揮使，擢副總兵。今上十八年，拜子承恩乞襲父爵，當事者持之謂一降虜何功於朝廷，不宜濫，而一時深計之臣請稍從寬假，以示羈縻，于是授指揮使去。彼初妄覬通侯，不則亦願世總寧夏兵，歸不無怏怏。而拜既雄於貲，所部驍健千人，青海之役鶩然有輕中國之心，狼戾欲逞而未有隙。會巡撫党公馨於將士多所濕束，而卒劉東暘、許朝等俱黠桀亡賴，頗蓄怨望。拜刺得之，以間嗾東暘等，曰：『若苦党巡撫虐耶？任爲之，有我在。』於是東暘等羣譁於伍，聚黨千人，排戟入索党亟。党與其母及家衆匿層樓，而東暘等欲縱火焚樓，党不得已下，爲所執，交刃之，立死。復羣謂党某之惡，石兵備實翼之，蓋兵使者石公繼芳，故党姻戚也。搶攘間石出，而與總兵張惟忠遇，惶恐計無所之，乃解冠服，顧從行卒取兜鍪短後衣衣之，而手荷戈若爲張前導也者。值東暘等大噱：『石兵備安在？』石股栗仆地，衣中露皆纖綺，爲賊所察，前執之，加詬辱，交刃，亦立死。賊因發鍵，縱囚散帑結衆，而撫鎮而下四公署一時盡付烈焰矣。蓋壬辰二月十八日也。

隨僉事府以臺謁穆少卿來輔，以奉使歸，咸在鎮城，力慰諭各賊，不聽，而哱拜父子亦從中謬爲講解。二十三日，遊擊梁琦、土文秀、守備馬承光、千總哱雲將五百騎，由中衛互市歸駐城外，拜密令哱雲、土文秀殺梁、馬，然後啓關按轡而入。土，哱氏黨；而雲，拜義子云。二十四日，賊又羣赴張惟忠，逼奪印去，張知不免，遂自經，于是盡收撫鎮符印旗牌。于二十六日，封牛馬祭天，東暘自僞爵總兵，而哱承恩、許朝爲左右副總兵，土文秀、哱雲爲左右參將，數党二十罪，脅慶藩及隨、穆，疏保東暘等爲倡義，當授官即真，且爲書若深德東暘者，其辭甚懇惻，以嘗督撫魏公學曾。而哱承恩擁衆出，生執玉泉營遊擊傅桓，又旁掠廣武等營，直抵中衛。哱雲、土文秀等竟襲靈州，所過城堡四十餘，皆望風靡，參將熊國臣、守備袁尚忠、趙維等棄城鼠竄去。賊長驅出三百餘里，勢張甚。魏公所使使張雲諭賊，被窘辱，歸具言諸猖肆狀，始謀發兵。顧諸鎮藉款貢，久不習戰，而榆林、蘭靖諸邊動隔千里而遥，調發不以時至，于是遣副總兵李煦由靈州、横城，遊擊趙武由鳴沙洲，各提兵進討賊。蓋寧夏舡懸河外，前界靈州，而稍左爲横城，右爲鳴沙洲，計賊由靈州内扣於道便，乃遣李煦亟趨靈州，而賊已密通土官都司吴世顯僞授參將，約以城降。是夜謀洩，而參將來保倉皇糾合士民有勢力者，乘城固守，又密函報魏公請急，而李煦及遊擊吴顯兵咸至，文秀知事無濟，始遁去。煦率兵戰，獲僞將王通、哱進章等，而趙武兵由鳴沙洲獲賊詹仲科、于正等，并奪獲賊筏數十餘，諸城堡盡復。賊稍稍斂入城，乃盡括鎮城金帛子女，往勾虜爲聲援，且許割河西地與虜共舉大事。虜酋著力、兔宰僧等啗賊賂，果四出，圍趙武于玉泉營，會所調榆林莊浪兵相繼至，李煦與總兵牛秉忠率之渡河，虜漸引去，玉泉圍解。獨平虜營爲虜寄境，土文秀、哱雲、哱承恩糾虜攻圍甚亟，而參將蕭如薰以孤軍抗守不下，賊謀聚艸焚樓櫓入，而如薰大闢兩門，張疑兵却之，又手射哱雲，中左目，死，并戰死賊黨吴教壩、周儉等。雲於諸賊中最驍悍，哱拜父子倚之右臂，雲死而賊氣奪矣。當蕭之乘城抗賊時，奉御座于中門，諭諸將士以君臣大義，有死不可背，諸將士咸涕泣，願效死靡他。而妻楊謂蕭：『若能爲忠臣，妾何難爲忠臣婦？』乃盡脱簪珥出饗士，士益感奮，虜既不得踰平虜而東，而我兵併力進攻，所斬獲甚多，焚其火車百餘，賊千人溺水死，高蓋等三健卒賈勇奪門先登，闔城震動。顧後兵引却無應者，三卒往來號呼，手刃數十賊，力盡縻賊手。

是役也，各軍新集，無見糧，將士多歎望，羽書晝夜警，京師戒嚴，一時忠謀石畫之臣扼捥而起，人人言殊。而大司馬石公首發決水灌城之議，議未決，會御史梅公國楨疏舉故總兵李寧遠父子忠勇可亟遣，而在廷諸臣且疑寧遠父子驕縱有他志。于是梅公復疏云：『李氏父子但當防之於遼左握兵之時，而不當防之於廢棄離任之後。若疑臣徒市私恩，不顧國計，願與李俱馳寧夏，功成即日還朝，倘中途事平，聞報即返。其不效則軍法在焉，何止薦舉非人之罪。』疏入，上壯之，而寧遠方家居，即命子李如松充總兵官，率所部良家，并簡宣、大、遼左精騎與梅公馳赴寧夏。大司馬復議調集諸鎮兵爲犄角，而巡撫葉公夢熊請釋甘肅而提兵身討賊，咸報可。而又特推帑金數十萬犒士湌，明詔誅首惡，宥脇從，懸不次之賞以待豪傑，而吴越閩廣間挾策于用者，叫號于大司馬之庭無虚日矣。當是時，大軍未集，而魏公所調發兵不滿萬，賊憑堅城，而諸邊虜且飈起，又爲妖讖，東勾順義王令大舉入犯，哱拜狃而目無中原，棄故所受綸綍于城下，而諸逆黨咸辮髮示不臣。拜妻施時時諫，不聽，又翟幗而立，謂拜曰：『此何來悖德不祥。』而承恩與弟承寵，恚而露刃，叱曰：『老婢子無福作皇后耶？』益大發家丁，出抗王師，先後殘殺我士卒數千人，又勾虜搶截我糧車二百餘乘。承恩迫脇慶王妃母子，死土穴中，民家婦女所被荼巇，備極慘毒。巡撫朱公正色，甫至靈州，即疏稱『二難三可畏』，而魏公不得已，亦屢疏欲從招撫。廷議謂賊大逆無道，死不足贖，不可許。有旨切責魏公，而李煦及轉餉總兵官劉承嗣一時咸有處分矣。會切盡，酋婦使使來，願要説著、打二酋，令無從逆，敗市賞、失中國意，而蕭如薰先擒獲五酋長，中有爲著酋所亟者，願以金易。而蕭故持之以要虜，虜大悔恨，與賊不無中離。而東暘等計溽暑虜馬弱，將緩我師以待秋，乃更爲辭謾我云：『十八日之變，寔成於史得興、常達子等，今已廉得首惡正法。』擁慶藩及隨、穆于睥睨間，要故所善總兵張傑爲盟，聽招撫。魏公與朱公議遣傑，賊列幟鼓吹，導傑入，約後三日當迎朱公往。亡何而傑家丁出，知傑已爲賊所拘繫矣。

先是，平虜被圍，朱公議發援，而道爲虜梗不得達，乃簡玄甲數千夜循賀蘭山，猱附而度，抵平虜。蕭得援，出奇兵，直搗虜巢，斬獲甚衆。虜咋指恨，要哱拜同攻平虜雪耻，賊緣是復與虜合。時虜在魏信大壩及沙湃者，爲副總兵蕭如蘭與來保、牛秉忠等先後各堵截出邊，而葉公已至靈州，所調集苗兵二千人，一切攻具咸備，梅公洎李如松兵亦至。於是分遣諸將四面進攻，火炮擊三樓櫓皆燼，斬賊首四十餘，生擒七十餘。哱承恩中流矢，拜亦幾被擒獲，賊大挫，而是夜有百户姚欽、武生張遐齡者射書城下，約先攻西門，舉火爲内應。而將士苦戰鬭，得書匿不以聞，既夜分遐齡候外兵不至，身縋城下，抵遊擊陳守義營，而守義畏縮不敢出，久之城上舉火，姚欽等知事敗，與數家丁亦縋城下，而同謀者五十餘人皆被害，質明懸首於城矣。賊以堅城委我，且得以餘力出擾掠自粻，而我士馬從烈日中晝夜仰攻，死亡相籍，我怠賊奮，士氣沮銷。七月初二日，隨僉事懷印私墮城，傷肱，不能起，賊以四家丁下執隨，而我兵聘眙無一人往捄者。賊既得隨，以刀反擊隨者四，而錮之他所，賚四家丁人各五十金，被綵而耀於樓，由是賊益恣無忌，宣言：『虜已與我合，勝則據城而叩潼關，不勝即走虜，朝廷其奈我何？』梅公疏入，於是賜魏公尚方劍，令自大帥而下不用命者戮以狥，而擢蕭如薰總寧夏兵討賊，仍械繫熊國臣棄市，顧虜暫去，欲未飽，擁大衆十餘萬騎分道復入，總兵麻貴、蕭如薰、董一奎等各引兵遮擊。而遊擊龔子敬，粤南名將也，率苗兵千人于沙湃守隘，會火山灘虜七千餘騎欲出不得，乃合圍轉戰，苗兵火器所擊死虜無算。龔與把總戴君寵兵寡力盡，參將倪英擁衆不發，龔、戴全軍俱覆没，虜亦創甚去。於是始決意爲灌城之策，而度城東北勢卑陷，水決且旁溢，衆議先築堤，而令劉承嗣董其役，晝夜壘土爲堤數十百丈，然後決大壩引水入。賊窘而陽出党公、石公家屬求招安，陰使人決堤，堤潰水溢，於是斬守堤都司吴世顯，實囊以靈州予賊者也。我既以堤捍水，而復以兵防堤，頃刻不遑暇，而賊以間得出密書勾虜，虜聲息時至，水環城既踰旬而城不下，且將各爲心，軍無統紀，號令多不行，梅公不勝忿懑，虞公不成，無以報簡知而塞中外望，乃復疏賊必不可滅狀。上震怒，奪魏公官，以葉公代，既又命斬陳守義等，而逮係魏公矣。大司馬石公更疏請罷庸將董一奎、劉承嗣，而命蕭如薰督固原、甘肅、延綏、寧夏諸軍，李如松督宣、大、山西、遼左諸軍，而即以尚方劒改授葉公。葉公既受命，與朱公、梅公圖所以滅賊者，而著酋欲無厭，知賊未滅，我終不得以全力與角，引精騎直抵横城，爲截餉故智。葉公等議城未下而虜深不逐，虜勢中牽，何以滅賊？乃命李如松簡宣、大、遼、晉精卒，以李如樟、李寧、趙夢麟等將之，疾馳往，夜半與虜道失，而李如松自將十騎馳及張亮堡，遇虜五千餘騎圍我軍，如松力戰不能却，勢且迫，而如樟等聞而輒還。李寧身先，不介馬而馳突入圍，立斬一虜，遂解去。我兵追及賀蘭山，斬首虜六十餘級，纍纍揭於杆以恐喝賊，賊勢削，而浙兵及莊浪土兵新集，氣方鋭，朱公乃率各兵渡河，定殊賞以勞將士。而蕭、李等引兵迫塹而攻，城中虞食盡必死，等死死義，乃始合謀爲内應。九月初八日，鎮民袁朝、黄中、薛永受者潛出，云與夏之時、何廷章等三十七人約，先潰南關而筆瀉氣者，其人有心計，得間即以大城應矣。是日，夏之時等斬賊十餘人，啓關延我兵入，朱公、梅公下令禁妄殺，百姓焚香迎拜者柘途。許朝、哱承恩身出戰，而我兵乘勝驅逐，賊不可支捂，遁入城，而縛内應諸人家屬于城樓，我亦隨縛故所獲劉東暘母及許朝女出示賊，乃釋。葉公聞而亦渡河，厚賚諸内應者，而又念百姓苦荼虐，户撫之，歡聲四動。次日，又令所釋脅從諸人呼于城下，曰：『我等因獻關受賞矣，若獻大城，當受上賞。』晝夜據關而攻，賊復出張傑求招撫，而民李登者寄其妻若子于所親，而身請行間，自矢功成受賞，不成以死報國。梅公予尺一，往説哱拜，使殺劉、許自贖，薄暮以小舟渡入，拜長跽雪涕，委揶謝如約，然必得督撫符印以爲信。登出，而葉公、朱公各授札往，拜父子果陰謀殺劉、許矣。先是，南關之役，東暘故疑土文秀有異心，文秀方托疾不出，東暘與朝陽問疾，至榻前刺殺之。拜知，大恨東暘等，遂與筆瀉氣密定計擒東暘與朝，皆斬之，擲其首城下。我兵方疑畏，而李如松等緣梯而上，士民歡呼迎拜者如南關，顧諸將士争功，頗有殺戮，禁之不能止。梅公、朱公咸入城，計哱氏父子豺虎也，而所蓄家丁尚千餘，亟之恐生變，乃議分部其卒於各將領，姑示曲全，以須後命。而葉公念元兇不誅，事且不測，密傳令將士不即殺哱氏者伏尚方，哱承恩出即爲浙兵所執，一軍大鬨，拜率其家丁巷戰，我兵圍賊急，拜闔門自經死。李如樟突入，斬拜首，李寧獲其次子承寵及義男哱洪大，李如松獲土文秀首并弟土文德及許朝僞將何應時，蕭如薰獲東暘僞將陳雷、許朝僞將白鸞、陳繼武等。拜自縱火焚其廬舍，而家丁爲我兵所執，若爲居民捕獲者盡殺之，貲財悉入亂兵之手。蓋九月十六日破賊，二十四日捷聞，所獲哱承恩等八逆檻至京師。十一月十二日，上御午門，百官咸衣紅錦虎拜，而上萬年之觴，聲殷于庭，衛士千人列戟環侍，賊以次獻俘。畢，即日命磔于市，傳首九邊。

司馬氏曰：哱拜父子之叛，議者謂竊名號而恣睢，則又何以云寬假示羈縻也？總之雜夷釀亂，自昔而已然，爵亦叛，不爵亦叛，且朔方僄勇，好作亂，武廟時嘗一訌矣。至戕殺秉憲兩重臣，攫符僞號，此二百餘年所未有也。賴主上明聖，威福震耀，自春徂秋，罪人斯得。爾愧無能借前箸，第據赤白羽所傳信書之，爲他日功過實録云。

募　疏

文昌閣募疏

蓋斗爲帝車，旋運中央，臨制四海，而斗魁載筐六星，曰文昌宫。泰階高峙，奠紫薇之垣；管籥森羅，聯圖書之府。其穹隆爟燦，爲千古人文之樞，尚矣。顧川德上布，精鍾爲星。欈李城東北有湖曰天星，而湖之陽有宫曰天妃，不佞嘗一再眺攬其地，而慨然有當于心也。夫圖書之府，系諸東壁；五星之精，聚於東井。今湖滙東鄙，而天星爲名，斯其上應文昌，下叶川德，豈偶然哉？郡闉歷代之人文，矧當文章極盛之際，湖着天星之鐵謚，適會星躔布應之區，乃使文昌附於三清而無特祠，其爲闕盛美而辱簪紳，莫斯爲甚。羽士某者，矢口琅函，冥心素券，不假福報，亟禮玉清之闕，乃撫神皋，願創梓橦之閣。孰牖其智，實獲我心。第天上五城，可綴烟霞而爲榱桶；人間隙地，必需材埴以搆軒墀。洗髓伐毛，即道人不自愛其銖錙；布金投寶，在大衆亦何恡于庚筐。此自宰官長者，力肩喜赴，令章逢士，同發無上之妙明。豈若阿耨僧祇，黍種寸鳩，歷恒沙劫，終成有漏之因果。惟捨施無擇于未現，斯落成可卜以歲時。行使煩幄延真，肅飈游之飛馭；珠楹按式，繹蕊笈之冲科。登斯閣也，額夜月，吐朝霞，星湖若增而勝；披緑圖，繙紫籀，人文愈翊而昌。

烏龍井廟募緣疏

蓋聞青驄躩地，一滴爲宇宙之霖；皓髮臨淵，七日漲昆明之水。豈黑本水屬，凡善雨者必推烏龍；而龍以水神，被呪水者率從龍濼。吾鄉去海三里，而近有烏龍井廟，昔聞黑馬跑地而得泉，後人因泉相地以建刹。西騫鳳嶼，東枕鷹峰，大海洸瀁以滙南，千山岝崿而倚北。天輪神濮，既窈窕以静深；地啓精廬，亦莊嚴而偉麗。誠鹽官之名區，而東南之福地也。邇者邑侯郭公，憫旱魃爲殃，齋七日而躬先步禱；致甘霖立澍，溥四境而望慰力耕。斯實吾侯澤物之仁，格於蒼穹；以致彼靈如響之應，通於玄漠。顧百年琳宇，盡傾四大之風；即丈六金身，難免五濁之劫。致黔黎之榮禱靡式，抑緇素之皈禮何堦。俟復俯順輿情，首捐俸帑，於是僧明正等憫茲甌脱，誓刱旃檀。遍告有情，勿謂布金爲有漏；倘能無悋，即是種福於無邊。水母且因之效靈，蓮開火宅；國王亦爲之助順，寶聚恒沙。苟辨信心，奚煩饒舌？謹疏。

重建金粟廣慧禪寺疏

我聞如來自三祇之初，歷百劫之末，假廣慧而啓衆，托金粟以應凡。胸前卍字，無止無爲；足下千輪，非空非有。法相傳於貝葉，靈特現于玉山。自赤烏之紀年，會康僧之著異，法雨施而渴吻蠲，慈雲爾而幻軀寂。亡何遺蜕，騰空入海，竟薄秦川，豈靈骨之必擇靈區，此寶地乃肇與寶刹。經始實徼恩於聖祖，再造復藉資於宣皇。龍楹、螭桷、贔屭幾三百年，蛟漏、雀穿、拉攞又數十載。昔余仗節還朝，偶爾聞鐘入寺，屧廊迸竹，醉憶留題，荒徑垂藤，勸曾遺舄，勝緣未偶，宿諾久湮。茲沙門某某輩志修浄業，誓纘前猷，謂康師以來，真果常圓；即登源而上，餘因可遡。六欲未離，所恃者，惟諸佛菩薩；二諦難竟，爲累者，此布菽金錢。無鑰疑城，開茲信地，盡捐慳網，耨彼福田。將使赭壁玄榱，等玉山之舊貫；蓮眸月面，睹金粟之金身。書給尚方，秘笈長函於瑶笵；茶香別院，甘澍重灑於火衢。一善染心，萬劫不朽。

右疏語，憶似作於癸卯、甲辰之間，光景刹那，當時倡募比丘去來不可知，余亦冉冉老及之矣。勝果難期，浄緣有待。今蔡居士子固願力堅摯，何願不償。且君家阿經，猶能感粒米成丹砂，況以子固如是願力，諸佛悲愍，天不且爲之雨粟，真成黄金耶？末法何修，獲此善信，爲歡喜讚歎，復作是言。若原始要終而爲説法諸君子之言辯矣，余固無綺舌，何庸更益之障乎？

鍾文山白雲庵募緣偈

鍾文山去園花五里，而近董氏聚族居焉。山有白雲庵，嘉靖間不戒于火，比丘某者欲謀復之，而董侍御孫茂才君業已度地施財矣。從大父建峰翁更强不佞一言以諗衆，因綴片偈應之。偈曰：

天目從東來，兩拳峙龍鳳。具一閻浮提，甲第若精廬。參錯王氣中，神瀵晝夜輸。鍾文寔砥柱，毓氣嘘成雲。皚皚山之隈，蘭若依雲開。忽墮泥連劫，如是六十載。而無作檀施，非無作檀施。以無大信心，非無大信心。未割貪癡網，貪癡亦無網。以無大慧力，大慧亦無慧。而況諸種種，金錢若綺粟。阿蒐幾穬麥，捨彼原非有。譬彼雲聚散，太空了無礙。亦無黑白相，捨彼原非有。共証大慧力，共成無上果。

火德廟募疏

不佞問讀史，考其稱燧人，作燧火，而茹毛飲血之民始更爲燔炙。《春秋繁露》則曰：火不炎上，由王視不明，故南方聖人嚮之而治。然則火之功用，博贍羣生，資育萬類，感而不暴，施而不費，陶冶九有，協和五味，功用蓋亦至弘鉅矣。乃若炎光弛逸，玄煙四合，焚野燎原，煎河糜礫，山陵爲之崩泐，川澤因而踴沸。當是時，畚挶盡弛，三石并命，王孫扞火之珠無功，丈人塗隙之智亦詘，然後玄冥回禄，赫然推重。而祠祀禳禱，自昔王公貴人所不敢廢矣。園花向無火神祠，有道人某嘗感異夢，得木像二於中流，遂卜地葺數楹供奉之。復念祠宇迫隘，欲稍增前廡，兼拓旁舍，庶幾神靈欣妥，而丐余一言告於大衆。夫火之功用，由前言之，爲古今生民利益者甚大，由後言之，爲古今生民之灾害者亦甚大。此自昔帝王有火政，有掌火之官，而炎以紀號，燧以人稱，與補天浴日、播種治水之功並重，非若社叟里媪僅僅福田因果之說而已者，故不辭而書數語于端。

詒美堂集卷之二十三

海堧祝以豳耳劉著

論

子卿取胡婦

世之所爲子卿扼擥者，十九年不屈之節，是耶非耶？乃子卿所持還報漢天子者十九年不屈之心耳。即其間所歷怒喜悲愁，一切可駭可愕之事，舉飄風疾霆視之，而區區胡婦有無，顧何足深辯，至爲千古不决之案也？蓋李陵所稱胤子，孟堅輕筆之史傳。陵於子卿爲執友，而良史稱孟堅，於乎，子卿九原其何辭也。歎不思子卿受詞衞律，引佩刀自决，單于萬衆旁睨股栗，猶曰意氣激耳。至於閒關北海上，酸風苦霧者十九年，渺然以千百萬里外如綫，君臣之誼寄之乎危脱之節旄，顧獨一胡婦甘心哉？此其事之有無，誠不足辯，獨念他日白頭歸來，母死婦嫁，識者不以是爲子卿痛心，而輒以渺漠無據之事輕蟣賢者，其謂之何？愚以爲子卿即有之，而内之丹衷亡恙也，外之節旄亡恙也。即有之，安知非陽結天驕，而陰圖生入玉關，以報漢天子耶？此其事之有無，益不足辯。所恨漢天子所以待子卿者甚薄，而陰啓讒邪之口，則李陵一書未必非當時好事者假筆舌于陵，而因以深中當時忌者之意，後世信以爲陵書，而併信子卿有胤子在，蓋自孟堅録而天下萬世惑矣。於乎，方子卿飲陵北海上，謂武父子無功德，濫漢爵通侯，願置肝腦自効，語語楚澁，陵爲感動泣下霑衿，至引分自責，陵之忌心結矣，誠何難以胤子誣子卿。此其事之有無，益不足辯。而愚所爲子卿扼擥者，十九年不屈之節。惟夫十九年不屈，讒邪之口之所以乘間入也。

太史公羞貧賤之意

拘學或抱咫尺之義，展卷而詫曰：『謬矣，太史公言也。貧賤，士之所時有者。夫貧賤，誠何足羞？』乃解之者曰：『太史公鬱於窮愁，無厚眥膴秩以干當世，當世亦無援者，以故一斥不振，而不得已卷其磊塊無聊之氣，一寓之乎文章，乃謂貧賤足羞云。』於乎，蓋有激云爾也。而愚曰唯唯否否，貧賤而果如太史公所厭薄也，貧賤豈誠不足羞耶？彼夫寵鈞竇石，權厭粱貴，吐嗽雨雲而呼吸霜霧者，則靡不望景尋聲而附，摩肌戞骨，自托戚知，此其貧賤於勢一。乃若富埒陰鄧，（訾）〔貲〕雄程卓，藏金穴而擅銅陵，則有樞繩半菽之士，霑玉罣之餘瀝，分鴈鶩之稻粱，此其貧賤於賄二。至於脣吻能爲雌黃，月旦噓爲朱紫，於是乎輻輳輜軿，望其餘論求顧盼而長價，希照拂以長鳴，此其貧賤於名三。夫貧賤等耳，貧賤而道德足榮，毋事於勢，貧賤而仁義足富，毋事於訾，貧賤而令聞足章，毋事於名，積能潔行，如是而久孤於世，貧賤又奚足羞？

惟其所謂貧且賤者，堇堇焉嗛於勢，空乏于賄于名而已，猶然擁其泉石，以自誇詡。吾且見其蘄寵而潰防，不則沈眛以巇行，不則博聲以赴時，而行能一無所表見於世，斯眞貧賤也者。太史公之羞之，蓋爲千古若輩一洒。而世之砥節修行、谷藏川睎者，方藉以吐氣，抑又何過哉？夷齊窮餓，謂貧且賤，非耶？太史公至欣豔之，爲濁世清士，聲施無窮，與孔子『民到於今稱之』之説若合符契，太史公豈眞羞貧賤者哉？觀其言曰：『無巖處奇士之行，而長貧賤，亦足羞也。』此其意昭然著矣。余悲世俗不察，而猥以羞貧賤爲太史公不滿，自非深思其意，固難爲淺見寡聞道也。於乎，『富者得勢益彰，不得勢則客無所之』二語者，摹寫其平生所遭甚肖，而感憤窮愁之致嗚嗚不平，則謂之有激云亦可。

晉室翹楚

嘗謂晉室無翹楚也。晉室而有翹楚，即士雅、茂弘諸君，烏足以當之？迺晉末造，吾得一人焉，庶幾翹楚哉？則先揉摹晉事以諸君較焉。蓋晉繇仲達狐媚以竊漢大器，迨石城旛豎，羊車怙爹，羯氏羌卑雜處，内郡雖有郭侍御、江洗馬後先抗疏而不能用，晉之禍萌難端，將疇執之？而一切以玄虛謬悠之譚，欲舉晉室而置之乎無何有之域，三語之瞻，寧馨之術，華辨之茂先，豈不呫呫自命翹楚，而卒無捄於銅駝之荊棘。即名江左百六，冀晉室再興之萬一，如刁、如卞、如庾、陶輩，詎爲之人？而新亭風物俱非，祇相對欷噓作楚中蘇囚狀。翹楚之謂何？中原腥穢，神州陸沈，即有一二志經略者、思致力者、擊節誓清者，而材不副志，終其身無能歸侵疆之咫尺。又況衍也樹窟，秖以開翹楚之蠹穴。敦也蓄異，且以礪翹楚之斧斤。風流殷浩，空綴翹楚之煙雲。污人元規，徒增翹楚之塵莽。雖違衆舉親，東山仰望，然淝水之役，朱序一呼，而八公艸木咸借色焉。俾方張老氏，舉三十年訓養之卒，盡委於江流，蓋天盈蹙而奪之魄也。藉第令晉有中主，其臣直犁虜廷，挽吴江之水以洒關河嵩洛之恥，詎非千載一時耶？顧乃陳師輓粟，直運枋頭，而甘備符丕之外府，是不校者乃毒侮之深仇，而藉資者寔亂華之餘孽。又何望其能越關踰鄴，以睥睨中原也耶？彼所稱江表之偉人，猶難語晉室之翹楚，而他又奚論焉。無已，則晉徵士陶潛一人而已。方其捐五斗，賦《歸來》，勛猷功伐不少概見，而後世高賢大良、樹勛策名者，咸逡巡退讓，以爲不可及，則豈以其塵塵飄忽榮利也哉？試觀《酒述》《荆軻》等作，殆欲爲漢相孔明之事而無其資，而忘言於真意，委運於大化，蓋庶幾哉深於道矣。昔人謂晉無文章，惟靖節《歸來》之調。愚亦曰晉無翹楚，惟賦《歸來》之靖節云。

王彦昇終身不得節鉞

蓋讀史至黄袍加身之點檢，取天下於孱孤弱嫠之手，而一時將相大臣咸茅靡鼠伏，奔命恐後，幾不復有鬚眉肝膽。韓通秩指揮耳，慨然奮隻手於呼吸指顧間，挽仳墜之綱常，令其事得行。通舉禁近兵於内，而昭義淮南輩素著忠勇，握重兵于外，四起勤王，遠近必且響附，恐黄袍之猶未有定屬也。通此舉關周宋存亡甚大，而王彦昇以幺麼部卒，輒襲而殺之，并妻子靡孑遺，此千古大逆，亦千古大恨。

及周社既遷，乃始奉虚號以旌通，而于彦昇不直加顯戮，僅僅不得節鉞終其身。君子有以窺其微矣。蓋宋祖既以陰謀迫脅取天下，無一日而忘諸臣之有異志，倘復爲之奬叛賞逆，何以訓天下？故不得已而有中書之封封韓通，則彦昇之誅，寧可以旦夕緩，而何以聽羣小之單詞而輒貰之，貰之而終身不得節鉞，以爲宋祖之薄之耶，厚之耶？漢高于宥己之丁公戮之，以狥于軍曰：『使後世無效丁公。』談者猶謂漢高有猜疑諸臣之心，而使之無效。今宋祖之曲貰彦昇，視漢高已不勝其濡忍，而奈何以節鉞之得不得爲重輕也。且當日宋祖之怒而罪彦昇曰：『吾罪其擅殺。』獨不思黄袍誰擅製，復誰擅加，天子誰擅策，復誰擅呼萬歲，禁兵誰擅將而出，復誰擅擁而入，禪詔誰擅艸，復誰擅出袖中。當天地震裂、日月霾晦之時，種種逆謀，疇非擅者？而何獨以擅殺罪彦昇也？且范質、王溥輩皆周舊臣，甘心事仇，紆朱曳紫，何論節鉞？而節鉞獨于彦昇靳之。恐王、范諸人，良心未死，必有睹朱紫而愧汗無地者。抑考周有掌節之職，漢有符節之令，皆示義于慷慨勤王，而仗黄鉞，當軍門，威靈震耀，兵不得出入，節鉞之重蓋如此，自非社稷臣，孰能當之？而彦昇何人，以節鉞之得不得爲重輕耶？倘僅僅節鉞之不得，爲足以誅彦昇，則當世之不得節鉞者，寧止彦昇一人而已。且彦昇之所不得者獨節鉞耳，自節鉞而外，將何所不得，而又安足爲彦昇誅耶？則宋祖之陰德彦昇而陽示裁抑，以欺天下後世，蓋不俟其洞開諸門，而心事已畢露矣。

或又謂宋懲五季之亂，强藩假節鉞之權以自恣，況彦昇慓桀，又自恃翊戴功，而一旦節鉞在握，幾不可制，故終身不得節鉞，是亦收藩鎮之權之意，是未必然。總之宋祖原無深猜苛嫉于彦昇，不過假節鉞以欺天下後世。孰知彦昇失終身之節鉞，而宋祖卒莫遁萬世之鈇鉞也哉。

周高祖善處勝

愚少負氣，喜讀《六弢》言，諸㓝畫運秘，遵者勝，不者敗，津津慕之。比長而龢閲經史傳記，迺始知聖喆上務，不堇堇争勝天下，在所以處之者善不善。何如彼夙沙之勝石年氏，處之以鉏耨；涿鹿之勝公孫氏，處之以神靈。胤是則禹湯之馳轅，少康之徒旅，皆忘勝負而游之乎廣莫不争之野，何善不善足稱云。自《六弢》言出，而譚武事者始務争勝以信志，仗其飊忽斬岍之氣，爲足以走萬里而鞭撻之，而天下事惟吾所欲爲。蓋輓近世大都然者，而搶攘間得一善處勝之宇文邕氏，竊攬卷嘉嘆之。邕祖父世世臣魏，迨護也專政，遂盜魏而易之周。當是時，天下瓜分，朝君臣而暮敵國，五六輩南面而稱孤，各走其銛戈倅騎，以蹂天下。今日齊陳遣師，則曰某也勝，甚且勒勛景彝，沾沾色動。明日梁楚赴鬭，則又曰某也勝，甚且快志狼封，滔焉席豫大豐亨於几杖矣。終當時之君之身愈勝愈驕，愈益求逞，以尋耗亡，疇可縷舉？

乃周高祖獨燁燁，迄今爲史孅談，是操何術哉？間按當時事論之，邕也閔齊政悖亂，而以甿隸之磔然者闢其心，開襟所向，折無鋭，攻無堅，一戰而晉州克，再戰而晉陽收，三戰而搶齊王於鄴城下，俘馘以還，此在兵家足稱信志。即崇宫室，益嬪御，茍自屑越，夫誰禦之？不然，而第爲襲侈承恬，奚不可者？而必於毁宫室，損嬪御爲也。此其深沈翃厚之概，疇足與謭謭者比長（潔）〔絜〕廣哉？彼鐵鎖方沈，即怙寵于羊車；淝水猶波，竟寮志於風鶴。此近事章章足爲炯鑑。考其一時制勝之筴，豈盡出周高祖下？而惟其處勝之善之不周高祖若耳。然此亦就其處勝一事言之，抑猶有可爲當時扼擘者。齊政悖亂，伐之宜矣。齊民磔然，莫必其生撫之宜矣。彼安成者姦縱暴亂，等君父於倪孺，廢置之不爲意，獨不可挈勝齊之師，聲大義而剗除之乎？審是則堂堂義旅，即以稱善於天下後世，夫疇不左袒受令而卒坐失焉。豈瞻烏靡定之秋，爲邕安枕時邪？且也嫡嗣匪才，宗社無托，而間關百戰，以有區區之土地人民，卒坐拱於椒戚之凶豎，胡其處勝之善，而處宗社之不善迺爾哉？處宗社之不善，而處勝之善，即善奚以稱哉？是故在兵家難於取勝，而在周祖則吾嘉其能處勝。在兵家難於處勝，而在周祖則吾恨其以處勝之善，而玩愒其取勝之遠猷。跡若所爲，要未足以當《六韜》意指，於黄虞三代竟何如？於乎，沮三匝於睢水，而縞師逾壯；戹萬騎於平城，而赤祚永綏。然則周祖之善處勝，固不若漢祖之善處敗矣夫。

子卿娶胡婦

子卿之娶胡婦，人咸謂史傳之妄。而李陵《與子卿書》云『足下胤子無恙』，謂陵實忌子卿而有意誣衊之，且以其書爲後人贋作。總之惜子卿十九年虜庭百折不回，其忠義大節不宜有此。余則以爲子卿之娶胡婦事誠有之，有之不足爲子卿忠義大節累也。當武初奉遣入虜，單于欲盡殺漢使，不則盡降之，使衛律召武受辭。武慨然仰天歎息，謂從行常惠等屈節辱國，何面目歸漢，引佩刀自刺。律驚自抱持，鑿地煴火，置武其上，得不死，復不降。單于壯其節，愈益欲降之，幽武大窖中數日，不得食，嚙雪并氊吞之，不死，復不降。又徙武北海上，使牧羝，曰羝乳乃歸，武杖節卧起，節旄盡落，不死，又復不降。單于知李陵善子卿，使至海上，爲置酒設樂，道故舊如平生，而以間道單于意。武曰：『武自分死久矣，君必欲武降單于，請畢今日之歡，效死於君前。』陵見子卿志不可奪，因泣下悲歌，與武决去，而後乃以胡婦妻武。胡婦固單于女也，陵意武即不屈，姑縶其歸。當是時，武固籌之矣，不降單于自人臣之節，娶一胡婦豈遂負漢？且陵説我降虜，萬端不聽，而單于雖盛怒，亦必以好來，姑從之，庶不失陵與單于意。此子卿所以娶胡婦而不辭。然武之羈虜已十餘年，其娶胡婦在嚙雪吞氊、持節牧羝、出萬死一生之後，而非因娶胡婦爲偷生地也。不然，衛律、李陵之徒即不娶胡婦，可爲能忠於漢哉？單于既不忍殺，子卿又不肯降，留之無爲，當不待上林鴈足之書而歸，武之意已决。歸之日，召子卿官屬咸會，爲餞宴，并前所隨子卿至者僅九人尚在，悉令還漢。當其餞宴，官屬咸集，鞮鍪擁道，即胡婦及胤子豈其無情？必且牽裾惜别，南向而悲，而子卿是時或以胤子屬陵，固未可知。陵書詞所云，實亦以友誼，故慰藉之。何誑也？抑又思漢務和戎，明妃、烏孫公主皆嫁單于，爲古今中國之恥，未聞有娶單于女者。子卿絶域羈旅之臣，單于女即生長穹廬，亦貴主也，而俾侍子卿巾幘，是足爲明妃、烏孫一洒之矣。子卿故有子元，以上官桀等叛，元坐與謀死，子卿亦免官。帝念子卿著節老臣，問左右：『武在匈奴久，有子乎？』子卿因平恩侯白發匈奴，時胡婦適産子通國，遂因使致金帛贖歸以爲郎。吁嗟，漢之待子卿者甚薄，即其子不類，猶當議功，今不有通國，子卿之胤絶矣。余猶惜當時不并胡婦贖歸，貂鶡而稱通侯婦，令去帷之妻見之愧恨以爲快也。

前論出自簷晷中，經生伎倆已盡，然市肆每以災木，甚愧之。今所作自是以文爲戲，而齒長筆鈍，不及少年時多矣。

表

擬御製聽講大學衍義詩示輔臣屬和因彙爲一編頒賜侍臣謝表

嘉靖六年

嘉靖六年某月某日，伏蒙聖恩，以御製《聽講大學衍義》詩并輔臣恭和彙次爲編，分賜在侍諸臣。臣等謹上表稱謝者。翠帷嚮學，賡歌叶綴玉之華；丹扆崇文，靈寵被函琅之錫。望縹緗而目炫，捧簡册以心榮。寒畯奇逢，熙朝盛事，臣等誠惶誠恐，稽首頓首。竊惟道載典謨，垂百王畜德之助；音抒倡和，表一時泰洽之驩。惟喆后乃自得師，非大聖莫之有作。上能率下，宣鹿野之周行；臣亦媚君，答凫涇以令德。慨風微于輓季，而典學寖荒；逮情隔于堂廉，而摛詞亦戾。興思猛士，功已闕于脩齊；侈咏柏梁，化何關于平治。示宫體而詞流靡麗，安望宜家；頌集詩而身沮登庸，未聞賓善。風斯下矣，文在兹乎。恭惟皇帝陛下，德超無始，道合重玄，體止敬爲敬一之箴，本正心爲心箴之註。制嚴配帝仁孝，用以綏猷；學務緝熙典藉，因之見道。謂東魯闡皇王之秘，揭三綱八目于《遺書》；而西山搜經史之精，備五要六條于《衍義》。心融神解，已領芳馥于談藂；旨遠思深，遂發洪濤于筆海。因前席以示四輔，俾依韻而爲五言。吁咈都俞，信瓊瑶之望報；集思廣益，驚琬琰之匪頒。千載明良，一時際遇，臣等十五雖從于大學，三千莫得其宗傳。事君矢靡二心，敢忘戒于慎獨；補衮曾無一字，祗覲德于潤身。近法宋臣，非誠意正心不獻；遠師周后，必齊家治國是期。伏願堯德克明，湯盤顧諟，盡付記誦詞章于韋布，益操精一執中于帝王。由知止而至善，不獨言成六經；廣明德以新民，行使治超千古。臣等無任瞻天仰聖，激切屏營之至。謹奉表稱謝以聞。

策

第三問

蓋離實用，吐經常，而高譚性命，儒者羞稱云。然此非性命爲盭也。則譚性命者，支離汗漫而無當于實，即無當于性命也。古今譚道術者，折衷于孔子。孔子罕言命，雅言不及《易》，故性與天道無聞焉。然聖人無心于罕言也，無心于雅言也，日用動静，靡非性命，而合性與命，靡非一原。故曰『吾無行而不與』，曰『天下之道貞夫一』。今之譚性命者，不求實而求之幻，不求一而求之鑿，而性與命所以愈譚而愈晦也。今夫相遠相近，上下不移，孔子蓋言性矣。道之行廢，知命受命，孔子蓋言命矣。此性命所由昉也。

至子思，乃始合言之，曰『天命之謂性』。然非自子思始也，遠近之中，已涵天命之性，而子思特闡其旨也。至孟子，又互言之曰『命之有性』『性之有命』。亦非自孟子始也，性中之命即不受之命，命中之性即遠近之性，而孟子特發其藴也。然而窮理盡性至命，孔子係《易》已舉而一貫言之，而後世儒者乃紛紛焉謂理爲性之條理，而命乃性之命令，蓋皆摹寫其離合之狀，而非別揭其異同之旨也。若夫天地之性、氣質之性以言性，義禮之命、氣數之命以言命，而性命又有理氣之分。不知此亦發明孟子互言之旨，不然爲贅而已矣。在天之謂命，在人之謂性，而性命又有天人之分，不知此即發明子思合言之旨，不然爲戹而已矣。

夫譚性命者似虚，而究之無非實用；闡性命者似鑿，而究之無非一原。是固不以孔子之罕言，而疑孔子之所雅言。亦不以孔子之分言，而疑子思、孟軻之所合言、所互言。又不以子思、孟軻之合言互言，而疑有宋諸儒割裂同異之言。蓋天之生人，開塞異知，良楛異才，喧寂異趨，頓漸異功，聖人知其然，揣摩彼己，人各爲説，令望之者不驚，而聽之者超解。是則聖賢之心也，無心于罕言、雅言也，亦無心于合言、互言也，即宋儒誦法孔孟，猶然牽于訓詁名義之間，而分天人、分理氣，則豈其説之煩而旨之盭哉！

孔孟拓基，宋儒藻棁，孔孟濬源，宋儒汎瀾，無非求明聖賢之旨而已。乃今之高談性命者，誦法孔孟唯謹，而至于荀卿之惡性，楊雄之混性，韓愈之三品性，管輅之譚命，李康之運命，孝標之辨命，雖其辨極輸攻，深極象罔，侈極雕龍，博極涫紛，一切擯之爲寓言稗説，吐弃不取。而性命天道，則今之三尺童子皆得與聞，跏趺閉目而欠伸，曰：『天命未發之中。』倏顰倏笑，輒于喑呃，曰：『率性無礙之道。』問之，曰：『吾心有孔孟也。』窮之，曰：『吾冥會，吾嘿成，而性命不可凑泊也。』交手簿最期會之績，自以爲能政事，而目性命爲駢枝；饜心抽黄對白之長，自以爲能文章，而辱性命爲棲托。至于高譚性命，罣罣洂洂，則又以宇宙事物悉爲糟粕，悉爲土苴，此孔孟之格虜，宋儒之重儓，而荀楊諸子之下走也，愚生所爲羞稱也。

詒美堂集卷之二十四

海埂祝以豳耳劉著

雜著

命説

世人動必稱命，雖父兄之於子弟，不問其繕修何若，亦援命而代爲解，真大惑已。彼所謂命，即墮地八支干也，其説於古無之。古所有者，卜與相而已。然亦第舉一事預占機咎，非若今之説命家，謂人生榮瘁定於八支干，可一推測而竟也。人生榮瘁，定於父母未生前，含冲孕和，而五官百竅，神靈精爽，日抱月盈，天地之陶鑄萬品全在於此。不探其原，而求之八支干，豈造物于人之生身立命處漠無真宰，必待墮地而聽八支干之陶鑄哉？官竅既具，人之智愚淑慝已定，八支干豈復能變易其已定之稟受，而另作陶鑄哉？先喆特重胎教，正以人之智愚淑慝皆繫於未生前，故借以補造化之玄功。若必待八支干而定，則胎教之説妄矣。且譚命家至唐始有，其人亦不甚著。卜則司馬季主、嚴君平，相則唐舉、袁天綱，皆灼然耳目者。司馬季主究明天地之始終，日月星辰之紀，爲宋忠、賈誼所歎服，然亦僅以卜名。漢武帝聚占家而問娶婦之日，五行家曰可，堪輿家曰不可，建除家曰大吉，叢辰家曰大凶，歷家曰小凶，天人家曰小吉，辯訟不決。夫諸家所習，要不過支干生剋之説也，即娶婦一事迄無定據，何以定人生畢世之榮瘁哉？諸家之術，後世罕傳，今似竊五行爲命術，竊堪輿爲葬術，要之皆卜也。生人之支干，與先天之氣，合亦有之，故假支干以推卜先天之淑慝，是因支干以卜命，不可謂支干即命也。卜自君平後無奇中者，況因後天以卜先天，非神聖其孰能與于斯，而可責之瞽丐庸豎哉？

余生平所遇方伎甚多，于談命第得百一，其一亦偶中耳，相則時得什一二焉。豈非以人之官竅定于未生前者，猶爲可據耶？蓋宇宙間，清濁二氣絪緼流行。清淑之氣，鍾于人爲靈慧，三代而下，賢聖不作，清淑間氣，行誼與文章分受之，得氣之清而醇者，行誼文章、富貴壽考咸備。古惟伊周、畢召，近代庶幾者匡衡、胡廣、謝安、張九齡、歐陽脩之屬。若清而未醇，所得亦不無遞減，而或有清值其偏，如莊周、列禦寇、黔婁、孟浩然之屬。又或如韓非、李斯、楊雄、曹操父子之屬，無論所成就，而其才識均足凌轢千古，以其均盜宇宙之清氣也。若濁氣所干，爲愚爲賤而已。今世士人，方其操筆學爲文，良駑立見，迨挾策應試，讀其文而衡其得失殿最，尺寸不爽，愈于支干家推測百倍。何也？文屬于人而竅于天，故文之佳者，必曰天才，曰天巧，曰天機，曰天趣。雖文之極卑者，亦有天焉。至於當場射覆，其中的入彀，尤純以天用。即平日聞見之所增入，至此亦盡成糟粕。獨此一掬無師之智，炯炯從先天帶來者，隨取隨足，隨觸隨解，化腐爲新，窮幽極眇，無非是物，故曰純以天用，以我之天，懸合于主司之天，若鼓應桴，若鍼投芥。何造物之能主張，造物固在我也，是文章即命也。世人憒憒，謂遇合由命，不必論文，將宇宙魁人杰士，錮神劌心，所冥探之玄珠，聖君察相，按圖馳纁，所謹奉爲蓍蔡者一支干，得而顛倒之。斯不亦辱當代之文章，而令英雄短氣乎？必若世人之説，將支干值吉，士之文章遂能幻拙爲巧，主司之目亦且易明爲昏夫？它不暇論，即小之如曲藝，如奕碁，方其運斤賭墅，即其人竭智畢慮，幾能令血指者斲輪，少算者國手乎？夫人之心力智量，其淺深工拙，毫不可强，况文章何物，可容假借？若謂主司閲文妍媸眩瞀，既可使士人之愚忽智，又可使主司之智忽愚，則士人復能造主司之命矣。况棘闈校士，自經房以至主考，閲文者非一人，更數目而後定，必皆令其認朱成碧，且將合數主司之命而造之，大謬不然矣。且槩觀寓宇，若南都之蘇松常，浙之杭嘉湖寧紹，豫章之南吉，閩之漳泉，鄉會入彀之士遑往一邑而當一郡，一郡而當數郡，豈官禄支干盡産東南諸郡哉？正以東南諸郡家絃户誦，父兄師友之所漸磨，雖中材亦易成就，北地漸磨之力少，惟豪傑無待而興，中材即不免於成否半矣。此見稟受均于先天，陶鍊由于人力，譬之於鏡，必原具本來晶光，又必磨之而晶光始露。若云人生榮瘁，舉聽命于所值之支干，則不問人事之得失，而鏡可以不磨而照，又不問稟受之智愚，而磨磚亦得成鏡，斯惑之甚已。

太恭人九十乞言述

太恭人周氏以中憲比部考封安人，以以幽隨陽考封太宜人，已復進階，有今封蓋三命云。先中憲見背，以幽纔十三齡，太恭人焦勞拮据者垂三十年。以幽矣侍於隨陽官邸，屆七袠，歲屬大侵，殊慚禄養。既承乏司馬尚書郎，會島夷躪朝鮮，羽書交午，不皇惜其私，而太恭人里居，屆八袠，適叨粵東之命疾馳，及誕辰僅獲一捧觴，而簡書迫去。庚子，入賀萬壽，隨疏乞侍養，得奉菽水歡者九載於今，而太恭人躋九袠矣。太恭人生平無紈綺珠璣之好，以幽謭劣，又不能樹令懿致顯融，以光揚之。唯是七袠若八袠，辱吴明卿、袁伯修諸公惠之華表之言，今屆九袠，以幽顧何以嘿默自解於臕卮之日也。惟大君子無惜金石瑶華以慰人子區區孺慕之一念，將綸綍並輝，孫曾永戴矣。

徐孺人行述

孺人殁而二子箴若範痛孺人甚也。念鼎酹纍封，靡足識罔極，於是奉比部所自爲狀，北走雲杜謁志銘，又東走吴興、四明謁表若傳矣。已復致比部命，過余泣曰：『惟伯氏之幸敦大人愛也，而以先孺人不朽請，即雲杜諸公其言具在，要以近足徵，核足信，尚徼惠伯氏之一言。』余時迫功令，問道長安，不果諾。越明年，比部更走尺一薊門，以逋諸見討。夫比部之狀孺人幾二千餘言，二三作者采録之爛如，而必欲令余拾餘瀋而泚筆，余則焉能？顧余猶記癸未之春，與比部同詘南宫，走易水道上，雞聲茅店，風雨聯牀，搔背癢相慰。比部酒初酣，頗感憤於窮愁也，曰：『季子見倨於機中之婦，自是機中婦騃耳。吾婦居恒以機杼佐吾讀，夜丙不休，謂吾一第不足取。吾兩上春官歸，必以風塵相勞苦，無幾微色見，吾甚愧之。』余則已心知孺人賢矣。己丑，比部成進士。乙未，上計還里，而再以孺人之祁門邸。余時請急田間，爲詩二章歌送之富春江上，視比部槖槖然耳。而親故猶望之外府，比部不能應，則孺人力慫慂曰：『人亦時有緩急，彼急來須我，何可使負怏怏不得之歎？且禄仕五年，其誰能諒我不嫌示恡，即謂飾廉如誼何？』於是悉出簪珥若匜洗之屬冶鋌之，令望者極意去，而不復知所來繇，知之獨余二三兄弟耳。孺人從比部邸中，未幾，而鄰邑起大獄，當事者以屬比部，獄即易竟，而其人故豪於貲，有力者爲居間，而當事者意有所持，委其難而無堅决。比部時時攬牘竊歎，孺人察知之，謂比部：『法不可骫，天不可欺，今日之事何疑也？』比部頷之，獄成，失當事者意，而其人又大流訕。孺人不勝憂，中夜咄咄起坐風露中，會免身失血，遂不可樂矣。此比部所爲神傷，而二子所不自知其迫痛之無從也。

狀稱孺人女而佐荼陵廉以椎素，婦而佐比部廉以門牡，操作而佐太孺人勤，纖嗇而教子若婦儉。至所以事贈公者，疾周于匕，内周于身，而外周於賓客。比部曰：『先人之大事，不有孺人，庭即暴骸漂骨，無足贖大罪于天地。』其德孺人亦深矣。孺人懿碩較著，業已大書，不一書，而其爲德於家於鄉於國，即比部所隱痛不忍筆之以暴於人者，余特爲述之。比部七載循吏，不爲名高，量移留曹，汩若固有。箴若範，强學有雋譽，箴角試冠，其曹廩於官。夫視其夫，視其子，令德徵矣，又奚俟余言而後核也？孺人先系、生卒月日具志中。

分水祠述

成祖肇建北都，歲漕自海運者由直估至京，自江運者浮淮入河，至陽武從陸，抵衛輝復入衛河至京，水險陸費，耗財溺舟，歲以萬億計。永樂九年，命工部尚書宋禮往治河，發濟、兖等府丁夫六萬餘人，疏淤啓隘，因勢而治。而濟寧至臨清，幾五百里不通舟楫。禮用汶上縣老人白英計，知汶水由東平州之戴村瀉入海，遂於其地築壩，横亘五里，遏汶水無東，使盡出南旺，相地高下而中分之，北流者七，南流者三。北至臨清，地降九十尺，爲閘十有七，合梓衛之水達天津。南至沽頭，地降百十有六尺，爲閘二十有一，入黄河，達淮徐。由是漕河大通，海陸之運悉罷，此誠國家萬世之利，亦人臣萬世之功也。成化十七年，勘河工部侍郎李燧疏言前工部尚書禮有大工于漕河，宜即其地祠祀以旌勞臣。報可，遂於龍王廟東建祠，命有司春秋致祭，即以管河郎中主之。萬曆元年，河道總督兵部侍郎萬恭復疏言故河臣宋禮有社稷功，而牌位猶仍尚書，未有贈謚蔭恤之典，老人白英以勞死于河工，今雖亦有廟祀，然止戴平定巾，手執工簿，殊可憐憫，亦乞量贈一官，庶補先朝未備之典。該部覆允，宋禮贈太子太保，白英亦與冠帶。今人但知分水龍王廟，而不知宋禮之功。余過南旺，睹河洛而興思，因以所嘗聞見及考証于典故者識之如此。宋，河南府永寧縣人。

節婦張氏反風滅火述

建武南城縣張女厚姑，適南豐江有本，夫婦皆十六齡，結褵僅八月而夫死，貞心苦節。歷十有八年，爲萬曆己未當除夕，而節婦之所居屋火，居四壁立，鮮傍徑，火挾風内嚮，烟焰屬於天，節婦已自分必死。時邑令躬率兵卒往，勢愈燎，人力無所用，亦謂節婦且必死。節婦呼天而禱者再，風忽反，火自外却，其所居室三楹巋然獨存，令及鄉三老而下咸相顧駭詫，謂天實祐節婦云。當節婦初矢志時，人竊謂其韶年志可奪，諸媞慰勸之，百端不能入。而豐俗信鬼溺巫，其怨家陰購爲魘釘諸邪術，其術能令人狂鶩暴死。節婦知之，戒小婢焚香，危坐於素所奉觀音大士前，明燈煌煌，誦《女史》諸篇不輟。時夜將半，小婢忽疾呼仆地，節婦從容起，跽大士前，祝曰：『婢何罪，罪當及未亡人。』祝畢，而婢甦，道所覩見甚恠。夫節婦一煢然嫠耳，而苦節瑰行至見鑒於彼蒼，鬼神蓋時時呵護之，不獨一反風事而已，因并記之。若世系、節烈與諸慧心淑德言之芬齒頰，具節婦父太平令所爲傳中。

讀家乘敬述

國朝以來，吾祝氏之通籍者凡十有五人，甲榜七人，父子繩武者六，祖孫繼起者一，鄉榜人人父子繩武者五，祖孫繼起者亦一。自余曾大父東田府君而下，祖孫父子者四。而今泰徵弟弱冠聯捷，合父子兄弟而三，且其間鄉會七占魁名。世大父龍山翁與先君子存溪府君俱兩魁鄉會，而先君子與余鄉魁名次又適符。祝氏詩書之澤，雖不敢謂抗海内衡，然於閭左所得爲多矣，而余之所得於吾宗抑又多矣。余及後之子若孫世受國恩，其罔然思所爲報稱之難，與繩武之不易也哉！　萬曆甲辰三月識。

題方氏墨示兒輩

方于魯以墨擅新都，爲弇州、太函、大泌三先生所賞鑒，於是海内争購之。至《墨譜》行，而世且以爲物怪書妖矣。弇州之言曰：『黝而澤，緻而黑，光可晰，堅於璧。』太函之言曰：『豨膏麋角，芳澤無加，猶之佛土青蓮，恥與衆芳伍。』大泌之言曰：『不膠漆而固，不烟霧而升，不涅淄而黑，不珠璧而潤。』三先生之言如此，余所得不能多。實其經始時，專精所製，自方氏没而人間所留，日就耗汏，至今日而操觚家實之不啻珊瑚、木難矣。恨余幼不習書，篋而藏之幾四十年。今老矣，爾輩勉之，第得鍾王一波拂意，於牕几明浄、筆硯精良時一試之，毋若爾父勤購而得四十年篋而不試，徒爲墨所笑也。

讀弇州志銘偶書

自滄溟先生没，而弇州傳之，又爲文及百二十韻詩哭之，人以弇州故推尊滄溟先生，而疑駭者亦稍稍噤。迨徐天池没，而弇州有《哭子與》詩四首，且書其後云：『子與猶幸矣，他日我死，誰爲作此語者？』今弇州没，而一時作者俱盡，獨一李翼軒稱碩果耳。志弇州者趙定宇，或云出代筆，而其他撰述多不稱。夫百二十韻詩，字字追琢，可泣鬼神，即滄溟當沾沾地下，是寧獨子與幸哉？奈何令弇州寂寞身後也。雖然，二集在天地間，所謂日月經天、光彩常鮮者，不誣也，奚必得諛墓之文而後信？

讀闕史漫書

《闕史》所載劉蛻辨裴休盎事，其盎有字云：『齊桓公會於葵丘歲鑄。』謂生前不當稱謚，証其爲贋，其説是矣。然考三代以來之器，無所謂盎，且欵識或箴銘，或稱某人作，而不稱鑄。今之善贋者，無如吴人，其形摹大小若紋理欵識於古毫髮不謬，乃有識者一見辨之，何也？數千年之物，體質神采，豈一時人力所能爲？如必援史傳以糾其贋，則吴人所製，其不合于古者鮮矣。昔人嘗以古鼎名蹟証史傳之誤，又何耶？此或《闕史》之傳訛，未必有是事。不然曲阜正周公所封地，胡不托之周而稱齊桓？大篆非奇文，何必究書生而後辨？裴公不陳之几席而出于外庭，種種可笑，則當時曲阜令與裴之親友生徒皆不解事人耶？何以云裴公尚古好奇也？

讀浙志偶書

今天下雄藩首吾浙，山川清淑之所渟毓，間生偉人，若劉文成、于忠肅、王文成，其巍伐振代，非它建樹可萬一望。而至於方學士之抗節，商文毅之科名，抑亦國朝無兩焉，斯亦足爲千古山川吐氣矣。獨於文章，則二百餘年來，遠推北地、信陽，近遜濟南、江左，令人抑抑無色。即前數君子者，其生平結撰，非不揚芬秇苑，然論者求多，猶謂未及摩屈（宗）〔宋〕兩司馬之壘而名振代，豈文藻爲功業所掩耶？抑靈氣所鍾，先其實者鉅者，而後及其華與緒耶？何以寥寥乎二百餘年也？即余所覩見二三作者，如胡元瑞、徐茂吴輩，非不炳烺一代，然欲與文成諸公之功業勛名埒，則吾未敢。漫書以竢。

梅雨説

兩間清醇之氣，在天爲靈澍，在地爲甘泉。靈澍者，梅雨也。昔人詩云『梅子黄時雨如霧』，又云『黄梅時節家家雨』，故曰梅雨。每年當芒種、夏至之間，其雨應期而至。其至也，濕雲四幕，雷電無聲，大者珠黐，細若霧織，連綿或經旬日。其色味清滑甘香，與他雨水迥别，此在三吴數十郡邑雨之候皆同，蓋北地之所絶無，而荆楚、豫章、閩粵或有或無，即候之先後不齊，人亦不知貴也。甘泉惟深巖幽谷中有之，隱隱自砂紋石罅中出，有上涌，有下滴，有旁沁者。其出也，無形無聲，注不盈，酌不竭，是皆天地最初純一之脉，毓孕之厚，而精華輸吐如嬰兒，如處女，抱真守冲，未漓未牿，若一經風日之炙撼、江河之雜揉，即真元牿而純質漓矣。梅雨之外，有臘雪與四時之雨，亦天地最初之脈。然雪性太寒，味太淡，四時之雨或挾暴風雷電，飲之皆能損人，偶一收之待匱可耳。若甘泉之外，無論井水，爲茗之蠹，即江湖之水，色昏而質濁，投之佳茗，香味盡失，斷無可用之理。何也？純質既漓，不復可言水也。甘泉在豫章頗多，不獨康王谷水，即嶺南山川絶奇，泉亦有絶佳者。陸鴻漸身未徧歷寰區，盡嘗水味，止據目前所見品第甲乙，如所稱楊子中泠水爲第一，今山僧於寺旁之井大書『天下第一泉』。試之，其味溢濁，與凡井同。若云郭璞墓側水之有旋渦處，是即江水，何以稱泉？天下事狥名而不采實，大約類此。甲子夏五月，因命家僮收貯梅水漫書。

族異遘紀

余得請里居垂九載，里俗頗淳樸近古，而今稍渝也。余善病杜門，於里之人鮮所接，惟是族指繁，不能人人厭其意。即九載中，族有非常之事二，而余不幸皆坐捂焉。我祖宗故事，元旦集族屬於宗祠，祀畢合飲。歲壬寅，族兄某董祀事，貧且眊，預虞於恥辠，則投他藥酒中，飲輒狂酲，中道而仆者纍纍。族姪某者，其僕任行酒，啜其餘竟死。姪以毒殺訟之官，邑長莆田林公疑而就問，余具以對。姪以余不張而甚之，遂怨余次骨。其後五年，而有族弟某之事。某之子某，一日疾暴作欲絶，得治蠱藥，入咽而蘇，無何而弟病亦如之。蓋弟有僕，既逐復還，心疑之，執而自承曰：「毒得之某甲。」邑長潯陽郭公訊之不決，亦就問余，謂弟姪病狀與治狀爲中毒甚明，第所置毒與毒所從來事曖昧，法干重辟，寧敢以意而操邑父母生殺人之權乎？既而郡司理贇皇胡公、監司使高安陳公問，對皆略同，而胡公則謂驗所唾沫浮而不沈，辨爲非蠱甚悉，余無以難，退而述胡公言。然弟之仇其僕亟，終不能無嗛於余矣。久之，余入武林，而姪亦以就訊至。姪固青衿之有志操者，心實苦終訟，以間屬余爲當事者委婉，即從末減，幸無失主僕體可耳。蓋是時，郡讞業從開釋，上之監司而行覆讞，胡公風棱矯矯，度且無及案事，而余于姪重宿諾，則入見縷悉如姪指，胡公曰：『奴不死，即杖走耳，此外復安所甚其罪乎？』弟姪輩從旁竊聽，相顧愕眙。獄具而爰書中謬譽余清修絶世，語語金石，足爲此事之案。于是雖有喙三尺，無以自解于弟姪矣。余竊自惟元旦之役，通族聚飲，謂置毒酒中而盡殺通族之人，此情理之所必無者。若文致殺其同堂季父以抵僕死，尤非情理，余不能拂一國之公，而狥一人之私。某即仇余，余固任之。獨弟姪爲僕所蠱，設於事果確，余即証成其罪，豈不快心？而徒以曖昧無據，漫持兩端，致當事者稱引于爰書，余則奚解？雖然，在弟姪家室燕昵，當有真見。

余處户外，不得知也。在有司，庭訊得情，緣情抵罪。余處事外，不得與也。余所以爲弟姪者止宜若爾，所以對當事者亦止宜若爾。平旦思惟，原無佞舌，無它腸，則亦惡用三尺喙以自解。第兩姪所處己與僕之軀命所關孰重，某則竟能釋然於余，某則悻悻以爲余實殺其僕。兩人之心術人品，其懸絶如此。

噫，事往矣，余猶筆而紀之者，念風會日趨，今之邑令與理官、監司能以殺人大獄，虚己而就問于林壑之人，蓋寡矣。如司理胡公，以不佞之言，筆之爰書，而無嫌無疑，抑又寡矣。其所關世風升降非小，故聊紀之。

會約

吾里僻在海陬，猶存淳朴，戚黨同志相約爲真率之會，遇花朝月夕，良辰美景，載酒選勝，盡一日之歡。每輪當會一人，先期二日用一古折柬傳知，云某日會於某所，後列各姓字。遇傳帖到，書一知字於姓字之下，非大風雨不易期。至日不必再邀，辰刻齊赴，兩人共一肉一魚以供午飯，飯畢隨意登眺。未刻四人共一攢盒，或量加果餌數品，過侈者罰。酒惟家釀，適量而止，主人不必以醉客爲恭，不把盞，不拂席，行坐序行序齒，主不鳴謙，客不道謝。申刻各散，不用張燈，間遇時和月皎，或不妨載月而歸。除嚴寒盛暑外，春秋花月之候，會不厭頻。所帶僮僕，除操舟者，到即令回，隨從不得踰二人。犒僕即用餕餘，不必另辦。地取山寺之幽者，亦從主人之便。此會惟真惟約，斯可行可繼。吾儕念百年易過，四美難并，假此以答清時而敦雅道，遺俗累而樂餘生，非以酒食徵逐爲事。凡我同盟，宜相體亮。

公移

開採移牒

看得清遠縣鐵屎坪相傳産鐵，不聞産銀，且在大羅山中，去縣四百里而遥，實猺民穴窟，萬山聯絡，與西粤、衡楚、豫章相通。嘉靖年間，亡命不逞之徒鼓煽諸猺，幾釀危禍，至勤兩省大兵會剿，始得安集，而地方創殘不忍言矣。此清遠縣礦山之實也。英德縣堯山錫坑，相傳産錫，錫乃五金之蠹，凡金銀遇錫無不糜鑠。據理，錫礦無産銀之事，而該縣漫謂錫礦之中或有銀在，蓋亦恐涉阻撓，遷就其説。要之産錫不産銀，實父老萬口之同辭，而銀不産于錫，乃五金生尅之定理。此英德縣礦山之實也。至於礶砷石山，原在陽山縣，今曰連山，此聽聞之悮耳。據連山縣申稱，並無礶砷石山，其在陽山縣者。近該本道親歷其地，詢諸父老，謂礶砷石山先年曾納税軍門充餉，聽民採取。蓋浮砂碎石，無事開鑿之勞，故不費官帑，不煩督責，而坐收成税。但取砂多寡不一，而額税則必取盈，利害相當，旋開旋罷。此陽山縣礶砷石山之實也。相提而論，在英德縣，費不貲之帑金，取有限之錫砂，是爲以貴而易賤。在清遠縣，礦坐猺窟，承委員役，勢難深入，必且諉之亡賴之徒，攘奪挑釁，關係地方安危不小，是爲利微而害著。倘貴監能慨然相信，除陽山縣礷砒石山聽從收税外，將清遠、英德二縣礦山特行停止，此實社稷生靈莫大之福，即貴監與本道亦並受其福矣。萬一未肯相信，則如從化等縣礦山俱明，開黄村營等地名，故可據實開挖。今兩縣所報皆茫無指實，揣摩以應。如大羅山以鐵屎名，蕘山以錫坑名，其不産銀明甚。果否？原報人所報之處，今既明知二山之不産銀，舍此又别無指實，而嘗試開挖，虚糜公帑，亦何樂而爲此？貴監與本道同在地方，有同舟之誼，地方安危，彼此共之，如必欲以無著落之礦山，冀莫須有之礦銀，竭百姓之脂膏，挑猺民之爪吻，則惟有解綬納節，以一道生靈命于貴監而已。

粤東税監李，威燄張甚。初，公移達制撫，批云該道，竟移文税監繳。乃不意李監見之，欣然相信，特罷英德諸處開採，而浛洸、太平二税最稱要區，亦聽有司徵解，不差税役一人。孰謂李非賢者，後之決裂，實以地方一二激成之也。

吴義門七世同居

照得建昌府南城縣民吴以讓、以文等，自高祖名盛者同居共爨，至曾孫輩已歷七世。今家衆三百餘指，而日用衣食與夫錢穀出入，咸統於家督一人，耕者無私粟，織者無私帛，賈者無私財。盛遺有家規十四條，曰孝悌，曰忍讓，曰節省，曰弗聽婦人言等欵，至今子孫奉之如金科玉條，罔敢渝佚。今年曾以公務便道，一至其里，登其堂，老幼數十輩出迓，肅如也，藹如也。因以『蔀屋唐虞』扁額旌其廬，量給粟帛以示優異。近有子弟十餘人讀書，習舉子業，試之文理粗通，因言之學使，考取入學者二人。其在黌宮，布衫革履，不爲近時輕薄子卑巾大袖，而誠信退讓，諸生亦爭愛敬之。據本民同居共爨，自盛自今，已歷七世，無論男子居平鮮叱詈聲，即婦女小有嘖于室者，聽長婦片言立解，以是三百指如一身，二百年如一日。蓋自浦江鄭氏而外，試今日宇内之所絶無而僅有者，委宜題請旌表，以爲末俗澆漓之勸。

孝烈婦宋氏

看得烈婦宋氏，盱江農家婦也。夫某貧甚，有老姑在，烈婦事之盡孝，晝出采薪，夜紡績霜月下以爲常。歲荒，私啜糠粃野蔬，不令姑之饘粥。寒夜止一敝絮覆姑，身宛轉牛衣中達旦矣。烈婦天質雅麗，雖敝衣蓬髩，隣媪見之咸自失。有豪家慕而欲娶之，而其夫啗豪金，欲令改嫁。烈婦知之，引刀自刎，姑力救，拊烈婦而泣，而隣里亦爭致藥餌，得不死，更勉事姑三載。姑歾，而豪謀娶益力，烈婦計無所之，遂自刎死，蓋萬曆十八九年間事也。恨黄金解悮紅顔，嗟碧血竟膏白刃。真乾坤之正氣，具節俠之剛腸，其在草野荆笄尤稱奇絶。建昌有鄉先達私録其行者，間閲之而得其槩，因召本里父老詢之而得其詳。夫埋香歷有歲年，闡幽如待今日。查旌奬節孝事屬守道，而本婦住近建昌郡郭，知之最真，且事關風化，好根秉彝，遂不避越俎之嫌，據實呈請，乞檄府縣再加查覈。如本婦孝烈事蹟果實，懇特爲題旌，以耀幽芳而風末俗，地方幸甚。

祝月隱先生遺集

祝子遺書序

吾友祝子開美，在蕺山之門最稱好學，有『庶乎回也』之歎，惜其死踰顔子亦止三歲耳。力學未究，而遽死國變，天之將喪斯文乎？何奪吾開美之速也！顔子不死匡圍，曰：『子在，何敢死。』而甲申三月之變，先生在籍，可未死，開美亦忍死歸侍先生。乙酉五月之變，先生、開美皆在籍，未死。六月，徵書及先生，先生死。薙髮之令至吾寧，開美亦死，率顔子從匡之義也。開美之學，尚實踐，以知過改過爲功，以兢兢無負其本心爲要。本心者，道心也。開美所造，雖未可云精一執中之學，然以開美之志與其力，假之以年，於精一何有哉！而天使致此，故可痛也。開美生平大節，世所傳誦者，曰一疏留先生、一再擬疏擊執政、焚冠袍惟恐其浼己、葬母結悅惟恐死之不速之數事而已。而確之重開美又不在此。開美亦惟兢兢無負其本心，以庶幾寡過之學者，而非徒争此區區之節者也。故其《焚巾衫》之卒章曰『一朝夢覺，吾還吾真』，曰『惟義不干，吾心則安』，曰『庶幾乎頫印之無媿，而造次之必端』者，本心之言也。《歸囑》之二章曰『書生今集作『諸生』非上書之人，名之所在，攘臂而先之；草莽有無逃之誼，害之所在，縮首而避之。此狗彘所羞爲，予不再計矣』，本心之言也。亦豈惟一二章之文而已？由是而益推之，謂《祝子遺書》無之非本心之言，其可也。

或曰：『蕺山先生以慎獨爲學，而吾子序祝子之書，單提「本心」二字，其毋乃廢先生之訓矣乎？』曰：『獨者，本心之謂，良知是也。慎獨者，兢兢無失其本心之謂，致良知是也。』先生《答祝子初見問學書》曰：『道不遠人，只就日用尋常之間，因吾心之已明者，而一一措諸踐履，便是進步。』曰：『如今日驟遇期喪，自是本心迫切處，不肯放過，即與之制服制禮，何等心安理得，外此更求道乎？』曰：『心所安處，即是禮所許處。』曰：『惟大節目不可不自勉，亦只是時時挑動良心，自有不容已者。』此先生之教也，亦寧惟初見之言而已。由是而益推之，謂先生之言無之非發明其本心之學，其亦可也。使學者讀先生、開美之書而興起焉，人人無負其本心，而益加之學，則是天之未喪斯文，而虞廷精一之心，將復有傳於今後也。戊戌夏，開美之伯子鳳師手輯其先集，並所傳述先生之言見示，確削其十七，爲鳳師之家藏，而梓其十三以問世，期以發明心學而止，又多乎哉！丙戌之夏，予一病幾絕，懼不復生也，亟起爲《開美傳》，略盡其平生。而昔者澉湖吴仲木所述祝子遺事已極詳，兹故不復道，因論其本心之學，以遺鳳師兄弟，俾知先學之有本，益相與反求諸心，以孳孳寡過而世其家學焉。則今者吾鳳師汲汲惟遺書之輯也，又豈惟遺書之輯已哉！　己亥二月花朝，同學弟陳確拜書。

敬璋案：是篇爲先高從祖乾初公所作，以序《祝子遺集》者也。而今本尚未之載，豈公作之而不以遺祝氏歟，抑祝氏纂輯《遺集》而偶失之歟？　己酉夏日，校訂乾初公集而得之，亟録卷首，以爲讀是集者之津筏云。

傳《海寧縣志·理學傳》

祝淵，字開美，舉崇禎癸酉鄉書。壬午，計偕北上，值左都御史劉宗周召對面諍落職，淵上疏，言憲臣清剛，宜留之以肅吏治。上以其諸生言事，下部議處。淵謁宗周，宗周謂之曰：『子之爲是舉也，無所爲而爲乎，抑動於名心而爲之乎？』淵聞語不覺自失，曰：『先生名滿天下，淵誠恥不得與爾。』遂北面稱弟子。宗周每抑其過，使之鞭辟近裏著己。淵由是躍奮，師門一言一動皆籍記之，同舟南下，著《師説》一卷。尋奉旨逮問，究其上書指使，淵抗聲不屈。都城陷，出獄，友人吴麟徵將殉國難，待淵訣别而死，淵扶喪南返。南都建，淵復上書投獄，詔釋之。已聞宗周不食，淵曰：『子在，回何敢死？先師死，淵何敢生乎？』或曰：『子，諸生也，曷以死？』淵曰：『諸生非上書之人，名之所在，攘臂而先之；草莽有無逃之義，害之所在，縮首而避之，何以見魯衛之士乎？』於是葬其母畢，作絶命詞曰：『中心安焉，謂之仁。事得其宜，謂之義。嗚呼，學道有年，龘識義理，吾何求哉？吾得正而斃焉斯已矣。』遂卒，年三十有五。

癸丑五月初九日鐙下邑後學陳乾録。

月隱先生遺集卷一

海寧祝淵著　後學陳敬璋重校

問學録

上劉先生書《遺書》題云：『開美初見先生問答語一通。』

敬啟：淵質性懦鈍，無所知識，閒聞先儒論學，有謂先從静中養箇端倪，纔有商量。有謂必先研會書籍，繇博歸約。不知静中工夫從何下手？養箇端倪是何景象？所謂研會書籍，没箇主腦，何異近日五經笥？如何便能歸約？竊謂學者不須專靠文籍，亦不求必講求性命，虚摹光景，祇就視、聽、言、動四者勉强簡制，減得一分過差，便是一分得力。如此立志，得不錯否？然又深恨庸鄙者流，動託中正，便其私圖，忠孝節義之場一往而過。古有其人若必裁度事理，便屬轉念，從來人品未有不爲轉念所敗者。夫子何以命之？至如科舉之業，其意主於揣摹迎合，充此一念，即爲患得患失之根，若徑行己意，則又必不得之數，高蹈近於安忍，拯溺萬無可爲，隱顯之際可微商乎？

若禮教蕩失，吾省下三府爲甚，執親喪不異平日，遇骨肉如肅賓客。淵昔遭三喪，違禮疚心，莫可殫悉。今有志砥俗，嚴其大端，寬其小節，如期親之喪，張樂不可，歲時小集可乎？食息如故可乎？儻嫁娶及時，更有萬不得已之情，權舉之可乎？又《家禮》云，適母無子，有子之妾可祔。此就長子言也。長子之生母可祔，次子之生母將何如？有親喪服既除，或拘牽時日，或囚擇地，遲久不葬，易服宦游可乎？如祭享之禮，有先世相沿而祀典不載者，沿之則悖禮，革之則戾祖。又如浮屠不可用而父母或篤信之，用否當何如？且有兄弟之齒或長一二年者，或長一二十年，有撫字之責者，拜跽抗一作執禮，無稍異乎？如此類，未能縷悉，謹述鄙懷所深疑而難安者，上質之夫子，幸明示焉。語意瑣褻，望即於來啟批答。

先生答書

此道本不遠於人，學者只就日用尋常閒，因吾心之所明者，而一一措諸踐履，便是進步處，且不必向古人討分曉也。即如今日驟遇期喪，自是本心迫切處，因此發箇哀戚心，不肯放過，即與之制服制禮，何等心安理得，此外更求道乎？繇此而推，則所謂三年之喪、期功之制、祭祀之節、家庭拜跪，亦皆以是心裁之，而沛然矣。心所安處，即是禮所許處。其閒有古今之異宜，有鄉風之沿習，固未可一概膠柱而鼓瑟也。惟大節目處，有斷然從之則人、違之則獸者，不可不自勉。亦只是時時挑動良心，自有不容已處，便只得心安意肯去做，此外別難著力也。流俗之病，錮盡鄉人，鮮得自拔，只爲胷中所見仄小，所謂『小人小丈夫，不合小了它』。纔肯開闢見地，便當稍有立脚處。其閒又有立異以爲高者，若全不向見地討分曉，而但較量於清濁之閒，以去彼而取此，則雖稍能立定脚跟，亦只是五十步笑百步。況又有墮落一邊而不自知者，其弊又將有過焉者乎？總之，人心本無不明，轉爲一種習聞習見，遮蓋著重重，容易不出頭，所以措足都差。世人靈魄相搏，都向暗地裏過日子者多，此處發箇猛省，便當一日千里也。讀手教訖，趁此書後，小瀆爲罪。友人某頓首。

期喪百日内，飲食居處宜變於常日，此外通融可也。若嫁娶，亦須既葬，方以不得已行之。案：此段今本接於『小瀆爲罪』句後，兹從《遺書》元本低一格别録。

先生書《遺書》爲第一札。陳氏注：『開美再疏，欲彈姦輔周延儒，先生走此札止之。』

不虞得譽，遂屬千秋，此道因緣，真有天作之合者。不佞敢謂少有當於知己，惟是晚年進步，端有望驊騮之影而恐後者矣。迺者驟得人言，致以質疑，不知已蒙許可，胷中塊壘之氣，怡然冰化否耶？浮氣病心，浮名害道，僕亦過來人，不敢不苦口相告。即如古人最磊落者，所謂陳少陽其人，然以聖門視之，猶然暴虎憑河伎倆，況後人之學識萬萬不及少陽，而妄慕邯鄲之步，多見其不自揣矣。且足下豈以前日之舉爲失之誤，不免傷知人之明，未可千秋，遂不惜再有奇舉，既以蓋前愆，又以垂後名，便作堂面男子耶？審若此，則一團私意已如魑魅罔兩之不可測，又何以自信於道，終能高視闊步於人閒乎？嗟乎，人心之病於私也，如千尺浮雲，頭頭難撥。凡人之認賊作子，而誤盡一生者，往往而是。不然，古人一生學力，説惟精，説擇善，當在何處用也？伏望急整歸裝，儻終蒙不棄，得相尋於雲門、鑑湖之閒，爲幸多矣。惲仲升處有詩稿一帙，并《原旨》一帙，皆乞索來寄下爲荷。

答先生書

伏讀尊翰，教誨詳切，悚懼未已。旲，敝親家，復傳述尊旨，感激之餘，益深媿悔。蓋因有識以來，所欣慕而樂效者，純是此種意見横據胸中，謂可求異於流俗矣。自非夫子直發病根，嚴加懲責，幾何不終身狂悖阽死而不一悟也。竊以日來獲侍夫子，此心之明，時有呈露，纔違函丈，便已蔽塞如故，反躬自訟，只恨此志不立。人之所以異於禽獸者，争此一志耳。非人即獸，從無中處之界，然則一刻不立即一刻是獸，一日不立即一日是獸。禪家死後輪迴，此則現前變相。淵三十年來，是人是獸，一一簡點，真是不寒而慄，媿赧無地者矣。深知此事靠不得師友，如淵錮蔽甚深，悔悟方始，尤望夫子稍矜恤而卒教之，實不勝厚幸。此中塵事環生，閒消白日，意欲僦舍通州，晨夕侍側，旬日閒可準赴也。《原旨》呈上，詩稿留惲生處，俟録畢齎奉。耑力敬復，臨穎曷勝惶悚之至。

先生書《遺書》爲第二札。陳氏注：『是札係開美癸未冬就逮時，先生自山陰寄至檇李者。』

凡禍福之來，若是意中事，則當安之固然，若是意外事，則當付之適然。適然之謂命，固然之謂性。盡性至命之學，即於此求之。世人以七尺爲性命，君子以性命爲七尺，知道者更於此辨之。案：『世人』二語，張楊園先生《言行見聞録》首引之，『七尺』作『六尺』，『君子』作『吾人』。

臨别贈言。案：此四字今本在末句下，兹依元本低數字别録。

答先生書

秋杪違侍函丈，歸來卧病委頓浹旬。自聞逮後，差能鎮定，病亦隨愈。比來見得道理，頗覺親切，在險在夷，總著不得一毫意見，著不得一分安排，惟『委心任運』四字，體貼真切，便已身心安樂，尤怨兩忘。奉明教，益復豁然，敬佩勿斁。所可惜者，世風日下，目此等事爲奇特，而朝廷所欲懲者，舉世必默議其非。如淵今日朋輩，羣咻不已，激成黨禍，害世非小。抑更惜者，上既以有主疑其下，而下之人妄意風波有所自來，揣摩伺察，不知引咎，此謂上下相疑，其何能國？猶憶客秋趨謁座次，即述昔賢易簀數言，淵之自命不俟今日，況當流氛震鄰，梓里隉杌？耑望夫子倡明此義，正告同人，但得鍊出一二死節之人，便不虚天生夫子之意。正不宜以時事日非，遂諱言講學也。淵細思救時急著，無踰此者。惟留意大兄遠臨甚屬可已，不敢久稽，附布區區，皇天后地，實鑒臨之，餘不敢贅。

上先生書

敬啟拜：夫子教後又六日，始就道，隨緣任運，差能自適。莊子有云，道在於是，生死禍福如寒暑風雨之序。淵竊疑其言之未當也。生死禍福，惟其所遭而無容心，此正所謂道在是也，不宜外所遭乎遇，而別求所爲道。近見如此，敢質之夫子。同學張生履祥者，偕同志錢生名寅、名本一者，向慕道風垂十餘載無須臾閒，敢進之函丈，惟夫子有以命之。此數子者，走舸及淵於吴門，道義規勉，友生之誼殊篤，可卜他日必不辱牆屏也。附布區區，諸不敢贅。

上先生書本注：『时先生官南臺。』

捧讀夫子大疏，昭揭大義，明於日月，即未必見諸行事，而如雷如電，已足褫宵人之魄，而醒舉世之聾瞶矣。裨益世道人心，詎淺鮮哉！淵兩遣人詣大兄處，遥詢道履，吉勝爲慰，迫欲趨侍函丈，而躊躇不前，以國家遭此非常慘變，凡有人心應知媿恨，乃驤首奮翼，人人自慶，以爲功名之會，騖走捷徑，是可恥也。此淵之所以趦趄而却步也。比自循省，客氣難除，躁心難釋，怨艾時有，旋操旋失，真無時無刻不在尤悔之中。入德無基，一旦身膺事任，未有不以鹵莽決裂報者。不幸姓氏，致塵啟事，撫懷負疚，深所不堪。乃若夫子出處之義，淵亦嘗私計之矣。

陽明先生曰：『君子與小人必無苟合之理。不幸勢窮理極，爲小人所中傷，則亦安之而已。』淵三復斯言，於安危利害，無所容心，顧嘗反復於姤、復二卦，而微有見於用行舍藏之旨也。五陰在上，一陽浸進，剛長者爲君子嚮用之幾，故曰：『利有攸往。』五陽在上，一陰浸進，柔牽者爲君子見擯之幾，故曰：『有攸往見凶。』夫消長之際，爲兆甚微，大聖大賢見幾明決，能與於此，故曰：『用之則行，舍之則藏。』非沾沾於諫行言聽之爲用，諫不行言不聽之爲舍也。

夫子視今天下消長之數何如也？[redacted]鴟張於河朔，逆賊狼視於關西，宦官悍帥伺伏乘閒於卧榻之側，其所以感召之者，實自羣士大夫之心爲之也。貪婪忮害，人皆有戎狄心、盜賊心、側媚心，滔滔皆是，精進不已，遂釀成此純陰之世。雖孔孟復生，勢不能爲今之人洗肝伐膈、頓蠲夙習者矣。

然則夫子於行藏之義，又何如也？所恃皇祖驅滌虜塵，功超百代，歴服無疆，中興有象，有志之士相與講明此學，擇之精而守之固，以徐竢天心之復，然後出而圖之，其可免鹵莽決裂之報乎？而所以裁成教育之者，非夫子尚誰望哉？鑑湖剡谿之側，淵敬撰杖履以竢之矣。鄙懷久鬱，輒敢發其狂瞽，幸夫子垂察。敝親吴磊齋翁當易簀時，猶誦服夫子率初念之訓，而死志益決。其仲子名蕃昌者，或以《紀略》呈覽，字字皆實録也。若殉節諸先生，似宜亟與復卹以風勸臣節，不宜以陳乞之有無，因循觀望，啟奔走之門也。即此一端，寧勝浩歎，多所欲罄以佇望夫子還山。不敢陳贅，臨潁不勝瞻企之至。

先生答書《遺書》爲第三札。陳氏注：『甲申秋，先生自南臺罷歸，答此書。』

使來接手書，知惓惓之誼。僕此番出處，大是憒憒，時命之窮，只合待死，無第一義可言。僕見近來頂進賢者多犯鬼氣，不久皆當入鬼道，吾輩如何索做一日人也？尊聞行知，頗望足下大須謝却世情，一味闇然潛然，以無悶爲德，便是安身立命地。詳味來書，遭一番鍛煉，亦未見有長進處。學力不進，便須退，退一步，轉落千丈阬塹矣。念之可畏也。使旋布悃，來儀附璧，空來往一場，對故人之賜，不覺媿色。

上先生書

淵敬啟：昨月二十八日，發舟趨侍函丈，便擬奉教卒歲。是夕泊舟阜林，次日五鼓血證忽發，委頓特甚，遂迂舟臨平，借棲醫家，以圖調治，未得兼程晉謁。益自恨學問無基，十寒一暴，近知悔恨，決計出門，耑賴老師甄陶造就，庶幾有成。何期病又旋作，欲得如去歲從師南還，日聞緒論，幸忘履險之苦，而有日新之樂，詎可得乎？言念及此，不禁憮然自失也。淵病中自勘生死之際，差無貪怖，蓋生死倏然，去來無著。此亦學問究竟事，乃古來蘇、米諸君非不灑然於生死之際，而聞道則胡未之許也。如禪宗生死事切，往往援朝聞夕死之語，以附會其説。竊意夫子所謂聞道，斷非如彼教所云『忽然爆破』『粉碎虛空』之類明矣。道又豈一朝可聞、一夕歘手之事？人之於道，如水之於魚，日用不離，狂不加減，聖不加多。病中尋念，不能釋然，幸老師明教，以爲駑駘之策。餘情尚多，筆不能罄，萬望老師加餐飰，慎起居，百凡遣解，爲道自愛。力疾佈候，不勝瞻仰之至。

前暮作稿已竟，中宵忽懷客冬老師手教，有云：『適然之謂命，固然之謂性。』因有會於朝聞夕死之旨，盡其固然，安其適然，此旨也。而盡性至命，此旨也。殀壽不貳，此旨也。彼禪宗烏足以知之？念次胸中稍快，病亦隨減，附録呈正。

先生答書《遺書》爲第四札。陳氏注：『甲申冬，開美欲渡江謁先生，途中病發而止，走書報聞答此。』

道體何以數數委頓至此，至僕又失此良晤，感念無已。血證之發，不拔去病根，則每發必重，後將何堪乎？聞之醫家言，咯血出於心而通於腎，嘔血出於肝，肝爲血海，治之差易。然肝主東方，生氣，氣有餘，即是火，而又乘於心，風火相挾，作疾易狂，則亦惟有治心爲要法。平日用心太過，如一切躁妄心、經營心、期必心，并義理、思維、研慮心，皆且放鬆，但減得一分便是減一分人欲，減一分人欲便增一分天理。人安得日置其心於天理之中，而猶膺無妄之疾者乎？無妄而疾，可勿藥也。或妄焉，其容已於瞑眩乎？先儒指之曰『無欲作聖』，斯其旨也。治心之外，更無藥已。養德之外，更無身已。來教似頗傷於猛厲，只此便是欲也。此等意思，皆須放在平日用則得力，若到手足忙亂，便是心爲形役，非徒無益，而反害之矣。道不可聞，聞而非也。古人云：『自然之謂道。』吾亦與之爲自然，期陳氏注：『疑是「斯」字。』刻刻有聞矣。適然、固然之外，得此又進一籌。幸於病中理會此意，何如？僕還山失路，情緒無聊，每恨不得良友一把臂，日望足下如望歲一見不可得。足下幸自愛，儻得握手，春以爲期乎？使者來，適在山中修先塋，人事忽忽，今本作『悤悤』。草此作答，不盡欲言，悵然而已。仲冬初九日，某頓首。

先生書《遺書》爲第五札。

使者去後，念道體不忘，今本作『置』。想當久已勿藥。凡病發之驟者，收功亦必易，但須防其復耳。以足下病中能理會學問，轉較十分勇猛，宜必有拔去病根之意，使之永不再作，方見大力量處。從此益加培養，元氣日固，而雖有客邪不能入，則培養壽命之要訣也。總之，心病之外，別無形病。治心之外，亦別無調理血肉工夫。神而明之，存乎其人耳。僕因先塋有未了之役，三冬皆滯草土中，不得耑役過候，歲暮方歸。玆者，遣一奠於磊齋先生，少存生死之誼，不覺神思加愴，敢遂訂握手之期，慰我離索。雲門佳山水，是我輩避世緣也。道駕惠然，當爲久聚計，商疑發覆，了此餘生。見得宇宙閒尚有未了公案，不無待於我輩，則後死者所以不負前人也。然而同心相信如足下者，蓋亦寡矣。率爾布悃，外具福橘一封、火籠二提，引意幸叱存。陳非玄叔姪相見時併一致聲。春正月三日，某再頓首。乙酉歲。

先生書 時祝子過山陰，居解吟軒，或在古小學先生，或在家，或在鳳山，問答手書。

語云：『肉氣勝則滯穀氣，穀氣勝則滯元氣。』夫穀氣且能滯元氣，況藥氣乎？清氣之人，如小船不堪重載，即藥而投，亦不宜用重劑，況未必投乎？譬如韓信用兵，多多益善，漢高但能將十萬衆，以是知用衆之難也。用藥亦復如是。僕前創立諸方，不過六七味，蓋有意存焉。味寡則奏功專，而受弊處亦易明，多則未有不失之嘗試者。今試問之諸醫曰：『若爲君，若爲臣，若爲佐，若爲使？』未有不茫然無以應者。一君，二臣，三佐，四使，合之得十分，此善用衆者也。然而世無淮陰矣，擇而取之，不得已也。醫者，疑道也，無行所疑，守中之道也。

又曰：『三人行則損一人，一人行則得其友。』以是知用寡之易於取勝矣。假如用地黃，則不必用龜膠。今一人曰：『此地黃證也。』一人又曰：『此二陳平胃證也。』衆論摇摇然莫之適從，不得已而用地黃，即誤矣，亦不至大害。又益之龜膠，是前日用五味，又加烏梅之故智也。此外可以類推，用人參則不必用百合矣，用天冬則不必用百部矣，用茯苓則不必用米仁矣。今用孫方未必盡投也，人參之故歟，抑百合之故歟？弊在人參，而疑及百合，則枉百合；弊在百合，而疑及人參，則枉人參。教人何去何從乎？浪戰之兵，決不可用也。又用龜膠，斷不可用鹿膠，即不然，亦須少加五味子，獨陰不成也。陽能化陰，陰不能兼陽故也。

腎無陽則生氣絶矣，焉能生木？木無生氣則愈强而上反制肺，則腎中之生意益絶。此等意思，庸醫知之乎？凡治病最忌自用自專，至於大項頭道理，亦不可不自作主張。

上先生書吴氏注：『時祝子過山陰，居解吟軒，或在古小學先生，或在家，或在鳳山，問答手書。』

尊翰下頒藥正熟矣，僅一服而止。日來嗽已減半，或其驗也。細勘祛病之法，無如寡言語、簡思慮、時飢飽、適起居而已。客冬，書卧榻之側有云：『不見可欲故静，證本體於何思何慮之天；無暴其氣則和，必有事於勿助勿忘之際。』朝夕在念，凡遇順逆二境，稍稍有箇自作主宰處。兹趨聆道教，日有理義之悦心，從此静養滋培，於二豎何有哉？昨暮偶思陽明先生有云：『有善有惡者，意之動。』意既有善惡，便於誠字推不去。因思有善無惡者，心之體；好善惡惡者，意之正；知善知惡者，知之良；爲善去惡者，格之致。復其有善無惡之體而心正，如其好善惡惡之天而意誠，盡其知善知惡之量而知至，著其爲善去惡之實而物格，行得到處纔是知得徹處，故曰：『物格而後知至。』總是還其意之本然而已，故曰：『大學之道，誠意盡之。』喫緊下手在『慎獨』二字。獨者，正自心瞞不過處，即心體是也。敢質之夫子。

先生答書《遺書》爲第九札。陳氏注：『時開美同余過山陰，予先歸，開美留侍先生，時致書相候，前後共十餘札。』璋案：『自第六札至第八札，多論藥理，詳見《遺書》，兹不盡録。』

只捉定『何思何慮』、『勿忘勿助』兩言做工夫，便能尋向上去，第恐峻絶處著手不得，反成退步耳，努力努力。王先生言古學，今本作『大學』。自是有病，已經龍谿駁正，可不待言。即如足下所糾正者，僕亦嘗有是言，但終看作四項，非古學本旨。試以自心置在箇中，一一體貼，便如截流斷港，動成隔礙也。今可且將前人話頭一切放過，專理會自家事，如上文所云者，久而有得，方知古人多權，不得以文害辭，以辭害意耳。草復。乙酉正月廿四日。陳氏注：『以上七字開美自注。楮背後凡札尾記年月日者，皆開美自注也。』

先生書《遺書》爲第十四札。

僕初五日上鳳山，不及過小學一晤，時念道體不置也。然别無可著力處，惟勖道力堅定，不生退轉心，便能小却魔王，時時有霍然氣色耳。『何思何慮』四字，日已益看得親切否？只今尊候往復不常，此中能不動一下否？纔動便憧憧，與此體已隔天淵。動處只是生死心打不破，除却生死利害心，更何思慮之有？謹疾之道，在本分中亦一事，事少不得，但於本分外少加豪末，則雜證候一齊俱作，願更加理會，不徒以略見光景爲得手也。舊著有《人極圖》，亦道著何思何慮處，小兒當舉以請教，幸批示，并《讀易圖説》候教。

接《日新四答》，因悤悤不及即答，并致奠夫。

上先生書

昨承台翰，敬勒心腑，敢不淬厲以副誨育？日來稍受寒氣，脾腹作楚，昨進參朮之餌，今已平矣。嗽已減去大半，惟有小紅隨痰而上。偶閲方書，以紅置水碗中，浮者屬肺，半沈者屬心，下沈者屬腎，試之果浮，知屬肺無疑也。較之心、腎，爲易治矣。静坐時存想，多易致火。近覺身所往處，心即在是，只輕輕唤醒，嘗常保任，便心存而身泰，此處正自著力不得也。凡一切存想臍下命門，并數息調氣，悉是有爲法，心愈不得静矣。兩日所見如此，敬呈教。《人譜》《讀易圖説》尚容洗心請讀。

先生答書《遺書》爲第十六札。

參夫兄來，接元本作『聆』手教，且悉近候。緣來清恙大都以脾胃不和作疾，非虚證也。此後益宜以不服藥爲中醫矣，乃知從來皆誤也。然矯枉過正，此後又須受參朮，誤矣，慎之慎之。病中證道，彌見苦心。『身所住處，心即在是』，甚善。更須知此身非止七尺腔子，滿世界皆心，滿世界皆身也，故又曰：『天下何思何慮，何曾止向七尺討分曉乎？』爲此説者，恐其神明受錮於形骸，而漸起一種自私自利之見耳，不如《大易》曰：『兼山艮，君子以思不出其位。』認得『位』字清楚，亦何至坐馳之有？僕連日亦病甚，先此復。乙酉二月十一日。璋案：『「慎之」以下，元本有述一少年病證一段，詳見《遺書》。』

上先生書

日來老師道體何似？不得趨侍函丈，歉抱日積。賤體投以治肺之藥，服不效，左脇作痛，卧倒尤甚，起坐差可。疾病亦患難一端，委心任運，其所以行患難者乎？病中偶疏得《人極圖説》，竊謂學者但究心於此，更不必看《太極》東西《銘》矣。以此《圖説》具括得三書意旨。在無聊之際，信手所書，望老師摘其荒謬而教正之，善惡分途，本自判然，若云知得透徹，真知善之如飢食渴飲，不善之如赴湯蹈火，自家尚信不過，然不敢不自勉也。望日曾有一字求教，想已賜覽，諸不敢贅。

上先生書

失奉候者數日矣，竊念道體安和似昔否？淵賤恙未得減，數日前脇背作楚，石臣兄決之爲肺痿，蓋前歲辛熱所傷。隨服桔梗、花粉等清肺之劑，脇痛稍瘥。此亦前歲已驗之方也。數日後服人參保肺湯，想可無虞矣。近又得汝文陸丈同寓，見所答季超書并《一元正學録》，深服其見地之卓，似亦得《讀易圖説》之一班也。且汝老年高，親負斗米來聚此，其志淵尤悚然畏之。静坐時一念不起，頗覺有萬物一體光景，恐亦祇是虚見。當應酬時，不失此體便佳，要非真精神。數年翕聚不易得耳，再乞老師一言鞭策。韓參老十三日別去，并聞。璋案：『韓先生名位，字參夫，北直保定人，見《傳習録》。』

先生答書《遺書》爲第十七札。

昨晚方自荒隴回，得聆手教二三通，稍知近況。病中纔説何思何慮不了卻，又尋題目做文字，學問未到從心境元本作『景』界，一切語言文字總不脱憧憧伎倆。須知病中自有素位之學，前所云本分之外，不得加豪末也。舊稿聊呈覽，不過稍供岑寂則可耳，何至遂蒙批示之詳如此，合是主人不免大饒舌，惹出種種葛藤。此後各須一切放却，老須爲老計，病須爲病計可也。道恙本是陰虚之證，止因投溼滯之藥太多，所以傷及脾胃，不妨偶用參朮以救之。此只是醫藥，不是醫病，故近又有協痛之證。或是白朮、炙甘，大能實肝氣，肝挾相火，因補成壅，故作痛，宜非肺痿。即肺經受病，亦以金受火剋之故，非尋常外感肺證，如何用得桔梗、天花？方書云：『肺以下降而順。』今降之不得而反升之，豈非倒行而逆施乎？切宜斟酌，無爲庸醫所誤。恩恩不及詳。皮蛋八枚、米一斗奉用。乙酉二月二十日。

上先生書

聞老師出山，病不能趨侍，罪歉之極。賤恙誤投寒劑，遂致神氣耗減。昨服參朮，稍覺平復。前此服藥，躁妄之病，淵知過矣。因病中儘可驗試學力，前歲聞逮，頗能鎮定，及至禾郡，親友兢以苟且之説相勸，此中大爲所動，遂與徐虞翁面商。一日偶爾省得『義命』二字，當下如釋千觔重擔，尤怨都消，身心俱泰，此後更不復面虞翁矣。所授書札，悉封還之，獨往獨來，百倍灑落。目下病勢，進退不常，此中難言不動。日來偶思，時行則行，時止則止，生死正行止之大端也。其間著一豪怕死念頭不得，著一豪不怕死念頭亦不得。兩忘不著，此處是正當處，卻好尋討下落也。但此箇道理平鋪在人眼前，何故前此不能領會，又何故識得後常要走作。其間受病處，懇老師明教，不勝幸甚。璋案：『徐虞翁，名石麒，字寶摩，禾郡人，官刑部尚書。』

先生答書璋案：『是書《遺書》中無之。』

行止兩端，怕、不怕俱不得，自是日用間平鋪直敘道理，不必就中又討下落，反得苦趣也。惟其日用尋常，所以無人理會，纔理會破時，如客歸家矣，何虞再走作。今只作兩邊排遣，中間却得箇『空』字，賊子便從空處入。

先生書《遺書》爲第二十一札。吴氏注：『乙酉二月廿七日，時祝子以先人忌日在邇，欲西歸，先生以書留之。』

病中用心不宜太苦，凡足下抱歉處，皆當以『何思何慮』四字化之，庶于前日公案不成虚話。然大段只爲生死心未除，便生出許多心事，雖未始非道念所發，而已流于人欲之私矣。天雨甚，未得便晴，即晴亦宜視氣體爲行止，萬不可嘗試于脩途，以益增其病，故特相挽留，非情面上事也。目今醫藥已可不誤，静養數日便得霍然，平日躁心未平，遇境便當抵斟，得克己之法，今豈謂吾親可忘？政爲不敢忘親，故一舉足而不敢易此下堂傷足之痛，所以凜凜於當年也。山藥數枚奉用，每餐用三五錢，只此是藥。又蓮子少許，亦與類仝行。蓮子生啖亦可，熟則恐膩而滯氣也。今日且不必見顧，僕以廿九日上平水。不盡，某頓首。

答先生書附見《遺書》。

蚤同汝文丈展餐後，即擬奉謁，因天雨不止，静坐樓頭，正想得宇宙閒人事雖衆，不過『時行則行，時止則止』兩言盡之。俗諺云：『瓜熟蒂落，水到渠成。』學者但能息却勞攘心、計較心，與時消息，則於事變之來，吾所以副之者，不過如飢食渴飲、冬裘夏葛之常而已，更何思慮之有？知目下最切心者，莫如葬親一事。一則四方多故，旦夕莫保；一則賤體羸疲，恐一旦先朝露，遂長恨無窮。然細細勘來，總是生死心作祟，誠有如尊教所云『流於人欲之私』而不自知也。今且設一方便法，葬會有時，時會未到，雖神智不能强也。雖然，人事不可不自盡。已訂惠侯兄偕行，或以埽墓事相羈，俟清明後耑力來迎，便與惠侯兄同東渡，未可知也。

學者今日見得道理是這般，明日見得道理又是這般，大約只是意興所到。意興者，浮氣也。浮氣耐得幾許時？故所見屢遷，終無實得。如今第一剗除浮氣，浮氣既除，纔可言自得之學。有恒爲入聖之基，只是無浮氣。

大凡作事發於意氣，意氣所到便勃然，意氣既衰便索然，縱强自支持，決不能久。此等人雖小道，必無成，況爲學乎？斷其病，原於不誠，故曰：『有所見便是妄也。』還問主人，即此二則話是偶然見得如此，是實落體認得如此？若是偶然見得，未免仍屬意氣，莫於病上加病也。

陳氏注：『右答東并論學二條，皆開美自書前東之末。』璋案：『此二條附見《傳習録》。』

上先生書

西歸之日，值老師大駕入山，不及叩别，舟車委頓，復少憩會城。比歸數日，神氣稍復，世緣酬酢，萬不能謝者，亦隨分付之。以此違順之來，稍覺攖心，略綽提撕，便知自作主宰，此日來用力如此。賤恙近復屢作，恐元氣滋損，不敢復進湯藥，澄懷趺坐，静觀造化之妙，自無而有，自有而無，時至則然，有何忻厭之有？雖困頓中，頗得閒適之趣，不自知其苦也。先慈宅兆茫無就緒，專迎惠侯兄就荒隴一決，可祔則祔之，强探力索，無一可者，即卜兆亦然矣。賤體稍可，即偕惠侯兄東渡，瞻念老師造就之恩，夢寐不忘，惟恐離索，遂成墮落，趨教之忱，未嘗稍懈。耑此奉候，不敢多贅。

先生答書《遺書》爲第二十三札，録於卷末。

道體尚未平復，何也？詢之使者，近日頗無醫藥之誤，無乃寇自内起乎？凡病未有無因而至者，一切麤根細根，皆須審求，此後益不得放過也。工夫切在夙夜男女閒、飲食起居閒、語默動静閒，於此一一不放空，亦不兜攬分外，則心地可帖帖無事矣。即世緣之應違，皆自心生，方寸之外别無荆棘也。自此而静觀造物之妙，化育流行，傍花隨柳，惟我適意而已，是故可以忘物我，一得喪，齊死生，古之知道者如是。春木過盛，肝氣上升，須時時懲忿怒爲妙。前書不盡，又迎來教奉答，諸惟順時節養爲禱。三月十七日。

白芍能平肝而制相火，與山藥、茯苓同用，亦養脾陰，而不傷胃氣，即未立效，然與用地黄爲害相去遠矣。三月十七日，某又頓首。

先生書《遺書》爲第二十二札。

道體想已日加清泰，從此但用培養之法，而不以養之者害之，則葆固壽命之道也。新功何似？凡功夫以用而不用爲善，但有沾滯爲用處，皆害道也。凡道體陳氏注：『疑是「理」字。』以得而無所得爲真得。但有一物，焉可指以爲得，皆其得在外者也，必也。天下何思何慮乎？一致而百慮，同歸而殊途。天下何思何慮乎？君子亦求之一者而已矣，但遺思慮亦不得也。何日再還山陰之棹，令此道終不孤？惠侯行，耑此布懷。外沈石臣一書附上，幸轉從郵便。

答先生書

惠侯兄至蒙老師三賜手書，服膺奉持，感媿欲泣。比來病得差減，紅不作者三旬矣，然根株未拔，只是倖愈，非關養也。淵一生勞瘁，無可推諉，只如明訓『寡言語，簡世緣，鮮窮索』三言，尚自奉行之不力，何疾之能愈乎？案：『《遺書》先生第十八札有云：「而今設一治病之方：第一不得懸想名理，第二不得理會詩文，第三不得兜攬應緣，第四不得衣冠拘束，第五不得翻閱書籍，第六不得縱口劇譚，第七不得雜投藥餌，此外皆可類推。」先生所訓凡七事，而此云「三言」者，殆約言之歟？』近爲營葬一事，深驗得理欲之關，夾雜倚伏，極其微渺，只於此際嚴勘，勘得一分入細，便是一分得力。從上聖賢，徹底工夫，祗是心細到極處。如淵近日經營勞攘，固子職應爾，而得失憧憧，已漸溺於人欲之私而不覺者。然竊嘗用力於此，剛制於事前，懊惜於事後，總無得力處。精研以晰之，優悠以需之，但識是病，卻是良藥，庶幾以不用爲用，而非淵所及也，敬質之老師。惠侯兄坦誠明決，不憚跋涉之勞，惠及泉下，此非推門牆之誼不及此，淵不勝銜感之至。迫欲偕之東渡，尚得稍需時日，一了此局，便急趨侍函丈也。肅此佈復，臨楮無任瞻慕之至。龘葛壹端將敬，幸賜鑒入。

弘光元年夏，余友祝子開美病且劇，今本此三字無。又忿寇氛日迫，自分不免，於前六月十九，今本作『廿九』。招余過葆光居，出一匣見屬，皆劉先生手書及所論著也。遭亂未暇録出，簡篇零亂，懼有散軼，欲先整而書之。十月初四日，避亂友人徐聖儀家，因攜此從事，計共二十五葉。今本此句無。首初見問答語，次別敘，次手札，次詩，次雜論。其手札及詩，以年月先後爲序，凡三日而畢事。以筆禿老草，不能工楷爲惴惴。今本『先後爲序』下有云：『雖殘闕多所未備，而先生之惠教祝子，與祝子奉教之誠，大略具於是。』凡二十七字。『凡三日』以下三句無。嗚呼，先生立朝前後，所上不下百疏，皆廢其稾不存，於五經、諸子百家，無不精究，皆有所論述，莫肯一刊行，此其僅見者。今本此一段無。蓋先生之學如洪鐘，大叩之大應，小叩之小應。確嘗侍坐，竊聞論辨，今古精義洋洋千萬言，每晝而坐論，至昏夜不展股，及退息一齋，則終日不聞聲，真子所爲『默而識之』『學而不厭』『誨人不倦』者耶！乙酉之春，開美渡江而病，故先生手札多論藥理。其精晰俱今本作『已』非世醫所能曉，雖小道，亦可以見先生之一斑矣。今本作『亦足以見先生之學，無所不該洽矣』，『雖小道』三字無。今先生與開美俱死國難，而確獨隱忍苟活，皇皇未知所稅駕也，悲夫！乙酉十月初六日，同學弟陳確謹識。璋案：『先高從祖乾初公，更名在丁亥歲，而是編録於乙酉，故元本多書舊名，今依吴氏定本，改從今諱。』又案：『是跋今本與元本稍有異同，殆公成稾於前，而復易於後歟，抑吴氏定本所增損歟？姑兩存之，以俟知者，亦庶幾闕疑之意云。』

嗚呼，祝子殉節以來，九年矣。其生平所受先師教誨之恩，不敢廢墜。《遺書》一卷，猶逮未死，手授同學陳子，以永其傳，寄託之意良厚。而陳子蓋經閒竄流徙，僅以身免，握持坐卧，未嘗暫離少閒，則編摩裝寫，以虞其失，久之原軼無恙也。蕃昌嘗聞而借讀之矣。今年春二月，蕃昌從陳子哭先師於古小學，劉子伯繩出一卷書示蕃昌，曰：『此開美前後問學之手書也。』其珍重什襲於變亂之中，大略正與陳子之勤苦等。然則開美之不忘先師，與陳子、劉子之不忘開美，因以共傳先師教誨之恩於無窮者，可謂至矣。於顛沛造次之時，尤足以觀之矣。蕃昌於是請而卒業焉。既仍陳子所編之舊，攷其次第，而又録劉子所授諸札以附入之，雖不能保其他無散逸，而即其所存往復論列、憤啟助説之旨，釐然在目，將由誦此而感發興起於慎獨之學者，雖百世之下，猶得爲山陰徒也，况私淑願學於今兹者乎？嗚呼，誦者其勉之哉！因强名之曰《問學録》，而以質諸繼此而同有問學之志者。癸巳八月朔日，同學弟吴蕃昌識。

右劉先生書，開美手授確者，計二十六通；開美上先生書，伯繩授仲木者十一通，共三十九通。今刻答問書，共十七通。己亥六月，陳確記。

月隱先生遺集卷二

海寧祝淵著　後學陳敬璋重校

奏疏

請留憲臣疏見《海寧縣志》。

浙江杭州府錢塘縣會試舉人臣祝淵謹奏：爲憲臣情有可矜，聖主德無不覆，懇恩終始曲宥，以圖治安事。竊聞主聖則臣直，是切直之言，臣下所願效而難遇其主，人主所樂聞而不易得之下。邇者，皇上隆下濟之禮，降求言之詔，虚懷若渴，明聖之戴，遠軼禹湯，比蹤堯舜。此有志之士聞風興起，謂千載一遇也。憲臣劉宗周者，戇直固其性成，忠孝本於天授，感皇上不殺之恩，值時事多艱之日，聞其受命以來，蔬食不飽，中夜而歎，矢念萌心，無非圖報，如嚴絶苞苴，綏輯人心，效已見其一二。計典在即，中外喁喁，想望盛治，頃蒙召對，恩賜斥罷，在宗周迂褊忤觸，斷所難有。而皇上雨露風霆，無非至教。臣不爲宗周惜，而所深慮者，惟是賊寇《縣志》作『寇賊』披猖，賊寇披猖皆由民生日蹙，民生日蹙皆由守令貪邪，守令貪邪皆由計弊溷置。今天下墨吏滿海内矣，司風紀之責者，求清剛之操、學術之端，孰有如宗周者乎？達練之識、衡鑑之公，孰有如宗周者乎？ 宗周以戇直而斥，繼之者必懲之而爲淟涊。 宗周以迂執而斥，繼之者必懲之而爲便捷。 夫淟涊便捷之徒，安所不至，飽賄營私，貞淫倒置，睿照何由而徧，民困何由而甦，賊寇何由而靖也哉？ 抑臣更有説焉。 夫平日有犯顔敢諫之忠，臨難始有仗節赴義之忱，《縣志》作『士』。 士氣卑靡，至今極矣。 逆賊狂逞以來，棄城遁走者有之，甘心降賊者有之，開門揖寇者有之，靦顔偷生者有之，坐視君父之急、遷延不進者有之，慷慨殉難不數數也。 原其隱，皆戀爵禄、怖生死、脂韋蓄縮之一念爲之爾。 若宗周，不惜軀命，忤觸雷霆之威，此其孤忠激烈，真可仰對天地，上告祖宗。 向使受事《縣志》作『命』。 諸臣肖其豪末，亦何至虧閑喪簡，誤君辱國，至此極乎！ 然則宗周言即不當，陛下亦宜優容之，以比怒蛙之式也。 陛下上念社稷，下爲民生，誠不難以天縱之神聖，受絀於匹夫，撤回成命，賜復原職，俾計典有成，肅清吏治，作正人之氣，奏安攘之略。 臣即受妄言之誅，臣亦幸甚，惟陛下鑒察。 臣不勝席藁待罪、激切惶悚之至。

崇禎十五年十二月初八日具奏。 本月初十日奉聖旨：祝淵未隸仕籍，何得妄談朝政，任臆狂肆？ 著從重議處。

這本如何封進通政司也？ 著回將話來，該部知道。

十六年　月　日部覆奉旨：祝淵任臆狂肆，必有主使之人，著錦衣衛拏送鎮撫司究問具奏。 該司官亦屬藐徇，姑不究。 該部知道。

請誅姦輔疏本集注：『殘稿出自山陰劉子伯繩手授，不敢擅增一字，今存其舊。』

欽革浙江杭州府錢塘縣舉人祝淵謹揭：爲臣罪應誅，國讐當復，謹冒死擊姦以酬聖恩事。淵於壬午計偕，目擊貪墨成風，激揚無術，憲臣劉宗周職司風紀，戆直被斥，奮言乞留，蒙先帝未即加戮，下部議處，尋奉逮繫詔獄。淵以正月十八日就獄，廿八日鎮撫訊鞫，邀聖鑒，三月初二日移送西曹，初十日司審，十二日堂審，爰書既呈，旋奉恩旨，情輕，各犯暫保候旨。淵遂於十八日出獄，現有原任浙江司郎中甘文煃可質。痛京師失守，憤不欲生，而桁楊餘息，强活至今，實欲以先帝再造之恩，一報之陛下也。恭遇絲綸涣宥，薄海維新，是先帝雷霆之教既深，陛下雨露之施益厚，此臣所以日夜泣血，悲憤感激，倘得糜體酬恩，死且瞑目。淵聞君讐不與共戴，王業不可偏安。陛下玉食萬方，便當思列聖園寢蕭條，典物未備，廷臣紆拖青紫，便當痛先帝衿襦血染，飲恨無窮。皇上宜如何宵旰，臣下宜如何磨礪，作戈矛而奮斨殳，捐城府而新壁壘，長驅殲賊，上慰先帝在天之靈，下愜中原義旅之望。乃先帝抱痛十旬，陛下龍飛市月，翫愒因循，恢復無策，此必左右爲謀不忠，營私忘恥，以誤陛下者也。竊見姦輔馬士英，僉壬回邪，擁兵最久，陵寢荒墟，神都淪陷，誰謀軍士，敗不能死，恭逢陛下，纘承歷服，自是天人攸屬，誼可無辭。士英恃爲定策元老，驕蹇要挾，外結强援，内營狡窟，縱兵擄掠，慘毒倍賊。目無君父，大逆不道，淵不能爲士英解者一也。逆案定自先帝，十七年厲禁甚嚴，一旦賓天，寒灰復熾。淵不意普天痛心疾首之時，竟爲士英輩禱祀相慶之日。忘先帝之讐，釀清流之禍，淵不能爲士英解者二也。陛下以軍國重事，特畀樞機，而士英把持政府，司馬堂曠日一至，樞務廢弛，貪婪多穢，竟不念逆成颺飽，飢則復來。璋案：『此下缺文，姑俟攷補。』

紀　實

太常吳公殉節紀實

《明史本傳》：『吳麟徵，字聖生，海鹽人。天啟二年進士，除建昌府推官。崇禎五年，擢吏科給事中，再遷刑科。十七年，推太常少卿。未幾，賊薄京師，奉命守西直門。城陷，入道旁祠，作書訣家人，解帶自經，家人救之甦，環泣請曰：「待祝孝廉至，一訣可乎？」許之。祝孝廉，名淵，嘗救劉宗周下獄，與麟徵善者也。明日，淵至，麟徵慷慨曰：「憶登第時，夢隱士劉宗周吟文信國《零丁洋》詩，今山河碎矣，不死何爲？」酌酒與淵別，遂自經。淵爲視含殮而去。贈兵部右侍郎，謚忠節。』本朝賜謚貞肅。

嗚呼偉哉！公之殉難，既與日月争光，川嶽並壽，國史紀之，天下萬世仰而志之，曷爲私録也？公不以淵不肖，汲引備至，而死生之際，執手言訣，勉以忠義，淵何能須臾忘公也。敬紀其略，以備延陵家乘之遺云。

崇禎壬癸之歲，淵計偕客燕，會時事孔棘，數謁公，輒咨嗟慷慨，以死自誓。公先事計籌入告，人多迂公言。後事綢繆，人又多迂公言。上書每格不行，當别爲公傳之，兹不能盡。今年甲申三月，淵釋詔獄，移西曹，外間事亦稍稍得聞。或告以掌垣吴公以初七日始下奉常之命矣。淵歎息曰：『往例：科臣計吏之月，優擢太常，二百年然矣。吴公有澄清天下之功，以不至宰相門，遂一駮再駮，兩期未遷。政輔乞骸，而公命始下。公之立朝，豈非始終託明主之知者乎？』公初七日拜命，初十日謝恩，十二日受事，十五日復奉命，坐西直門。時晉、代不守，寇躪圻輔，廷臣多假事脱歸。公以食其禄而違其難者不義，移書示淵，有云：『時事決裂，一旦至此，同官潛身遠害，迂拙如某，惟以「致命遂志」四字自矢而已。』十六日甲辰，寇突城下，公身擐甲，衣短衣，寢起城下，寇攻西北隅最急，西直尤當賊衝。異時城守虜率在數百里外，營卒沈湎歌呼徵逐，茲猝遇豕突，上下倉皇失措，火攻備禦多不習。賊發礮擊聲撼地，日夜無閒，緣城廡舍多傾圮者。公登陴周視，矢叢射如蝟，從者急引門扇用蔽公，門集三矢。城頭發萬人敵，未及投下，火驟然灼爛十餘人，去公僅尺。公屹立不稍退，指揮益厲。時士卒五月匱餉，不用命，公夜坐撫病卒，忽墜大礮，破瓦，落公案，椽楹盡倒。公顔色不變，手撫如故，士卒皆感泣。璋案：『《吴忠節公年譜》敘此事在十七日。』十七日乙巳，公親督從者載土石塞門。同守武安侯鄭某、伯張尚開城納難民，寇數百騎長驅至，多不之覺，公即手施箭礮，賊稍卻，始從公議塞門。城頭宦寺鮮服怒騎，相羊不驚，高擎青蓋，馳走褷撓，守卒欲擅啟閉，凡坐門諸公多不得登城望敵。公奪路上，見賊忽盡易緋衣，俄而同守一官亦易緋衣登陴，公怪而目叱之。是夕深更，大司馬密遣二卒手箭飛至，斬關求出，公親詰之，語塞，乃厲卻之，俄從德勝門去矣。《年譜》敘此事在十八日。十八日丙午，賊集城隍，多羸弱男子，公召諸卒諭之：能殺一賊者懸賞五十金。須臾，勇者數百縋城格殺賊百餘人，禽十餘人，即斬之城下。賊分馬步，東西迴顧欲退狀，城卒歡呼，同事咸慶賀，公曰：『此賊狡耳，必合營至矣。』未幾，果復至，益急。戚臣貴臣相與議，勢不可支，公請見天子言狀，乃乘駑馬，戎衣入朝，左右中道獸散。乘馬是日亦絶食不肯前，一奴持鐙，一奴牽馬，箠抶行，賊箭墜城中如雨集，閒道至西長安門，已鼓二下矣。門守少宰沈惟炳禁出入，公排門直前，午門遇政府魏藻德，方出朝，力引公手，曰：『朝廷大福，自無他虞。旦夕兵餉且集，公何悤忙如是？』拉公行。《吳公年譜》：『公及午門，遇相藻德，方乘帷車，呼唱而出，公前告曰：「事去矣，奈何？願見天子言狀。」藻德曰：「天子退矣，誰爲趣起？今火石轟然，城雉嚴峻，何遽言事去？」公曰：「此聲自敵陳，非内禦也。正惟不可捍蔽，破在呼吸耳。」藻德曰：「姑還所守，明日赴司馬門議之。」窺藻德意，陽陽尚倖無事，而慮公得專面對，別有摘發，遂力挽而出。』

是時内官由内佩刀而出者，凡三四十人，公度不得面聖，遂叩階而出。復走謁總憲李懋明先生，先生叩公守城狀。案：『李先生名邦華。』公爲先生道不可爲，先生持公手泣下遂別，還西直門。翼日十九丁未黎明，宫人數千百競從西華門出，城中大擾亂，言天子他幸，城守益弛，賊遂緣德勝門入矣。街巷充斥皆賊騎，但聞奔哭聲，守卒盡逸。公急距户自經，爲從者解擁，公哭曰：『我若得一見天子，吾無憾矣。』從者持公走，風塵滿道，卒不能前，遂入道左三元祠，舉首視屋梁，曰：『吾終此矣。』遂索酒且飲，語人曰：『我年已五十二，鬚髮盡白，以此衰病之身，蒙皇上殊恩，爵列卿貳，媿無尺寸以佐國事。今國亡賊入，雖君父消息未真，亦何顔自立乎？』衆皆哭，公止之，曰：『毋亂我方寸，且睡去。』約二鼓，公喉閒格格有聲，家人張儉者先覺，共起視，已用舊帨作結，忙解之，得甦，歎云：『誤我誤我！』遂起，作絶筆，以祖宗二百年宗社移旦失之爲恨，戒以罪服殮，并待恢復爲瞑目語。《年譜》：『公作絶筆云：「祖宗二百七十餘年，宗社移旦而失，雖上有龍亢之悔，下有魚爛之殃，而身居諫垣，徘徊不去，無所匡救，法應褫服。殮時用角巾青衫，覆以單衾，薦以布席，足矣。棺宜速歸，恐繫先人之望，祈知交爲矜許焉。茫茫泉路，炯炯寸心，所以瞑予目者，又不在此也。三月二十日酉刻絶筆，罪臣吴麟徵書。」』又寄秋圃先生書，則憂江南有事。璋案：『秋圃先生爲忠節公伯兄，名麟瑞，官御史中丞。』寄從弟書，則明生平學文山要窮就窮、要死就死之志。寄諸子，則教以讀書，明義理，崇儉樸，不能北面事人義。并有遺淵書。淵十八日走謁公，西直門禁衛嚴設，不得達。本注：『淵於是日蒙恩釋獄。』二十日戊申卯刻，聞公死狀，急往省視，值公作書畢，與修而髯者立語，髯者多殊慘，公麾之去，已而復來，公益怒，擠之户外，訊知爲科臣某役也。《年譜》作『科臣翁元益使』。某既身許賊，復計招公，謀歸里，公罵之不置。有逆臣高翔漢者，已受賊署，雅知重公，解説百端，公厲辭卻之，翔漢媿恨而去。璋案：『自「十八日走謁」以下至此，附載《年譜》。』時公兩日不食，角巾青衫，頸項多繯痕，淵涕泣不能仰視，公笑曰：『無效兒女子爲也。』引酒共酌，劇言失國之故，且曰：『往余問道山陰劉念翁先生，先生曰：「人之初念，未嘗不善，往往以轉念失之。」授命余初念也。』是日，尚訛言先帝匿前門外，從者多勸公削髮南遁，圖事報國。從者卜正頗知書，公語之曰：『我身居諫垣，言不足動主聽，目擊時危，猛欲牽帝衣，哭陳其詳，觸而死，以尸爲諫，此志久矣。況國破之日乎？若吾不遷卿寺，則亦得死於君前矣。』因朗吟文山《零丁洋》詩，曲爲解喻，令勿勸，此古人臣所爲如此。卜請曰：『文山願黄冠還鄉，今亦可否？』公笑曰：『文山之言雖爾，文山之事若何？且文山之死在五十之前，今加我數年矣。』又語淵曰：『余壬戌登第，嘗夢一人叉手向背，吟文信國「山河破碎風飄絮，身世浮沈雨《年譜》作『浪』。打萍」句，問路人，云是隱士劉宗周。時尚未識劉，劉以儀曹董南宫役，相對爽然。今與劉同出，而劉先隱，山河破碎，不死奚爲？子傳與後人，無務時名，敦實行，省身節用，養晦遵時，并爲吾子勖，子且歸矣。』抵暮始別，公拱手輾然，舉動言笑如平時，優游自若。酉刻，投繯，家人尚抱持不釋，公奮身挽臂，自捽束帛，移刻遂逝。公右手微曲握拳，幾透背，顔色凜凜，白鬚戟張。三日含瞑，如生時。傳逆賊甚恨殉節者，左右錯愕無所出，倪鴻寶先生凡六日始殮。璋案：『倪先生，名元璐，字玉汝，上虞人，官户部尚書，殉節，謚曰文正。本朝賜謚同。』許若魯先生則又舁尸驗視得殮。許先生，名直，如皋人，官考功郎，殉節，謚曰忠節。本朝改忠愍。施四明先生賴江右明經曾子聿修得殮。施先生，名邦曜，字爾韜，餘姚人，官左都御史，殉節，謚曰忠介。本朝改忠愍。李懋明先生既殮，懼不敢蓋棺。李先生，名邦華，字孟闇，吉水人，官兵部尚書，殉節，謚忠文。本朝改忠肅。淵祗遵遺言，即日襄棺殮，卒亦無患。公天性沈毅，凡勢位名利，不足嬰其胷，生平寡交與，獨行篤學，甚深且久，故臨難不苟，慷慨赴死，從容就義，公殆兼之。公臨別語淵曰：『吾得從文山游矣。朝廷若不幸有降附，諸公當不極受其辱不止耳。』又語左右曰：『我櫬非六七月不可望歸，寇不久留，焚掠而去，但其未去時，人不旋踵而襲之矣。江南必有新帝，未審恢復何時。』由今思公語，真神人也。昔劉先生序公所刻《初筮告》，有云：『士君子平日無一介不取與之操，即一旦有急，冀其捐軀以殉君父，難矣。』於公之死，夷攷其素，不信然歟？公諱麟徵，號磊齋，天啟壬戌進士，任江西司李，補閩司李，皆著廉明第一，召拜吏垣，歷兵、刑，至掌垣，多直諫，疏未盡録，陞太常少卿，浙江海鹽人。

再記

四月，淵南還道梗，遇後來者，有鄰西直門居人告余：『寇之陷京，八門齊啟，獨西直堅塞不能下。賊既入城，而西直門獨聞礮攻，二十一日始寂然，卒從平子、德勝入，西直尚無恙。使防守盡然，賊久亦去矣。』後一月，更有北來脱虜圍者云：『虜於五月初七日遣城西御史某發掘西直門，然後盡開。』問之從者，亦云爾。淵復歎公之大節已千古，而城守之功，尤不可泯也。因憶冬春閒，有撤寧遠守關門之議，督臣王諱永吉、撫臣黎諱玉田、鎮臣吴諱三桂三公倡之。自前後屯失守，寧遠孤懸二百里外，四面阻阨，守禦極難，且寇氛日迫，三輔震恐，議者欲撤寧遠，并守關門，挑選鋭士西行遏寇，即京師猝遇警，關門可旦夕至也。天子下其議，惟公言撤之便，又屢疏言吴將軍堪大任，宜急引入關。一時廷論羣譁之，而井研陳演、通州魏藻德尤與公左，謂：

『無故棄地二百里，臣等不敢任其咎。』穀水移書南司馬，本注：『即今閣部史公。』璋案：『史公，名可法，字憲之，祥符人，官大學士。』深咎公守關之議。本注：『具載王揭。』公執言事關重大，陛下宜與督撫諸臣密計而急行，既爲議數百言，言於朝，六科多不肯署名，遂獨疏其事，事竟寢。迨寇患急，朝廷悔不用公言，屢下旨撤督臣。三月初旬，出關徙寧遠五十萬衆，日行數十里，十六日入關，二十日抵豐潤，京師陷矣。事介呼吸，一失莫追，悔恨何及！璋案：『自「撤寧遠守關門」以下至此，附載《年譜》。其事更悉王公永吉上南都揭中。』又案：『塞西直門及徙寧遠軍二事，並附見《明史》本傳後。』又公壬午冬陳整飭江南根本重地，爲京師應援，請假南司馬以權節制諸帥，爲羣論所格。又屢疏乞身任危疆，有外任積輕、閭閻困瘁、盜賊乘之、釀成瓦解之語，卒不許。公通籍二十餘年，守正不阿，離朋中立，奏疏剴直痛切，鈔參尤多，無所忌諱，爲時貴所深嫉。公雅不好名，諫草多不發邸鈔，鮮有存者。撤寧遼之議，公絶口不道也。使廟議早如公撤寧遠而用吳將軍，則寇氛未至此極。早如公整飭江南之兵帥，則勤王之師可召。如公乞外之請，則困瘁可整，不使長驅也。且城守之日，有如公能令西直四十日不拔者乎？求見天子懸賞殺賊、却姦符、親矢石如公者乎？得公數人，何虞蛇豕。誰秉國成，撓敗公事，貽恨萬古。我公可以瞑目，告無罪於先王矣，而公猶云未瞑目也，嗚呼！

開美夙工詩古文詞，著述亦富，然確不敢以文章傳開美，故僅梓其十一，讀者鑒之。

月隱先生遺集卷三

海寧祝淵著　後學陳敬璋重校

尺牘

上徐虞求先生

敬啟：先生莅政方新，正人連茹，吏道清明，中外喁喁，拭目盛治。是先生道德崇隆，幬被海内，凡有識知，謳歌騰作。矧小子淵，戴高深之澤，等於負山，矢報稱之私，難於填海。惟有中夜怵惕，勉懷砥礪，以酬再造。此固願有所甚切，而力有所未逮者也。比從家弟處，稔悉先生錫嘏彌新，德履逾茂，宜民人於無斁，誦賢聖之相遭，私心浣慰，莫可名言。竊惟統均鉅任，人才消長，攸關世運，興衰所係。淵嘗反覆於姤、復之義，而微有測於陰陽倚伏之機也。從來君子有容小人之時，小人必無容君子之事。此《易》之所以深儆夫羸豕之蹢躅，而致慎於九二之包魚也。今天下人品之淆極矣，以淵計之，可否不必同，期於濟國，意見不必協，要在忘私。先生既已普公忠之化，而鼓舞作興於寮端之上，内而卿屬，外而岳牧，行且盡蠲其賄賂情面之故習，而共遊於蕩平之宇，政化成於上，和氣洽於下，何憂乎盜賊也哉！操筆至此，不禁懽忻而起舞也。敝邑林侯名垐者，秉清剛之守，翔慈惠之風，爲數十年來所未有，一二有力憎之甚，慮不暖席，下邑傍徨不知所出。伏望先生嘉惠窮黎，俾觀厥成，父老幸甚，淵等幸甚。是用不揣狂僭，佈其區區，惟崇照。

與楊維斗先生璋案：『先生名廷樞，字維斗，吴縣人，崇禎庚午鄉試第一。是書見《祝氏家譜》。』

客冬羈囚北首，荷尊兄道誼藹切，撫臆知感，未測所報，惟有勉思砥厲，以酬知己。詎意甫脱犴狴，旋罹大變，淵手無斧柯，不能剸刃讐腹，死未得所，生有餘媿，悲痛填膺，咯血欲斃，坐失躬詣，玄齋悉此悃款。流聞近有揑《譜》作『掐』淵書，傳致尊兄，爲金沙輩辨誣，驚愕不已，繼之悔責。當金沙名噪海内，未一謀面，今得罪名教，褰裳就之。淵雖懵愚，亦不應好惡悖戾若此。然風影之來，必有所自。淵素行失簡，未孚同人，又何尤乎？誣謗之叢也，藉以考鏡，益知懲艾。而區區之私，不得不自白於大君子之前。肅此瀝誠，仰惟崇照，賤體稍痊，尚圖摳謁，臨穎不勝主臣。

上邑侯林子垐《海寧縣志》：『林令，名垐，字子野，福建侯官人。明崇禎癸未進士，授海寧令。澹静簡穆，不務科指，諸大吏無不敬公清操者。明年四月，聞兵至，即解綬去。又逾年，赴兵死。著有《恥齋集》。』

敬啟：淵躬修多闕，飭下無方，致惡奴某某等肆惡無忌，如某一事其無容置喙者也。比歸，呼治，奴等相率颺去，淵因竊自修省。區區敬畏之忱，惟恐獲罪天地，獲罪鄰里。其於義利人禽之辨，自信持之有素，而不能化行一家，則所謂守賢聖之矩矱，閑身心之邪慝，祇飾詐欺人耳，撫懷負疚，自甘速斃。上旬，昭告五祀，具瀝此意，録呈台覽。伏乞父臺正其典法，并治淵緝下不嚴之罪，庶幾知儆將來，而仰沐雷電之教無窮矣。臨穎曷勝戰慄。

《言行見聞録》：『海寧縣尹林公親賢樂善，治行最，一時欲見孝廉祝開美，孝廉不往，從搢紳先生及庠序士訪其言行而矜式之。近代郡邑好士如林公，紳士自愛如祝子，稱僅見矣。』《邑志名宦傳》：『邑之袁花鎮，有李刀三，故大家奴，以黠稱，乘閒煽諸毒怨於大家者揭竿起，而已搆兵其閒，勢洶洶，各以狀聞。公恬置不問，尋降牒云：某日縣官詣鄉約所講約。按期至，則各數千人，擁而譟，公又恬不置可否。衆益易之。旦日，召衆講約，有頃，卒密縛刀三至，庭下人皆大驚。公徐起，問庭下人：「本縣自下車，廉此人姦狀，罪當死，衆謂若何？」咸應聲曰當死，公立令健卒杖殺之。當是時，人人嗟服。公啟匣中出一紙，曉諭通衢，以元凶既除，餘悉不問，各解鬭安業，國法尚在，毋蹈殲滅。衆懽呼釋兵，一邑安堵。』璋案：『是書中所舉惡奴疑即此，今詳録其事，以備參攷。』

答張子奠夫見《祝氏家譜》。

辱兄教以自得之義，警切痛快，有裨學者。不揣鄙陋，謹呈請益。竊謂『自得』者，未須向『得』上討消息，先須認取『自』字真面目，則莫急於内外誠僞之辨矣。平時號稱爲學，究竟不曾理會座下一點，客私不淨，名心未除，鋪飾儘好，不過陪奉世情，悦俗取容而已。譬之稽田良種具在，而稂莠不芟，滋培灌溉，日長其僞，良種浸微，是可哀也。護良種無他法，鋤其稂莠而已。爲學亦無别法，剥落舊習而已。凡念慮之萌，言動之微，有豪末涉於外騖，溺於習染，本心之明，未嘗不知，知而復行，爲欺爲妄。請自今始念慮言動，由内達外，細細嚴勘，如老吏讞獄，纖悉莫遁，如勇士赴敵，生死相持。一豪不容自昧，一豪不容自恕，剗除病根，鞭辟著裏，則毋自欺之學也，立誠之本也，於此纔認得『自』字真面目。誠竭才於毋自欺之實，則所謂暢茂條達、日新又新之妙，庶幾入焉而自喻。淵末之或知也，惟高明教之。

與劉子伯繩

璋案：『劉子名汋，字伯繩，山陰先生子也。鍵户闇修，能傳先生之學。著《遯齋稿》。』

前月，先生還里，敝地驚傳有意外之事。弟徬徨之極，無從覓耗，忽傳徐虞翁將返，俟其歸，急走探之。渠云，先生有空言，無實事，非姦人所深嫉，或可無慮也。弟自禾返，即飛棹走聞，中途疾發，就醫臨平，未便摳謁。因自念命之不辰，生此亂世，生有何樂，死有何苦，胷次儘自擺脱。但以客歲岳廟别先生時，諄諄以千秋大業相期，近復貽書懃懇，弟之冥頑，受教無地，纏兹沈疾，益復無望，辜負師傳，忝辱所生，此恨何已？吾兄齒與弟若，而操履謹嚴，弟所深媿，然學問成就，大段有優游寬裕之象。弟所望兄，願益求進步，將來人品不在濂溪、明道之下。失此壯盛，一旦衰暮，豈不追悔之無從乎？賤恙雖劇，但能祛妄想，默坐澄心，便得差減。日來頗有味乎無極老人無欲之教也。兄新功何似？幸勿以弟駑下而棄之。朱静翁竟物化耶？《見聞録》：『山陰朱静因，名昌祚，年長於劉先生一歲，求執弟子禮有年。先生感其誠，得内拜焉。静因與張奠夫於師門最稱老友。』盛德若此，後胤杳然，深爲痛悼。解吟軒近何所屬？弟以此居密邇先生，意欲鳩資償值，以爲吾輩講習之地。竊歎講會大不得益，蓋以道俗雜坐，莊謔相半，甚則各執己見，聚訟紛紜，不若得一二實心有志之士，朝夕侍側，晰疑辨難，共相砥礪，此則實有裨益。結願如此，未識得假我以年否也。張奠夫兄兩惠弟書，惓惓戒勉，此真實心人也。奈病餘委頓，未及草候，晤時千萬致聲。陳匪玄兄璋案：『先高從祖乾初公，舊字匪玄。』擬同弟渡江，因考貢之役，館職久虚，月内復值試事旁午，或俟來月得踵謁也。敬布區區，臨楮黯然。

又

客冬，禾郡分手爲别，幾何，乾坤毁裂，竟至此極。弟身經禍患，尚餘一死，殊爲知己羞，又蒙老師塵及啟事，自顧頂踵，捐縻莫稱，唯有屏絶榮進之想，深自砥礪，以弘老師之教。兄其許我乎？時事難爲，老師既已陛見，料難遽返。初服旬日後，將抵石城一候，兄有訊達之否？昨年假朱静翁《小學》三本、王紫老璋案：『王紫眉，名毓芝，山陰人，劉先生壻。』《易義》二本，并附還。静翁、紫老新功何似？遥臆講席日盛，必多進步，尤幸惠教一二，爲駑下鞭策。諸不一。

與陳子乾初

璋案：『先高從祖原名道永，字匪玄，更名確，字乾初，邑庠生，事詳《州志·理學傳》。』

秋日甚烈，舟行頗艱，未得尋晤爲歉。里閈見聞日惡，此誠難與力争，惟有修其本以勝之而已。弟決意東遷，前所云朱氏宅已不可得，但得一椽庇風雨，擁書高卧，足了此生。卜鄰之約，吾兄果有意乎？中秋前後，思踐山陰之約，爾時未知得暇否耶？上生兄教我近課數首，以弟於此道誓不作緣，煩兄爲一評騭，封還之。

又

老伯大舉定是何日？弟不能執紼前驅，歉何如之。昨答吴秋翁柬云：『從古聖賢磨礲鍛鍊，俱從顛沛中來。』媿淵學力脆弱，負此一番造就，是則可懼，餘非所計也。辱教，弟當書之紳佩。時事不可知，兄能過我一話，亦厚幸也。

又本注：『時就逮檇李，寄至杭者。』

諸同人過從道義相勖，多有省悟，然未得如吾兄嚴正痛快者矣。思得在險在夷，總著一分安排不得，委心任運，或左或右，無非天也。乃從而號之曰：『我將爲生，我將爲死。』不大惑乎？兄試後可得過越臺否？客秋曾以先慈行述，乞先生華衮，痛先慈勤苦一生，未得表章什一，儻先生暇刻，煩兄以此爲言。猶憶先生之言曰：『孝子事親，有第一義在。』以弟將來生死，總不可知，不得不三致意於兹也。餘無可念者，不更及。

又本注：『時乾初嫁女，借《家禮》，故云。』

俗事之來，只得耐心做去，纔起厭煩，便已不是道矣。兄以爲何如？弟以不能簡事，賤體頗不得平。過廿四便可入山過歲，兩日徙居碌碌，書卷一經搬徙，錯雜無紀。近亦爲遷葬之舉，欲按古禮行之，徧覓《家禮》不可得。俟三四日後，稍稍整頓，可得奉覽也。昨得張吉人兄來訊，深服其造履純篤，此真吾輩之畏友也。新正初七八，渠必過我，約有渡江之役，計爾時兄已得閒否？

與張子考夫

《静志居詩話》：『張履祥，字考夫，桐鄉縣學生。其講學一以鹿洞爲師，仁宅義根，言規行矩，閒作韻語，不沿《安樂窩》頭巾語。』

吴門分手，荏苒經年，感懷道誼，夢寐以之。淵每念同社兄弟多具異才，凌跨絶代，求其追蹤濂洛，踐履篤實，則必首推足下，奉爲畏友。前見足下致書石友兄，字字痛切，深中末學之弊，敬黏之座右，朝夕省覽。媿志力不堅，旋操旋失。兹者，舊證熾發，苶然之軀，行見槁滅，誠如良訓所云：『自悲之不暇矣。』雖然，一息尚存，責在良友。足下爲刖經年，新功茂密，凡所涵泳玩索，人倫事變，如何體驗？幸勿吝詳教，以爲崦嵫之一策。新正擬有山陰之役，如得足下聚首數旬，商究此事，可謂不虚歲月矣。足下其有意乎？柏園、字虎時相敘否？每憶客冬雪舟夜遡，三君子急難之思，殊令人愴然無已也。晤時千萬致聲。

與吴子仲木

《静志居詩話》：『吴蕃昌，字仲木，海鹽學生，貞肅公次子也。師事劉念臺先生，與海寧陳確潛夫、桐鄉張履祥考父講洛閩之學。詩非專務，卒時母喪未除，遺命以衰經殮。其從弟謙牧，字裒仲，亦補諸生，居母憂過哀，卒於喪次。里人並稱爲孝子。仲木有《初夏浴鶴亭即事》詩云：「桐花初吐燕歸巢，卷幔荷亭草樹交。浴罷清池一雙鶴，雨除斜照滿林梢。」』

昨自越還，賤體殊憊，未能造晤，每相念不置也。半月前，見吴令使訊，知令伯道體康勝，欣慰無已，想近況當益佳耳。弟近爲醫藥輕投，神氣頗耗，然病勢不退，即可驗學力不進，日月如駛，齒踰壯盛，倏忽無成，終將奈何！嘗念我生不辰，遭此末世，一切功名富貴總是虚妄，一切應酬聲氣總屬世情，惟有究竟一著功夫，爲吾輩安身立命地。吾兄韶年異質，自當一日千里。比來新功何似？幸一惠教，以策駑下。天生兄時握手否？向所云吉壤，料已唾手。弟煢煢無倚，長自飲泣，未知先慈骸骨終爲委棄何所，言之痛心。越友張惠侯兄，誠篤君子也，相訂清明迎之西來，一決可否？不識天生更有以教我否？倪文正、世襲金吾周先生家亦無所舉動，祭葬或遺官，或本省，聽喪家自爲之。此子新之言也。時事紛更，文正謚廕岌岌不保，總之此等事只一味静聽，稍著人爲，未必有濟，先已害道。兄識見素定，必以弟意爲然也。昨丁亥日，弟已焚燬巾衫，此後終身布服，優游畎畝，決不復謁達官貴人矣。月杪仍欲東渡，倉卒告歸，惟爲先慈卜葬一事。有懷莫遂，忉怛如何，筆不盡言。

又乙酉五月

去年今日，天地崩坼。今年此日，天子下席。一歲之中，痛憤相仍，傷心動魄，殊不樂生。儻北騎入境，惟有一死。弟恨病不早殞，延息至今，痛極痛極。高明疊遭大故，老伯結纓之一年，又令伯易簀之七日，哲人摧萎，天意可見。然此時正可驗吾兄學問得力處。世情翻覆，何以堪之？弟且死矣，不能效奔走禦侮之誼，展念兄孑然獨立，肩兹鉅任，惟有中如芒刺而已。同爲山陰學者，灑然去留，固是本色，但吾兄又司寇之後，而老伯葬宅未安，爲兄思之不易一擲。弟則止先慈舉遷一事，但得坏土揜後，即長嘯付之尺帛矣。令姪姻事已託之友人天生宗兄，幸促之來。

答錢孚于表叔

客冬就繫禾中，辱蒙賜書，缺焉一報。今秋踉蹌南歸，屢從戚友處傳述，道誼注存，深欲馳慰，復承華札，字字深切。輓近交道之弊，真有不忍言者。自非明教，安所警心？敬再拜聞命矣。淵以憂患餘生，焚燒筆硯，絶意榮進，比復寒心，於陰陽消長之關，衆正雖盈，充位而已。淵幸以不才，受擯明時，竊師門之緒論，淑身性於將來，從事稽山剡水之曲，此亦願之至足者矣，何先生期望之過也？旬日前致柬山陰，却其召命，速以還山，比復附書太宰微及邪正之辨，時事至此，協心求濟已難矣。况玄黄水火之争日，藴崇之不大，決不止也。傳聞貴治物情難調，催檄甚迫，此二者人心得失之繇在。先生以鎮静之操，翔和惠之化，昔人所云清浄無爲而民自化。又云催科中有撫字，淵固知遊刃有餘矣。吾鄉殉節諸先生櫬俱還里，武塘喪亦歸，近時號爲持正議者，多借此以行其私。甚有逆獠以讐忠節先生者，思一逞於武塘，則尤非持論之平矣。總之，此番變故，痛絶千古，寥寥死事諸公外，都餘一生，或負志不死，或乞憐求活，跡既可嫌，情難衆白。淵將勒爲私紀，以存聞見之實，未敢出以告人也。令孫學殖日茂，健羡不已。蒙台惠不敢自外，但以口腹累安邑，將奈何！别具侑柬，仰惟鑒入。

上母舅治堂孫公見《祝氏家譜》。

淵輩罪大惡深，天奪之鑒。昔年誤徇術士，委先人於惡壤，粉身齏骨，不足云償。客冬生母播遷，未有爰止。淵夙夜忉怛，蔬水不飽，苫塊靡寧，既已抱莫大之恨、無窮之痛矣，詎意春秋太宰虞翁先生枉臨，具述楊璽卿先生之言，先父母卜兆曹湖凶惡尤甚。太宰蹙額苦口，力勸更徙，且慨然有相成之意。淵以身沐虞翁大德，未酬萬一，不敢復有冀也。頃自越臺，特浼同門張惠侯道兄臨地一決，所見與楊公適符。淵五内崩裂，痛恨益深，每一撫膺，■■欲絶。過蒙山陰虞、翁兩先生手書慰勉，宜稍進肉食，以代藥餌。淵痛先人一日未安，生有餘恨，一日得安，死且無憾，寧饘粥席藁以速斃耳。昨惠兄偶經榆城，旁得壟畝，形勢稍可，訊之土人，知爲舅父産也。乃淵低徊再三，不敢請者，以先人之生也，既蒙外叔祖卵翼大恩，其歿也寧得復邀我舅父揜瘞之厚澤哉？雖大仁人德施莫殫，而小子淵涓埃未報，更滋無厭之求，媿孰甚焉？淵所以欲言囁嚅而終不能不言者，實以先孺人遺體在焉。舅父至性天縱，篤念同氣，或憐而妥之，是覆載之恩、生成之德，外王母實式憑之，非淵之微忱所能仰格也。昔人有鬻身葬親者，淵獨非人子歟？但得舅父俯俞，淵髮膚可捐，指臂可截，況身外長物，敢不惟命？亟欲率家口匍伏階下，未審尊旨，不敢造次。肅此瀝血哀籲，仰祈矜察，嗣當百叩以請。臨楮不勝痛切虔禱之至。

答沈令文 乙酉五月

時事至此，惟仰天吞聲而已。所恨知己寥闊，無由執手，悉此悲痛。弟一身真如寄，蚤晚待盡，不足爲念。先人敝廬，乃淵畢命之所，他亦無可爲計。若兄翁尊大人亡恙，尚須計出萬全。弟處所傳，不甚相遠，有小力昨自杭回，未聞有駕蹕之訊。何時快晤，以樂太平？臨楮無任馳注。

與天生宗兄乙酉閏六月

違晤無幾時，世事壞裂，遂至於此。弟不敢失身，視息此世，惟是母喪未舉，蚤夜憂念，偷片刻之生，以妥先靈，死且無憾耳。世既大變，禍乃是福，福乃是禍，今日入土，而明日溘逝，吉祥莫大焉。破土决用明辰，刻不容緩，尊駕留峽川，不定所向，未便專迓，速歸爲囑。

獄中家書《家譜》作『獄中與諸弟書』。

一路平安，病亦不發。正月十九辰刻到京，午刻即入鎮撫司獄。廿八日審問，一拶，一夾，五十棍，嘔血升許。今方服藥調治，鎮撫已具疏回奏，儻遇天恩，準送刑部，秋冬可手足快聚。如或再奉嚴旨駁責，事又不可知矣。諸弟近日讀書意興何如？李先生人品學術高出羣賢，諸弟宜委心聽之，講書作文，虛懷求益與夬，一切飲食起居，務必馴馴雅飭，切不可恣睢縱肆。此是諸弟做人成敗之根，故不厭煩聒，反覆言之，幸勿泛泛視之也。去歲臘月，母親可入土未？穴中燥溼何如？有信北來，千萬寄慰。兩兒讀書勤怠何如？許先生教法何如？常在館否？沈妹丈今年讀書何地？案《家譜》：『士奕公第三女，適湖州學生沈爾炌。』三妹脾疾好未？前所合丸方極好，不可不時時服之。分付家人，錢糧早完，百事忍耐，門户小心，至囑至囑。李先生在館，即以此字轉致一覽。同社諸兄并煩李先生代致爲幸。兩兒不率教，弟致意許先生切責之。許先生回宅，弟即遣人邀其速來。我已作死灰，必無復然之理，上報父母大恩，不得不惓惓望諸弟及兒輩也。努力努力。二月初二，兄淵字，時在鎮撫司獄中。

月隱先生遺集卷四

海寧祝淵著　後學陳敬璋重校

詩

讀先生讀易圖說敬賦

人心具有一鴻濛，無妄由來物我同。南北不移成妙有，思爲交冥識真中。一鍼直發無非是，半點鉤深總墮空。試向山前望樞斗，宛然心體住玄宮。

其　二

上天下地兩分勻，此語相傳未見真。心體本來無動静，境緣遷徙現偏純。隤然骸骨方輿是，不息真幾蒼叟尊。通復往來何閒隔，吸爲冬蟄吐爲春。

其　三

三三兩兩謾躊躕，不似當年象數儒。直下便知雷動處，冥心遂與畫前符。千年代謝秋雲幻，實理真嘗皦日吁。斟取目前參兩事，春犂夏灌是吾徒。

其　四

凡聖緣何有不同，順來墮落逆成功。欲心縱處泉争壑，狂念張時帆引風。一意牢拴羣妄息，片時失手衆慫叢。熟路要生生處熟，黽勉無爲疚爾躬。

其　五

喜怒通兮哀樂復，箇中消息儘分明。已知道器無先後，難判中和屬性情。道合行生皆是義，中兼藏發總天呈。衹今日用些兒事，舒卷無非四德行。

題陸汝文一元正學録

讀前輩詠孔顏詩有云：『後儒只要添聞見，不信空空一仲尼。』又云：『直經才竭瓢還棄，恰與吾師共一空。』心甚疑之。又多引朝聞夕死、未知生焉知死、生寄死歸等語，謂是聖人理會生死大事，心益疑之。後得汝文陸道丈所著《一元正學録》及答友人書，讀之憮然，其于儒釋邪正之辨，判若黑白，淵雖不敏，請從事於斯矣。敬賦三章以志依歸，録呈教正。

當日空空亦偶名，蕭然空屢一瓢清。孔顏脈絡非由此，隱怪縱横徒妄鳴。視聽動言須復禮，子臣弟友貴存誠。只如此去休回首，埽盡邪氛日月明。

其　二

珍重先生大義陳，一元通復盡羣倫。只須存念還無妄，直造維文至德純。欲證無生生愈有，滅除識想想還頻。即今粉碎虛空後，終隔義圖萬里塵。

其　三

一氣元來有屈伸，伸爲人物屈還真。聖人無意言生死，外道相牽證果因。但究去來何處所，都如水鏡又生塵。祇今開眼青天下，此是尼山萬古身。

長安邸舍敬次先生韻

漫道萍蹤集菀枯，夢魂不到紫宸臚。江皋結佩思逾劇，禹穴探奇興每孤。賴有傳經留汾北，羞稱獻賦重名都。獨看庭草春回緑，莫令生涯逐轉轤。

立春後一日雪敬次先生韻

長安臘盡雪飛花，越水燕雲客路賒。擬向玉瑶分夜照，不教迷蝶趁朝華。關河朔氣回寒塞，野寺春陰護客家。聞道畿南笳鼓徧，征袍何處點殘葩。

北征偶賦

驅車入河朔，日暮馬虺尵。霧漲前村失，鐙明夜獵回。寓言齊得喪，至教樂風雷。感遇今殊昔，騷人莫漫哀。

西湖月夜《補遺》。璋案：『二詩元集所無，從朱氏《明詩綜》録出。』

落月鱗鱗水面浮，露華濃滴桂叢秋。不知何處鳴柔艣，驚起一雙雪色鷗。

其　二

佛火漁鐙漸寂寥，推篷起坐已中宵。夜來極浦灘聲急，知入西泠第幾橋。

乙酉三月丁亥焚巾衫敬賦

咫尺天威凜，風雷至教新。如何國士遇，還共大讐鄰。纓緌多承寵，儒冠豈誤身。無聊空一擲，此意與誰論。

其　二

人間三月恨，千古仗誰伸。鞶帶新恩重，榛苓舊思頻。偷生慙士義，不殺頌皇仁。脱幘追元亮，長歌隴畝民。

又　題見《祝氏家譜》。

進禮退義，至訓具陳。一朝夢覺，吾還吾真。青袍色絢，投畀烈燄。違義而榮，守義而賤。賤迺至寶，榮非所羨。維義不干，吾心則安。葛巾白練，隴首盤桓。庶幾乎俯仰之無媿，而造次之必端也歟。《家譜》末二字無。

口示諸弟見《家譜》。璋案：『據鯤濤先生跋語，則此乃昔賢所作。』

死忠死孝尋常事，喫飯穿衣人共繇。莫向編年問知否，心安理得更何求。

絶　筆《補遺》。璋案：『是詩亦元集所無，從談氏《外志》録出。』

夜既央兮鐙火微，魂摇摇兮魄將離。去兄弟兮父母依，樂逍遥兮長不歸。

雜　著

自　警《家譜》作《自課十六則》。別作《私室戒言》。

淵以多病之身，遭兹大亂之世，死期匪遠，行履不修，一旦宛其，是終貽父母羞辱，長恨安窮。嗟乎，人不知學，虚生虚死，雖活百年，等朝菌耳。學苟知道，嗜慾不汩其性，生死不攖其心，朝聞夕可，安往不宜？五月廿三日夜，猛發深省，痛氣質之偏，克治不力，謹矢諸心，自今而後，夙夜乾惕，務除積習，列端如左。

不得妄語。

立誠自不妄語始，慎言語以養德。

不得躁戾。

損言懲忿，《傳》言『有所忿懥，則不得其正』，克己可以治忿。

不得操急。

《易》言『寬以居之，仁以行之』，安其身而後動，易其心而後語。

不得談人過惡。

自修之不暇，何暇攻人之惡。

不得表裏背違，作僞欺世。

言忠信，行篤敬，立則見其參於前也，在輿則見其倚於衡也。

不得終始易轍，亡恒自欺。

造次必於是，顛沛必於是。

不得縱耳目口腹肢體之欲。

以志帥氣，以理治慾。心之官則思。夫子言九思，《禮》言九容，作聖之本也。

不得觀書無序，博涉不專。

涑水讀書，案上惟置一册，讀竟纔易他卷。今多喜新，祇是浮氣，終無實得，日月如駛，痛哉虚擲。

不得臨財苟且。

財色二關打不破，更説恁學？

不得與人競勝。

非意相干，可以理遣，江海容納衆流，善處下也。

不得遇小順輒喜，遇小拂意輒愠怒沮喪。

違順之來，不能無動，此正是生死利害之根。内所守者重，外所感者輕，富貴不淫，貧賤不移，威武不屈，齊生死，一得喪，必致力日用之間，則幾矣。

不得言浮於行。

君子言居人後，行居人先，闇然日章，多言害道。

不得隨俗波靡。

卓然獨立而不懼，惟勇者能之。

不得求備苛責。

左右有不善，化導之闕也。自責而已，於人何尤？

不得虐使僮婢。

人有不及，可以情恕，亦人子也，可善遇之。遇，一作御。

不得多憂過計。

樂天知命故不憂，除却生死利害，更有何計較？

自朝至於暮，戰戰兢兢，無須臾之不謹，無豪髮之自欺，操存省察，刻刻是過，刻刻知非，當下痛改。其或過而形焉，初犯者跪香一尺，再犯者跪香二尺，三犯者跪香三尺。如或渝此志者，天地祖宗速殄滅余淵。嗚呼！閑邪存誠，脩己以敬，誠敬之要，慎獨而已。一息尚存，不容稍懈，嗚呼慎之哉！有犯必書：某月某日以某過跪香一次。乙酉五月廿有四日辰刻書。《家譜》作『五月二十日』。

附楊園先生《言行見聞録》：祝開美篤志於學，嘗於病中痛氣質之偏，克治不力，因列目自警。曰妄語，曰忿戾，曰急躁，曰縱耳目口腹肢體之欲，曰多憂過計、隨俗波靡，曰表裏背違、作僞欺世，曰終始易轍、亡恒自欺。案：與此異。其言曰：閑邪存誠，脩己以敬，誠敬之道，慎獨而已。一息尚存，不容稍懈，有犯輒長跪自責，書於空曰：某月某日以某過跪一次。自訟之嚴如此。

絶　筆弘光乙酉閏六月五日作。見許志本傳，止載首二句及末四句。

中心安焉謂之仁，事得其宜謂之義。淵家累葉，洪武以來沐朝廷教養二百八十年，成化以來受朝廷榮寵一百七十年，一旦天崩地坼，宗社爲墟，雍雍文物，淪爲異類。淵不能吞炭漆身，報明恩於萬一，顧澳涊恇怯，向異類乞活，心所安乎不安乎？事之宜乎不宜乎？嗚呼，學道有年，麤識義禮，吾何求焉？吾得正而斃焉，斯已矣。弘光元年閏六月初五日亥刻，草莽小臣祝淵絶筆。

臨難歸屬見《家譜》。

昔侍山陰劉先生，先生語淵曰：『末後一著，極是要緊，儘有平日高談性命，極是精妙，臨期往往失足。此其受病有二：一是僞學飾名欺世，原無必爲聖賢之志，利害當前，全體盡露。又一種是禪學，禪家以無善無惡爲宗旨，凡綱常名教、忠孝節義都屬善一邊，禪宗指爲事障理障，非真性空，遂猖狂潦倒，無所不至，惑世害道，莫甚於禪。昔人云，能盡飲食之道，即能盡生死之道。驗之日用之閒，違順之來，夢寐之際，此心屹然不動，自然不爲利所動，不爲害所懾矣。惟其平日無終食之閒違仁，故能造次必於是，顛沛必於是，工夫全在平日得力。』淵謹佩之。

昔年上疏言事，極詆貪生怖死諸臣，今日顧身爲之，辱莫大焉。吾弟曰：『食其禄者，死其事，死非兄之責也。』嗟乎，諸生非上書之人，名之所在，攘臂而先之。草莽有無逃之誼，害之所在，縮首而避之。此狗彘之所羞爲，余不再計矣。

或勸余恥爲之民，祝髮遠遁游方之外可也。嗚呼，吾聞用夏變夷，未聞變於夷者也。釋氏髡首胡跪，此戎狄之教也。去此適彼，於牛羊何擇焉！案：此一節《家譜》不載。

癸酉之薦，《譜》作『捷』。非余志也。歿後不得稱『孝廉』等號，埋石亦不得紀某科中式，書旌稱『明草莽小臣祝淵柩』。勿違吾言，以貽地下之恨。案：此一節别見談氏《外志》。

凡我子孫，冠婚喪祭悉遵大明所定庶人之禮行之，不得讀應舉書，漁陶耕稼，聽其所業，違者即以逆論。案：此一節《家譜》不録。

乾明不孝，未能恪遵嚴命，屬弟恒明勉應門户，罪不在恒明矣。乾明泣血識。

祖父母《家譜》此更有『父母』二字。春秋時《譜》作『墓』祭，視力爲之。雖至極貧，菜羹蔬食，至誠以將之，神必來格，不然，備物無益也。

殮用白布衣，不得用寸絲附體，外加方巾、月白布、深衣布履，棺用三兩左右者。吾父吾母變在倉猝，皆惡材也，終身恨之，切勿以美材誤吾。殮後數日即祔葬吾父吾母之旁，或曹湖，或榆城，諸弟主之，葬不可厚，視父母有差。

喪中禁用僧道、銃手、鼓吹之類，棺前設一小几，几上置木主，書云『明先考府君位』。不設孝幃，不得助哭，婦女不許哭臨喪次。

四子定名乾明、恒明、升明、晉明。《家譜》：『乾明，今名翼乾，字鳳師，以子安國貴，贈文林郎，廣東仁化縣知縣。恒明，今名翼恒，字豹臣，號學存，邑庠生，中康熙戊午舉人。升明、晉明俱早殤。』

余弟四人，《家譜》：『淵弟沆，字仲貽，號鯤濤，府庠生。潚，字子霖，邑庠生。滋，字子威，府庠生，以子翼權貴，贈承德郎、工部清吏司主事。洪，字王訪，府庠生。』余子四人，賢否成敗，天實爲之，非人之所能爲也。昔先正臨歿，子弟問以後事，但云『莫安排』，此三字最妙，置後事勿道。

附乾初先生《與鳳師兄弟書》：『願吾鳳師兄弟每月朔敬讀令先子《歸囑》一過，曰：某等庸有違焉者乎？每日早敬讀《私室戒言》一過，曰：某等能心先人之心，言先人之言，行先人之行乎？』

祭吴公太常文

維崇禎十七年，歲次甲申，七月丙戌朔，越九日甲午，年家姻盟小姪祝淵，謹以瓣香酒醴致祭於明大忠待謚清卿磊翁吴夫子之靈曰：嗚呼！食禄死事，千古爲綱。世衰學廢，大義淪亡。角材競智，騖走如狂。生死去就，卒易其方。吁嗟吾翁，節凛秋霜。飄然乘風，來帝之旁。天地比壽，日月齊光。翁未嘗殁，何悴何傷。猗歟徽烈，焯爍緗囊。垂紳正笏，巨節煌煌。絶類離朋，矯焉中强。勿爲勢怵，勿爲名颺。蕩埽鱷吏，如驅羣羊。激揚振肅，萬民樂康。巨姦執國，執傾朝廊。面折惟翁，鬚眉戟張。卒寤聖聰，姦伏其殃。謇諤之名，翁謝弗當。秦關失守，逆醜陸梁。同官跳脱，飄摇翱翔。翁獨嶽立，折柬來詳。致命遂志，永矢勿忘。咄咄廟算，何爲勿臧。撤寧守關，還遏披猖。事介呼吸，未雨周防。疾聲莫應，聽者茫茫。寇躙圻輔，束手傍徨。翁言勿酬，患至莫匡。皇輿傾圮，血淚泗雱。絶粒勿飲，角巾布裳。左右環泣，翁益徜徉。追惟曩昔，訊道稽陽。念尋厥初，惟心之良。堅貞勿貳，初念是償。文貍赤豹，參御上皇。龍轡飄忽，披髮大荒。方鐵齊景，項背相望。千秋臣鵠，揭日扶桑。氣壯山岳，英奮殳斨。乾坤毁易，翁靈未央。嗟余小子，今將安彷。跂望靈旐，雲山蒼蒼。道遠莫致，悲來裂腸。生不如死，欣爲國殤。剸刃讐腹，靈其克相。豁毛澗沚，陳詞薦觴。神之聽之，歆格穰穰。詞曰：魂無東兮無西，攀龍髯兮揚雲霓。魂無南兮無北，悦東皇兮乘若木。列芳馨兮廡門，靈之來兮如雲。願一見兮道余意，得碎首兮心不異。聳長劍兮殲醜虜，靈歸來兮樂故土。尚饗。

師説

先生顧淵曰：學者既以正人自命，踐履上一豪失足不㝵。

習俗敗壞已極，挽回習俗，惟有志之士能之。然却要自身積尋些根基，遇事不可輕發，一味誠心，且省外事。

『柔佞輕巧』四字，終身不可救藥。

先生曰：凡影響學問，平日閒模樣儘好，到勢利關頭一豪用不著。學者須實實從刀鋸鼎鑊上打熬過始尋。

人不爲飢寒所困，便易爲學，但須教訓子弟以節儉爲主。

確曰：飢寒不困，方可言學，而節儉亦即是學，固不可兩廢也。

上天下地曰宇，往古來今曰宙。士君子在宇宙閒，須將身子與萬物例看。凡宇宙閒道德事功，在人在我，總是一般，著一豪人我，一豪多寡勝負相，總之謂軀殼上起見。此是内外、公私、王霸、義利之分。

『恥惡衣惡食』，朱注謂識趣卑陋，鄭注謂心役於外。俗學種子被兩先生八字道破。凡吾輩弗論道念俗念，稍有從軀殼上起見者，即是『恥惡衣惡食』之根，此之謂『小人喻於利』。

學者有志爲學，便將弄聰明、計毀譽、一切誇多鬬捷習氣盡情埽除，銷歸闇澹。自非真有定力，有實爲聖賢之心，自耐此澹泊不得。昔人云，只爲儒門澹泊，收拾不住。

一日二日簡點不放過，即此一日二日便是聖人。從此積累漸深，不忍抛棄前功，自然歇手不尋，明無人非，幽無鬼責，達則共繇，窮則獨善，何等浩落，何等坦蕩，雖有至樂，弗與易也。

《中庸》戒懼二句，即乾九三爻辭。此『維天之命、於穆不已』之體，一息間斷則生理滅矣。

學貴自㝷師。自㝷師則凡邇言近事，觸著皆有警省。

聖人教人不是頃刻便會，不以立教，如出門如見大賓節。『仁者，其言也訒』『居處恭』三句，言忠信、行篤敬，如此等處，做則當下可做，會則當下便會，念慮之正否，自省自察，轉移在頃刻間。不然，當書册不親、感應未交時，卻如何用功？ 如靠定古人言語去模倣，又是刻舟求劍了。

道理千變萬化，無非此心之妙。 吾心小大順逆，總在此道之中。 人誠信㝷道，不可須臾離，那㝷不親切，那㝷不真篤。

語云：人極智生，不是聰明。至此有所增益，有所師傳，只是爲己之念真切耳。學者果是爲己真切，隨所踐履，自不肯放過。

人生自有我，純是㝷失、毁譽、聲色、貨利念頭，作了安身立命之符，即此並坐之際，一言順之則喜，拂之則愠，一生全被此種念頭作了主，今須盡情斫去根株始㝷。

凡一切事功德業，成敗利鈍，都是前一步境界，惟義理所在，只座下的便是。辟如行路的人務要到家，當其在路時，只行路是座下事，可以歸，卻留滞不歸，未得歸，卻躁急欲歸。試思此留滞、躁急念頭甚無謂，此最害道。

先生誦『出師未捷身先死』二語，謂天既有意生材，如何生在此等世界，可見事求可，功求成，凡一切計功謀利之心，儒者不可有。即上天亦初無此等意思，不過磨鍊出此人精光便了。

座下不明白，在章句上勘求。章句不明白，在座下勘求。誠能在座下勘求，未有不明白者。

《易》教所云趨吉辟凶者，謂趨善而辟惡也。今人解吉凶，都説向人事上去，大錯。

明是明此誠，誠是誠此明。自明誠二句，不是説人有此種。

不思而得，不勉而中，亦必繇擇執純熟來，纔有此意。

學者要自知過，顔子不二非，是終身止有一過。蓋顔子時時過，時時知，時時復，故曰：『有過未嘗不知，知之未嘗復行。』人必如此，然後謂之好學。

顔子知之不行處卻最微。吾輩胸中纔有喜意，外面便有懽愉之色；纔有怒意，外面便有嚴厲之色。有不善，便行如響之應聲。顔子潛消默化，略無幾微滲漏，故曰：『不遠復，无祗悔。』悔者必有失，而後有悔也。有失而悔，此謂頻復。我輩不能到顔子地位，目下只要知過知尋改尋，行之不懈，後面漸漸促緊來，便謂之不遠。

先生嘗歎名利二字，倚伏甚微。説不好利，定著好名一邊。説不好名，定著好利一邊。所以學者要在心上濯磨，用功親切，有類名而實非爲名、類利而實非爲利，功夫至此，纔是手段老辣。

讀古人書，讀一句便要鋪張一句，讀一字便要用他一字，都是計功利之念。

人品之壞也，離品而言才。學術之壞也，舍心而尊性。學者惟有尊心而已。尊心而耳目從之，所謂『尊德性而道問學』也。

先生自言吾尊心之論，固是不朽。從來論學，將心與性爲二，許大道理都推在性上去。吾只説性者，心之所心爲心，使人推諉不得。

此心本善，自氣拘物蔽以來，往往昧失。古聖賢隨方接引，或曰慎獨，或曰求仁，或曰求放心，或曰致良知，或曰存天理。總是隨人指點，使復此心之良，初無門户名目之可言也。舉慎獨即可該數義，舉求仁、求放心亦可該數義。

陽明曰：『欲求此心之純乎天理，而無一豪人欲之私，須本戒慎恐懼工夫。』此語竟是宋儒，只爲文集被龍谿等門人編集，其中亦不無矯枉過正處。

所謂講明之學，不是靠定書册。道理充塞宇宙，人情物理，無非師友，仰觀俯察，即仰觀俯察是講明，語默動静，即語默動静是講明。朱子釋格物未嘗錯，只不合以口耳爲講明，講明後纔去做誠意工夫，是將道理分作兩截了。

淵問：朱子云『一旦豁然貫通』，與禪家大徹大悟相似，不知孔孟當年有此一境否也？先生曰：此語善會，亦不妨。若言通體，亦自有融會貫通處。若徒向外格物，此後尚有誠正工夫，便説不得此話。

世言上等姿稟人宜從陸子之學，下等資稟人宜從朱子之學。吾謂不然，惟上等姿稟人然後可從事朱子之學。本注：『確曰：可者，未可之辭。』以其胸中已是有箇本領去做零碎工夫，條分縷析，亦自無礙。若下等資氣底人，必須先識㝵道在吾心，不假外求，有了本領方去爲學，不然只是向外馳求，鮮不誤盡一生。

道理行著便是，自朝至暮，道無往而不在，以吾心之無往而不在也。所以學者亟須將陸子的言語理會一番。

《讀道》一編，亦可識二先生指歸。《論太極圖説》彼此勝心未除，然是非所在，亦不㝵不爾。陸子曰：陰陽已是形而上者，一語至當不易，朱子直以禪詆之，如何甘服？朱子之學，從楊龜山、李延平、羅豫章一派來。龜山教人看喜怒哀樂未發前氣象，未免近禪。朱子陰墮其窠臼而不知，逢此良友，覿面錯過，一時門弟子又爲分別門户，待到晚年，知悔已遲了。如朱子用心，大是可惜。

先生極口推服劉鍊江之爲人。本注：『劉名永澄，寳應人，終身布素，一豪不苟，三十餘年，官僅職方。』

淵初度日，先生過焉，淵感二人蚤背，恨欲報之無繇。先生曰：『父母雖不在，子之身即父母之身，身在即父母在，今當愛重此身，務其遠者大者而已。』

王紫麋言先生於《易》深有會心，宜有所譔述，以惠後學。先生曰：『議論儘多了，辟如庖廚一般，整備了許多筵席，無論衆客不曾下㝵箸，連庖人亦未一嘗滋味。』

淵問先生：『進學亦漸有次第否？』先生曰：『初年悠忽過了日子，晚年漸覺繁雜。近來雖稍有所見，卻不能心與理一，未免有些識見意思未浄，在細勘來，「名利」二字畢竟剗除未盡，頭出頭没，時有動處。方知研究入微，一豪假借不得。』

確曰：先生所謂『名利』，即是天理。雖聖人不能盡除，苟盡除之，又流於外學矣。與世俗所爲名利截然不同。

又曰：確同開美侍先生之教，娓娓日數千言，確過即茫然，而開美記録甚悉，無一字遺者，此可以見我兩人鈍敏怠勤之分矣。開美手録《師説》共一百九十四通，今刻三十九通，欲學者一嘗滋味，恐庖饌太多，客不遑下箸之意也。

祝乾明跋

嗚呼痛哉！先君子殉節已來十有五載矣。遺篇具在，編輯未終。今年春，請諸從父整而書之，既卒業，因泫然泣下，曰：『嗟乎，是豈先君子之志哉！』先君子方盛年，鋭然以綱常名教自負，已而益孫志於義理之書，潛修闇然，至結帨時猶自責『諸生非上書之人，名之所在，攘臂而先之』。夫忠憤大節，所以扶植綱紀，非名焉而已者。而先君子不以此嗛意也，况遺文之末乎？則乾明等今日從事於先君子之遺文，而固不忍舍，大非先君子之志矣。雖然，乾明等於先君子下殉時，知識懵焉，及後少有知覺，已不獲承事膝下，則先君子志行所存，與乾明等學問之歸舍，此又安求哉？惟是，先君子每有論著，輒削草不留，間有存者，又經兵燹，篇帙散亡，莫從搜録，是爲深痛耳。今幸藉諸父、諸父執之力，網羅裒集，什得二三，授諸乾明等。乾明等奉而藏之，歷有年所，猶懼其久而或失也，敬請之父執陳乾初先生又訂前集之十二三以付諸梓。其敢曰公之天下，所以礪不肖兄弟俾毋大墜其教也云耳，斯固諸父與諸父執之意也。乾明等其忍忘之，又焉敢私之？嗚呼痛哉！己亥夏六月，不孝子乾明抆淚謹識。

月隱先生遺集卷上　外編

附録

山陰劉先生申理疏弘光元年。

草莽孤臣臣劉宗周，泣血謹奏，爲君恩未報，臣罪當誅，謹瀝血陳悃，仰祈聖鑒，以伸在三之誼事。臣聞『民生於三，事之如一』，君臣、朋友並屬大倫，所從來舊矣。又曰：『不信乎友，則不獲乎上。』當先帝在御，於壬午之冬，正值虜騎北犯，調兵措食之時，而臣恭逢召對，稍争言官能開元、姜埰得罪事，不禁迂戇，致蒙先帝處分，先與革職。既而有會試舉人祝淵上書，争臣不當罷，并奉有看議之旨，隨該禮部議覆罰科候旨間。臣固未知祝淵爲何如人也。久之，淵乃進而謁臣，訪其履歷，具道其詳，并及所以留臣之故。以其同鄉吏科給事中吴麟徵嘗稱及臣之爲人也，而淵過信之，以成此誤舉。臣固誚讓之不止，淵自此遂交臣，稱門下士，臣攜之南還。至去年冬月，淵復奉旨以緹騎逮入京師，訊問當日上疏主使之人，則臣豈能逃罪乎？臣方席藁候逮問，遽聞國難，神京既破，麟徵死之，淵偶不死亦不逃，相傳視麟徵含殮，扶櫬南還，乃束身於司寇。嗟乎，淵不忍負麟徵，臣敢負淵？臣非徒不敢負淵也，淵之罪實臣之罪。淵罪一日未明，則臣罪一日未除。而乃輒拜新朝之寵命，上傷先帝知人之明，則大負先帝矣。負先帝不忠，負淵及麟徵不信。不忠不信，又何以自立於天地之閒？仰祈陛下收臣恩命，仍理祝淵一事案，以正臣罪。若淵者，并乞敕下法司，俟其到部之日，特與申理。或仍照禮部原擬，或援恩詔事例，徑與寬釋，則恩典出自上裁，而非臣之所敢與也。臣無任激切籲懇之至。奉聖旨：卿忠臣，祝淵義士，吴麟徵能死國難，不媿忠臣義士之友，著該部將麟徵、淵分別議恤復。卿宜祇遵新命，前來受事，紀綱法度、風俗人心賴爲一轉，愼勿遜延。吏部知道。

別祝子小序

自聖人之學不講於後世，而士生其閒，惟知有科舉之習，相與溺没於詞章聲利，人欲肆而天理亡，極其流禍，所謂率獸食人、人將相食者。即其閒不乏有志之士，慨然薄流俗之所爲，思有以自見，而錮習已深，羣瞽相導，高者砥飭於行履，卑者矜厲於氣節，以質諸聖人之學，亦概乎其未有聞也。然古稱直道之資，自中行而外，首録狂狷，則此其近之者與？卒聽其冥冥無聞，雖欲自邁於流俗，而相去不能以寸，抑亦吾黨之過也。海寧祝子開美，與余素昧平生，昨年以公車入都下。一日，東虜入寇，聖天子特開宏政門，以來羣策。時余方待罪諫院，偶言不當，觸聖怒，奪官，舉朝失色。開美奮起上書，争言甚切直，并觸聖怒，下部議。當是時，開美自分禍不測，幸聖天子終鑒草莽言無他，得不深罪，是年遂罷南宫試。若開美，非所稱當世有志之士乎？余不佞，即内媿開美，亦不以是貶開美。無何，開美肅禮來晤，余逡巡謝曰：『前日之舉得毋小過？』開美曰：『何哉？』曰：『意氣乎，聲名乎？』開美憮然請益。余因進以遠且大者，而謂一節之士不足學。開美得之，復欣然。會虜患未紓，開美益感激，欲上書掊擊一二用事大臣。余稍聞而亟挽之，既而開美亦終以余言爲然，不果行。余乃與開美買舟南渡，相與朝夕對而商所學問之道，於古人微言奥義，無不灑焉，相視以莫逆。而開美且以體驗於身心之際，見其氣日静，識日清，趣日恬以超，余自視弗逮，亦覺向者麤浮之姿，頗有鞭策，喜得開美之晚矣。今而後，余將與開美並進此道，如遵萬里程，歷羊腸九折，不知凡幾，惟逸足是視，余則竊附老馬之識耳。夫聖人之道，非詞章聲利之謂也，求其在我而已矣。澹漠不極，不可以通微。堅忍不極，不可以定性。惟其入之也深，而後其擴之也大，得之也愈艱，而後守之也愈固。率是道也，以推之斯世斯民，直分内事，開美能無意乎？嗟乎，世道至今日不忍言矣。將别，姑書此以韙之，以志久要。時崇禎癸未夏仲，山陰友人劉宗周拜手書於宿河舟中。

古體一章贈别開美道契兼呈紫眉并示汋兒紫眉從余游欲觀光太學既入京慨然覩流俗之所爲弗善也遂不果曰吾豈堪此汶汶時海寧祝開美淵亦以上書言事見放罷其公車並從余舟南下既近鄉關言念一時共事之雅感而賦此

千里或一士，百世或一聖。何來得斯語，誤人如阬穽。矮夫事觀場，笑嘑安取正。大道不擇人，有志視所竟。況負超世資，襟期互爭勝。歷落風煙中，魚鳥亦掩映。以此話昕夕，千秋良可訂。行行惜分手，轉發林皋興。進修貴及時，行止則云命。各言邁初心，弗復疑孔孟。巧拙雖殊方，勉之誠與敬。

時崇禎癸未夏六月上浣，山陰友人劉宗周書於吴江舟次。

孝廉祝開美傳觀若談遷撰。

崇禎壬午，御史大夫山陰劉先生直諫磯上怒，禍且不測，中外舌怵。吾寧祝開美赴公車，聞之振袂而起，伏闕上書曰：『憲臣劉宗周戇直性成，感恩矢念，無非圖報，頃召對忤觸，斷所難宥。臣不爲宗周惜，所深慮者，今墨吏滿海内矣，宗周以戇直而斥，繼必懲之而爲溪涊。宗周以迂執而斥，繼必懲之而爲便捷。夫溪涊便捷之徒安所不至，飽賄營私，貞淫倒置，民困何甦，虜寇何靖哉？抑士氣卑靡，降虜揖寇，靦顔偷生者有之，慷慨殉難不數數也。若宗周觸威激烈，真可仰對天地。向使受事諸臣肖其毫末，亦何至虧閑喪簡。然則宗周言即不當，陛下宜優容之，比怒蛙之式。』上不懌，下禮部，奪其試，而開美固未嘗識先生也。先生策蹇出都門，放舟潞河，始追及，長跽請益，事踐履之學。蓋至性孝友，初上公車失廷評。公儉戚中禮，營葬曹湖之陽，盡其橐，不啻京兆阡也。待諸弟有姜肱薛包之風，其質近道，故於先生力救之。明年十月，部覆上，有旨詰主使之人，遂徵下北軍獄，邑人驚相誡：『過涉滅頂，奈何？』而開美不少詘，踉蹌對簿，嚴拷不承：『男子死則死耳，安有身上書受指他人者？』金吾無以難。先是，都諫忠節吴公爲宜興所嗛，意其主使，尋都諫遷太常少卿，開美亦釋縶。而滔天之痛作，太常下殉，則又褰事，視其含襚，先南還。劉先生起留臺，仍上書言貢士祝淵冤狀：『前未報讞，臣請受其咎。』朝廷義之，省闥交薦，而先生拂衣矣。開美仍爲稽山之游，論道不輟。亡何，滔天之痛又作，開美哽咽結帨而卒，年三十五。是日，劉先生亦絶粒卒。閉門合轍，於此見真學，豈與彼周冠孔裳、唯口説是騰者並日而語哉？開美名淵，崇禎癸酉舉於浙。以著其大節，餘不書。

論曰：越人好講學，王新建倡良知之説，鼓動半天下。山陰崛起，敦尚履踐，浙河東西向往者無幾，人情樂元曠而畏繩索也。開美不惟出人情之外，且攖鱗揸牙以護之，設天之無幸，其不爲陳東者幾何？先帝以劉陶成開美，則乙酉閏六月之死，政報先帝也，不獨從劉先生於地下矣。越二日而劉先生死，前一年而吴太常死。嗚呼，君臣師友，學問之大端，兼求於古人，要未可多得也。

祝子開美傳乾初陳確撰。

祝開美，名淵。其先君子大理寺評事士奕府君，余先大父理川公門下士也，故開美與余爲世昆弟行。然余年及壯，未識開美。崇禎壬申，開美東書假館於東垞，始識開美，一見意洽，謂開美非世俗士也。開美亦時時竊歸告其尊甫，稱述陳子之義。開美時年弱冠，而余齒更二十有八，此余兩人定交之始矣。

開美幼時即能自立志，與常兒異。方七八歲時，士奕公嘗爲開美納貲入名太學，開美恥之，益揣摩舉子業，卒棄太學生，繇錢塘邑庠以癸酉舉於鄉，然猶非其志也。自後開美之父母相繼即世，五六年閒而開美連遘三喪。開美性至孝，哀毁過禮。龍山風俗，諸大家皆貴於喪禮，開美益竭力供事，喪禮之盛爲諸家最。方士奕公少年時，任俠好義，爲讎家所搆，遭無妄，久之得白，家嘗中落，後折節爲恭儉，家復振。生開美晚，不甚知財所從來，開美又性不愛財而好禮，以故嘗恣執事者所發揮，不問其出入。塋於曹湖。曹湖，故諸曹所聚而居也。其旁田皆諸曹所有，開美悉重價得之。諸曹之有旁田於曹湖者，卒以是富，故曹湖之葬費不翅萬金。余嘗與開美遊西湖，入雲棲寺，時崇禎癸未八月初八日，屬士奕府君之忌日，開美嘗以數十金乞雲棲僧設水陸懺。余曰：『子學道者，而未審佛事之妄耶？』開美笑曰：『余非不識也，然嘗以爲苟可以靡吾財、疲吾躬，以酬吾父母者，雖知無益，恒無辭爲之。』故士奕府君之死九年矣，然隨雲棲僧拜誦三日夜，欷嘘哀慟，聲咽不能轉，如在袒括時，雖諸僧爲之泣下。其至性過人類如此。兄弟五人，姊妹四人，婚嫁之事，大半自開美爲之，禮皆從厚。自開美之連遭大故，婚嫁繁，益贍宗族貧窮，急士之困乏，略不愛惜其財，先世之産已大耗。又兄弟衆多，析遺産，析彌多而産彌薄，開美又以其肥美予弟，而以其瘠自予。開美迺更蕭然爲貧士，然性淡泊，其自奉恒以約，後益兢兢於禮，躬節儉，爲諸弟先。諸弟有過，開美立自責痛哭，率諸弟跪家廟，自傷所以無德化至教故至此。諸弟相感泣，競勸於善，相戒無復犯者。其教子婦僕婢，亦必先自責，而後責人，故羣僕中有素喜事、好役財、不甘下人者，並益自戢，爲良僕。

癸未春，隨計北上。值周宜興柄國，山陰劉念臺先生掌院事，好直言，正身率屬，周甚不便，因事擊去之。舉朝畏周，無一人敢啟口言者。開美獨具疏力争，指切當事，無所諱。明旨切責，下部議，奪南宫試。於是開美始執贄劉先生，先生進開美而詰之曰：『前日之舉，得毋有過？』開美曰：『何哉？』曰：『意氣乎，聲名乎？』開美憮然請益，先生乃更教以遠且大者，共舟南還，昕夕講論。開美得日聞所未聞，於是更益務爲闇然之學。是年秋，開美與余同事劉先生於雲門、若邪之閒。余性惰，而開美勤，有得必細書識之，無一字遺者。余過耳即惘惘，無所記憶。故余嘗心癡頑若孩子，鮮疾患之慮，而開美以勤學多思，體較弱。論道之暇，頗有事山水。九日，登秦望。秦望於越山爲最高，雖越人好遊者鮮能登之，余謂開美可無登，而開美以先生命，固欲從余同登，登畢而憊甚。是夕，開美即患瘧，神疲靡，若不能支，逡巡約裝，辭先生而西歸。歸半月，開美又患嘔血證。或曰病自秦望來，或曰否。時宜興已敗，天子方怒黨人，復遣騎逮開美。開美時病甚，聞信即慷慨就道，妻子號慟，攀援絶裾，行不一顧，無分毫可憐之色見眉宇間。諸當事競高其義，爲分俸考官校，五郡好義之士醵金而賻贈者，風卷雲湧而至，開美皆謝卻之，無所受。甲申正月，入詔獄即訊，搒掠備至，舉對無失辭。二月，遷刑牢，誦《毛詩》、讀《周易》，聲晝夜不輟，怡然若不知身在囹圄中，病更以愈。三月，李賊犯京師，聲息甚惡，諸義士欲爲請於天子出之，開美以《詩》《易》未卒業，謝弗願也，然諸義士卒以是月十八日奉詔出開美。十九日，京師破，天子死社稷，開美號慟欲絶。吴忠節磊齋先生，勸開美『義可以無死，而吾固當死』，稍屬以後事。於是開美竟留睬忠節含殮，持其喪歸。歸而留京已立福藩，尚有江東片地可延眂息。無何，北師入南，朝廷無北伐之志，開美益恚，嘔血之疾復作。乙酉五月十二，留京潰，北師長驅至浙，所至愚民翕然劫守令降附。開美聞而謂余曰：『事如此，安歸乎？此某畢命之日也。』時開美方謀改葬其生母有日矣，余謂之曰：『子言是也，但爾母尚暴露，曷少俟之，則忠孝兩盡矣。』開美頷予言。然開美雖病，不廢學，自言：『吾病中氣益静，志益專，於道頗有得力。』六月二十九日，招余對榻前，出一匣見屬，曰：『此皆劉先生手書，與某居平侍先生時所紀録也。吾死無長物，惟此不能忘，敬以遺兄。』余收淚受藏之。

開美晚年喜博交士，士亦多其義，争歸之，交籍滿天下。其所交皆海内知名之士，然開美卒獨謬重余，謂余言往往有所駮正，『使吾不悖於道，餘子唯唯耳。』此如魏其之善仲孺，至死而不自悟，豈非開美之有所蔽乎？ 閏六月初三，營母改葬。初五日，暮夜役浚，開美至堂上，稽顙謝客畢，手帨自經。諸弟驚解之，氣不絶如綫，遂終於子時。先數日，作《歸詩》《歸屬》，大槩言『我義必死』，及痛革一切惡俗，喪葬悉遵《家禮》，以素布殮，自題其旌曰『明草莽小臣祝淵柩』，誡後勿稱孝廉。又前數月，開美忽有不慊於心，告廟焚其巾衫，余聞而非之曰：『此失之激。』及讀其《歸屬》與《焚巾衫》之卒章，慨然曰：『開美一生真人品，於此見之。』娶檇李黄氏，生四子，乾明、恒明、升明、晉明，二女。開美殁之明年，而升明、晉明殤。

陳確曰：『開美往時，嘗數爲余稱道山陰劉先生之爲人，因事感憤，卒游其門，如有夙因。至以余之固也，而不見拒，益用相譽，斯非其誤與？ 開美始雖稍濫於財，後乃以限制，胸氣磊落，如不可一世。學道孳孳，其究歸之澹易。焚冠與衫，守正而逝，仰天俯地，夫奚媿？ 於祝子開美，吾無議焉。』

同學張祭文

歲維壬辰八月庚子朔，越一十有五日甲子，同學弟桐鄉張履祥，謹致弔於大明故孝廉開美祝兄之靈曰：嗚呼，正氣云殁，孰矯直只。大道既微，孰扶掖只。寥寥數世，時明熄只。悠悠四海，將奚極只。於維會稽，劉子崛只。挺起東南，狂瀾逆只。二儀寥廓，剛大塞只。羣族虚誕，躬行式只。直道事人，三黜安只。正誼格君，九死甘只。帝怒不回，朋小助只。時則賢兄，慷慨疏只。聲動殿陛，四國讐只。羣宵益怒，披根索只。罪不可測，履坦若只。於維夫子，卷道歸只。吴越人士，躡屣依只。興古小學，臯比肆只。嚮晦晏息，褰裳避只。時則賢兄，朝暮侍只。晰精别微，十疑質只。湖海志氣，歛於密只。同學瞠喟，乘駮騠只。謂子在東，道則西只。曾未一載，九廟淪只。滔滔江漢，南國津只。於維夫子，討賊急只。時艱慟哭，懦夫立只。陰翳乍開，衆正集只。廷論謂宜，臺端汲只。時則賢兄，衣冠焚只。葛巾野服，卧白雲只。皇天不佑，君臣燕只。酣舞師師，日忘倦只。奸邪朋興，貨賄親只。忠言讜論，棄若塵只。格人既空，邦國瘁只。動地北風，虜馬恣只。三百舊都，忽焉棄只。於維夫子，綱常奠只。從容致命，匪歆羨只。巀山峩峩，首陽均只。時則賢兄，遹求仁只。斯文既喪，殉以身只。生也有爲，死有故只。明明日星，視百祚只。嗚呼曷悲，大曜蔀晦，黄昏徂只。魑魅羣嘯，號雄狐只。鼠侶竊食，游於廚只。兄則乘箕，予負塗只。嗚呼曷悲，岡陵崒摧，川原夷只。蒿萊叢紛，荊棘蒺只。予懷周道，阻以歧只。譬木則曲，離繩墨只。彼駑將泛，失韁勒只。瞽獨斯行，瞶南北只。若拙稽猶，昧掛扐只。凡民有情，哀樂稱只。溯言夙昔，交未定只。落落一方，意各勝只。靈鶩之閒，義相證只。蹤轍嗣疏，心實應只。綣綣吴閶，言以贈只。志薄龍門，眇滄海只。維稽有蘭，期共采只。結以爲佩，厥樂盈只。相彼好鳥，喈其聲只。悵望遥哀，不可傾只。抑思假息，涕泗并只。

月隱先生遺集卷下　外編

附　録

開美祝子遺事

開美祝子，名淵，字開美。嘗喜坐對明月，至通夕不寐，因以『月隱』自號。及深於學問，改署『兼山道人』。

祝子身修而清癯，容止閒肅，對客凝然，終日不倦。其素自修如此，復善談説，便便典雅千言，聽者忘疲。善作小篆，楷法尤秀勁有姿，極似董宗伯。

祝子尊公士奕先生，素豪直，尚氣誼，爲州里所敬憚。祝子年少，有過人之才，即習爲廉讓，過庭陳請，事事以寬易濟之。一時傳頌其尊公之德，增盛久之，或有知其故者，益以孝歸祝子矣。

祝子舉孝廉，年甫弱冠，欿然自以爲不幸，閉户力學，益敦門内大誼，而出事宗黨姻友，務爲醇謹之行。龍山祝氏，世閥族，冠蓋踵接，章甫談經者千餘士。而祝子又早遇，獨以門勢盈盛爲憂，無幾微驕惰見於顔色，人莫測其量。

祝子嘗負書棲鷹峰頂雲岫菴中，自鍵丈室，足不踰閾者三年，歲時不歸，寺僧但聞竟夜吟誦聲，罕識其面，至今傳説以爲異。此其初舉孝廉後事，而爲學之勤，用心之一，即有殊於常流者。祝子初以文行之卓爲同人所推，而知與不知皆慕之。

祝子慷慨任事，擇義而蹈，有古人風。當世大人先生以收攬爲事者，各以書幣下祝子。祝子亦志在四海，樂交天下賢豪，而天下清濁若淄澠之介不少假借。今由事後數之，如某公之敗名隳望，爲世羞稱，皆祝子早年所謝而不交者也。

祝子之矜重名節，樂交賢士大夫，黽勉忠孝之事出於天性。而由氣節以入於道，則自崇禎癸未上書京師始。祝子上書後，始造謁劉先生，先生曰：『意氣乎，聲名乎？』祝子憮然自失，求進於學，遂從先生南還，日有所得。既而被逮，登檻車，一夕忽悟義利之辨，豁然更有大進，一洗舊習之未淳，而歸於自立。其氣象宏闊，神志安恬，即非小儒所可及矣。甲申三月，身履國難，當時詔獄諸臣，賊皆遺縱，多匍匐謝恩而後去。祝子則先一日出獄，得免於辱，遂不死。祝先忠節公殮，又弔哭諸死國難者。四月閒關渡江，束身歸南都，願即司寇自繫，以竟前案，司寇謝之，再上書自明始末，并請誅姦輔馬士英，納言大驚，尼不上。其時祝子之義甚高，名震海内。又所上先生與徐太宰書，論君子小人之故，洋洋千餘言，氣蓋一世，讀者無不歎服。而先生答之，書曰：『詳味來書，遭一番鍛鍊，亦未見有長進處。學力不進便是退，退一步轉落千丈阬塹矣。念之可畏也。』祝子大懼，不知所出。及先生罷歸，乃從游於雲門山中，或假榻於古小學，求盡通先生性命之旨，以身心一一體之。或危坐累日，或誦讀通夜，有聞必行，有疑必啟。旬月之閒，而造詣益深，涵養益熟，動静顯微，了無疑貳。先生始以善學許之。所有心意注讀《易》《詩》，乃其聞道之實録，盛德之發揮也。既而告歸，慨然焚毁巾衫，以端進禮退義之趨，從容引決，而全心安理得之樂。其時，虜初抵會城，未下薙髮之令，郡縣多以圖籍獻，方幸安堵，祝子痛之。先生以六月之一十四日絶食，閏六月初八日卒，而祝子以初六先死，以待先生於九原。烽火一江，不期而合，嗚呼完人哉！由今以觀其學之進退消長，非先生實善誘而時化之不至此，而朝廷一逮一釋之閒，乃其轉變兩關，所以默造就之者，正不可謂不深切而著明也。祝子詩所云『風霜至教，鼙革新恩』，誠知本矣。崇禎壬午閒，海昌民困貪令，愁苦荼毒，而諸生之中有爲令聚歛者，見惡於同庠。陳子乾初時未深學問，雅尚直節，急公義，乃率諸生首發其罪，上書諸臺司，語連守令。守令起而讐之，幾蹈不測。陳子與祝子嘗共硯，令疑祝子甚，姻友多勸祝子宜避之，乃先數月至京師，假館候試。會宜興擅政，國事濁亂，禍變蜂起，封疆之憂，已在旦夕。而先忠節以掌諫召，劉先生亦以掌憲召，而先後入都。先生於召對之頃，力捄諫官，觸先帝怒，奉旨放歸。先忠節拜書留之，其餘廷臣上書者多有，帝概不納。祝子往還先忠節邸中尤密，日聞感歎之切，則念國家真不可一日無先生在，然已無可奈何。祝子憤之，草疏欲上，先呈稟於先忠節，以爲先帝往往舍廟廷而從草野，則此書未必無益於事，而詞旨亦不甚激，可冀一當，遂不阻其上。既而被旨逮責，祝子幾不免，國事之喪亡亦隨之矣，嗚呼痛哉！

祝氏拜疏留先生後，又草一疏，直糾姦輔周延儒，聞者大駭，先生力止之，不果上。

祝子拜書之時，先帝方病目兩月，一切封事皆不啟覽，委積盈案。一日少閒，起而親簡之，涉手投廢，殊厭接之，忽得浙江錢塘舉人封牘，以爲必有奇謀異策，足資軍國之急，特賜省覽，遂被震怒。舊例，章奏經帝覽後，未示可否，旋下閣臣票擬，以請定奪。而此疏獨蒙先帝手書『祝淵可惡，通政司回話』九字於疏面，閣中因衍九字爲三十餘字上之，依擬下部。此語出開美親語蕃者，且曰『草茅無狀，妄膺帝怒』。然親批疏稾，遠被檻車，亦一時之異數也。

祝子奉嚴旨後，疏在禮部議覆未上，舉朝之士皆痛惜之。然春明之試，計不當與，祝子亦慨然有志於爲己之學，因從劉先生南還，而此疏竟成躭擱矣。至明年，將舉禮闈，一切貢舉事宜皆須成案，揭示舉子。宗伯莆田林公欲楫嘗過先忠節邸云：『祝生事小不足道，然姑爲罰一科之議，以塞上意。』而疏末且有并請原宥之語，及奉旨不許，異之，因擬三科，以爲已甚，上又不許。一時禮曹罔措，不得已擬黜革，而追究主使之旨下矣，中外譁然。蓋是時宜興之姦已敗，而其私人有罪案獄者，素疾先忠節之直，陰布小吏探刺百出，求所以中者，卒不得，乃深結奥援，欲借祝子之疏發之。所謂主使者，蓋指先忠節也。及開美到獄，而斯人已戮，事遂得白。

往例，國家逮一罪人，朝廷明知其在籍在官，而遣緹騎就其所在，下之檻車，別有駕帖一通，付所在官司開讀，給發驛遞，以重其事。祝子之被旨，則上意似以爲本生尚在長安候旨，故直使縛之耳。鎮撫亦不敢明告本生之已歸籍，而朦朧竟遣緹騎走三千里縛一書生，并無所謂駕帖者，開讀之日，止前奉旨云云耳。

祝子被逮時，按君在禾。祝子至禾謁按君。按君乃遣文自省，請緹騎至禾郡，就宏文館開讀，環而觀者數萬人，上自官吏，下至負販，無不大聲歎息，有爲之流涕者。諸生之從觀者尤衆，或以所讀僅一票旨數十字，不合舊例，因而疑之，大譁亂，挺而起者數十人。祝子大懼，身闌格於門外，曉以大義，詞嚴旨切，久而解散。緹騎一時奔竄自匿，至夜始歸，感祝子之能弭變，幸不受創，始敬禮之。

緹騎初至禾，勢甚惡，及見祝子，祝子亟請行期，談笑從容如常時。逮之日，祝子先伏館門以俟，身請攣索，不求寬假。既登舟，將少遲，以行其需索，祝子日促之行。當事自按君以下，鄉先生自徐賓摩先生以下，皆有贐，祝子盡謝之，或私有以贈緹騎者。緹騎嘗就窘祝子，將搒楚之，祝子無懼色。及搜其行裹，止《周易》一帙、《莊子》一卷、先人小像一幀而已。因無可施其虐，轉相敬憚，而羣騎亦凜凜，莫敢不敬。先是，浙江巡撫某被逮，緹騎至杭州，重賄之，久而後發，先遣人於京師經營其事，驛行日二三十里，遷延至家，踰冬未有行意。開美至蘇州，聞之感憤，曰：『前路若遇此人，當唾其面。』甲申之禍作，某未即司寇也。

緹騎官一人，旂六人，無尊卑之序，同器飲食，共席而卧。祝子周旋其閒，略不爲累，讀書静坐，自得益深，暇則坐諸人，談議漸修禮義之教，皆爲感服。至渡揚子時，一舟之中，已上下秩然不雜，如公府矣。

祝子初聞逮，一家駭之，同人喧集，其爲援引脱死之策畢至。祝子始亦韙之，廑禾中，與蕃計畫，及暮而散。越日，蕃再謁，祝子迎門大喜，謂蕃曰：『夜來已大覺，幾誤公事。』蕃以爲更得良策，亦喜甚，坐定請問所得。祝子歎曰：『人之所可自主者，義也。其不可干於天者，利也。以利而死，死有餘恨。以利而生，生亦有餘恨。凡一言之援，一金之賮，皆利也，吾知有義而已。吾昨日禽也，今日人也，在此義利之介矣。』蕃錯愕久之未敢應。俄而客以賮至者，祝子盡麾之。徐寶摩先生爲作長安書數十函，一使者負至，祝子盡還之。别有遠札，前已納者，發而焚之。從此起居泰然，日夕評論閒事，顔體頓腴，夙疾爲愈。

祝子下鎮撫時，舉朝無不思申理之者，而被逮出於特典，下石者已被戮，雖金吾衛卒，皆知其枉，搒不爲酷。及移刑部獄，罪在必赦，但未得旨耳。故臨難倥傯之際，諸進士十餘人具呈保之，竟得出。祝子獄中家書一紙，自其仲弟示讀時，蕃即拜而藏之，十餘年矣。今編入集中，蕃嘗歎人之於患難流離之日，不能不感愴發憤；於千里寄書、生死不可知之際，不能無丁寧固戀；於生平氣節得意之事，不能不矜喜自命；於小人排擠之故，不能無怨尤致恨。而開美於此數者皆無之，心平氣夷，學沖神定，直敘楚辱，如道尋常，止以『事不可知』四字了之。而所拳拳者，諸弟之學問、父母之葬期、弱妹之疾病而已，真可謂言不及私，而忠孝仁義之誠見於倉猝如此。

祝子在獄讀《易》，得其理，嘗以書貽先忠節公，謂時危必至，而尚有可避之機，盍以事早去，得全平生嘉遁之旨？先忠節以爲不可，乃發明致命遂志之義以答之。先忠節公甲申三月十八日守西直門，時祝子以是日之辰刻釋獄，匍匐出，叩西直，會事嚴密，守卒不爲達。次日，德勝門陷，祝子奔及三元祠，則先公殉節所也。其事具祝子所作《先忠節紀略》與蕃述《年譜》中。先公死無殮布，祝子裂所卧衾二三丈而手裹之，含殮醊祭之儀，雖在變亂，一一如禮，朝宿於襯側者旬日。先攜邸客周子行及奴子二人，抵其廨。四月十三日，間關險難之中，率以歸里，其費已不貲矣。

祝子雖於四月先出都門，而先忠節歸櫬之資則已預爲拮据鳩集，付守櫬者之手，分毫皆出其賜，猶恐不給，又别有所封識。就先人門下一進士某，親稽顙而授之云：『於歸喪之日，幸俱付守櫬者。』并屬及期聞之而已，而其人急先去，遂不可復詰。

祝子當國難日，廨鐵佛衚衕之小菴，懸一緪於梁以待，若賊來相召，死以謝之，幸不加逼得免。

祝子於三月二十日適憩鄰菴，見一丈夫角巾布衣入菴，危坐須臾，顧視四壁似有投繯之意，已而又出菴去。菴僧曰：『此吏部許公直也，廨舍去此不遠。』祝子急趨視之，已殉節矣。因留視其殮，又求倪鴻寶先生、李懋明先生、施四明先生殉難之所，皆弔而哭之。

祝子脱獄，而國難作，案未竟，歸抵南都，請以身歸司寇。司寇敬而謝之，乃復上疏自明始末，因及請誅姦輔等語。納言見之大驚，然甚惜其死，姑許代上而卒匿之。其稿尚存前幅，出於劉伯繩兄所示。以開美曾呈稿於先生，而經亂脱落，無全文矣。祝子作先公《殉節紀實》畢，授予，且云：『欲作尊公生平行狀，而不能下一筆。蓋自古史家得意之文，大抵皆寫偏節獨行之士，易以揚扢，短長見致，如尊公之純德醇行，所履者皆人臣之常矩，君子之恒節，不可以偏駮之詞寫之。始知中庸非惟不可能，正惟描寫亦不易耳。』蕃拜而識之。

先生之學，極高明博大之觀，而修持動静，凝然嚴肅，又無一息之少閒，可謂兼有二程夫子之盛德大業矣。而程門高弟如張思叔之高識言下解悟，尹和靖之篤行持守不失，則開美並有之。惜乎，國難旋作，即效全歸之義，不獲究其所至也。開美一上書請留劉先生，下詔獄；再上書糾周延儒，歸南京，三上書請誅姦輔馬士英，爲通政宗公敦一所匿；又視殮先忠節公殉節之喪。此四者，古人有其一，即表奇節，震動矜許，以榮當時，而傳後世。在開美，若固有之所謂百行之一耳。

祝子未學問時，其葬父母力求吉壤，至破家以圖之。既而甚悔，往往以此相戒。然蕃嘗見其寄家人書有云：『子弟肯讀書循禮，便是家道該興，不然縱有好風水、好家計，不如一貧賤好修之士。』則非惑於術數者可知。

祝子未學道時，能推算五曜干支之理，嘗謂蕃曰：『凡人生命不猶，只合爲善，生命若諧，尤足爲善。大抵生命已定，雖爲不善，亦復無益，故信命者，信其可信而已。』

祝子與其諸弟家書，蕃嘗一一見之，其言有云：『我家先王母妯娌，以伯祖洎王父友恭益無閒言，此足爲世世家法。』又云：『日用飲食，節財養福，利害要均受，非可獨私其有。昔大人節省衣食不可言，我輩仰體先訓，切勿縱性多求，以壞儒素之風。』又云：『進場以有必中之技爲主，諸弟自信學力未到，不妨恬退功名，得不足榮，失不足辱。』又云：『只宜保身力學，戒性節用，收斂身心。外事求關説者一切戒之，家人生事者立加痛治。』此其大略，然亦足以明祝子家庭敦睦、修身飭行之概。

祝子篤於兄弟之誼，被逮之日，其弟有號泣公府、請身受之者，有棄舉業、變姓名而從之者，内至婦女咸鎔釵珥，下及奴僕願輸衣食，無不請爲治裝者，而祝子皆嚴絶之，一無所取。其弟仲貽尤勇於義，堅謝時事，率從子力學礪行，以終先人之志。此亦見祝子内行所感，久而不衰矣。

祝子性至孝，每遇父母忌日，變居處，絶葷醴，竟日有毀容。出游千里，必奉先人小影以行。

祝子奉身甚嚴，其所作自警語中，諸戒偶有一犯，即入私室，閉户長跪，竟日不起，至流涕自撾，家人傳以爲怪。

祝子嘗袖小册，以記朋友燕語之有益於己者，曰《日省録》。

祝子聞先伯父中丞公之喪，病不能行，以香一束，流涕遣使至。及蕃以中丞公自祭文并喪禁寄之，深以爲合禮。未幾，祝子將殉難，預屬歸禁，多采取其意而增補之。又虞身後子弟奉行不力，先屬乾初陳子以爲之相。陳子又推歸禁之所不及者，悉以朱子喪禮行之。晚近以來，送死之禮，不徇俗習，非以自棄於名教者，一二喪蓋不多見。

乙酉春，祝子之自山陰告歸也，先生臨別，曰：『子行矣，何以自勉？』祝子對曰：『竊見時事日裂，淵未知死所，惟「得正而斃」四字。此淵將來功課也。』先生甚然之。抵六月，虜騎渡江入浙，家人知其有死志，不敢以聞。祝子覺之，招陳子乾初別，乾初以祝子方謀葬母，勸其竣禮而後死，未晚也。祝子許之，因甚暑，營窀穸事甚急。虞祭之夕，至中堂拜跪謝客畢，遂結帨而卒。嗚呼，其真無負先生者哉！

祝子生於辛亥，登賢書之年二十有三，建言之年三十有三，聞道殉節之年三十有五。

癸巳六月二十有九日，同學弟吳蕃昌拜識。

張鈞衡跋

《祝子遺書》四卷、外編一卷，明祝淵開美撰。開美，崇禎癸酉舉人。壬午，計偕北上，值左都御史劉宗周召對面諍落職，淵上疏言憲臣清剛，宜留之，以肅吏治。上以其諸生言事，下部議處，尋奉旨逮問，究其上書指使，淵抗聲不屈。都城陷，出獄，友人吳麟徵將殉國難，待淵訣別而死。淵扶喪南返，南都建，淵復上當投獄，詔釋之，已。聞宗周不食，淵曰：『子在，回何敢死。先師死，淵何敢生乎？』葬母畢，作絶命詞，曰：『中心安焉謂之仁，事得其宜謂之義。嗚呼，學道有年，麤識義理，吾何求哉？吾得正而斃焉，斯已矣。』遂卒，年三十有五。《遺書》四卷，卷一《問學録》，卷二奏疏及《紀實》，卷三尺牘，卷四雜著，其長子鳳師所輯，友人陳乾初梓以問世。此本爲陳仲魚徵君舊藏鈔校足本，出於陳奉莪手寫。奉莪，名敬璋，又字半圭，海甯諸生，手鈔先輩詩文孜孜不倦。再以別下齋藏外書鈔本合刻之。明季志節之士，至今讀其書，想見其人，未始非立懦廉頑之一助。歲在閼逢攝提格，烏程張鈞衡跋。

附録

祝以豳字耳劉，號惺存，又號靈苑山人。萬曆丙戌進士，知隨州，入爲兵部郎，官至應天府尹，加南京工部右侍郎致仕。卒年八十二，賜祭葬。《天人合脈》一卷。自序云：集空青先生《三十六福》、胡處厚《心相三十二善》格言爲之。鄒南皋見而爲之序。《五篋約》一卷。《貽美堂集》二十四卷。有李氏本寧、董氏其昌、陳氏繼儒、沈氏德符序。

——《海宁州志稿》卷十二《艺文志三》

祝以豳，字耳劉，號惺存。萬歷丙戌進士，知隨州，入爲兵部郎中。時關白攻朝鮮，大司馬石星主招撫，以豳曰：『日本勍賊朝鮮屬國，今遣招撫，是棄朝鮮也。東藩折於日本，勢必及我朝。』議是之，即奉勅宣諭，渡鴨緑而東，布朝廷威德。俄出爲廣東僉事，值猺獞不逞，蒙犯瘴癘，深入七百餘里，曉以禮義，皆搏顙受命。爰清刷韶廠商料儲爲軍需，税璫不敢撓其柄，報最，除山東參政。陳情養母，居鄉十六年，遠近稱孝。祝母年九十四，終服闋，起江西按察使，請罷建武橋税。再涖粵東，視師海上，以虎門重鎮，裹海要區，議措餉增兵以振之。未幾，渠魁斯得，又伐紅夷，謀多斬獲，竝奪所製砲，中國遂傳其法。天啟七年，擢應天府尹，乞休，進工部侍郎致仕。崇禎五年，卒，年八十有二，賜祭葬。

——《海寧州志稿》卷二十八《人物志·名臣》

工部左侍郎祝以豳墓。以豳字耳劉，海寧人，萬曆丙戌進士，知隨州，入爲兵部郎中，奉使朝鮮，宣諭威德。出爲廣東僉事，值猺獞不逞，蒙犯瘴癘，深入七百餘里，曉以禮義，皆搏顙受命。爰清刷韶州廠軍料儲爲軍需，税璫不敢撓其柄。累擢應天府尹，工部侍郎致仕。崇禎八年，諭葬墓在袁化鎮北。

——阮元《兩浙防護録·杭州府·海寧州》

明教諭常來王德政碑

海寧縣儒學念天常去思碑記

常先生才，而僅得文學掌故，自練川移□司學諭。無何，薦牘屢上，而先生復以紹興授擢去。紹去寧邑不遠，而於浙文學稱最，於是及門諸弟子颺言而謁予曰：『異哉，吾師之日夕以摩礪也。今行矣，是不可無記。』予喟然嘆曰：『夫師之道，不貴嚴哉！』昔唐虞之際，舜以百揆寄禹以群職，分九官十二牧，獨以教胄子之責命夔，而所諄諄焉相戒者，惟曰：『直而温，寬而栗，剛而無虐，簡而無敖。』此非萬世師法歟？末世寖失其意，徒緣飾爲名，即有束約，亦芻狗視之耳，安怪士之不唐虞若也？常先生來寧三歲餘，既益讀書，修行誼甚謹，所以帥諸弟子亦甚嚴，而又音吐鴻暢，直披胸懷，暇則延諸弟子講説經術，或有考課引繩批根，無不導以周行善相，長過相規，人人憚服也。然先生汎愛樂義，出於天性，貧士之不能爲贄者，無所厝意，惟於月朔旦期之一揖而已。更以餘力，毖飭宫墻，揚扢風雅，人士興起者蓁衆。説者謂：不減明復之在泰山、安定之教蘇湖，豈不以其直而温、寬而栗、剛而無虐、簡而無敖哉？顧兩先生皆受知宸扆，卒拜顯秩，而君行至高，僅以文學推擢，不無今昔之異。雖然，一青氈豈能屈先生？先生之先在唐有諱袞者，自宰相出觀察七閩，能教其人爲文章，閩既已知學，乃顯者止一歐陽詹，而昌黎氏艷稱之。今君所教地即不能及閩，而士濟濟爲歐陽生者何限？異日奏勳闕下，袞固有所不敢望也。予雖寡昧，當執筆以從昌黎氏之後請記之。先生姓常，諱來王，字習見，别號念天，北直大名府清豐縣人。賜進士出身奉政大夫廣東按察司僉事奉勅整備南韶等處兵備前兵部武選車駕二司員外郎予告侍養邑人祝以豳譔。萬歷四十二年歲次甲寅吉旦立。署教諭事舉人陳邦訓篆額，訓導朱朝佐書丹，劉文元勒石。

——《海寧州志稿》卷二十《金石志四·碑碣續編》

明訓導陳上理德政碑

陳自玉先生遺愛碑記

古者禁網闊疏，上下夷易，有司群牧咸得專割行意，暇則觀遊嘯詠，與賓從僚吏相唱和。如錢文僖之守西都，蘇文忠之知杭郡，風流軼事，標映千古。我國朝，明飭功令，綜覈嚴密，州郡之吏局趣官□罔越尺寸，非皇皇簿書期會，則僕僕牛馬走，何暇陶泳性靈，同人寄暢？若夫官冷局閒，雍容被服，有朋從之樂，無名法之拘繫，惟文學博士乃其人。大都日暮途遠，淹抑不振，壇坫草深，大雅所歎。自玉陳先生者，經帷名宿，需次選人，當得僉判，力辭，欲備掌故，來訓吾寧。爲人頎碩長者，博辨而味玄，朗中而夷外，諸所爲闡經教，端儀軌，爲多士鵠者，卓乎不可尚已，乃能縱心物表，脱落恒調，自暢其絶塵蕭遠之致。衙齋湫隘，别開畦徑，雜蒔花竹，履舄過從，悠然把臂入林，雅好墳典，極意漁獵，宛委之藏，蒟丘之儲，錯列環擁，嚴於百城，時與名輩商略，多獨解語。素工臨池，應手揮翰，有褚薛筆意。已乃偕二三帷中雋茂弟子，招集同好，爲詩壇北山，月必舉會，會必觴詠極驩。於是雅流奔輳，競以篇什□可於先生。先生襟情朗率，詩格澹冶，彷彿柴桑，命曰陶社，所以自寓也。所謂名教樂地，風雅勝場，先生擅焉。試問二百年來，廣文氈上，苜蓿署中，有如先生者乎？先是，邑令卞急爲氣，先生以事力争不下，遂倡同官投劾去，令扶服謝過，遮道固留，乃返。噫嘻，彼戀戀棧豆，一當貴震，爲之逢蒙視，詘要撓膕，□盧屋妾者，何如人也？以先生之風概，何物一官能纓綵之哉？斯又非關文法之疏數，職務之閒劇矣。比年，薦剡交上，擢陜之褒城令。褒城，周□故墟，雖阻僻地，一行作令，恐妨高韻。然先生饒爲之，文僖、文忠軼事可載覩也。葛生徵奇初與計偕，及曩帷中所稱雋茂者重惜先生之去，相盼裴回，若唐太學諸生之於陽允宗，礱貞石而請余爲之記。公名上理，自玉其字，湖州歸安人，著述甚富，有《寓詠》刻行世。賜進士第嘉議大夫南京工部左侍郎前兵部武選車駕二司員外郎三奉勑整飭巡視江□粤東地方應天府府尹通家侍生祝以豳頓首譔。賜進士出身承德郎兵部職方司主事差提督山海關總核將令兼理屯鑄事務侍生陳祖苞篆額。陶社友弟陳鼎新書。天啓七年歲丁卯孟冬穀旦立。

——《海寧州志稿》卷二十《金石志四·碑碣續編》

明訓導李培德政碑

海寧縣儒學雲麓李師去思碑

夫國家廣厲學官，寓内膠庠棊置，實倣周制。然必師嚴道尊，有以厭服群弟子之心，所在見德，所去見思，始爲稱職。求之晚近，眇乎艱矣。寧學博李先生，訓導茲土，幾五稔，遷杭之新城。教諭已去，乃群弟子戀又不舍，伐石樹去思碑，頌先生德教，問記於余。余曰：『而先生鴻名懿行，向固耳而目之，第其服官敷教，未覈其實，而徒以世俗虚聲相標榜，義之所不敢出也。』諸士子揖而進曰：『吾先生學貫天人，胸羅今古，其誨迪諸子不以言教，寔以身教，孜孜不倦，兀兀窮年。若其設餔以膳英茂，捐俸以賑貧乏，皆先生之餘事。申之歲，大浸稽天，民不聊生，而海昌獨不蒙折。適先生故知姚廷尉過訪，先生款之衙齋，召通邑父老商榷叩閽章奏，秉燭午夜，草上當道書一十三封，遂得准折，則先生之功不特在諸子也。戊之夏，署篆馬公檄先生修學宫，先生偕徐生經綸不憚辛勤，勞來督率，常出帑金，以犒工作，自啟聖宫西廡、名宦祠、敬一亭皆撤而新之，落成，先生又不自居功。此皆先生實德宏功，不容泯滅者也。無論士大夫不能忘情於先生，即輿臺童穉皆不忍先生去。且先生之學本於伊洛、新建，每恥獨爲君子聞，人善稱不去口。其獎借後進，無異己子，坦夷忠信，望之可親，承其顔色，鄙吝都消，聆其議論，虚往實還。自有博士先生以來，誠不多覯，兩臺交獎，司府協薦，邑父母亦折節事先生。二三子方冀先生升六館，膺百里，以少展藴負，而僅以常格轉新城，是雖盈盈襟帶，不難匍匐，而懿德根心，自不容已。願乞明公一言，爲先生不朽。』余聞而詫曰：『有是哉，先生之湛於德而篤於教也！可以風矣。』所謂思者，以去言也。其人已去，思其教。其教猶在，思其人。思其教，則歌詠而頌述之。思其人，則竭蹶而願見之。貞珉之勒，誠不容已矣。方今世道交喪，名實混淆，先生一學博耳，力砥頽波，去名收實，不遺餘力，宜有以繫諸士之心矣。余又胡敢以不敏，而靳爲先生記哉？先生姓李，名培，字培之，别號雲麓，浙之嘉興人。賜進士出身奉政大夫廣東按察司僉事奉勑整飭南韶等處兵備前兵部武選車駕二司員外郎予告侍養邑人祝以豳譔。萬曆四十年歲次壬子陽月吉旦立。儒學教諭常來王篆額，訓導姜尚賓書丹，朱朝佐勒石。

——《海寧州志稿》卷二十《金石志四·碑碣續編》

憨大師曹溪中興録序

歲庚子，余備兵南韶。念曹溪末法治湮，而佛界之幾爲廛闠也，悉逐諸屠沽亡賴及所畜雞豚雁鶩之屬，戒僧徒永斷酒肉。即客至啜茗，或飯蔬食，庶幾稱清淨道場。以無爲肉身菩薩，慁造累劫，阿鼻惡業。諸僧徒始而懍懍，既乃讚歎踴躍，若出㶊火，而沃以清泠。語具予《粤遊草》中。是時，憨山大師方演法五羊，遠近緇素，仰若龍象。余將以入賀萬壽，行慮諸僧徒業習難洗，末法且終就湮，就請大師來主是山。余從五羊面叩之，謂：『寶林一片地，千古一大事因緣，非師孰與肩任？』師唯唯，余及靈洲而別。迄今辛酉，余復以籌海之命入粤，過寶林，荏苒二十餘年，真屈伸臂頃。而師之去寶林，且八年所矣，睹所更建條布，犁然肅穆，僧徒皆循循，披緇諷唄，視昔犢鼻荷鋤酣飽，目不識之無字，已恍若奪胎蜕骨，在三生前者。其跂慕師而冀旦夕復來，不啻赤子之慕慈母。因索余數行，走匡廬，强要師。無何，余蒙聖恩，召還陪都，歸舟薄清溪，未及曹溪者三舍。寺僧以師尺一，並所纂《曹溪實録》來。發函而首以夢幻泡影語相質，蓋深有感於塵世去來離合之無常也。及繙閲《實録》，則種種皆有爲法。夫既云入妄想中，種種皆幻，則寶林、曹溪亦幻。即梵宇、遺蜕、衣盋等，當無不幻焉。用此科條森列，米鹽纖細，以煩僧徒。且《實録》中不以常住法爲僧徒律令乎？一切有爲，皆常住法，而所云夢幻泡影，則不住法也。夫有常住而後可以不住，有不住而後可以常住常不住。有常住常不住，而後可以無住無不住。惟常住而諸夢幻空不礙有，惟常不住而後諸法有不礙空。諸僧徒由不敢侮法，入不泥法。斯於我師所纂《實録》，所譚夢幻，與所感去來離合空有，相攝而不相礙。是即佛祖本來之旨，亦古德無盡之旨。余且與師向夢幻泡影中權住幾劫，更作商量。師其函爲一轉語報余。天啟壬戌孟秋，南京光禄寺少卿西浙祝以豳撰。

——《憨山老人梦遊集》卷第五十二

諸史夷語音義後序

太史義麓甘公甫司理滇，即攝滇符。時御史適按部，滇程書棼然充于棟，太史目披手裁，竟而後朝食，老吏從旁咋舌矣。而又以其間輯古今韻，授蒲騷陳先生爲之訂定。又以陳先生所音義諸史夷語，授以豳刻而傳之。夫精刻名法，它不暇皇，若猒薄吏事，從吾所好，兩者交譏。太史由中秘出于吏事，能不猒薄吏事矣。而又津津于墳典討讎之業，即陳先生著述有餘，于是書托于博弈猶賢。太史乃從程書充棟、目披手裁之隙，而三屬意暇處，劇亟視緩，習儷工，抑其天性矣。《音義》刻既成，太史業序之。余不序，序太史之刻《音義》如此。

萬曆己丑仲冬月西淛祝以豳撰。

——陳士元《諸史夷語音義》

祝淵傳

淵，字開美，海寧人。崇禎六年舉於鄉。自以年少學未充，棲峰巔僧舍，讀書三年，山僧罕見其面。十五年冬，會試入都，適宗周廷諍姜埰、熊開元削籍。淵抗疏曰：『宗周憨直性成，忠孝天授，受任以來，蔬食不飽，終宵不寢，圖報國恩。今四方多難，貪墨成風，求一清剛臣以司風紀，孰與宗周？宗周以迂憨斥，繼之者必洪恩；宗周以偏執斥，繼之者必便捷。洪恩便捷之夫進，必且營私納賄，顛倒貞邪。乞收還成命，復其故官，天下幸甚。』帝得疏不懌，停淵會試，下禮官議。淵故不識宗周，既得命往謁。宗周曰：『子爲此舉，無所爲而爲之乎，抑動於名心而爲之也？』淵爽然避席曰：『先生名滿天下，誠恥不得列門墻爾，願執贄爲弟子。』明年，從宗周山陰。禮官議上，逮下詔獄，詰問主使姓名。淵曰：『男兒死即死爾，何聽人指使爲！』移刑部，進士共疏出淵。未幾，都城陷，嘗死難太常少卿吳麟徵喪，歸其柩。詣南京刑部，竟前獄，尚書諭止之。上疏請誅姦輔，通政司抑不奏。給事中陳子龍疏薦淵及待詔涂仲吉義士，可爲臺諫。仲吉者，漳浦人，以諸生走萬里上書明黄道周冤，得罪杖讁者也。不許。宗周罷官家居，淵數往問學。嘗有過，入曲室長跪流涕自撾。杭州失守，淵方葬母，趣竣工。既葬，還家設祭，即投繯而卒，年三十五也。逾二日，宗周餓死。

——《明史》卷一百六十七列傳第一四三《劉宗周傳》附

祝淵傳

祝淵，字開美，海寧人。年八歲，以貲入南京太學，進退應對，雍雍如也惟謹。尋復試錢塘，補學生。淵好學，姿質尤高。崇禎癸酉舉於鄉，時甫冠，以學業未充，讀書棲鷹峰頂，三年足不逾閾。十五年，淵如京師會試。科臣姜埰、行人熊開元言事得罪，左都御史劉宗周救之甚力，上怒，免官。科臣吴麟徵上疏諫，不聽。淵歎曰：『劉先生何可去，淵以死留先生。』遂上書曰：

『竊聞主聖則臣直，是切直之言。臣下所願效而難遇其主，人主所樂聞而不易得之事。邇者皇上隆下濟之禮，降求言之詔，虛懷若渴，明聖之戴，遠軼禹湯，比蹤堯舜。此有志之士，聞風興起，謂千載一遇也。憲臣劉宗周者，戇直固其性成，忠孝本於天授。感皇上不殺之恩，值時事多難之日，聞其受命以來，蔬食不飽，中夜而歎，矢念萌心，無非圖報。如嚴絶苞苴，綏輯人心，效已見其一二。計典在即，中外喁喁，想望盛治。頃蒙召對，恩賜斥罷，在宗周迂褊忤觸，斷所難宥。而皇上雨露風霆，無非至教。臣不爲宗周惜，而所深慮者，惟是寇賊披猖，皆繇民生日蹙；民生日蹙，皆繇守令貪邪；守令貪邪，皆繇計弊溷置。今天下墨吏滿海内矣，司風紀之責者，求清剛之操，學術之端，孰有如宗周者乎？練達之識，衡鑑之公，孰有如宗周者乎？宗周以戇直而斥，繼之者必懲之而爲洩涩。宗周以迂執而斥，繼之者必懲之而爲便捷。夫洩涩便捷之徒，安所不至。飽賄營私，貞滔倒置，睿炤何由而遍？民困何由而遍？民困何繇而甦？寇賊何繇而靖也哉！抑臣更有説焉，夫平日有犯顔敢諫之忠，臨難始有伏節赴義之忱。士氣卑靡，至今極矣。寇賊狂逞以來，棄城遁走者有之，甘心乞降者有之，開門揖寇者有之，靦顔偷生者有之，坐視君父之急，遷延不進者有之。慷慨殉難，不數數也，原其隱皆戀爵禄，怖生死，脂韋蓄縮之一念爲之爾。若宗周不惜軀命，忤觸雷霆之威，此其孤忠激烈，真可仰對天地，下告祖宗。向使受事諸臣肖其毫末，亦何至虧閑喪簡，誤君辱國至此極乎！然則宗周言即不當，陛下亦宜優容之，以比怒蛙之式也。陛下上念社稷，下爲民生，誠不難以天縱之聖，受绌於匹夫，撤回成命，賜復原職，俾計曲有成，肅清吏治，臣即受妄言之誅，臣亦幸甚。』

疏入，上怒，手批『祝淵縱横可惡』，下部議罪。

淵初未識宗周，至是始造謁。宗周曰：『日者之舉，意氣乎？以命耶？』淵怃然請益，宗周進以慎獨之功。淵遂從宗周南，朝夕講論，隨物考驗，身心所得日異。部議罰三科，上怒其太輕，遣緹騎逮淵。妻子號慟，淵慷慨自若。親友餽贐，故刑部尚書徐石麒爲作諸貴人書，淵悉卻之，曰：『諸君之意誠厚，然我受之皆利也，我安我義而已。』緹騎視其囊，惟父小像及《周易》《莊子》，無他物。緹皆敬憚。至京，下鎮抚司獄治。問主者，淵抗言曰：『男兒死耳，豈有身上書，受指他人者！』凡二拶，夾一，五十棍，辭卒不改。諸進士上書保淵，上亦悟，命釋之。

頃之，流賊陷京師。時麟徵爲太常卿，將死，請淵至與決，屬以後事。麟徵死，爲調棺殮，尋持其喪歸。

弘光中，馬士英及阮大鋮用政，淵上書極言士英罪。通政司不肯上，淵知事不可爲，遂歸，營地葬母。清兵至，與親友訣，即不食，七日，嘔血滿地，無何，卒。閏月三日也，時年三十五。是月八日，宗周亦不食死。

淵性孝，父母相繼没，哀毁踰禮。既除喪，遇忌日必變居處飲食，出必奉父像以行。與兄弟分産，以磽瘠自與。嘗作自警文，有過輒入齋室，闔户長跪向壁，竟日不起，或流涕自撾，其持身嚴毅若此。龍武中，廷臣言其事，詔贈賜葬。

——朱溶《忠義録》卷五

祝　淵

祝淵，字開美，海寧人。崇禎癸酉舉人。有《月隱先生遺集》。

崇禎壬午，先生伏闕申救劉公宗周，時未識劉公也。及公罷歸，始著録稱弟子，附舟南還。已而緹騎逮入詔獄，寇逼京師，有詔赦出。都城陷，太常卿吴公麟徵殉之，先生視含殮，護其喪歸，塗遇吴吉士爾壎斷一指寄其家，先生爲攜歸。留都既下，先生葬其母，尋自經死。會劉公絶粒，公弟子王毓蓍自投柳橋下，遺書于公，謂：『慎無爲王炎午所笑。』師弟之死，蓋不出三旬也。《西湖月夜》云：『落月鱗鱗水面浮，露華濃滴桂叢秋。不知何處鳴柔櫓，驚起一雙雪色鷗。』『佛火漁燈漸寂寥，推篷起坐已中宵。夜來極浦灘聲急，知入西泠第幾橋。』

——朱彝尊《静志居詩話》卷二十

祝開美先生臨終詩跋

予客歲曾摹錢唐王節愍公小像及臨終遺誥，勒石西湖。今年以錫山廉使所纂《徐忠懿公墓碑》寄於妙果山麓芝真聖殿，頃復得見鄉先輩月隱限先生成仁絶筆。凡此三忠，並爲浙汜所推慕，從兹益可昭揭日星，垂諸久遠。而斯跡尚其後賢世守，彌復可敬。妙果去祝子居僅一牛鳴地，他日當借此跡，摹勒於忠懿碑側，以爲雙忠合璧，未審得踐斯志否也。時嘉慶辛酉初秋日。

——吴騫《愚谷文存》卷六

跋祝開美先生絶命詞手跡

詞云：『夜既央兮燈火微，魂揺揺兮魄將離。去兄弟兮父母依，樂逍遥兮長不歸。』

郭君函齋示所藏祝開美先生絶命詞手跡，聊聊二十八字，讀之增無窮之感愧。開美爲蕺山弟子，實與蕺山同時殉國難。蕺山嘗謂開美曰：『學者養心之法，必先養氣。養氣之功，莫如集義。』蓋其師弟子平日相與切劘淬勉者，爲已夙矣，宜其浩然於死生之際，臨變不渝其志也。然吾考蕺山因廷諍姜埰、熊開元削籍，開美抗疏，乞收回成命，其時與蕺山未相識也。非夫忠義慷慨出於性生，能若是乎？觀其歸吴麟徵之柩，及上書南都，請誅奸輔，風采岳岳，觸事表著，其成仁取義，其苟然哉！

——趙啟霖《瀞園集》卷一

祝義士行 并序

義士名淵，號月隱，鹽官人。思陵朝以孝廉上書劾周延儒，請留劉忠介公宗周，忤旨停試，隨忠介歸，遂受業焉。明年，部覆上，延儒私人激帝怒，遣緹騎逮問究主使。獄未竟，遭甲申之變，公自獄中出，遂南歸。福王立，公詣南都，請就獄，忠介上疏論前事，有劉某忠臣、祝某義士之旨，立予釋，復登用。無何，南都陷，公聞難痛哭，即日投繯卒。事見《明史》忠介及公戚吳忠節公麟徵兩傳。忠介門人惲仲升與公交最深，没後挈其子南田展公墓，并題七言律二首。七世從孫六皆先生裝潢成軸，屬余題詩。

祝義士讀書不慕青與紫，没後有友弔孤忠。生前爲師歷九死，偉哉祝義士。一解。昔在思陵，奸人枋國。如當道豺，如含沙蜮。水火爭私讎，觝排用全力。可惜老成人，一朝罷其職。二解。公時短衣燕市遊，上疏請斬時宰頭。天子震怒朋輩愁，鋃鐺擲地寒颼颼，嗚呼一命公其休。大獄未及興，烽火日告急。都城不守門晝開，殺氣昏昏萬蹄入。爾時奸謀群小戢，脱身且負從師笈。三解。半壁金陵開殘局，先帝罪人迢迢就獄，詔曰義士當褒録。王氣已盡誰能延，夜深清淚彈銅仙，故宮荊棘生秋煙，公亦撒手歸青天。四解。一腔血，三尺墳，蕭蕭宰樹，黯黯斜曛，誰歟來奠一杯酒，白頭尚剩生前友。題詩墓門，字大如斗，爲哀猿啼，爲老蛟吼。五解。滄桑容易遷，百年等過鳥。休問墓中人，祭墓人亦杳。惟有悲風獵獵捲秋草，我讀祭墓詩，感慨何其多。夜深月黑雲旗過，聽我擊節成悲歌。六解。

——俞鴻漸《印雪軒詩鈔》卷四

題祝淵撫琴圖

先生諱淵，字開美，號月隱，前明崇禎癸酉舉人。上書劾周延儒，請留劉忠介，忤旨停試，明年遣緹騎，逮問獄，未竟，京城陷，乃南歸。宏光建國，詣南都，自請就獄，有劉某忠臣、祝某義士之旨。未幾，明亡，先生聞變，自經死。國朝乾隆四十一年，奉旨祀忠義祠。此其三十八歲詩所繪小像，危坐鼓琴，衣冠嫻雅，而望之正氣凜然不可犯，洵足使頑廉而懦立矣。先君子《印雪軒集》有《祝義士行》，即爲先生作。余不敢後贊一詞，敬書大略以告觀者。光緒十有四年夏五月，德清俞樾敬觀并識於春在堂之南軒。

——俞樾題《祝淵撫琴圖》（浙江省博物館藏）